TUDO POR
VOCÊ

OLIVIA DADE
TUDO POR VOCÊ

Tradução de Sofia Soter

intrínseca

Copyright © 2021 by Olivia Dade
Todos os direitos reservados. Nenhuma parte deste livro pode ser utilizada ou reproduzida sob quaisquer meios existentes sem autorização por escrito dos editores.
Esta edição foi publicada mediante acordo com Avon, um selo da HarperCollins Publishers.

TÍTULO ORIGINAL
All the Feels

COPIDESQUE
Agatha Machado

REVISÃO
Mallu Borges

DIAGRAMAÇÃO
Ilustrarte Design e Produção Editorial

IMAGENS
@FOS_ICON / Shutterstock, Inc. (emojis)

DESIGN DE CAPA
Yeon Kim

ILUSTRAÇÃO DE CAPA
Leni Kauffman

CIP-BRASIL. CATALOGAÇÃO NA PUBLICAÇÃO
SINDICATO NACIONAL DOS EDITORES DE LIVROS, RJ

D121t

    Dade, Olivia
        Tudo por você / Olivia Dade ; tradução Sofia Soter. - 1. ed. - Rio de Janeiro : Intrínseca, 2025.

    Tradução de: All the feels
    ISBN 978-85-510-1368-7

    1. Ficção americana. I. Soter, Sofia. II. Título.

24-94740
                                          CDD: 869.3
                                          CDU: 82-3(73)

Meri Gleice Rodrigues de Souza - Bibliotecária - CRB-7/6439

[2025]
Todos os direitos desta edição reservados à
EDITORA INTRÍNSECA LTDA.
Av. das Américas, 500, bloco 12, sala 303
Barra da Tijuca, Rio de Janeiro - RJ
CEP 22640-904
Tel./Fax: (21) 3206-7400
www.intrinseca.com.br

Para todas as meninas que aprenderam a ficar quietas, sem ocupar espaço no mundo. Que encontrem suas bruxas interiores e finalmente exijam o que lhes é devido.

1

— Da próxima vez que se meter numa briga de bar, nem adianta voltar pro set, seu babaca! — gritou Ron. — Você ao menos *percebeu* o que fez? Que coisa infantil…

Naquele momento, a bronca estava atingindo a marca de — Alex esticou o pescoço para dar uma olhada no Rolex de Ron — dez minutos. E não tinha acabado. Sinceramente, chegava a ser impressionante como o *showrunner* de *Deuses dos Portões* conseguia fazer um alarde tão grande em tão pouco tempo.

Alex o aplaudiria se não estivesse ocupado tentando conter um bocejo e a vontade de dar um socão no saco do chefe.

Ron inflava as narinas a cada expiração brusca, mas tentou abaixar a voz.

— Sorte sua que só colocamos uma pessoa para acompanhar você. Do ponto de vista legal, considerando toda a publicidade negativa que você gerou com sua burrice de bêbado, tínhamos disponíveis vários caminhos e recursos financeiros e profissionais, inclusive…

O *showrunner* continuou a falar, mas Alex parou de ouvir. Em vez disso, começou a observar a mulher sentada a aproximadamente um metro e meio de Ron, à esquerda.

Ela tinha feições marcantes e um nariz adunco, que lembrava um bico. Olhos brilhantes. Corpo bem redondo, com braços e pernas finos em comparação. Baixinha pra caramba.

A nova babá de Alex parecia um passarinho.

Mas era um passarinho quieto. Não se ouvia um pio.

Assim que soube do que tinha acontecido à noite, Ron marcou uma reunião no horário mais cedo possível. Mesmo que Alex tivesse saído do set de *Portões* quase à meia-noite e fizesse menos de uma hora que ele houvesse sido liberado da delegacia. Ele mal tivera tempo de tomar banho e comer uma maçã no hotel antes de voltar ao trabalho.

Os três podiam se reunir em um trailer particular, mas o *showrunner* preferia humilhação pública. Por isso, tinham se encontrado ao ar livre, perto de uma paliçada rústica, onde os colegas de trabalho de Alex poderiam escutar sua desgraça.

Além daquela desconhecida de rosto pálido. Quem quer que fosse. *O que* quer que fosse.

Os olhos dele estavam vermelhos, o direito, inchado, e a visão, embaçada. Se forçasse a vista, o cabelo liso e castanho-acinzentado balançando ao redor do queixo macio da mulher chegava a lembrar penas.

Era um pássaro, sim, sem dúvida. Mas... de que tipo?

Uma matraca, quem sabe? Não, ela era quieta demais.

Além disso, matracas eram compridas e magrelas.

Quando Ron começou o sermão, ela se empoleirou em um banco improvisado, afastada dos dois. Quieta e imóvel, o oposto do caos do set de batalha, que se estendia pela orla espanhola. Mesmo em meio à destruição teatral de larga escala e ao movimento incessante de figurantes e técnicos, ela se destacava. Tinha uma estatura estranhamente pequena. E era calma. Aviária.

Ron ainda estava brigando com ele — falando de *obrigações contratuais* e *minha prima Lauren Clegg* e *conduta inaceitável para um ator da minha série* e *a corretora vai cancelar nosso seguro*, blá- -blá-blá —, e, claro, Alex estava furioso com a repreensão, com o castigo, por ninguém ter lhe perguntado o que realmente tinha acontecido no bar, ninguém mesmo, mas...

A babá contratada para ele, uma infeliz parente de Ron, parecia a porra de um *pássaro*.

A discussão não era apenas irritante. Era...

— Ridícula — bufou Alex, esticando o braço para indicar a mulher no banco. — Essa mulher-passarinho mal bate no meu peito. Como ela vai me impedir de fazer o que eu bem entender?

Querem que ela fique pendurada no meu calcanhar que nem uma tornozeleira eletrônica gigante?
Ele considerou a ideia. Ficaria mais difícil malhar, mas não seria impossível.
Ron abriu um sorrisinho breve.
— Ela pode até ser ridícula, mas é ela quem manda.
Depois de um olhar de soslaio para a prima, ele voltou a atenção para Alex.
— Você vai fazer o que Lauren mandar até sair o último episódio da série. Até lá, ela vai te acompanhar...
Espera aí. Alex não queria chamar *a mulher* de ridícula. Ridículo era Ron achar que ela seria capaz de impedi-lo de se meter em encrenca por meses a fio.
Ron falava, falava e falava.
— ... sempre que você sair do set ou de casa. Entendido?
Bom, não. Como estava preocupado com... Lauren, não era?... Alex não tinha prestado muita atenção nas várias declarações e ordens de Ron.
Em teoria, um ator que quisesse continuar empregado deveria escutar atentamente o que seu *showrunner* dizia. Mas por que mudar o *modus operandi* depois de mais de sete anos de trabalho contínuo, lucrativo, antes feliz e agora insuportável?
Mesmo que Ron não fosse uma das pessoas mais chatas e irritantes da indústria televisiva — o que não era pouca coisa —, Alex provavelmente ainda teria dificuldade em acompanhar. O cérebro dele era como um rádio que ou estava sempre mudando de estação, ou ficava sintonizado na mesma por tempo demais, independentemente do que Alex preferia, e a frequência escolhida nem sempre era a ideal.
Dito isso, Ron e o outro *showrunner*, R.J., eram dois *babacas*, então a participação deles na rádio de Alex era especialmente questionável e problemática. Ao longo dos anos, Alex tinha aprendido muito bem a esconder quando não estava prestando atenção neles.

Mas, naquele dia, não ia fingir.

— Não. Não entendi nada — disse Alex, com um sorriso que repuxou o rosto até doer. — Não escutei a maior parte do que você disse. Peço desculpas sinceras.

Quando entendeu o sarcasmo de Alex, Ron tensionou a mandíbula. Lauren simplesmente continuou observando os dois, sem expressão no rosto assimétrico e estranho.

Marcus, o melhor amigo de Alex, diria que aquilo era *passar dos limites* e o mandaria segurar a língua e considerar as consequências.

Termine o filme, recomendaria. *O que vai acontecer se você não mudar o roteiro?*

Eles tinham chegado à última semana de filmagem da série, então já era tarde para demitir Alex, mas outras consequências eram possíveis. Multas. Uma campanha de difamação que dificultaria encontrar outros trabalhos. Até revanche na ilha de edição, apesar de Alex não conseguir nem imaginar como o arco do personagem dele poderia ser mais prejudicado do que já estava.

Ele deveria se comportar. Ele se comportaria.

Ou quase.

— Talvez você possa resumir um pouco mais a situação? — sugeriu, se abaixando para pegar o celular no bolso escondido na aljava a seus pés. — Desta vez, eu anoto.

O rosto de Ron ficou vagamente roxo, mas isso foi tudo. Era o melhor que Alex podia fazer, considerando a mistura de raiva, desespero e exaustão que incineravam sua capacidade de controlar os impulsos. Nem mesmo as broncas de Marcus o salvariam.

Por isso aquele plano todo — pelo menos o que ouvira dele — era ridículo. Se a insistência do melhor amigo e seu próprio interesse não o impediam de se meter em encrenca, como uma mulher baixinha e redonda daria conta da tarefa?

Além do mais, se tivessem *perguntado* o que tinha acontecido no bar, saberiam por que ele havia comprado briga, e por que faria exatamente o mesmo em circunstâncias semelhantes, independentemente de consequências e babás. Também era o motivo de ele não se arrepender por um segundo sequer do olho roxo e da mão arrebentada.

Que bom que seu personagem, Cupido, devia mesmo estar machucado no clímax da cena de batalha.

— Prossiga — disse, alegre. — Estou escutando.

Ron conseguiu não surtar de novo. Com uma veia latejando intensamente na têmpora esquerda, ele tirou um minuto para se acalmar antes de voltar a falar.

— A partir de agora, até o último episódio da série ir ao ar, Lauren vai te acompanhar sempre que você sair do set ou de casa — repetiu o *showrunner* finalmente, rangendo os dentes. — Se ela não aguentar, você vai receber outra responsável imediatamente, então nem adianta tentar fazê-la se demitir. Lauren pode até ser ridícula, como você disse, e também sem graça, mas você não vai gostar da substituição, isso eu garanto.

Alex inclinou a cabeça.

Aquilo, *sim*, era intrigante. Será que a Babá Substituta era insuportável? Maldosa? Ou talvez…

— Nada de publicidade negativa — continuou Ron, fulminando-o com o olhar, que demandava sua atenção. — Senão, sofrerá as consequências jurídicas e profissionais descritas no seu contrato. Entendeu agora? Ou é melhor envolver seus advogados na explicação?

Alex anotou no celular: *Mulher-ave sem graça ou assassino fedido como babá, de agora até o fim da série. Mais encrenca => Advogados. Ron = olhos de serial killer.*

— Tem alguém morando na sua casa de hóspedes? — perguntou o *showrunner*.

Alex ergueu o rosto, encontrou aquele olhar desconcertante ainda fixo no dele e respondeu sem pensar:

— Não. Meu amigo, Faroukh, foi contratado para uma série, então saiu na…

Ah. Ah, puta merda.

— Então Lauren vai se mudar para lá assim que vocês voltarem para Los Angeles. A produção vai pagar um valor mensal justo pelo aluguel — disse Ron, com um sorriso arrogante. — Muito conveniente para todos os envolvidos.

A mandíbula de Alex estava doendo, então ele a moveu.

— E você espera que essa situação dure nove meses?

— Difícil saber. Mas, se não durar, eu e R.J. já decidimos como agir. — Com um gesto impaciente, Ron fez sinal para a parente dele se levantar. — Obedeça à minha prima, ou vai se dar mal. Lauren, vem apertar a mão dele.

De perto, Alex conseguia estimar a altura dela melhor. Devia ter um metro e meio, mais ou menos. E, dali, os olhos dela eram ainda mais impressionantes, verdes límpidos e claros, com um pequeno toque de azul — eram a única característica daquele rosto que alguém chamaria de bonita.

A mão da mulher era absurdamente pequena, e ela apertou a dele com firmeza. Se tinha se ofendido pela ordem brusca do primo, ou por ele tê-la descrito como ridícula e sem graça, não o demonstrou.

Como Ron não parecia disposto a fazer aquilo, Alex completou o rito social.

— Por favor, permita que eu me apresente — disse ele, com uma reverência zombeteira, após soltar a mão dela. — Alexander Woodroe, a seu dispor. Ou, melhor, às suas ordens. Pelos próximos nove meses.

— Eu sei quem você é — respondeu a mulher, sem o menor sinal de sorriso.

A voz dela era inesperadamente grave e projetada, e Alex se empertigou abruptamente ao ouvi-la.

Eu sei quem você é.

Era uma declaração simples.

E também uma reprovação.

Ron sem dúvida tinha contado muita coisa a ela. Porém, aquela mulher não conhecia Alex. Não sabia porra nenhuma sobre ele de verdade, nem o primo escroto dela. Porém, ali estavam os dois, aliados no julgamento dele e do que ele fizera.

Uma fúria impotente o inundou, e seu autocontrole desapareceu naquelas ondas.

— Então é isso. — Quando fitou aqueles olhos límpidos e calmos, torceu a boca em desprezo. — Que tal eu chamá-la de Dona Lauren? Ou Babá Clegg já está bom?

Podia ter sido melhor, pensou Lauren, mantendo os braços relaxados, as mãos soltas, a postura aberta.

Ela achou que Ron iria conversar primeiro com o ator e deixar a raiva dele passar antes da reunião, mas não. Seu primo nunca teria tamanha consideração e discrição.

Lauren só queria mostrar que o reconhecia da TV, mas, pensando bem, deveria ter dito apenas que era um prazer conhecê-lo. Não era, mas aquele ator também não era a primeira pessoa furiosa que cruzava seu caminho, e ela normalmente sabia lidar melhor com aquele tipo de situação.

Depois de mais de uma década trabalhando em uma emergência hospitalar, era bom saber mesmo.

— Por favor, me chame de Lauren — disse ela, e, na esperança de amenizar o clima, fez questão de manter o tom calmo e agradável. — Como prefere que eu o chame? Sr. Woodroe? Alexander?

Em comparação com avaliar pacientes da emergência, que chegavam em meio a crises de saúde mental e frequentemente iam embora sem os recursos necessários para ajudá-los a sobreviver, aquele serviço — aquele momento tenso — deveria ser moleza. Era temporário, e a probabilidade de ela levar bandejadas na cabeça enquanto seguranças corriam para conter a situação era pequena.

Tinha ainda menos probabilidade de ela acabar esgotada e perigosamente próxima da exaustão física e mental.

— Acho que Alex está bom — disse ele, olhando para Lauren com uma expressão crítica. — É seu primeiro dia no set? Porque eu me lembraria de você se já tivesse te visto.

Parecia uma ofensa disfarçada que ela não precisava responder.

— Cheguei no fim de semana, então é meu terceiro dia no set. Devemos ter passado esse tempo em áreas de filmagem diferentes, pois também não me lembro de vê-lo.

E ela lembraria, mesmo tonta com a mudança de fuso horário. Ele era memorável. De um modo muito mais positivo que ela. O mesmo valia para o set enorme. Quando se sentiu mais disposta, Lauren conseguiu prestar atenção nos arredores. O investimento ousado que o canal fez em Ron e R.J. a deixou chocada. A chefia de um canal de televisão tinha mesmo dado para *aqueles* homens uma equipe de centenas de pessoas e um orçamento de milhões de dólares? É sério?

Tenha a confiança de um homem branco medíocre. Sempre que ouvia aquele conselho, pensava em Ron.

Não era surpresa que a série tivesse perdido o fio da meada assim que acabaram de adaptar todos os livros já publicados de E. Wade. Quando os *showrunners* precisaram avançar com as próprias ideias, todo mundo se ferrou. Era inevitável.

Ainda assim, a dimensão do empreendimento e o profissionalismo dos atores e da equipe tinham deixado Lauren bem impressionada. Mesmo que não fosse fã da série, nem do primo, admitiria aquilo sem pestanejar.

Alex tamborilou os dedos na coxa, coberta por uma túnica, com a aljava aos pés.

— Então, Lauren, me diga, o que você faria se...

— Preciso ir — interrompeu Ron. — Vou deixar vocês conversarem. Lauren, você vai ficar no trailer de Alex enquanto estiver no set, e reservei para você o quarto ao lado do dele no hotel. Aonde quer que ele vá, você vai atrás, e vocês precisam fazer todas as refeições juntos. Entendeu?

Como era a quarta vez que ouvia aquilo de Ron, não precisava do lembrete autoritário. Ele tinha sido um menino mimado e metido, convencido da própria genialidade e habituado a zombar das crianças mais vulneráveis — como ela — até que chorassem, e pelo visto não tinha mudado tanto assim.

— Entendi, sim.

Falar da crueldade do primo para seus pais apenas os chateava e fazia a mãe dela discutir com a tia Kathleen no telefone. Então, Lauren decidiu poupar todos do estresse e começou a fingir que gostava do primo, e agora estava pagando o preço da desonestidade.

Já que não está trabalhando, por que não vai visitar seu primo na Espanha?, sugerira a mãe dela no mês anterior. *Você e Ron se davam tão bem, e faz anos que não se veem. Eu e tia Kathleen sempre esperamos que vocês fossem ser mais próximos. Ela vai ficar magoada se você não se esforçar. E, afinal, você merece umas férias, querida.*

No mínimo. Lauren estava desesperada para regular a rotina de sono, e ainda mais desesperada para pegar sol e simplesmente *relaxar*. Além disso, depois de anos fazendo hora extra — o pronto-socorro estava sempre precisando de psicólogos, especialmente no turno da madrugada —, tinha bastante dinheiro guardado. Era suficiente para tirar umas semanas de folga antes de voltar a trabalhar.

Suficiente para tirar férias. Longas.

Durante aquelas férias tão necessárias, ela não tinha o menor interesse em encontrar Ron. Porém, a não ser que não tivesse opção, ela evitava decepcionar a família. Evitava decepcionar qualquer pessoa, na verdade.

Então, pegou o carro para visitar o primo assim que chegou na Espanha, na intenção de passar rapidamente naquela cidadezinha remota na orla antes de seguir para Barcelona. E aí...

Aí ficou empacada. Porque ele precisava de ajuda, e, se ela não ajudasse, ouviria as reclamações dos pais e da tia Kathleen.

Além do mais, tinha seus próprios motivos para aceitar o emprego.

— Que bom — respondeu Ron, e se virou para Alex. — Mostre o trailer para ela antes de começar a filmar, e trate de obedecê--la. Sua má fama acaba neste instante.

Ron foi embora, e uma parte pequena e irracional dela sentiu vontade de desrespeitá-lo. Chamá-lo de volta, recusar a oferta, dar liberdade para si e para Alex, mesmo que temporariamente.

Mas Ron ofereceu a ela um salário irrecusável e se comprometeu a arcar com todos os seus gastos — inclusive o aluguel de seu apartamento duplex em North Hollywood — por meses. Só para ela ficar de olho em um homem que, exceto pela briga recente e pela fúria atual, tinha a reputação de ser bastante charmoso, apesar de relativamente imprudente e ocasionalmente grosseiro.

Um babaca delicioso, segundo sua colega de elenco, Carah Brown.

Com o dinheiro que pouparia cuidando dele, Lauren poderia passar todo o tempo que quisesse de férias antes de decidir se voltaria para a emergência ou trabalharia na clínica de uma amiga. E o que seria mais distante de um pronto-socorro do que a costa refrescante da Espanha, ou a casa de hóspedes de uma estrela da TV em Hollywood Hills?

Então, sim, ela suportaria a raiva do sr. Woodroe, e não ligava se ele a considerava ridícula, ou feia, ou achava que o nariz dela parecia um bico de ave. Ele obviamente estava com raiva, depois de se machucar, ser preso e então humilhado na frente de uma desconhecida por seu chefe babaca e arrogante. E era claro que um homem lindo daqueles — com cabelo volumoso de um tom vivo de castanho-dourado, comprido o suficiente para encostar no colarinho e cair nos olhos se ele não o prendesse; olhos intensos da cor de uma nuvem carregada de chuva, ainda lindos apesar do machucado; feições elegantes acentuadas por uma barba certinha; e corpo imaculadamente esculpido — desdenharia de uma mulher como ela.

O nariz dela lembrava *mesmo* um bico. E tinha sido entortado pelo incidente em seu primeiro mês de trabalho, quando ela demorara para se esquivar da bandejada.

Ela também era gorda e baixa, e pessoas muito mais cruéis do que ele já tinham zombado dela. Ele a chamara de ridícula, e a palavra era adequada. Ela havia sido ridicularizada muitas vezes na vida, mesmo. Estava acostumada.

O desdém dele não tinha importância alguma para ela. Lauren cumpriria aquele trabalho maldito, e trabalharia bem, não importava o que ele dissesse.

Ela se virou para Alex.

— Você ia me fazer uma pergunta, mas Ron interrompeu.

— Hum... — Ele estava observando uma gaivota ciscar em adereços largados no campo de batalha, com a testa franzida em aparente concentração. — Ah, sim. Diga, Lauren, o que você faria se eu quisesse ir a outro bar hoje depois do trabalho?

Então ele queria começar aquela relação profissional testando os limites dela.

Era justo. Era melhor mesmo deixar os limites claros desde o início.

— Ron proibiu bares, então eu diria para você ir a um restaurante, ou ficar no seu quarto no hotel.

— E se eu fosse ao bar mesmo assim?

— Eu ligaria para Ron — respondeu ela, sem hesitar.

Ele soltou uma gargalhada afiada como um bisturi.

— Você me deduraria?

Não. Ela não ia morder a isca.

— Eu faria meu trabalho.

— E se eu fosse a uma boate?

— Eu iria com você.

— E se eu encontrasse uma mulher e a gente — disse ele, levantando as sobrancelhas de modo sugestivo — fosse se conhecer melhor em um cantinho escuro?

— Desde que vocês não violassem nenhuma lei de atentado ao pudor, eu te deixaria em paz, mas ficaria de olho.

Naquele momento, ele estava parecendo menos raivoso e mais entretido.

— E se eu violasse alguma lei de atentado ao pudor, o que você faria? Me jogaria no chão e me prenderia em um cinto de castidade?

— Eu interromperia e, se você ainda assim continuasse, ligaria para Ron.

À menção do primo dela, o sorrisinho de Alex morreu.

— E se eu decidisse beber até cair no meu quarto de hotel?

— insistiu ele, levantando o queixo firme escondido por trás da barba cheia. — E aí, Babá Clegg?

— Desde que não causasse nenhum incômodo e não estivesse em perigo médico, não seria da minha conta. Eu te deixaria em paz.

Ele hesitou.

— E se eu *estivesse* em perigo médico? Ligaria para Ron?

— Primeiro, chamaria uma ambulância ou te levaria ao hospital. Depois, sim, ligaria para Ron, porque você provavelmente não apareceria no trabalho no dia seguinte, e porque notícias de sua hospitalização poderiam chegar à mídia. Também entraria em contato com quem pudesse ajudar a defender você da retaliação consequente de Ron.

Ela franziu a testa. Que tipo de equipe uma estrela como ele tinha, afinal?

— Você deve ter um agente e um advogado, não? — perguntou.

— Um assessor de imprensa? Um assistente, talvez?

A expressão de desprezo tinha murchado, e agora ele ostentava uma que Lauren não sabia interpretar.

— É melhor você me dar o número de alguém que possa interceder a seu favor. Por via das dúvidas — continuou ela, e deu de ombros. — Nunca se sabe o que pode acontecer, mesmo com as melhores intenções.

Ele avançou um passo, se aproximando dela, de testa franzida.

Engraçado. Um homem que, de acordo com Ron, estivera bêbado a ponto de comprar uma briga no bar algumas horas antes ainda deveria cheirar a álcool.

Ele não fedia. Cheirava a xampu genérico de hotel. E também não parecia estar de ressaca. Apenas machucado e exausto.

— Vou passar os contatos para você antes de sairmos do set hoje — disse ele, inclinando a cabeça para observá-la. — E agora?

É pra gente socializar no trailer ou no hotel quando eu não estiver trabalhando ou dormindo?

— Pelo que entendi...

— Posso trançar seu cabelo se você trançar o meu, Lauren — disse ele, com olhos cinzentos afiados à luz quente da manhã. — Podemos pegar uma lanterna e contar histórias de terror. Tostar uns marshmallows no aquecedor do hotel.

Ele estava zombando dela.

Lauren balançou a cabeça.

— Não tenho intenção de socializar com você. Não sou seu entretenimento.

Alex recuou um pouco, e, se Lauren fosse mais ingênua, juraria que a expressão dele era de... mágoa?

Não. Não fazia sentido.

O sorriso cínico dele voltou.

— Ah. Entendi. Então você escolheu ser uma chata carola. Sem dúvida foi o papel para o qual você nasceu.

Dessa vez, não havia nem toque de humor na ofensa. Era um ataque para machucar.

Nada de *delicioso*. Apenas *babaca*.

Ela olhou para o horizonte por um momento, deixando passar o leve incômodo antes de responder.

— Peço perdão — falou ele, as palavras inesperadas e abruptas, roucas de exaustão. Quando Lauren voltou a olhá-lo, ele tinha franzido a testa. — Você não mereceu isso. Desculpa.

Soava sincero. Chegava a ser surpreendente.

Ela assentiu, aceitando o pedido de desculpas, e ele suspirou devagar.

— Não tenho nenhuma boa justificativa — disse o ator, tensionando a mandíbula. — Só...

Lauren esperou, mas ele não continuou.

Em vez disso, apenas suspirou outra vez e fez um gesto para a esquerda.

— Que tal eu mostrar meu trailer?

DEUSES DOS PORTÕES: TEMPORADA 6, EPISÓDIO 9

EXT. PALÁCIO DE VÊNUS NO MONTE OLIMPO — ANOITECER

PSIQUÊ espera deitada em um sofá baixo, de olhos fechados e desacordada, se aproximando da morte a cada hora de sono. Quando CUPIDO entra e vê sua amada, corre até ela, angustiado. VÊNUS ergue a mão em comando, e ele para imediatamente. Atrás de Vênus, JÚPITER entra no ambiente, com a expressão feroz de raiva e determinação.

VÊNUS

Ordenei que não viesse.

CUPIDO

Ela é minha esposa, mãe. Meu coração. Deixe-me despertá-la. Por favor.

Vênus vai até ele, com expressão de escárnio.

VÊNUS

Seu coração é *meu*. Sua lealdade é *minha*. Sua existência eterna é *minha*.

Ela pega o queixo dele e aperta até ele contorcer o rosto de dor.

VÊNUS

Não há importância na vida de uma mera mortal. Seu lugar é ao nosso lado, combatendo nossos inimigos: Juno, aquela puta traiçoeira, e seus aliados.

CUPIDO

Se eu lutar ao seu lado, promete poupar Psiquê? Salvá-la?

Júpiter avança até Cupido, lívido, e dá um tapa com o dorso da mão no neto, que desaba, ajoelhado.

JÚPITER

Um semideus insignificante e incapaz não há de questionar a vontade do todo-poderoso Júpiter. Sua mortal preciosa morrerá antes do fim desta batalha, em castigo digno à sua rebeldia.

Cupido chora. Vênus o aperta junto ao peito e seca suas lágrimas.

VÊNUS

Entende, filho meu? Entende, agora, o que é a obediência?

CUPIDO

Entendo. Eu obedecerei.

Cupido sai a passos largos, sem nem olhar para Psiquê.

2

Quando descobriu o conceito de "espalhafatoso", Alex se identificou imediatamente, em nível quase visceral. *Ah, é, é isso que eu sou mesmo.* Assim como no momento em que a mãe explicou o significado de seu diagnóstico de TDAH.

Nem todo mundo gostava da personalidade dele, mas dane-se. Nem todo mundo gostava de peru empanado e frito no Dia de Ação de Graças também, e essas pessoas só saíam perdendo. Se ele era genética e maravilhosamente "espalhafatoso", a mulher azeda do outro lado do cômodo era o contrário disso.

Camiseta simples. Casaquinho. Calça jeans escura. Nada de joias, nem maquiagem, e o rosto pálido não tinha cor nenhuma. Até as sobrancelhas dela eram relativamente pálidas. As características aviárias — as feições aduncas, o corpo baixo e redondo — eram as únicas coisas memoráveis em sua aparência, para falar a verdade, além dos olhos.

Ajudaria se ela falasse alguma coisa. *Qualquer* coisa.

Mas ela não falava. Se possível, nem olhava para ele.

— Ei, Lauren, me passa aquela bola medicinal — pediu. — A que tá à sua esquerda.

— Não — respondeu ela, sem erguer o olhar.

Uma hora antes, ela havia se instalado em um banco na academia vazia do hotel, focada no e-reader, e não nele. Mesmo que Alex estivesse suado e sem camisa, o que, segundo fontes confiáveis, era seu melhor visual e chamava a atenção inevitável de qualquer pessoa que sentisse atração por homens.

Hum. Talvez...

— Ei, Lauren, você curte caras? Tipo, pelo menos um pouquinho?

Ele esticou os braços, se espreguiçando demoradamente, e flexionou os bíceps para se exibir, tentando induzi-la a levantar a cabeça.

Mais uma vez, ela nem olhou.

— Não é da sua conta.

Meia dúzia de agachamentos. Alguns *burpees*. Toda a sua proeza atlética, seu corpo cuidadosamente esculpido, *bem ali* na frente dela. E...

Nadica de nada.

— Ei, Lauren.

Dessa vez, ele esperou uma resposta, confiando na educação inerente dela.

Lauren finalmente ergueu o olhar, inclinando a cabeça em questionamento, e ele se deleitou com o prazer arrogante da vitória.

— Uma vez, eu fiz um filme em que meu par romântico era mímica, e ela falava mais que você — disse ele, fazendo alguns polichinelos para aproveitar a atenção dela. — Só para você saber.

A voz de Lauren não demonstrou o mínimo interesse:

— Porque ela não era mímica de verdade. Era atriz.

Ele franziu a testa.

— Quis dizer que ela falava mais no filme.

— Então não era muito boa mímica.

Ela voltou a atenção para o livro, e ele bufou, insatisfeito. Normalmente, qualquer menção ao seu maior desastre cinematográfico provocava discussões acaloradas. Mas, claro, nem *Mímica ao Luar* adiantou. Não quando a mulher com quem estava tentando conversar era uma parede branca em forma humana.

Depois de uns analgésicos leves e uma boa refeição no set, ele tinha superado o pior da fúria da manhã. Pelo menos da porção dirigida a ela. Após mais um bom cochilo no trailer — enquanto ela esperava, sentada, no sofá duro, com o celular na mão, sem dizer nada —, ele se viu pronto a admitir que a presença repentina e quase constante daquela mulher na vida dele não era culpa dela. Todo mundo precisava trabalhar, e ele não podia culpá-la por aceitar a oferta do primo — apesar da profunda babaquice do cara

Para aguentar o óbvio desprezo de Ron por ela, a mulher devia precisar muito de dinheiro.

Ele franziu a testa outra vez.

— Ei, Lauren, se você precisar de dinheiro emprestado, sei lá, é só pedir — disse, se posicionando no tapete azul e grosso para fazer flexões.

Com isso, ele chamou a plena atenção dela. Lauren deixou o e-reader no chão e o encarou, franzindo as sobrancelhas.

— Você me conheceu hoje de manhã.

Cada palavra continha um universo inteiro de crítica. Ou... talvez não fosse crítica, mas era algo parecido. Confusão? Desconfiança?

— A interação mais longa que já tivemos foi nesta última meia hora — continuou.

Ele parou com os braços inteiramente esticados, sustentando o peso.

— E daí?

— E daí que você acabou de me oferecer dinheiro emprestado — disse ela, enunciando com muita clareza. — Você não me conhece bem o suficiente para isso, Alex.

Ele tentou dar de ombros no meio da flexão, e quase teve sucesso.

— Discordo.

A reação dela de manhã, quando ele perguntara o que ela faria no caso de um problema de saúde, revelava bastante de seu caráter. Ela não *queria* que ele se desse mal. Não estava torcendo pelo fracasso e pelo castigo dele.

Nada daquilo era pessoal, e ela tinha senso de honra.

Então: empréstimo. *Empréstimos*, no plural, se necessário.

Alex começou a bater palma entre cada flexão, considerando o assunto.

Isso talvez explicasse por que suas contas de poupança e aposentadoria não estavam tão robustas quanto deveriam. Pelo menos de acordo com Marcus. Havia também o dinheiro que ele mandava para a mãe todo mês, todas as ONGs que ele ajudava e os amigos que ele deixava morarem de graça na casa de hóspedes quando estavam desempregados.

Apesar de que, aparentemente, ele estava alugando a casa pelos nove meses seguintes a um *valor justo de mercado*, então quem era o gênio das finanças, afinal, hein, Marcus?

Quando ele virou o rosto para Lauren, ela estava ligeiramente boquiaberta, olhando vidrada para ele. Lembrava menos um pássaro e mais um peixe.

Finalmente, ela balançou a cabeça, pegou o e-reader e voltou a ler.

Acabaram as palmas. Hora de fazer flexão com um braço só.

— Ei, Lauren — chamou Alex. — A gente devia ir para uma balada. Acho que sua presença seria muito conveniente. Você é tão baixinha que dá para apoiar a bebida na sua cabeça, não ia nem precisar de mesa.

Será que ela dançava? Provavelmente não.

Por mais que ele odiasse concordar com Ron, Lauren parecia mesmo sem graça. Mas não era ridícula. A situação: definitivamente. Lauren: não.

Ela suspirou bem mais ruidosamente que o normal.

— Está acabando de malhar? Queria jantar e ir dormir daqui a pouco.

— Só falta o alongamento.

Que ele pretendia fazer por muito tempo, bem na frente dela. Só para o caso de ela prestar atenção.

— Não vou demorar — acrescentou.

Ele deitou no tapete e se posicionou de lado, com a cabeça apoiada na palma da mão, deixando os batimentos cardíacos desacelerarem um pouco. A cabeça dele latejava a cada pulsação, o que não era especialmente agradável.

Ele, porém, não se arrependia do que tinha feito, e não reclamaria das consequências físicas. O desconforto era mera penitência, considerando o passado.

— Ei, Lauren. Quem é seu personagem preferido em *Deuses dos Portões*? Sou eu, né? O Cupido? Fala sério, tem que ser o Cupido.

Como ela não respondeu, ele alongou o quadríceps direito, estalando a mandíbula em um bocejo magnífico.

— Vou considerar o silêncio como confirmação — disse ele.

Quando Lauren era criança, a família dela tinha uma gata.

Ou, melhor, a gata tinha a família dela.

Quando a ditadora felina — que originalmente se chamava Botinha, por causa das patas brancas, antes da família decidir que Lúcifer combinava mais — queria a atenção deles, tinha que ser imediata. E ela *sempre* queria atenção. Mas, às vezes, eles não podiam pegá-la imediatamente no colo com os dois braços, como ela preferia, e fazer carinho na barriga ou nas orelhas, porque tinham que — por exemplo — dormir. Ou dar atenção a um dos membros não felinos da casa, apesar de sua menor importância.

Ela se empoleirava na mesa mais próxima, olhava bem nos olhos de quem estivesse por ali e empurrava um objeto frágil até a borda. Se não a pegassem no colo, ela empurrava mais. E, se mesmo assim não cedessem a seus caprichos, o objeto frágil ia direto para o chão.

Finalmente, a família acabou guardando todos os objetos frágeis. Foi então que começaram os cocôs de retaliação.

No entanto, quando Lúcifer morreu, depois de uma vida longa, extremamente mimada e sempre malévola, todos choraram. Porque a gata podia até ter sido uma filha da puta diabólica, mas era linda, elegante, inteligente e divertida demais, mesmo quando frustrava a família toda.

Considerando a situação, Lauren diria que Lúcifer e Alex foram separados no nascimento, apesar da incompatibilidade genética.

Ele nitidamente queria atenção, e estava disposto a empurrar objetos de conversa pela mesa metafórica quando ela não lhe dava bola.

Ele também era lindo, elegante, inteligente e divertido pra caramba. Não que Lauren tivesse qualquer intenção de dizer isso para ele, nem de honrar suas provocações com respostas.

Ele podia até ter oferecido dinheiro emprestado — o que era ao mesmo tempo lisonjeiro e ofensivo, além de apavorante —, mas ela não confiava nele.

Talvez sua simpatia toda fosse sincera.

Ou talvez sua expectativa fosse de que ela se tornasse menos rígida na aplicação das leis de Ron ou de conseguir informações para usar contra ela em um momento futuro. Não seria a primeira vez que Lauren se deixava enganar por falsa simpatia. Além do mais, ela estava ali para trabalhar, não para fazer amizade, e ela não planejava confundir as coisas.

Por isso, depois de Alex tomar um banho pós-academia e de os dois se sentarem no restaurante quase deserto do hotel para jantar, ela decidiu usar a boca e a língua apenas para comer. Mais nada, além de fazer o pedido e responder resumidamente a perguntas diretas.

A reação dele: a versão humana de uivar.

— Fala sério, Lauren — disse, largado na cadeira de madeira esculpida, com uma expressão extremamente frustrada. — *Por que* não podemos saltar juntos de paraquedas sobre as colinas de Hollywood quando voltarmos? Não seria uma experiência de conexão inestimável?

Sua bunda acrofóbica ficaria bem conectada com o assento do avião, isso, sim.

— Não.

Ela acabou a última garfada da paella de frutos do mar com um suspiro satisfeito, tentando não notar que o vermelho-vivo das cortinas do restaurante realçavam o cabelo reluzente e os olhos cinzentos de Alex.

Ele fechou a cara.

— Estraga-prazeres.

Por cinco minutos completos, enquanto Alex desfiava os últimos pedaços da truta grelhada, fez-se um silêncio delicioso.

Até que ele se debruçou na mesa para fitá-la com o olhar cinzento aguçado.

— É um negócio meio Napoleão? Você quer controle porque é baixinha? — perguntou, levantando um pouco o ombro, e sorriu.

— Não, não acho que você esteja tentando subjugar continente nenhum. Só o conceito de alegria.

Se ele pretendia magoá-la com a zombaria, não estava funcionando. Porém, Lauren não achava que Alex *estivesse mesmo* tentando magoá-la.

Fora a primeira patada de raiva quando se conheceram, as palavras dele não pareciam conter maldade de fato. Apenas um humor afiado, tédio, agitação e desejo por conexão humana.

Ela não chegaria a chamá-lo de *delicioso*. Mas, se fosse um babaca, certamente não estava entre os piores que conhecia.

Ao chegar àquela conclusão, ela não conseguiu se conter. Simplesmente... não dava.

— O conceito de alegria, não — respondeu, com o tom seco como osso, deixando o guardanapo ao lado do prato. — Apenas a sua expressão dela.

— Aaaaaaaaah.

O som foi quase ronronado, sedutor e sussurrado. Ele se esticou na cadeira como um príncipe indolente, cruzando os dedos compridos sobre a barriga reta.

— Finalmente, ela fala. E, ao falar, quase, só quase, conta uma piada. Bravo, Babá Clegg.

A camiseta azul desbotada de Alex tinha subido com o movimento, expondo uma faixa de pele acima da cintura baixa da calça jeans. A luz das velas dourava aquela curva de pele, atraindo seu olhar a contragosto.

Considerando a localização relativamente remota, o hotel não era especialmente chique, mas Lauren ainda assim colocara um vestido verde-escuro de saia rodada para jantar. Porém, mesmo de calça jeans e camiseta, com aquele trecho dourado de barriga exposto, ele parecia mais arrumado do que ela. Com ou sem o olho roxo.

Se Lauren não soubesse, diria que os dois eram de espécies diferentes.

— Ela tem seus momentos — retrucou, com a língua solta, pela qual só podia culpar a taça de vinho tinto excelente que tomara com a refeição. — Dito isso, não sabe por que você se refere a ela em terceira pessoa.

Sua resolução de manter silêncio derretia tão rápido quanto a cera das velas, aparentemente.

— Preferimos segunda pessoa do plural? Que nem a realeza? — perguntou Alex, com um aceno recatado, como se cumprimentasse súditos devotos. — Está bem. Estamos dispostos a acatar as exigências de Sua Alteza.

— *Preferimos* interação humana normal — repreendeu Lauren. — Segunda pessoa do singular já basta.

A gargalhada alta dele atraiu o olhar do garçom, que secava copos no bar.

— Ainda não vi nenhum sinal de que prefere interação humana normal.

Ela levantou as sobrancelhas.

— E você considera esse nível de tagarelice normal?

— Aham, claro, com certeza eu sou a pessoa mais estranha desta mesa. — Alex revirou os olhos. — Diferentemente da mulher que imitou muito bem uma estátua o dia todo.

Mais uma vez, ela poderia jurar ter ouvido algo além de mera zombaria na voz dele. Algo como... solidão?

Ela olhou ao redor, procurando mais alguém da produção de *Deuses dos Portões*. Porém, exceto por um casal mais velho no bar, que conversava em espanhol rápido, provavelmente locais, o restaurante estava vazio. Estava tarde, sim, mas não *tão* tarde.

— Você disse que a maior parte do elenco já foi liberada. Mas e a equipe? Cadê?

Nos últimos três dias no set, Lauren tinha encontrado centenas de funcionários dos bastidores, mas não sabia para onde eles iam depois do trabalho.

— E os atores que ainda não foram embora? — acrescentou.

Ele repetiu aquele som sussurrado de arrogância. *Aaaaaaah.* O quase ronronar fez calafrios percorrerem os braços dela.

— Você me perguntou uma coisa. Percebeu, né? — provocou ele, apoiando os cotovelos na toalha de mesa e se debruçando para fitar o rosto dela atentamente. — Está doendo? Precisa ir ao hospital para tratar o dano cerebral?

— Percebi, sim, que fiz uma pergunta — respondeu ela, com o dedo do meio *coçando* de vontade de aparecer. — Não faça eu me arrepender.

Pela primeira vez, Alex decidiu não insistir.

— Era gente demais para ficar em um só lugar, então Ron e R.J. dividiram o pessoal. Elenco neste hotel, equipe técnica em outros, um pouco mais afastados do set — explicou, coçando distraidamente a barba. — E, como falei, sou um dos poucos atores ainda aqui. Asha, que faz a Psiquê, está hospedada em uma mansão com o namorado pop star.

Ah, é. Lauren tinha visto os dois pombinhos na primeira página de vários tabloides nos Estados Unidos. Nas fotos, em geral os dois estavam sem camisa, aprontando em um iate chique e espaçoso, gargalhando abraçados.

Alex continuou a listar o elenco.

— Mackenzie, que faz a Vênus, apesar de na verdade ser dez anos mais nova do que eu e da imortalidade ter explicação limitada...

— Cacete, Ron — resmungou Lauren.

— ...não queria ficar longe do gato, e o hotel não aceita animais de estimação. Então ela alugou uma casinha aqui por perto — completou ele, e o sorriso sarcástico cortou a barba. — Bigodinho considera a mobília rústica, mas confortável, e o espaço comum acima do adequado.

Lauren pestanejou.

— O gato dela considera a mobília... rústica? Como... como é que...

— Como é que Bigodinho faz pronunciamentos tão complexos sobre design de interiores? Boa pergunta. Boooooa pergunta.

Ele esperou um momento antes de continuar, sem dúvida para criar expectativa.

— Como você descobrirá no livro *Miaumórias: Vida de gato*, Mackenzie alega que eles se comunicam. Telepaticamente.

Miaumórias: Vida de gato.

— O livro não é sobre as memórias dela — concluiu Lauren, devagar. — É do gato.

— Correto. É escrito por intermédio de Mackenzie, como uma médium — confirmou Alex, e abaixou a voz para cochichar. — Ao longo dos anos, aprendi que Bigodinho tem as mesmas opiniões que Mackenzie, exceto a respeito de ração.

Ele hesitou, e acrescentou:

— Pelo menos espero que seja uma exceção.

O tronco de Alex estava começando a pesar na mesa, enquanto ele se apoiava cada vez mais nos cotovelos, o que não era surpreendente. Ele tinha passado por um dia extremamente longo, e mais um o esperava a seguir.

— O único outro protagonista que sobrou é Ian, que faz o papel de Júpiter. Mas ele provavelmente tá enchendo a cara de atum por aí. Além do mais, ele é um escroto — disse Alex, e apontou um dedo para Lauren. — Se eu fosse você, ficaria longe dele. Aquela quantidade toda de proteína magra pode ter ajudado nos músculos, mas não ajuda no humor. Nem no cheiro.

A não ser que ela estivesse enganada, aquilo era um alerta. Porque Alex — o homem que a chamara de mulher-passarinho ridícula — não queria que ela sofresse, nem emocionalmente, nem olfativamente.

Ela apoiou os cotovelos na mesa também e massageou a testa enquanto considerava o que fazer. O que ele e Ron precisavam que ela fizesse, e o que mereciam. O que era *certo*, e não apenas conveniente e seguro.

Alex batucou com os nós dos dedos na mesa.

— Ei, Babá Clegg. Tudo bem aí?

— Tudo bem — disse ela, encarando a toalha de mesa carmim que cobria a superfície pesada de madeira. — Obrigada.

Lauren passara o dia todo supondo que a tentativa dele de preencher qualquer silêncio com um falatório incessante fosse estratégica. Uma tentativa de fazê-la pedir demissão, apesar das advertências de Ron. Um golpe para acumular informações que pudesse usar contra ela. Uma tática para fazê-la baixar a guarda.

Talvez fosse mesmo tudo isso.

Ou, quem sabe, fosse uma tentativa genuína de amizade.

Talvez ele fosse *mesmo* um babaca delicioso, que acabara machucado, enrascado e praticamente sem amigo nenhum em um país estrangeiro. Se fosse esse o caso, não surpreendia ele querer a companhia dela. Até voltar à Califórnia, não havia muitas opções disponíveis.

Ela levantou a cabeça, abaixou as mãos e se entregou ao inevitável.

— Proponho uma trégua.

Os olhos dele estavam semicerrados e nebulosos de exaustão, a olheira escura do lado esquerdo quase igual ao hematoma do lado direito. Ainda assim, Alex conseguiu abrir um sorriso travesso.

— Se propôs uma trégua, é porque eu estava vencendo a guerra, né?

Ela assentiu com um gesto sério de cabeça.

— Sua anedota sobre o Bigodinho virou o jogo.

— Carah Brown sempre me chama de piranha futriqueira — disse Alex, e coçou o rosto com as mãos, contendo um bocejo. — Mas essa piranha futriqueira consegue o que quer.

— Aham, claro — respondeu Lauren, e levantou a mão para chamar o garçom. — Então meus termos são os seguintes: se eu prometer falar mais, você promete me dar uns minutos de silêncio quando eu disser que preciso de um tempo. E nada de tentar violar as regras de Ron, porque eu não quero ter que ligar para ele de jeito nenhum.

— Não está a fim de falar com seu primo, né?

Quando o garçom deixou a conta na mesa, Alex escreveu o número do quarto na nota e deixou uma gorjeta considerável.

— Se servir de consolo — continuou ele —, qualquer ser humano decente sentiria a mesma coisa.

O tempo que ela passara com o primo naquela semana já tinha sido o suficiente para...

Bom, para a vida toda. E mais além, se possível.

Mas não era àquilo que Lauren se referia.

— Não quero que você se encrenque — corrigiu. — E, se for se encrencar, por favor, que não seja por minha causa.

— E você não quer falar com ele — insistiu Alex, sorrindo, os olhos cansados brilhando. — Admita, Babá Clegg. Admita, e assinarei esse acordo de paz.

Ela não deveria admitir. A lealdade familiar deveria impedi-la de dizer aquilo, fora que Alex poderia usar a admissão contra ela no futuro.

Mas o primo era tão *escroto*.

— Tá bom. — Lauren suspirou. — Não quero falar com ele.

— *Vitória!* — exclamou Alex, levantando os dois punhos.

O casal no bar se virou com cara feia para eles, e os funcionários apareceram na porta da cozinha para ver o que estava acontecendo.

O rosto dela esquentou, e ela o olhou séria.

— Acabamos?

— Ah, Lauren, você não sabe de nada, inocente — disse Alex, com pena. — Mal começamos.

Radar das Estrelas: Revelando Suas Celebridades Prediletas

Ator de *Deuses dos Portões* Perde a Linha!

Fontes internacionais do *Radar das Estrelas* revelam que as autoridades espanholas detiveram Alexander Woodroe, o ator que interpreta um Cupido bem adulto na série *Deuses dos Portões*, por participação em uma briga de bar. Ele foi liberado horas depois, sem acusação formal.

Ainda não há pronunciamento oficial da produção de *Portões*, e o agente de Woodroe não respondeu ao nosso contato, mas, pela foto do arquivo policial, ele certamente não parece se arrepender de nada do que fez.

Não é a primeira vez que Woodroe entra numa fria. Em 2013, ele foi demitido em meio às gravações do longa de drama premiado *Bons Homens*, de Bruno Keene, sob circunstâncias controversas. Woodroe acusou Keene de assédio moral contra o elenco, mas Keene desmentiu a alegação, retrucando que era mentira de um ator medíocre.

"Ele não deu conta de manter o ritmo do restante do elenco", disse Keene, à época. "Por isso reagiu assim. Tenho pena dele, para ser sincero. Espero que ele encontre ajuda para aprender a controlar esse temperamento, senão, acho que será difícil encontrar novos papéis em Hollywood."

O restante do elenco de *Bons Homens* se recusou a comentar o escândalo. O elenco de *Portões* também não respondeu a pedidos de entrevista desta vez. Coincidência? Talvez. Mas atores são famosos por relutar em falar mal dos colegas de trabalho, apesar de qualquer comportamento negativo no set ou fora dele.

Radar das Estrelas *sugere que seja seu último escândalo, Alex, porque você sabe como é: depois de três, perdeu — o emprego!*

3

Alex estava cochilando no trailer de novo, o que não a surpreendeu.

Desde que tinham se conhecido, na segunda-feira, Lauren o vira trabalhar um turno de mais de quatorze horas atrás do outro, chegar no set de madrugada e ir embora já anoitecendo. No hotel, ele fazia exercício, comia, conversava com Marcus e... desabava, pelo visto.

Era apenas o quinto dia que passavam juntos, e Lauren já estava exausta só de olhar. Porém, ele mantinha aquela rotina já havia semanas.

— Chegou a hora — tinha explicado Alex na noite anterior, durante o jantar, com a voz rouca de exaustão. — É o clímax, a grande batalha dos deuses. É para durar dia e noite, semanas a fio, e é a última coisa da série inteira que vamos filmar. Ron e R.J. querem que seja imensa e imersiva, e querem garantir que tenham todas as cenas necessárias antes de nos espalharmos por aí, por isso são tantas horas de trabalho para todo mundo.

Era o último dia de filmagem, graças a Deus. Alex parecia à beira do colapso, apesar de todos os cochilos que tirara ali enquanto Lauren lia no sofá.

Não tinha rolado nenhuma bebida. Nenhuma mulher. Nenhum bar, nenhuma boate. Nenhuma briga.

Ele também se dava bem com os colegas, o que ela considerava um bom indicador de caráter. Quando almoçava com Alex em meio à equipe técnica e aos figurantes, ele conversava com todo mundo tranquilamente. O pessoal dava tapinhas nas costas dele e fazia piada com o olho roxo, e ele revirava os olhos, retribuindo as provocações, até a algazarra do grupo atrair a indignação de outras partes do set que exigiam silêncio.

Pelo que ela percebia, aquele homem não era o que Ron descrevera, nem aquele que ela conhecera ao amanhecer em um campo de batalha. Desagradável. Revoltado. Negligente. Descontrolado — ou quase.

Lauren olhou de relance para Alex, adormecido. Ele estava virado de lado, de frente para ela, abraçado a um travesseiro, ressonando de leve e soltando um ou outro barulhinho com a boca. E, sim, estava babando, com certeza, o que não deveria ser fofo. Especialmente porque as autoridades poderiam estar a um instante de declarar aquele trailer como área de risco, apesar do design relativamente luxuoso.

Fazia uma semana que Alex não achava o controle remoto. A mesa, a bancadinha minúscula da cozinha e um canto infeliz bem ao lado da lixeira estavam imundos, cheios de papel de bala e copos descartáveis de café. Livros e pilhas de roupa suja ficavam espalhados pelo chão. Na véspera, Lauren tinha encontrado uma maçã pela metade abandonada no piso do banheiro apertado.

Ela não tinha uma boa explicação para aquela maçã.

Bom, na verdade, tinha, sim. Alex tomava medicação para TDAH todo dia — no primeiro café da manhã juntos, tinha sacudido o frasco de remédio na cara dela e berrado "Eu tenho Transtorno de Déficit de Atenção e Hiperatividade, Babá Clegg! Imagine só!" —, mas nem sempre começava a fazer efeito antes de ele chegar ao set, e remédio nenhum fazia milagre.

Lauren não tinha se especializado no transtorno durante seus estudos, mas sabia do básico. A medicação o ajudava a direcionar a atenção ao que quisesse por períodos mais longos, mas problemas de função executiva persistiriam ainda assim. No dia a dia, Alex provavelmente lidava com problemas para organizar seu tempo. Desordem. Impulsividade.

A falta de repouso adequado e o excesso de estresse dificultavam ainda mais o controle do TDAH. Sob aquelas circunstâncias, então, era impressionante ele ainda chegar no trabalho a tempo e aguentar o dia inteiro de gravação.

O livro de receitas ao lado dela no sofá tinha a ilustração de um lindo pão na capa. Ela passou o dedo distraidamente pela broa dourada, olhou para o horizonte e considerou tudo o que tinha observado.

Ele era curioso e tinha uma língua afiada. Era esforçado no trabalho. Simpático com colegas abaixo dele na hierarquia da produção.

Ele...

Ele estava acordado. Observando-a da cama, com os olhos cinzentos alertas e atentos.

Quando ela se virara para ele? E por quanto tempo ele a estava olhando observá-lo sem dizer nada?

— Eu, hum... — disse Lauren, atrapalhada, encostando a ponta dos dedos das duas mãos. — Estava só notando como seus hematomas melhoraram.

Ele não se mexeu.

— Estava, é?

A voz dele. Era... era *sinuosa*. Envolvia as palavras, contorcendo-as em um ronronado, uma súplica, ou uma chibatada, e, embora ela o estivesse analisando continuamente havia cinco dias, ainda não sabia *como*.

Lauren engoliu em seco, sem conseguir formular qualquer resposta coerente enquanto aqueles olhos intensos continuavam fixos nos dela.

O peso do olhar dele a recobriu. Puxou sua boca, entreabriu os lábios. Deixou os braços e as pernas carregados. Transformou os pensamentos dela em um zumbido distante.

Finalmente, ele desviou o rosto e olhou para o notebook no chão.

A inspiração seguinte de Lauren tremeu a ponto de ser audível, e seu peito doía. Será que tinha mesmo parado de respirar em certo ponto? *Nossa*.

Fazia sentido o cara ter um trailer enorme daqueles. Aquilo era puro carisma de estrela.

Graças a Deus ele tinha escolhido ser ator, em vez de, sei lá, fundar uma seita.

Alex se sentou, e o cobertor de flanela caiu no colo.

— Fanfic. Discorra.

Os músculos de Lauren tinham voltado a funcionar. Era conveniente, pois precisava deles para inclinar a cabeça e indicar confusão.

— Como é que é?

— Fanfic — repetiu ele, devagar, como se conversasse com uma criança burra. — Histórias escritas por fãs, sobre seus personagens favoritos de livros, séries e filmes.

— Ah.

A melhor amiga dela, Sionna, lia fanfic às vezes, pelo que Lauren lembrava.

— O que tem? — perguntou.

— Queria saber se você já leu. O que acha. Se acompanha algum escritor específico — explicou ele, com um suspiro dramático. — Esperava uma conversa inteligente sobre o assunto, mas, enfim.

Ele empurrou o cobertor do colo e se levantou.

— Um cara... uma *pessoa* que conheço escreve fanfic, e quer que eu ajude a revisar e avaliar as histórias. Mas não posso fazer comentários úteis se não souber como deve ser uma boa história, por isso ando lendo fics sobre o Cupido. Selecionando as que receberam mais curtidas.

Ela massageou a testa, decidindo pesquisar sobre fanfics no avião de volta para Los Angeles.

— Como assim?

— Nossa, como você é devagar — disse ele, revirando os olhos. — As fics recebem curtidas que nem nas redes sociais. Quanto mais tiver, significa que mais gente gostou dela.

Ah. Fazia sentido.

— E depois de tudo que leu, já descobriu como é uma boa história?

O rosto dele se abriu em um sorrisinho satisfeito.

— Talvez não, mas descobri como é uma história *popular*, pelo menos entre os fãs de Cupido/Psiquê. E queria pedir sua opinião. Quando pensa no Cupido, você...

Ele hesitou, pressionando a boca.

— O que foi? — perguntou Lauren, ajeitando distraidamente as almofadas do sofá e empilhando os livros na mesinha. — Penso o quê?

— Não — disse ele, balançando a cabeça rapidamente. — Melhor não.

Alex tinha chegado a algum limite na conversa? *Alex?*

Ela precisava saber.

— Diga.

— Não posso.

A voz dele não estava ronronando nem chicoteando. Estava choramingando.

— Você não é minha funcionária — explicou —, mas ainda assim está trabalhando, então *não posso*.

Ela o fitou.

— É sexual? — perguntou.

Era a conclusão óbvia, considerando um fato simples: tirando a primeira conversa, quando ele sugerira, com desdém malicioso, chamá-la de Dona Lauren, nenhuma de suas piadas constantes tinham envolvido sexo. Nenhuma mesmo. Não que isso o tornasse santo, mas certamente o tirava do círculo do inferno reservado para predadores sexuais.

Pensando bem, desde o comentário sobre pássaros naquele primeiro confronto tenso, ele também não fazia piada com a aparência dela, exceto pela altura. Às vezes era estranhamente difícil entender Alex Woodroe.

Mas não dessa vez. Ele abaixou a cabeça, o que serviu de resposta.

— Então é sexual mesmo — concluiu Lauren, e fechou os olhos por um momento, já sabendo que as palavras seguintes provavelmente seriam um equívoco. — Tudo bem. Não vou me ofender. Pode falar.

Ele a olhou discretamente de trás de uma mecha caída do cabelo insuportavelmente brilhante.

— Jura?

— Juro — disse ela, e abriu as mãos, exasperada, quando ele demorou. — Mas também não vou *implorar*, Alex.

— Então tá bom. Mas que fique registrado que tentei manter o autocontrole. Uma vez na vida, pelo menos.

Ele se empertigou, apoiou as mãos na cintura e sorriu para ela antes de continuar:

— Quero saber o seguinte: o Cúpido te parece passivo?

— Passivo? — repetiu ela, franzindo a testa, perdida. — Como assim, de personalidade? Porque, na real, pelo jeito como ele age com a Psiquê...

— Sexualmente — lembrou ele, impaciente. — *Sexualmente*, sua tonta.

— Ah — disse ela, e pensou por um momento. — *Ah*.

A reticência pouco característica dele desapareceu, provavelmente para todo o sempre.

— Porque todas as fics mais populares com o Cupido parecem envolver a Psiquê comendo o cu dele. Frequentemente com consolos da grossura do antebraço dela, o que achei meio preocupante — disse ele, olhando para o braço de Lauren enquanto nitidamente fazia cálculos mentais, e fez uma careta. — E, no fandom, o consenso popular é que meu personagem é obviamente passivo, mas não sei se entendo muito bem o motivo.

Ela entendia. Agora que sabia o contexto, entendia *perfeitamente*.

— Você... — disse Alex, apontando para ela. — Você sabe das coisas. Me explique.

Você sabe das coisas?

Provavelmente era o elogio mais desdenhoso e descuidado que ela já recebera. Porém, era também um fato. Ela sabia *mesmo* das coisas.

E, considerando seu pedigree em saber das coisas, ela ficou chocada por não ter cogitado o possível status de passivo do Cupido antes daquele momento. Caramba, ela tinha lido várias vezes os livros de E. Wade. Como podia ter ignorado o fato da flecha especial do Cupido subir ainda mais quando Psiquê montava nela? E, se os livros não houvessem dado pistas o suficiente, a série teria feito isso.

E, pensando bem, a expressão do Cupido depois de Psiquê empurrá-lo contra a parede e segurar os punhos dele para beijá-lo deveria ter revelado tudo para Lauren. *Tudo.*

Será que Alex não tinha percebido a própria cara naquela cena? E como eles não tinham reparado que Cupido definitivamente era a conchinha menor?

— Está prestando atenção em mim? — perguntou Alex, que erguera bem o nariz perfeito, fungando de desdém. — Você sabe que essa desatenção é extremamente grosseira, né?

Ah, mas já era tarde para ofensas. Ele tinha dito que ela *sabia das coisas.*

Por que isso a fazia se empertigar e estufar um pouco o peito? E, mesmo convencida, por que ela queria tanto rir? Dele, mas também de si?

Ela não riu. Mas aproveitou o momento.

Mesmo que fosse por um instante fugaz, Lauren estava em vantagem contra Alex. Ela pretendia se divertir.

— Muito bem — disse, e, estendendo o braço, indicou o sofá. — Sente-se, Alex. Babá Clegg vai explicar o beabá dos passivos.

— Puta merda — resmungou ele.

Mas até parece que não ia sentar.

4

— Ei, *Lauren* — disse Alex, olhando para ela. — Se eu te chamasse de *custard* — falou com sotaque inglês —, o que você diria?

Para sua decepção, ela não reagiu. Em vez disso, continuou a olhar, de testa franzida, para a parede de vidro diante de uma das muitas pistas de voos do aeroporto espanhol.

— Em resposta a uma tentativa tão óbvia de provocação? — perguntou, com a voz preocupada. — Não diria nada.

Ela deu um aceno curto e decidido de cabeça e se levantou da poltrona muito larga e muito pesada que escolhera no lounge executivo quase vazio. Antes que Alex pudesse reagir, ou oferecer ajuda, ela levantou a poltrona, carregando-a para mais perto da janela, e se largou de novo no assento acolchoado.

Então, pegou o e-reader e abaixou a cabeça, sem graça, cumprindo o que dissera.

Caramba. Aquela carcereira às vezes era frustrante pra cacete.

Não que ela fosse notar, mas ele não a deixaria escapar tão fácil. Alex se levantou e carregou a própria poltrona para mais perto da janela, ainda mais próxima à dela do que antes.

Ele soltou a cadeira com um grunhido e a observou, pensativo, antes de se voltar para Lauren.

— Essa cadeira aí é pesada pra caralho — disse, dando ênfase com um empurrão que não mexeu o móvel um centímetro sequer. — Você anda levantando carros por diversão, por acaso?

Ela ainda estava de testa franzida, e apertou de novo o rabinho de cavalo deprimente. Talvez ele estivesse enganado, mas ela ainda não tinha passado para a página seguinte do livro.

— Sou forte — respondeu Lauren, com um olhar breve e distraído. — E não fale palavrão em público. Tem crianças por perto.

Na nova posição junto à janela, a luz forte do sol banhava seu perfil, e Alex entendeu. Finalmente entendeu. Ela não lembrava um pássaro, lembrava...

— Picasso! — exclamou ele, apontando um dedo para Lauren.

— Você parece uma pintura do Picasso!

Ele se sentou na cadeira e cruzou a perna, triunfante.

— Muito obrigada — disse ela, com nítido sarcasmo na voz, uma acidez que normalmente não demonstrava.

Ele também franziu a testa.

Picasso era um de seus artistas prediletos. Havia vários livros de obras do pintor expostos na biblioteca de casa, e Alex os folheava com frequência.

Ele amava Picasso havia... décadas. Trinta anos.

Seu pai era ausente, e a mãe não tinha uma boa condição financeira quando Alex era criança. Nos verões arrastados e úmidos da Flórida, quando ela conseguia acumular tempo suficiente de férias em algum dos empregos em loja e economizar um dinheirinho, eles não viajavam de avião nem de cruzeiro. Em vez disso, faziam viagens de carro pela costa toda.

Fort Lauderdale. St. Augustine. E uma vez, em uma visita memorável, Miami.

Eles tinham se hospedado em um hotel barato na periferia para economizar, mas iam ao centro vibrante da cidade nas manhãs quietas e úmidas, antes da tempestade inevitável cair à tarde.

Lá, em um museu, eles pararam em uma exposição especial. Um dos retratos de Picasso fora emprestado por um mês para a galeria. Na época, Alex tinha uns sete ou oito anos, por aí. Ainda não era diagnosticado, então atravessou o museu que nem um dos furacões famosos e apavorantes da região, marcando um ou dois itens ao acaso da lista de caça ao tesouro para crianças que tinha recebido na entrada, mas, principalmente, causando estardalhaço e gritando.

Até ver o Picasso e parar de repente.

Aquele retrato... era diferente de todos que já tinha visto. As cores eram manchadas. As feições, descombinadas. Tinha ângulos bruscos e uma assimetria proposital e rebelde.

A mulher do retrato não era bela. Mas a questão não era a beleza.

Ele tinha hiperfocado naquele quadro. Quando a mãe tentou convencê-lo a ir embora, ele chorou até ela ceder e o deixar ficar mais um tempo olhando.

O rosto de Lauren chamava sua atenção do mesmo modo.

À luz da manhã, as olheiras dela estavam mais evidentes, e as rugas ao redor da boca e na testa franzida, mais distintas.

Ela parecia cansada e estressada. Seria por causa do fuso horário? Será que já estava antevendo o restante da viagem? O esforço de cuidar dele?

— Vou pegar alguma coisa para comer — disse ela, bruscamente, e se levantou de um pulo.

Antes que ele pudesse segui-la, um homem de terno se aproximou e pediu um autógrafo. Enquanto Alex conversava, como de costume — ele era aquele ator, sim; muito obrigado pelos elogios; não, ele não podia contar nada da última temporada —, ficou de olho em Lauren.

Ela tinha empilhado queijo, uvas e alguma coisa de batata no prato, e tudo parecia muito melhor do que a maçã que ele pegara no caminho. Então, assim que acabou de falar com o fã, ele foi se juntar a ela no balcão de sanduíches e omeletes, onde ela estava parada havia uns dois minutos.

Ela não desviou o olhar distraído do sanduíche de presunto serrano e queijo manchego. Não deu a menor atenção para ele.

Então Alex pegou um sanduíche e pôs no pratinho branco. Em seguida, deu de ombros, pegou um segundo sanduíche — presunto cru, queijo e aioli, que delícia — e se virou para ela.

— Está tentando escolher a comida por telecinese? — perguntou, abanando a mão na frente da cara dela. — Ou pegou no sono de pé?

Ela se sobressaltou.

— Ah. Desculpa. Estava pensando.

Com um suspiro baixo, Lauren tirou o pegador da mão dele e escolheu o próprio sanduíche.

Os dois nunca tinham passado tanto tempo em pé, lado a lado. Normalmente, estavam sentados, em movimento ou mais afastados um do outro.

Puta merda, ela era ainda mais baixa assim, parada e de perto.

— Ei, Lauren — chamou ele, observando enquanto a mulher colocava no prato uma pequena omelete de chouriço. — Assim, um do lado do outro, a gente parece a ilustração de uma cantiga, ou de um conto de fadas.

Ela bateu o prato no balcão com um estalido distinto, e ele levou um susto.

— Tipo o quê, Jack Sprat? — perguntou Lauren, com o queixo macio erguido, os olhos verdes impressionantes ardendo de raiva. — Se for, adoraria que você fosse um pouquinho menos babaca, pelo menos até a gente chegar em Los Angeles.

Jack Sprat? É o quê?

Ele tentou lembrar a letra da cantiga, mas...

Gordura, Jack Sprat não comia. Magreza, a esposa não tinha.

— Ou eu sou o ogro debaixo da ponte e você é o príncipe encantado? — continuou ela, um rubor manchando suas bochechas, então pegou o prato para marchar até as poltronas. — De qualquer jeito, cala a porra da boca, Woodroe.

Ela achou que ele estava fazendo piada com o peso dela, chamando-a de gorda. E, pela primeira vez em sua breve relação, ela não parecia nada calma. Parecia revoltada e... tensa. Angustiada.

Merda. Ele não podia nem zombar dela por falar palavrão na frente das crianças. Pelo menos não antes de tentar se explicar.

Lauren tinha se sentado de frente para a janela, dando as costas para ele, e ele se recusava a falar com a nuca de alguém. Depois de pensar por um instante, Alex deixou o prato em outra mesa e puxou a cadeira até parar na frente dela. Ele estava tão próximo que quase encostou os joelhos nos dela quando voltou a se sentar.

Alex abaixou a cabeça para tentar encontrar o olhar dela.

— Normalmente, eu nem tento me defender de acusações de babaquice, pois em geral eu mereci.

— Imagino — resmungou ela.

— Só quis dizer que você parece ainda mais baixinha de perto, quando estamos os dois de pé. Era só isso mesmo — continuou, e esperou que ela erguesse o olhar desconfiado, bem, bem devagar. — Juro, Lauren.

Por fim, ela inclinou a cabeça, aceitando o pedido de desculpas, e soltou um suspiro demorado.

Ao falar, foi com a voz carregada de cansaço:

— Me desculpe. Eu não deveria ter perdido a paciência assim.

Ele não tentou preencher o silêncio imediatamente, e o autocontrole foi recompensado.

— Dormi mal. Quer dizer, tenho dormido mal nos últimos dias, mas dormi especialmente mal ontem.

Ela esticou a mão pequena para indicar a pista, onde um jatinho disparava pelo asfalto, pronto para decolar.

— Odeio avião — explicou.

Dali de perto, ele a escutou engolir em seco.

— Sei de toda a ciência por trás, mas, quando estou dentro do avião, voar parece tão *precário* — disse ela, torcendo a boca pálida.

— Além do mais, eu sempre acabo com as coxas doloridas por causa dos apoios de braço. E às vezes não acham o extensor para o cinto de segurança, ou as pessoas do meu lado reclamam de eu estar ocupando muito espaço. Não é legal.

Ao pensar em um desconhecido ofendendo Lauren, ele sentiu a pele coçar.

— Se alguém for grosso com você, eu dou um jeito — respondeu.

— Não.

Quando ele começou a protestar, ela o interrompeu:

— *Não*. Ainda acho que você pode acabar piorando a briga, e já falei que não quero ser motivo para você se encrencar com Ron e R.J. É sério.

Ele fechou a cara.

— Você disse que preferia não me dedurar, não que eu...

— Não vou nem discutir esse assunto — interrompeu ela, erguendo o queixo e o fitando por cima do nariz torto. — Muito obrigada.

Quando ele soltou um grunhido baixinho do fundo do peito, ela revirou os olhos.

Depois de um momento, porém, Lauren voltou a falar, com a voz mais suave:

— Mas é sincero, tá? Obrigada pela oferta.

— As poltronas da classe executiva são muito mais espaçosas que as da econômica — disse ele, emburrado, ainda fazendo beicinho. — Deve ajudar com as coxas doloridas.

— Bom saber — disse ela, e empurrou a cadeira dele. — Agora saia daqui e me deixe comer meu sanduíche em paz, Woodroe.

Ele manteve a cadeira exatamente onde estava, mais tranquilo.

Enquanto mastigava a baguete deliciosa, ele ficou em silêncio por alguns minutos analisando Lauren. As rugas do rosto dela tinham se suavizado um pouco, mesmo que as olheiras continuassem lá. Ela não estava mais puxando o rabo de cavalo, e até tocava a tela do e-reader para virar a página de vez em quando.

— Pare de me olhar assim.

Ela não ergueu o rosto, o que era extremamente frustrante.

Após deixar a relutância explícita, com um suspiro pesado e arrastado, Alex voltou a atenção para as janelas, por onde viu um avião enorme percorrer a pista. Ele decolou e voou em direção ao sol em um movimento gracioso.

Alex mal reparou.

Era literalmente a primeira vez em que vira a babá perder a calma. Ela não tinha reagido nem quando o próprio primo a ofendeu.

Naquele primeiro dia, ele se perguntara se o desprezo de Ron a incomodava, porque não parecia. Alex invejava aquela aparente indiferença. Ele sempre era um pouco mais sensível do que deveria ser. Talvez fosse sensível demais para a profissão.

Ele não pretendia magoá-la. O fato de ainda assim tê-la magoado era só mais um erro para a pilha já imensa de arrependimentos. Porém, agora ele finalmente sabia que ela *sentia* alguma coisa, o que era reconfortante. E ela podia até ter perdido a paciência, mas ele sempre preferia reações honestas a artificiais.

Alguém como ela não perderia a compostura com uma pessoa em quem não confiasse pelo menos um pouquinho, né?

Alex nitidamente estava a caminho de encantá-la por completo. Então era hora de redobrar o esforço e apresentá-la às maravilhas de bolos, doces e *custards*.

— Você brigou comigo sem motivo, Babá Clegg — disse ele, num tom bem bajulador, para garantir que ia irritá-la. — Não vai fazer nada para compensar?

— Já pedi desculpa — respondeu ela, e passou o dedo pela tela do e-reader para destacar uma frase. — Deveria bastar.

— Não bastou.

Ela se virou para ele, forçando o olhar de desconfiança.

Então, suspirou e deixou o livro de lado.

— O que você quer, Alex?

Dez minutos depois, estavam os dois olhando para o notebook dele, assistindo à temporada da Nadiya — a *melhor* temporada — de *The Great British Bake Off*. Lauren aceitara, relutante, assistir aos primeiros episódios com ele. Em troca, ele prometera deixá-la dormir em paz o voo todo, mas tinha cruzado os dedos ao fazer a promessa, para não precisar se responsabilizar pelo que fizesse enquanto sobrevoava o oceano Atlântico.

Enquanto assistiam à série, a postura dela ia relaxando minuto a minuto, até os ombros não estarem mais colados nas orelhas. As coxas dela, em leggings flexíveis para a viagem, se afastaram quando ela se aproximou do monitor.

Então, quando ela se ajeitou no assento, ele notou algo muito interessante. No peito dela. Não que estivesse olhando para os seios dela, que não eram nada chamativos. Mas o que cobria os seios era, sim, bem chamativo.

Ele pausou o episódio.

— Ei, Lauren?

Ela fechou os olhos com força e suspirou pelo nariz.

— O que foi, Alex?

— O que é uma Bruxa Horrenda e Perigosa? — perguntou, apontando para a camiseta. — E onde é que elas moram?

BRUXA HORRENDA E PERIGOSA, declarava a camiseta, em letras grandes e destacadas. Uma hashtag acrescentava, em fonte menor: #BRUXASUNIDAS.

— Minha melhor amiga, Sionna, perdeu o marido cinco anos atrás. Uns meses depois, ela anunciou que ia criar o Instituto de Ciências Bruxescas. Perguntou se eu queria me juntar a ela e fundar uma organização de duas pessoas, e, como ela é minha melhor amiga...

Ela deu de ombros de novo, como se dissesse "Sinceramente, o que mais eu faria?".

Ele inclinou a cabeça.

— O Instituto de...

— Ciências Bruxescas — confirmou ela. — Sionna teve a ideia da hashtag. Eu fiz o design das camisetas. A gente se reúne duas vezes ao mês para beber vinho, ver televisão e comentar nosso progresso nas Artes Bruxescas.

Ela voltou a olhar o notebook, nitidamente impaciente para continuarem a série, mas nada disso. Não depois daquela revelação.

Se ele não soubesse, diria que a Babá Clegg às vezes... se divertia?

Não, não podia ser.

Mas como é que alguém que mandava fazer e ainda vestia uma camiseta escrito Bruxa Horrenda e Perigosa poderia ser tão mal-humorada?

— Você fez o design das camisetas — repetiu ele, devagar. — No plural.

— Fiz.

Alex levantou as sobrancelhas.

— Posso ver as outras?

— Agora não. Estão em casa — disse ela, com um gesto impaciente para o computador. — Podemos continuar? Acho que os competidores não vão acabar a tempo.

Alex se recostou na cadeira, cruzou as mãos atrás da cabeça e sorriu para ela.

— Você sabe que estraga-prazeres não é sinônimo de bruxa, né?

Lauren massageou as têmporas.

— Imagino que esteja tudo na mesma Escala de Bruxisse.

— Não necessariamente. Por exemplo, algumas estraga-prazeres são educadas, contidas e cheias de regras — disse ele, levantando as sobrancelhas e olhando para ela. — Já uma Bruxa Horrenda e Perigosa indica certo grau de liberdade, né? Das regras, da culpa e das expectativas?

— Até onde eu sei, *alguém* aqui manipulou a culpa de uma estraga-prazeres há alguns minutos — disse ela, olhando feio para ele. — E não ouvi nenhuma reclamação.

— Ah, não estou reclamando — respondeu Alex, tranquilo. — Só argumentando que adquirir o status de BHP exige esforço. Você tem tendências de bruxa, admito. Demonstrou ali no balcão dos sanduíches — continuou, indicando o bufê. — Mas não chega a ser uma Bruxa Horrenda e Perigosa. Pelo menos por enquanto. Ainda dá para melhorar.

Ele queria ver aquilo. Babá Clegg, indomada e incontida.

Se ela agisse que nem uma bruxa, pelo menos estaria *presente*, em vez de enfurnada nos próprios pensamentos. Seria uma participante, e não mera observadora.

Ela fora civilizada e profissional e cumprira sua parte nas várias negociações dos dois ao longo da semana. Porém, em geral, estar com ela era como morar com um fantasma.

Eles podiam até interagir, mas ela era quase intocável.

Não que ele pretendesse tocar Lauren, uma mulher que era — basicamente — sua colega de trabalho. Mas ele pretendia vê-la sorrir. Gargalhar, até.

Ele podia provocar as duas coisas nela.

Ele *provocaria* as duas coisas nela.

— Tá bom — disse Lauren, e esticou o braço para mexer no notebook e dar *play* na série. — Hora de ver quem deixou a massa descansar pelo tempo certo.

— Você já está amando a série!

Ah, ele adorava estar certo. Se gabar era sempre *incrível.*

— Eu sabia! — acrescentou.

Ela manteve a expressão serena.

— É razoável.

Ele ficou boquiaberto de choque.

— Que *blasfêmia.*

— Shhhh — disse ela, levando um dedo à boca em repreensão. — Estou tentando escutar.

Apesar da severidade no tom, os cantos da boca de Lauren tinham se mexido de novo, só um pouquinho, e Alex franziu as sobrancelhas para ela.

Será que ela estava provocando ele de propósito? Estava... estava zoando com a cara dele?

Ainda considerando a questão, Alex se acomodou para assistir à primeira rodada de avaliação dos juízes. E se remexeu depois de um tempo indeterminado, sendo acordado por dedos suaves em seu braço.

Ele piscou e viu... Lauren. Curvada sobre ele, com gentileza e paciência naqueles olhos desproporcionalmente lindos.

Ela falou em voz baixa:

— Temos que ir para o portão de embarque, Alex. Esperei até não dar mais.

Quando ele mudou de posição, o casaquinho dela caiu. Ela tinha coberto ele?

— Está lento, né? Cochilos têm esse efeito.

Antes que Alex registrasse o que foi dito, ela pegou a mão dele com a própria mão pequena e quente e o ajudou a se levantar.

— Pronto — falou. — Vamos lá.

Que nem um bobo, ele só conseguiu olhar para ela e pensar: *É a primeira vez que nos tocamos desde o aperto de mão quando nos conhecemos.*

— Tudo certo? — perguntou ela.

Quando ele confirmou com a cabeça, sem encontrar palavras, ela o soltou.

Então eles recolheram os pertences e seguiram pelo corredor comprido a caminho do portão, puxando as malas de rodinha. Mais ou menos na metade do caminho, Alex recobrou os pensamentos e a língua.

— Eu agradeceria sua ajuda — disse —, se não estivesse decepcionado pela sua falta de bruxisse quando me acordou.

Ele praticamente escutou ela revirar os olhos.

— Da próxima vez, posso acordar você aos chutes.

As palavras eram tão secas quanto o ar no terminal, e ele sorriu.

— Muito melhor — disse, aprovando com a cabeça. — Seria no mínimo uma Bruxa Intermediária. Quem sabe uma Bruxa Sênior, até.

— Que maravilha. Mal posso esperar para causar dor em você no futuro.

Aquele tom sarcástico era um espetáculo. Ele riu da brincadeira, mas não acreditou. Naquela altura, até um homem egocêntrico e distraído como ele sabia a verdade.

Ela não faria mal nenhum a ele, mesmo que ele merecesse.

E, em certo momento, ele mereceria, com certeza. Disso, também sabia.

Alex olhou de soslaio para ela e estalou os dedos.

— Tenta dar um gás nessas perninhas de Smurf, Babá Clegg. Vamos nos atrasar para o voo.

Ela o olhou, incrédula, e ele sorriu de volta, contente.

* * *

Caramba, como era bom voltar para casa.

A assistente virtual de Alex tinha organizado o traslado do aeroporto de Los Angeles até lá e, após um dia horrivelmente longo de viagem, o sedã elegante enfim estava chegando à sua casa em Beachwood Canyon.

Lauren levantou a cabeça do encosto almofadado do banco de trás e arregalou os olhos sonolentos.

— Isso é...

Assim que o carro estacionou, ela desceu e parou de pé na entrada circular, com os punhos no quadril.

— Você... você tem um minicastelo — concluiu, com a voz oscilante. — Com torre. E fosso.

Então, ela jogou a cabeça para trás e gargalhou.

O som de alegria flutuou pelo céu do entardecer, cheio e quente, brilhante como o sorriso que transformava suas feições até se tornarem quase belas, e...

Ele não conseguia parar de olhar.

Merda, ele não conseguia parar de olhar.

Conversa com Marcus: Domingo à tarde

> **Alex:** Puta que pariu, finalmente chegamos à altitude de cruzeiro

> **Alex:** Que TÉDIO

> **Alex:** A Babá Clegg tá dormindo e me fez prometer só acordar ela para comer, porque ela é cruel e quer que eu sofra

> **Marcus:** Será que ela não tá só cansada?

> **Alex:** ELA TÁ CANSADA DE PROPÓSITO PARA ME TORTURAR

> **Marcus:** Além do cochilo ardiloso, como vão as coisas com a Lauren?

> **Alex:** ...

> **Marcus:** Alex?

> **Alex:** Ela chamou TGBBO de "razoável"

> **Alex:** NA TEMPORADA DA NADIYA, MARCUS

> **Alex:** Como é que eu vou aguentar esse...

> **Alex:** Nem sei a palavra certa para isso, nada é adequado

Marcus: Equívoco?

Alex: Talvez ela seja mesmo uma bruxa

Marcus: Uma bruxa???

Marcus: Que maldade. Melhore, cara.

Alex: PQP

Alex: NINGUÉM ME ENTENDE

Alex: Quer saber? Eu nem ia te contar, mas agora vou

Alex: Encontrei um tesouro de fics de putaria Eneias/Cupido

Marcus: Não quero saber

Alex: Aparentemente o apelido do ship é Eneido

Marcus: É inteligente, mas, ainda assim, NÃO

Alex: Só queria te agradecer pelo amorzinho gostoso que a gente fez

Marcus: PARA COM ISSO PELO AMOR DE DEUS

Alex: Sua energia foi impressionante

Alex: E a grossura também

Marcus: ARRRGH

Alex: Boa sorte para esquecer essa conversa, meu mozão sério mas apaixonado

Marcus: EU TE ODEIO

Alex: Vou cochilar, tchaaaaaaau

Alex: 😘

Marcus: 🖕

Alex: 🙂

5

Alex estava olhando para ela com uma expressão esquisita no rosto amassado de cansaço.

Após um último ronco de risada, Lauren conseguiu conter a crise de riso. Com a gola da camiseta, secou as lágrimas dos olhos.

— Que foi? — perguntou ele, encostado na porta do sedã, aparentemente sem notar que a motorista já tinha descarregado toda a bagagem e esperava sua atenção. — Qual é a graça?

Fazia tanto tempo que Lauren não gargalhava daquele jeito que sua garganta ficou até um pouco machucada, então ela pegou a garrafa d'água que tinha esquecido no banco de trás do carro. Depois de um gole, fechou a porta e abanou a mão em sinal de dispensa.

— Você logo vai saber — disse, e indicou a motorista paciente com a cabeça. — Vamos deixar essa moça seguir com a vida dela.

— Ah.

Em um movimento agitado de sobressalto, ele se virou para a motorista uniformizada, entregou a ela o que parecia uma boa gorjeta e se despediu.

O sedã deu a volta e desapareceu pela rua estreita e sinuosa de Beachwood Canyon enquanto Lauren analisava os arredores.

Se ela tivesse um cachorrinho chamado Totó, informaria que não estavam mais em NoHo. Estavam, na verdade, bem embaixo do letreiro de Hollywood, empoleirados no alto de uma colina, em um bairro onde moravam pessoas ricas e famosas, em vez de gente comum de classe média que nem ela.

A caminho da casa de Alex, subindo mais e mais naquelas ruazinhas, eles passaram por inúmeras casas enormes e imaculadas. Casas não, *mansões*. Era uma variedade estonteante de estilos arquitetônicos, do molde colonial espanhol a... bom, a minicastelos alemães com torres.

Um minicastelo com um fosso estreito e raso repleto de suculentas, que as visitas atravessavam por uma minúscula ponte levadiça. Era claro que Alex tinha um castelo, um fosso e uma ponte levadiça. E o que parecia ser um estábulo. Caramba, será que ele tinha *cavalos*?

Como dizia mesmo aquela coluna nas revistas? Ah, é: *Estrelas — gente como a gente!*

Só que não.

Se ela virasse para o lado, via as luzes do centro de Los Angeles cintilarem lá embaixo. Com uma meia-volta, ficava de cara com a montanha e conseguia ver as letras icônicas de uma proximidade chocante.

De repente, Alex também estava a uma proximidade chocante. Não chegava a tocá-la, mas estava perto o bastante para emitir um calor perceptível.

— Posso fazer um tour da casa e do terreno hoje, se você quiser — disse ele, olhando para ela, com as mãos nos bolsos da calça jeans. — Ou posso arranjar comida, levar você para a casa de hóspedes e deixar o resto para amanhã.

Como Lauren estava morta de fome, grudenta da viagem e quase caindo de exaustão, a resposta era simples.

— Prefiro a segunda opção, por favor.

Antes que ela pudesse impedir, ele deu um jeito de pegar toda a bagagem de uma vez e arrastar tudo pela ponte levadiça até a porta imensa de madeira escura com uma aldraba de cabeça de leão. Luzes discretamente posicionadas iam se acendendo conforme eles passavam, iluminando o caminho.

Na entrada, Alex apoiou as bagagens e se atrapalhou tentando achar as chaves.

— Cacete, sei que estão... por... aqui...

Com uma olhada rápida para o terreno, não conseguiu identificar nenhuma outra construção. Ela supunha que dormiria no estábulo. Parecia adequado, já que Lauren definitivamente era uma mera camponesa, se comparada com aquele lindo príncipe.

— Ahá! — exclamou ele, brandindo as chaves em triunfo. — Venci outra vez!

Lauren manteve a voz tão seca quanto a terra das suculentas:

— Seu oponente era sagaz.

Com um rápido apito do controle remoto no chaveiro, ele desarmou o alarme da casa.

— Você nem imagina, Babá Clegg — respondeu, e ficou parado junto das malas, acenando para ela avançar. — Primeiro você.

O ar dentro da casa era fresco, menos abafado do que ela imaginaria depois de tanto tempo fora. O estilo do castelo era chamativo, mas não cafona. Alguém — talvez Alex, talvez os proprietários anteriores — tinha deixado sua personalidade ali, mas sem exagero.

O saguão, com piso de azulejo, levava a uma área ampla e aberta com pé-direito altíssimo e vigas escuras no teto, cujas paredes brancas eram iluminadas por lâmpadas de tom quente. Uma prateleira enorme, também de madeira escura, coroava uma lareira de pedra gigantesca, repleta de ainda mais suculentas. A mobília — dois sofás compridos e baixos diante da televisão imensa; a mesinha de centro de mármore; os vários assentos menores; as prateleiras de design inteligente — era estilosa, mas confortável, grande o suficiente para encher o espaço sem lotá-lo.

— Tem um lavabo ali no corredor — disse Alex, apontando um canto escuro —, se quiser se lavar antes de jantar. Vou ver o que Dina deixou na geladeira pra gente.

Enquanto seguia pelo corredor mal iluminado, localizava o lavabo impecavelmente equipado e fechava a porta, Lauren começou a sentir dor de cabeça — de novo de desidratação — e se perguntou quem seria Dina. Uma namorada que ele por algum motivo não tinha mencionado, apesar de falar sem parar?

Era improvável. Dina devia ser uma faxineira ou cozinheira.

Lauren relaxou os ombros. Seria desconfortável ficar de olho em Alex e ter que lidar com uma namorada, que, compreensivelmente, desejaria privacidade para receber o namorado depois de tanto tempo.

Fora isso, ele ter namorada não a incomodaria em nada.

Depois de aliviar a bexiga e lavar as mãos, Lauren jogou água no rosto. Foi então que descobriu que a toalha de mão dele era feita de algum tipo de algodão que ela nunca encontrara, aparentemente abençoado por anjos. A toalha secava e acariciava o rosto dela ao mesmo tempo, e, se ela não fosse patologicamente honesta, teria escondido na bolsa.

Depois de secar a bancada de mármore com outra daquelas toalhas milagrosas, ela contemplou seu reflexo. Camiseta amarrotada e molhada. Olheiras tão escuras quanto o roxo desbotado no olho de Alex. Cabelo sem vida caindo do rabo de cavalo desgrenhado.

Mesmo assim, ela nunca tinha escapado tão ilesa de um avião. Depois de um único voo na classe executiva, provavelmente choraria de desespero na próxima vez que tivesse que viajar de classe econômica.

Diante do charme incomparável e do olhar aguçado de Alex, além das passagens caras, ninguém nem se importou com o tamanho dela, ou com a necessidade de um extensor de cinto de segurança. Como prometido, a poltrona era mais larga, com espaço suficiente para ela se sentar confortavelmente. Além do mais, os vários controles permitiram que Lauren deitasse quase na horizontal depois de um jantar completo de três pratos, coberta por uma manta, e resistisse a tirar a máscara gratuita para olhar para a esquerda, onde Alex estava sentado à janela no assento ao lado.

Lauren não tinha dormido muito, mas tivera bastante tempo para si na cabine escura. Alex até cumprira a promessa, apesar dos dedos cruzados mal escondidos, e a deixara descansar. Provavelmente porque também tinha cochilado. Durante as refeições, ele a provocara como de costume, mas...

Ele não tinha reclamado por ela ocupar mais da metade do apoio de braço que dividiam. Não tinha mencionado que a bandeja ficava em um ângulo torto por causa da barriga dela. E, na decolagem e na aterrissagem, ele tinha alcançado novos níveis de ridículo, cochichando comentários tão absurdos que ela acabava dando mais atenção a ele do que ao baque das engrenagens ou à imagem da terra sumindo debaixo deles ou se aproximando em velocidade vertiginosa.

Lauren piscou para o espelho e percebeu que já fazia minutos que encarava o reflexo.

Exaustão. Era tudo o que via. Cansaço da viagem.

Quando voltou para a sala, notou uma área iluminada na lateral. Um canto casual para refeições, a mesa posta de qualquer jeito, com guardanapos descombinados, dois pratos e uma pilha amontoada de talheres no meio.

— Pode pegar o que quiser beber na geladeira. — Ela ouviu vindo de outro lado, e seguiu a voz até uma cozinha linda, de mármore e azulejos brancos com detalhes dourados.

Depois de pegar uma garrafa de curvas elegantes de refrigerante de toranja nas profundezas reluzentes da geladeira, Lauren fechou a porta pesada e se virou para ele.

Alex estava debruçado na frente do micro-ondas embutido, com os cotovelos apoiados na bancada de mármore, vendo um recipiente de vidro girar lá dentro.

— Tomara que você goste de enchilada de frango. Se não gostar, está extremamente equivocada, porque enchilada de frango é uma delícia do caralho. Especialmente a que Dina faz — disse ele, torcendo a boca. — Mas talvez tenha outra opção na geladeira, se você estiver decidida a ser do contra. Merda, eu devia ter coberto o pote. Está estourando e…

Ele abriu o micro-ondas e encostou a ponta do dedo no recipiente de vidro.

— Ainda deve estar meio morno no meio, mas vamos viver perigosamente e comer assim mesmo. Perdão pela minha negligência culinária, Babá Clegg. Você deve estar chocada.

Ela se encostou na bancada e cruzou os braços.

— Você às vezes cansa de falar?

— Nunca — disse ele, destacando o *n* para dar ênfase. — Sou entusiasmado o tempo inteiro.

Alex pegou um descanso de mármore para a travessa, e ela o acompanhou de volta à sala. Apesar do que tinha acabado de dizer, ele mal falou depois de servir as enchiladas nos dois pratos. Ela imaginava que estivesse faminto demais para jogar conversa fora. Ou talvez tão cansado quanto ela, porque já estava meio curvado, mais uma vez apoiado nos cotovelos.

As enchiladas mornas estavam tão deliciosas quanto ele prometera, apimentadas, cheias de molho, recheadas de carne macia e feijão, mas o silêncio a incomodava, por algum motivo.

Não que ela estivesse sentindo falta de ouvi-lo falar. Mas...

— Dina é sua faxineira?

Faltavam só duas garfadas de comida no prato. Ela já estava pensando em repetir.

— Ou sua cozinheira? — acrescentou.

— As duas coisas. E, porra, ela é um anjo. Sem ela, eu estaria perdido e vivendo em miséria — disse ele, abaixando os talheres e coçando a cara. — Nos dias de semana, ela prepara o café e o jantar, e normalmente eu almoço um sanduíche ou o que sobrar. E ela deixa comida para eu esquentar no fim de semana, como você viu.

— Então ela trabalha de segunda a sexta?

Ele confirmou.

— Ela vai chegar cedinho amanhã. Mandei um e-mail para ela faz uns dias e, já que a produção vai pagar generosamente pelas horas extras, ela topou limpar a casa de hóspedes e preparar sua comida também, mas só se você quiser. Sua área tem uma cozinha pequena, se preferir cozinhar, e tem também produtos básicos de limpeza debaixo da pia do banheiro. Vou avisar pra Dina o que você decidir assim que possível.

Nada de faxina. Nada de cozinhar, a não ser que quisesse. Como seria?

— Ah, nossa. Eu adoraria que alguém cozinhasse, limpasse e...

Cansada, ela massageou as têmporas.

— Não — acabou dizendo. — Não, eu não deveria deixá-la fazer tarefas de que dou conta.

Droga.

— Por favor, agradeça pela oferta — acrescentou Lauren —, mas...

— Mudei de ideia — disse Alex, se servindo de mais enchilada sem nem olhar para ela. — A irmã dela acabou de ter neném, e Dina quer economizar dinheiro para a sobrinha. Ela adorou a ideia de receber hora extra. Ela vai te ajudar, queira ou não.

A coisa certa. Ela precisava fazer a coisa certa, mas era tão difícil determinar a coisa certa estando tão *cansada*.

— Está bem — disse, batendo de leve o garfo no prato. — Nesse caso, vou cuidar da arrumação, mas ela pode registrar para a produção que está cumprindo as horas extras, para receber o pagamento.

Ele franziu a testa, parecendo... chateado. Com ela. Por quê?

— Se você dissesse isso para Dina, ela se ofenderia, e eu não a culparia. Por que você acha que ela mentiria sobre o trabalho para ganhar dinheiro? — perguntou ele e, suspirando pelo nariz, se recostou na cadeira. — Acha que estou forçando ela a fazer trabalho extra? Ou que não pago o suficiente pelo tempo e pelo serviço dela? Porque posso garantir, Lauren, que não estou e que pago bem. Minha mãe foi faxineira de hotel por alguns anos, eu sei como esse trabalho é difícil.

Ei, Lauren, se você precisar de dinheiro emprestado, sei lá, é só pedir. As gorjetas generosas no restaurante do hotel. O monte de notas que tinha entregado à motorista.

Ele não era mão de vaca mesmo.

— Pode conversar com ela amanhã. Confirmar que não está sendo explorada nem mal paga. Ela gosta do trabalho e recebe um bom salário. Ela tinha opção, mas *quis* arrumar a casa de hóspedes e cozinhar para você — disse ele, levantando o queixo. — Talvez você acredite nela, se não for acreditar em mim.

— Não é... — Como é que ela tinha se atrapalhado assim? — Espere, Alex.

Fazendo a cadeira arranhar com força o piso de madeira reluzente, Alex se levantou de um pulo e foi batendo os pés até a cozinha, empunhando o prato.

Ela também se levantou com pressa, enjoada.

— Alex. *Alex*. Me escute. Não foi isso.

Mesmo quando ela entrou na cozinha, ele a ignorou e continuou a raspar o prato, jogando o que havia sobrado da enchilada no lixo. Os ombros dele tinham virado nós rígidos de puro músculo sob o algodão fino da camiseta, o que só aumentou o mal-estar dela.

Hesitante, Lauren levou a mão àquele ombro duro como pedra, desesperada para chamar a atenção dele.

Alex estava quente sob seus dedos. Ele não se desvencilhou, mas também não se virou.

— Alex, me desculpe. Não quis ofender você nem ela. É que...

Caramba, aquele dia precisava acabar *logo*. Ela estava tão cansada que os olhos estavam ardendo, marejados.

— Eu odeio cozinhar e fazer faxina — explicou. — Acho difícil imaginar que alguém fosse fazer isso por vontade própria, se tivesse opção.

Ao ouvir isso, ele se virou bruscamente para ela, e Lauren abaixou a mão.

— Mas *você* tem opção, por exemplo — disse ele. — Você não é *alguém*?

Ela abriu a boca para responder, mas logo a fechou.

— Não sei. — Foi tudo que conseguiu dizer.

— Entendi.

O rubor de raiva no rosto dele diminuiu, e ele a olhou de cima.

— O que o Instituto de Ciências Bruxescas diria a respeito disso? — perguntou.

Lauren fechou os olhos, aliviada. O sarcasmo indicava que ele tinha entendido. Entendido e a perdoado pela ofensa.

Ela curvou a boca.

— Que meu nível de bruxisse é insuficiente e que devo voltar para a turma Bruxa Iniciante: Introdução à Arte Bruaca?

— Aaaah.

Ali estava. O ronronado dele, o sussurro grave que causava um calafrio lento nas costas dela.

— Essa foi uma tentativa capenga de piada, Babá Clegg?

— Talvez.

Quando ela abriu os olhos, ele estava a meros centímetros, de cabeça abaixada, olhos vivos, apesar do cansaço.

— Acho que você nunca vai saber — acrescentou ela.

O ar entre eles tornou-se asfixiante, e o olhar dele a paralisou.

— Também quero me desculpar — disse Alex abruptamente, a boca tensa. — Às vezes sou muito sensível. Talvez eu fosse assim de qualquer jeito, mas... hum, é bem comum em quem tem TDAH. Fico mais chateado do que deveria quando acho que alguém me criticou.

Lauren abriu a boca, mas ele levantou a mão e a interrompeu:

— Mesmo que não estejam de fato me criticando. Já me esforcei para ser mais casca-grossa, só que...

Ele levantou um ombro, mas o gesto não parecia casual. Nem um pouco.

Na verdade, nada daquilo parecia casual, e Lauren não entendia bem o que estava acontecendo.

Ele pigarreou e se voltou para a pia. A bolha estourou, e ela voltou a respirar. A escutar algo além do próprio coração. A enxergar além do rosto dele.

— Amanhã, você pode levar o café da manhã para o estábulo ou comer aqui comigo. O mesmo vale para qualquer outra refeição — disse ele, então abriu a torneira, e depois ligou o triturador da pia, esperando o zumbido se calar para voltar a falar. — A não ser que eu saia para comer, é claro, porque, aí, você não tem opção. Vai precisar ir acorrentada comigo, como instruiu o Ron.

A mudança repentina na dinâmica deles a atingiu em cheio.

Alex já não estava mais filmando em uma área isolada da costa espanhola. Tinha voltado para casa e, pelo que ela sabia, não precisava começar outro trabalho imediatamente. Ele podia fazer o que quisesse, a qualquer hora, com qualquer pessoa, e ela teria que acompanhá-lo.

Merda.

— Correto. Sempre que você sair da propriedade, vou te acompanhar.

Considerando como ele era inquieto, isso iria acontecer com frequência. Um gemido subiu das profundezas de sua alma exausta, mas Lauren não o soltou.

— Você tem planos para amanhã? — perguntou.

— Não — disse ele, rindo. — Porra, estou mortinho. Planejo dormir, comer a comida da Dina, falar com o Marcus e só.

— Você não pode sair sem mim — lembrou ela, uma ordem, mas também uma súplica. — Nenhuma vez sequer.

Ele lhe lançou um olhar de certa ameaça.

— Você já disse isso, Babá Clegg.

Ela apoiou os punhos na cintura e o encarou.

— Prometa.

— Você acreditaria em mim?

Ele inclinou a cabeça, atento. Desconfiado.

Ela pensou por um momento, só para garantir.

Então, respondeu, sincera:

— Sim.

Ele abaixou a cabeça, soltando um suspiro demorado. E, quando ergueu o rosto outra vez, sua expressão estava impassível.

— Prometo — falou.

O tempo voltou a se arrastar, escorrendo como xarope. As pernas dela estavam tremendo de tensão, os lábios secos implorando para que ela os lambesse.

Ele balançou de leve a cabeça.

— Você está cansada. Vou pegar suas chaves, te ensinar a mexer no sistema de alarme e mostrar a casa de hóspedes.

Após um breve tutorial sobre o alarme, eles saíram. Ele não a deixou nem chegar perto da bagagem, e carregou as malas pessoalmente até o falso estábulo.

Na entrada da casa de hóspedes, ele entregou para ela um chaveiro com duas chaves e outro pequeno controle remoto.

— Isso é seu. Uma chave e um controle para o estábulo e outra chave para a casa principal.

Ela estudou o controle, cujos botões pareciam relativamente simples.

— Meu primeiro evento público é na terça à noite. É um leilão beneficente. Vou apresentar — informou Alex, com um sorriso um pouquinho maligno. — Vai ter tapete vermelho e tudo. Então você vai ter que aparecer comigo, Babá Clegg. Traje esporte fino é obrigatório.

Ela massageou as têmporas.

— Vou precisar comprar roupas. E você vai ter que me acompanhar até a loja.

— Vamos resolver isso amanhã. Vem. Deixa eu te mostrar a casa e explicar como tudo funciona, para você poder ir dormir.

Com um toque levíssimo na lombar dela, ele a empurrou para a porta.

— Até bruxas precisam descansar. Senão, ficam com sono demais para a bruxeza ideal.

— Não existe a palavra *bruxeza*.

— Pois agora existe.

Depois de desligar o alarme e abrir a porta, ela entrou e encontrou... o que talvez fosse seu apartamento perfeito.

O térreo era um cômodo aberto, com assentos confortáveis, uma televisão grande, uma pequena cozinha com área para refeição e um banheiro ao lado. Não se via nem um grão de poeira, sem dúvida devido ao esforço de Dina.

Mais bancadas de mármore branco. Eletrodomésticos de inox. Piso de madeira reluzente. Até outra pequena lareira transbordando de plantas de folhas cerosas.

A escada estreita do outro lado deveria levar a...

— O quarto é lá em cima. Tem uma varanda particular, com vista para as colinas. Se deixar a porta da varanda entreaberta, entra uma brisa gostosa à noite. Dá para se virar com o alarme, eu te ensino — disse ele, parando dentro da sala com os braços abertos. — Acho que é tudo bem simples, mas que tal dar uma olhada antes de eu voltar?

Ela tirou os sapatos e foi explorar. Os eletrodomésticos pareciam todos caros e fáceis de usar, assim como a televisão.

O banheiro...

Bom, talvez ela nunca fosse embora daquele banheiro. Era uma versão muito maior do lavabo da casa principal, todo de mármore e ouro, contendo as toalhas de mão mais gloriosas do universo, além de *toalhas de banho inteiras* do mesmo material. Atrás da porta, havia até um roupão do mesmo tecido pendurado em um gancho elegante. Não caberia nela, claro, mas ela agradecia o gesto.

Tinha um chuveiro, uma banheira espaçosa e uma pia com bancada generosa. Lauren sentiu vontade de tomar banho imediatamente. Em vez disso, saiu do banheiro, relutante, e subiu a escada quase em espiral que levava ao quarto de pé-direito alto, dominado por uma cama tamanho king com edredom macio verde-água e cabeceira graciosamente curvada. O tapete era turquesa, branco e amarelo-claro, e tudo indicava que era feito de ovelhas que passavam a vida toda usando condicionador para a lã atingir o auge da maciez.

Quando ela desceu, não sabia se devia beijar Alex ou chorar só de pensar em um dia ir embora do Estábulo dos Sonhos.

Ele estava encostado na porta, mas se empertigou quando ela surgiu.

— Tudo certo?

Ela apenas fez que sim com a cabeça, sem saber processar o nível de muito-mais-que-certo de tudo aquilo.

— O terreno todo tem uma estrutura básica de segurança, mas você precisa girar o trinco quando eu for embora e deixar tudo trancado quando estiver aqui. E ativar o alarme também. Entendeu? — perguntou ele, num tom sério. — Até agora, dei sorte, mas as pessoas sabem meu nome, e podem descobrir onde eu moro. Fique esperta, e se cuide.

Alex seguiu para a porta e acrescentou:

— Você tem meu número. Me liga se precisar, que chego em meio minuto. Até amanhã.

Ela piscou ao vê-lo sair, surpresa pela sinceridade e simplicidade daquela despedida.

Nada de sarcasmo? Nenhuma piada sobre...

— Como sempre, fique atenta a qualquer sinal de frivolidade e elimine-os com cuidado — disse ele, sem se virar. — Alegria e prazer podem estar à espreita em qualquer lugar e qualquer hora. Vigilância, Babá Clegg.

Então a porta se fechou, e ele se foi, deixando-a ao mesmo tempo irritada e aliviada. Porém, ela logo descobriu que Alex não tinha se afastado muito.

— Estou esperando! — gritou ele do outro lado da porta um momento depois, com a voz abafada. — Não sabe nem seguir instruções simples, sua tola?

Quando Lauren trancou a porta, ele seguiu para casa. Uma atrás da outra, luzes foram se acendendo acima dele, como se marcassem seu progresso por um palco, e ela o acompanhou da janela mais próxima à porta.

A passos rápidos, ele seguia a trilha larga de ladrilhos ladeada por pedrinhas e várias plantas. Depois de ele sumir porta adentro do castelo, Lauren ligou o alarme, se afastou da janela e fechou as cortinas para a escuridão lá fora.

Ela devia tomar banho, desfazer a mala e deitar, mas, em vez disso, deu mais uma volta pela casa, inquieta. Nem esfregar o rosto na melhor toalha do universo aliviou a sensação esquisita de vazio.

Era estranho estar tão distante de Alex à noite.

Era um alívio, claro. Lidar com ele exigia muita energia.

Mas aquela casinha de hóspedes era muito, muito silenciosa sem a presença dele, ou até mesmo de suas conversas com Marcus, meio a gritos e meio a gargalhadas, do outro lado da parede fina.

Ela devia estar simplesmente com saudade de contato humano, por mais irritante que fosse. Depois do banho, ligaria para Sionna.

Assim, aquela sensação incômoda — como se tivesse esquecido algo importante, ou deixado algo no lugar errado — desapareceria. De vez, esperava.

MÍMICA AO LUAR

INT. RESTAURANTE PARISIENSE ELEGANTE — NOITE

JOHNNY e ESMÉE estão sentados a uma mesa à luz de velas, praticamente sozinhos no restaurante. Ela está angustiada. Johnny pega a mão dela.

JOHNNY

O que houve, Esmée?

Esmée se desvencilha e faz mímica de passear com um cachorro imaginário. Ela aponta para o cachorro e depois para si.

JOHNNY

Eu faço você se sentir acorrentada? Como um bichinho? Mas, meu bem, se você me *dissesse*...

Ela balança a cabeça, triste, e puxa uma corda imaginária, colocando as mãos uma acima da outra, antes de acariciar a barriga.

JOHNNY

Não acredito! Nosso professor do curso de cordas, não! Você não pode estar grávida dele!

Ela se levanta e se curva para trás, sacudindo os braços, como se empurrada por um vento forte.

JOHNNY

É claro que você está desequilibrada! Deixe-me ajudá-la, Esmée!

Esmée faz vários movimentos indistintos. Johnny balança a cabeça, confuso. Ela fica frustrada com a dificuldade de encontrar gestos para comunicar o que quer dizer. Depois de balançar o braço mais algumas vezes, desiste, dá de ombros e fala.

ESMÉE

Com você, eu fico presa, Johnny. Como se estivesse dentro de uma caixa. E nunca descobri como te contar isso.

6

— O terreno é todo seu, pode ficar à vontade para explorar.

Forçando a vista na luz forte da manhã, Alex pôs os óculos escuros e continuou a falar, apesar da falta de resposta de Lauren:

— Outras áreas têm vistas espetaculares do centro de Los Angeles, das colinas e do reservatório. Quando o céu está bem limpo, dá até para enxergar o Pacífico.

Depois de tomar a medicação de TDAH com um gole de café, ele deixou a xícara na mesa de teca, cutucou o que restava do folhado de cereja e queijo e fez uma careta.

Por que ele parecia um corretor de imóveis tentando convencer uma compradora insatisfeita a adquirir uma propriedade? Caramba, era muita falta de dignidade, até para ele, que nunca tinha dado tanto valor para a dignidade.

Mas Alex não conseguia se conter.

Ele apontou uma área arborizada do terreno.

— Dá para colher laranja, limão Meyer e toranja. E abacate também.

Quando olhou para Lauren, ela estava observando a área arborizada, mas com a expressão impassível de sempre. Ainda mais, na verdade, por causa dos óculos escuros grandes.

Antes de responder, ela terminou de mastigar um pedaço de folhado de maçã, porque era óbvio que ela escolhera a opção mais sem graça de café da manhã.

— Conveniente — disse ela, daquele jeito imperturbável e irritante pra cacete.

Ela provavelmente não gostava de abacate, porque era uma *chata*.

— Depois de acabar esse folhado decepcionante de maçã, que tal ir dar um oi para Dina e combinar um esquema com ela? Aí a gente pode sair.

— Primeiro...

Ela enfiou na boca o último pedaço do folhado, mastigou bastante e engoliu antes de continuar a falar, porque Babá Clegg era o ser humano mais regrado do mundo.

— Meu folhado estava ótimo — continuou. — A massa estava leve e amanteigada, e a maçã ainda tinha boa textura. Segundo, aonde vamos?

Ele a olhou com dó.

— O folhado não tinha nem cobertura. Você é uma bárbara.

— Repito — disse Lauren, acabando de tomar o suco de laranja fresco. — Aonde vamos?

— Comprar um vestido para você. Dar uma de *Uma Linda Mulher* — respondeu ele, estalando as juntas dos dedos com gosto. — Mal posso esperar até alguém se recusar a te atender já que você obviamente é uma caipira sem sofisticação do Kansas, ou sei lá...

— Eu sou de North Hollywood. É basicamente só descer essa colina e subir a outra.

— ... e aí você vai embora, envergonhada e triste, mas volta horas depois com roupas de grife caríssimas só para esfregar na cara deles como perderam dinheiro.

Ela massageou as têmporas outra vez.

— A maior satisfação vem sempre da vingança mesquinha — insistiu Alex, empurrando o celular de Lauren para mais perto dela na mesa. — Melhor anotar isso. Considere como uma amostra grátis do meu TED Talk.

Por um momento demorado e satisfatório, ela pareceu perder completamente as palavras. Até que voltou a falar, enunciando bem cada palavra, devagar.

— Está bem, primeiro — disse ela, mas hesitou, massageando as têmporas de novo. — Por que eu preciso fazer tantas listas para você?

— É esse o primeiro item? — perguntou ele, franzindo a testa. — Que lista estranha.

— Não é o primeiro item. É um adendo, otário.

Ele soltou uma exclamação de choque tão alta que um passarinho ali por perto bateu as asas de susto.

— Que palavreado! Meus pobres ouvidos delicados!

Naquele momento, a respiração dela pareceu ficar mais lenta, e Alex imaginou que ela estivesse contando os intervalos para se acalmar.

Depois de várias inspirações muito profundas e extremamente engraçadas, ela se controlou.

— Primeiro: eu não sou profissional do sexo, e você não é meu cliente. Por isso não podemos "dar uma de *Uma Linda Mulher*". Segundo: como você não é meu cliente nem nenhum tipo de *sugar daddy*, não vai pagar pelas minhas roupas, e eu não tenho como gastar milhares de dólares em peças que nunca mais vou vestir. Terceiro...

— A produção pagaria por um vestido adequado para o tapete vermelho — interrompeu.

— Terceiro — repetiu ela, determinada —, não dá para comprar um vestido esporte fino do meu tamanho, pelo menos não nas lojas mais conhecidas de Los Angeles. Para encontrar uma peça bonita e que caiba em mim, você teria que contratar o Christian Siriano...

— Eu sabia que você gostava de *reality*! Ha!

Ele imaginava que a indiferença a *TGBBO* era fingimento. *Tinha* que ser. Quem resistiria à emocionante trajetória de Nadiya rumo ao triunfo da confeitaria? E à dupla hilária Sue e Mel?

— ... ou, provavelmente, encomendar na internet uma roupa muito menos bonita, mas também muito mais barata. E mandar fazer bainha. O que, quarto, não temos tempo para fazer, visto que o evento é amanhã. Então, quinto, precisamos ir ao meu apartamento para decidir que vestido que já tenho pode servir.

Aaah. Ele ia ver o refúgio íntimo de sua severa protetora? Sua Fortaleza da Solidão Simplória? Ele mal podia esperar.

— Você vai me levar para a sua casa? — perguntou, arregalando os olhos. — Sem sequer me levar para um encontro de verdade antes? Não quero que você ache que sou fácil assim.

— Pelo amor de...

Ela começou a massagear a testa, além das têmporas. Ele se sentiria mais culpado se não tivesse também um sorrisinho repuxando o canto daquela boca larga.

— Eu planejava visitar meu apartamento em breve, de qualquer modo — disse Lauren —, já que não quero usar as mesmas roupas que separei para as férias na Espanha. Então é melhor resolvermos tudo de uma vez hoje. Eu dirijo.

Ele se levantou de um pulo.

— Vamos nessa, Thelma.

— Senta aí, Louise — disse ela, apontando para a cadeira. — Você praticamente só bebeu café. Semana passada, você não parava de reclamar de dor de estômago por causa do remédio, e me disse que o melhor jeito de prevenir a dor era comer melhor de manhã. Então vamos cuidar disso.

Ele não tinha percebido que ela o escutava assim. Se tivesse, talvez não mencionasse...

Ah, para quem estava mentindo? Era *claro* que teria mencionado o problema. *Não* falar alguma coisa seria estranho, o que ele também já tinha explicado mil vezes para Lauren.

Ela ainda estava falando. Aparentemente também o tinha escutado explicar aquilo tudo.

— ...rótulo da medicação, você deveria tomar o comprimido com muita água. Vamos levar uma garrafa no carro, para você beber no caminho.

O que ele comia ou bebia não tinha nada a ver com o trabalho dela. Porém, a preocupação em sua voz também não era profissional.

Era pessoal. Era *presente*.

Ele não enxergava os olhos verdes gloriosos por trás dos óculos, mas sabia que estariam calorosos. Preocupados.

Então sentou a bunda na cadeira e comeu o que sobrou do folhado sem reclamar, antes de voltarem para dentro de casa. O que fez ela curvar um tiquinho a boca de novo.

Ele gostou.

Queria que acontecesse mais vezes.

Puta merda, o apartamento da Lauren. O telhado era íngreme, o revestimento era de estuque creme, e na entrada...

Tinha um *torreão*. Era pequeno, mas, cacete, sem dúvida era um *torreão*.

Se Alex morava em um minicastelo, ela morava em um mini-minicastelo.

Por isso tinha surtado ao ver a casa dele ontem. Caramba, ele também estava surtando. Quais eram as chances?

— Respire fundo — disse ela, ao estacionar na garagem dupla anexa, e deu um tapa nas costas dele. — Falei para não beber água logo antes de entrar na minha rua.

Quando ele parou de tossir e rir ao mesmo tempo, e finalmente recuperou o fôlego, precisou de mais detalhes.

— Qual é o nome desse estilo arquitetônico?

— Decadente — disse ela, seca como os ventos de Santa Ana. — E, de acordo com o corretor de imóveis, "contos de fadas". Ou João e Maria.

— Você sabia... — começou ele, e precisou parar para mais uma crise de riso. — Sabia que Ian também tem um castelo? E é a parada mais cafona que eu já vi? Ele comprou um mês depois de eu me mudar, então acho que foi um negócio esquisito, tipo medir tamanho de pau.

Ela engasgou também, aparentemente apenas com ar.

— Minhas torres são mais altas e eretas que as suas, esse tipo de coisa?

— Tem brasões totalmente inventados e uns machados pendurados nas paredes.

Ah, que bela memória.

— Visitei uma vez só, para uma festa do elenco — continuou ele —, e falei na caradura que também tinha um machado no meu castelo, e que era maior que os dele. Quando filmamos juntos de novo, ele me mostrou uma foto do machado novinho que tinha mandado fazer. O cabo tinha uns quatro metros, Lauren, te juro.

E pronto. Ela tinha caído na gargalhada de novo, com os olhos brilhando e o sorriso largo.

— Agora, vamos lá — disse ele, satisfeito. — Vamos entrar e avaliar o conteúdo decepcionante do seu armário. Não temos o dia todo para papo furado, Babá Clegg. Sebo nas canelas!

Ela parou de rir, olhou feio para ele e enfim suspirou e saiu do carro.

O torreão era engraçado, mas por dentro, o apartamento — que ela aparentemente dividia com a melhor amiga, Sionna, que infelizmente não estava lá para Alex interrogar — não era especialmente emocionante. O local tinha um piso de madeira até razoável, assim como as janelas de esquadria, mas o quarto era minúsculo, e a cozinha, igualmente minúscula, tinha passado por uma modernização desastrosa no passado.

Ele reconheceu os móveis baratos da IKEA de seus anos em Hollywood antes de *Portões*.

— Oi, Billy! — exclamou, cumprimentando a estante ao passar. — Quanto tempo!

Ela só revirou os olhos e fez sinal para ele entrar no quarto, que infelizmente era arrumado e não tinha tralhas jogadas por aí. Qualquer traço de personalidade que pudesse haver ali, Lauren deixava escondido. O que ele precisava mesmo era dar uma olhada melhor nos livros da estante, ou quem sabe na mesa de cabeceira.

Mulheres guardavam todo tipo de coisa divertida na mesa de cabeceira. Porra, ele tinha certeza.

Assim como a cozinha, o armário dela era antiquado e desastroso. Talvez ela quisesse usar alguma coisa além de camiseta, calça jeans, legging, calça preta ou camisa de botão neutra pelo resto da bendita vida tediosa. Mas aparentemente, não queria, porque as roupas que guardou na mala eram todas iguais.

— Seu armário é uma porcaria, Babá Clegg — disse ele.

Ela soltou um suspiro exasperado.

— Levei minhas melhores roupas para a Espanha, então já estão na sua casa.

Ele tentou pensar.

— Não lembro de nenhuma roupa melhor.

— Eu usei um vestido para jantar naquela primeira noite! — exclamou ela, levantando as mãos. — Um vestido rodado! Verde-escuro e bonito!

Ele ia gostar de vê-la com aquele vestido de novo. Nitidamente, não tinha prestado atenção suficiente.

— Pode até ser, mas não é vestido de festa.

Ele se sentou na beira da cama e, Jesus amado, aquela mulher precisava de um colchão melhor, urgente.

— O que você tem de brilhante? — perguntou.

Outro olhar mortal.

— Não curto brilho.

Quando ela pegou um vestido preto, ele assentiu.

— Saquei. O que você curte é velório.

— É de *renda* — disse ela, sacudindo o cabide na cara dele. — É um vestido lindo, e eu me sinto bem com ele.

Isso fez Alex se calar. Se o vestido preto deprimente e o vestido rodado verde discreto a ajudavam a se sentir confortável, então ele não iria criticá-los. Seria muito escroto da parte dele.

Sim, ele frequentemente era escroto. Mas talvez não precisasse ser naquele momento.

— Vamos ver, então — disse.

— Como assim?

Ela fechou a cara, confusa, e, honestamente, era até fofa.

— Experimenta — disse ele, abanando a mão para indicar o banheiro. — Se não for adequado para o tapete vermelho, damos um jeito. Posso pedir uns favores, ou falar com o pessoal do figurino de *Portões*. Eles provavelmente arranjariam um vestido para você rapidinho.

— Não vou brincar de fantasia com você — disse ela, amarga.

— Por que não?

Pelo visto, ela não pensou numa boa resposta, porque se arrastou até o banheiro com o vestido. Ou, mais precisamente, foi batendo os pés, o que era outro tipo de vitória.

Após vários minutos, ela pôs a cabeça para fora.

— Esse vestido precisa servir, Alex — disse, com a boca pálida e retesada de tensão. — Não quero que você peça favor nenhum, nem dar trabalho aos figurinistas.

Alex percebeu que Lauren não gostava que ninguém fizesse nada por ela. Nunca.

— Tá bom — disse ele, e se reclinou na cama, se apoiando nos cotovelos. — Escuta, é o seguinte. Quando a gente andar pelo tapete vermelho, os fotógrafos vão mandar você se afastar, de qualquer jeito. Vão querer te tirar da foto, porque sou eu o cara que o público paga para ver. Eles não vão se interessar por uma mulher aleatória que eles nunca viram e talvez nunca mais vejam. Então, desde que seu vestido não seja extremamente vergonhoso, não faz tanta diferença o que você vai usar.

— Então que história toda era aquela de roupas de grife?

A voz dela continha um mundo inteiro de paciência no limite. Ele deu de ombros.

— Eu gosto de coisas cintilantes.

— Claro que gosta — respondeu ela, naquela voz seca.

Quando Lauren saiu de trás da porta do banheiro, ele precisou sorrir. Foi um sorriso genuíno, porque, sim, o vestido nitidamente não era de grife, não era nem caro, mas ficava *mesmo* ótimo nela. Podia ser só preto, preto e preto, mas a saia esvoaçante até o joelho e os vislumbres de pele pálida sob a renda eram bonitos.

— O vestido está legal. Resolvido seu problema — disse ele, desabando na cama, e a dispensou com um gesto. — Mas ainda tenho que resolver o meu. Preciso escrever um discurso para o evento e mandar para Ron aprovar antes.

A porta do banheiro voltou a se fechar, e ela falou do outro lado:

— A arrecadação é para o quê?

— Uma organização local de prevenção à violência doméstica que cuida de abrigos para mulheres e crianças vítimas de agressão — explicou Alex, coçando a barba, distraído. — Faz uns anos que trabalho com eles. Tomara que minha cara extremamente linda atraia uns lances altos, porque meu discurso está tão horrendo e inadequado quanto seu guarda-roupa.

Ele precisava escrever um discurso melhor. Era especialmente difícil se concentrar para acabar projetos quando estava cansado, mas tinha feito terapia especializada por anos exatamente para lidar com situações como aquela.

— Tem outros convidados importantes confirmados? — perguntou ela, ainda com a voz abafada.

Ele fechou os olhos, de repente cansado outra vez.

— Asha planejava aparecer, mas ela está na missão de agarrar o namorado pop star em todos os portos do Mediterrâneo. Ela se desculpou com uma doação gigantesca.

Alex precisava admitir que tinha um pouco de inveja. Não de Asha ou do peguete ruivo, mas do que eles estavam vivendo. Aquela *necessidade* devastadora de estarem juntos. O tipo de desejo e atração ardentes que fazia eles não conseguirem se separar, se recusarem a se afastar.

Fazia anos que não sentia aquilo. Provavelmente mais de uma década, até.

— Fora isso, os convidados famosos são meus amigos do elenco que moram por aqui. Carah Brown. Maria Ivarsson. Peter Reedton.

Ele não tinha convidado Ian, e Mackenzie já havia doado dinheiro em nome de Bigodinho.

— Acho que você não conheceu nenhum deles — comentou. — Eles já tinham acabado de filmar quando você chegou.

Marcus também teria ido, mas estava em São Francisco, ocupado com uma geóloga chamada April, e Alex não ia atrapalhar.

Porém, ele sabia que Marcus ia mandar uma doação caprichada depois.

A voz suave de Lauren soou de perto da cama, e ele tomou um susto.

— Vamos voltar. Nós dois precisamos almoçar e tirar um cochilo, e você tem que escrever o discurso.

Ela tinha vestido uma camiseta e uma calça jeans simples e fitava Alex — ainda jogado na cama — com um quê de solidariedade naqueles belos olhos. O nariz torto e aduncto dela refletia a luz de uma das janelas, e ele a fitou.

Talvez Lauren estivesse certa, afinal.

Talvez roupas mais chamativas fossem apenas concorrer com as feições e a silhueta marcantes dela. Talvez distraíssem do que a tornava interessante e única.

Não que ele fosse dizer isso.

Quando ela ofereceu a mão, Alex aceitou. Lauren o ajudou a se levantar, e ele apertou os dedos dela de leve antes de soltar.

— Nem pense que não notei esse salto anabela que você guardou na mala — disse ele, fungando de desdém, ao pegar a bagagem dela e sair do quarto. — A Comissão Norte-Americana dos Estraga-Prazeres não discutiu o perigo de tamanha extravagância indumentária frívola?

Ela bufou, rindo, e ele sorriu, contente.

E-mail de Lauren

De: l.c.clegg@umail.com
Para: ReiRon@deusesdosportoes.com
Assunto: Relatório semanal e evento de amanhã

Caro Ron,

Como prometido, segue meu primeiro relatório semanal do comportamento de Alex. Sei que você não queria que eu dissesse a ele que mandaria notícias regularmente, mas, como você deve lembrar, eu ~~propositalmente me calei e não discuti, mas também~~ não concordei com essa regra. Portanto, o informei, em nosso primeiro dia de trabalho, que escreveria toda semana para você, e o lembrei desse fato hoje. Ele pediu para mandar um abraço ~~"tão caloroso que chega a pegar fogo, o que, pensando bem, pode ser útil para ele se preparar para a vida após a morte"~~.

Até agora, o comportamento dele foi ~~irritante pra caramba, mas essencialmente~~ correto. No set, como você sabe, ele se mostrou esforçado e profissional. Sempre que encontramos fãs, ele foi gentil, simpático e paciente com pedidos de selfies. Também me acolheu muito bem em sua casa.

Finalmente, apesar de sua preocupação, ele não compartilhou nenhuma informação confidencial ou prejudicial quanto à produção ou aos roteiros da última temporada, e não consumiu álcool em excesso em qualquer ocasião. ~~Tem certeza de que ele estava bêbado na noite da briga no bar?~~

Caso deseje outras informações, por favor, me informe, e ~~se o pedido não for uma invasão à privacidade de Alex,~~ podemos discutir a questão.

Sei que devo acompanhá-lo ao leilão beneficente de amanhã, mas não sei o que fazer lá. Devo caminhar com ele no tapete vermelho? Sei que é isso o que ele espera, mas ~~certamente deve ter alguém melhor para acompanhá-lo nesses eventos~~ eu não tenho certeza.

Além disso, o que devo responder caso alguém me pergunte quem eu sou? Alex não se incomoda em dizer ~~"esta é a Babá Clegg, o albatroz assustadoramente baixinho que devo carregar em castigo pelo meu mau comportamento"~~ a verdade, mas creio que isso não seria positivo para ele nem para sua produção. Se possível, por favor, me aconselhe antes da noite de amanhã.

Minha mãe manda um abraço, ~~que, diferente do de Alex, é genuíno, já que ela não te conhece tão bem~~.

Atenciosamente,

Lauren

7

Mais tarde, depois de Alex almoçar, cochilar, transformar o discurso em algo razoável, receber aprovação de Ron e jantar com Lauren em casa, ele se largou na cadeira do escritório e fez dois telefonemas que andava evitando.

Primeiro, para o agente. Em teoria, deveria ser uma chamada de vídeo, mas não. Como garantia a lei, Alex se reservava o direito de fazer careta para o celular quando estivesse incomodado com a conversa.

— *Até que enfim*, Alex — atendeu Zach, que, felizmente, não viu Alex revirar os olhos em resposta. — Caramba, pare de evitar meus e-mails. Precisamos discutir umas coisas.

— Não é justo, cara — disse Alex, se recostando na cadeira e girando de um lado para o outro. — Não evitei seus e-mails. Depois de lê-los com notável, ou, melhor, *louvável*, rapidez e atenção, eu simplesmente decidi que eles não exigiam uma resposta imediata.

Do outro lado, ele ouviu um barulho estranho. Dentes rangendo? Zach pronunciou com cuidado cada palavra:

— Nas últimas semanas, recebi diversas mensagens dos produtores de seus futuros projetos, questionando seu comportamento. Todos querem saber se você ainda está, como disseram, "descontrolado".

Alex e Zach já tinham discutido aquele assunto pelo menos uma meia dúzia de vezes desde o ocorrido na Espanha, e em nenhuma conversa — nem umazinha sequer — Zach perguntou o que tinha acontecido de fato. O que era decepcionante, já que os dois trabalhavam juntos desde o início da carreira de Alex, quando ainda eram aspirantes em Hollywood, recém-formados no colégio, trabalhando de garçom para encher as contas vazias no banco.

Era uma pergunta simples, que Alex merecia, depois de tantos anos.

— Você já disse isso nos e-mails.

Uma pessoa melhor colocaria o telefone no mudo para bocejar, mas Alex não se deu ao trabalho. Ele continuou:

— Tem mais alguma coisa?

Um suspiro pesado.

— Eu também perguntei se aquela mulher que Ron contratou está domando você, porque, se houver mais um escândalo, você vai se atrapalhar com as cláusulas de comportamento nos contratos que assinou. Você não respondeu. Nenhuma vez.

Domando você. Como se ele fosse um bicho de zoológico. Um leão, talvez?

Se fosse assim, o tom de Zach ao se referir a Lauren tinha causado um arrepio incômodo na juba abundante, gloriosa e brilhante de Alex.

Ele se endireitou.

— "Aquela mulher" se chama Lauren Clegg. Ou, melhor, srta. Clegg. E ela está fazendo um trabalho exemplar de apagar qualquer mínima faísca de alegria e entusiasmo que eu sinta, fique tranquilo.

— Certo. Que bom — disse Zach, cujo tom tenso combinava com o de Alex. — Melhor que a *srta. Clegg* continue com esse trabalho, porque não podemos arcar com outra besteira.

— Independentemente do trabalho dela, o responsável pelo meu comportamento sou *eu*. Não ela. O que quer que aconteça, a culpa não é dela. Quero que isso fique claro.

Puta merda, que *cara de pau*.

— É só isso? — insistiu. — Porque tenho coisa melhor para fazer. Faz horas que não passo fio dental, e soube que os produtores também andam considerando se meu acúmulo de placa está dentro do estipulado em contrato.

Fez-se um longo silêncio na linha, e Alex se perguntou se era o fim. Se aquela era a conversa que finalmente acabaria com a parceria.

A ideia provavelmente deveria assustá-lo, e talvez o assustasse depois, mas, naquele momento, não foi o que sentiu. Se Zach não mostrasse um pouco de respeito por Lauren, podia ir se foder em outro canto qualquer de Hollywood.

— Espero que você saiba o que está fazendo — disse Zach, com a voz seca.

— Como sempre soube — disse Alex, e desligou.

Depois, para se acalmar, leu uma fic Cupido/Psiquê em que Psiquê era o sacrifício humano de um pequeno vilarejo para um clã de lobisomens liderado por Júpiter — até Cupido, neto de Júpiter, se apaixonar por ela e salvá-la do perigo.

Em seguida, a situação esquentava, e era *extremamente* agradável.

Depois de retomar o ânimo, ele ligou para a mãe. Fez uma videochamada, como sempre — ele precisava ver o rosto dela.

Linda atendeu depois de dois toques, com o cabelo castanho com mechas grisalhas preso em um rabo de cavalo alto e bagunçado, o rosto iluminado por um raio alegre de sol.

O sol se punha na Flórida, e o brilho dourado e quente banhava seu lugar no balanço da varanda. Ela começou a balançar, e o quintal ia e vinha enquanto o rosto dela seguia no centro da tela.

— Meu bem! — exclamou Linda, sorrindo até enrugar o canto dos olhos, do mesmo tom de cinza dos dele. — Não sabia que você ia me ligar hoje.

Ela estava com uma cara boa. A voz parecia boa também, e um nó tenso se relaxou dentro dele. Pelo menos, até a próxima conversa.

Alex queria conseguir recuperar a alegria e o conforto que a voz de sua mãe costumava lhe causar. Aquela sensação de acolhimento e aceitação, apesar de todos os defeitos dele.

A voz dela não tinha mudado. O amor dela por ele não tinha mudado.

Quem tinha mudado era *ele*, havia pouco mais de onze anos.

E era melhor assim. Ele sabia o mal que havia feito a ela, e faria de tudo para nunca repetir o erro. Mas a culpa, a raiva que sentia de si, tinha arrancado o simples acalento que a presença dela, as palavras carinhosas dela, forneciam. Quando falava com Linda, não falava apenas com a mãe. Falava com alguém a quem havia prejudicado, e não conseguia esquecer. Não esqueceria.

— Queria só saber como você está — disse ele, a pura verdade, sem hesitação.

— Estou ótima. E você?

Como de costume, ela mexia no colar barato enquanto falava. Ele tinha dado aquele colar para ela fazia... o quê? Vinte anos? Tinha sido pouco depois de ele se mudar para Los Angeles.

Ela ainda usava o colar todo dia, porque amava o pingente que continha duas fotos minúsculas. Na esquerda: eles dois, mãe e filho, quando ele era bebê. Na direita: eles dois, quinze anos depois, posando exatamente igual à primeira foto.

Alex tinha até arranjado uma roupa razoavelmente parecida na segunda ocasião, embora a mãe insistisse para ele não usar a chupeta na foto, que tinham tirado em uma loja. Se lembrava bem, ele a havia chamado de chata e arranjado um gorro com hélice para usar no lugar.

Em certo momento, ele precisaria apresentar Lauren à mãe. Desconfiava que elas teriam muito o que conversar sobre ele.

— Sou um exemplo de boa saúde, boa aparência e boas escolhas, como sempre — disse ele, com um sorrisinho brincalhão, e a mãe revirou os olhos. — O que vai fazer essa semana?

— Nada de mais — respondeu ela, inclinando a cabeça, pensativa. — Finalmente acabou o treinamento do moleque novo, então posso tirar mais um dia de folga. Vou pegar meu guarda-sol, uns livros baratos que não me incomodo de sujar de areia e passar o dia relaxando na praia.

Alex mandava dinheiro suficiente para ela não precisar trabalhar, mas ela preferia se ocupar. O trabalho em meio período no sebo na beira da praia a fazia feliz e oferecia um bom estoque de leituras.

Pelo menos Linda finalmente tinha aceitado uma casa nova na praia uns anos antes. Ela merecia o mundo todo, o que seria verdade mesmo que ele não se corroesse de culpa.

— Com ou sem guarda-sol, não se esqueça de passar filtro solar — lembrou ele. — Você sabe o que a dermatologista disse.

— Seu chato.

Era uma acusação brincalhona, e irônica, visto as reclamações que ele fazia de Lauren. Como se lesse seus pensamentos, a mãe acrescentou:

— Falando de decisões sábias, como andam as coisas com a Lauren? Você está sendo legal com ela, não está?

Aquele tom ainda o deixava nervoso, mesmo que já tivesse trinta e muitos anos. Assim como aquele olhar calmo e penetrante de quem sabia *tudo*.

— Eu, hum... — disse ele, lambendo os lábios e girando a cadeira de novo. — Eu deixei tudo disponível na casa de hóspedes?

Caramba. Era para ser uma declaração confiante, e não uma pergunta carregada de culpa, mas, puta merda, a mãe dele era *poderosa*.

— Hummmm — murmurou a mãe, franzindo as sobrancelhas. — Não ouvi um sim, Alexander Bernard Woodroe.

— Ela me acha engraçado. Em geral.

Ele olhou para o horizonte, só para não ver o olhar de julgamento da mãe, e tentou mudar de assunto:

— Enfim, amanhã a gente precisa ir juntos a um evento beneficente que...

Puta que pariu.

Alex fechou os olhos depressa. *Merda. Merda, merda.*

Ele não queria falar do evento com a mãe. Não *podia*.

— É beneficente do quê? — perguntou ela, que, apesar de não parecer ter aceitado a resposta dele, infelizmente se interessou pelo novo assunto. — Meio ambiente? Ou é aquela iniciativa contra pobreza mundial da ONU de que falamos faz um tempo?

— É por aí — murmurou ele. — Olha, mãe, é melhor eu desligar. Recebi uma mensagem da Lauren sobre, hum... — Porra, por que ela mandaria mensagem? — O estoque de folhado de maçã. — Nossa, que *péssima* desculpa. — Não quero deixar ela esperando. Ela é minha hóspede, afinal. Minha hóspede de *honra*, que trato com extremo respeito e cortesia sempre.

Outro murmúrio de dúvida foi a única resposta da mãe, mas ela deixou para lá.

— Tudo bem, querido. Obrigada por ligar — disse ela, suavizando o olhar de desconfiança para abrir um sorriso leve e carinhoso. — A gente se fala em breve?

— Sim. Com certeza — prometeu. — Se precisar de qualquer coisa, é só me ligar. Imediatamente.

E aquilo era uma exigência. Uma súplica.

Ela franziu a testa.

— Alex, querido...

Não, eles não iam falar daquilo.

— Te amo, mãe. Tchau.

Ele mal escutou ela dizendo que também o amava antes de desligar. Toda a paz de espírito que ele havia adquirido por causa da fanfic foi embora.

Ele podia ler outra fic para se acalmar, claro. Tinha aparecido uma história nova naquele dia mesmo, envolvendo Cupido/Psiquê e algo chamado de... consentáculos? O que quer que fosse, soava intrigante.

Ou... ou...

Ele podia fazer o que considerava havia dias.

Ele abriu o notebook.

Desde que Marcus explicara o conceito de fanfic, Alex tinha se interessado pela ideia. Depois de ler as histórias do amigo e dezenas de fics consertando o enredo de Cupido/Psiquê no tempo livre, ele queria escrever também.

Não que ele fosse um gênio literário, mas reclamar com Marcus não era o suficiente.

Ele precisava de uma válvula de escape para lidar com o arco deturpado e retrógrado de Cupido. Para expressar como a história do personagem poderia tratar de redenção se estivesse nas mãos de praticamente qualquer roteirista além de Ron e R.J. Para se desculpar com o fandom, mesmo que de modo tão inadequado, pelo relacionamento de Cupido com Vênus e Júpiter na última temporada ter romantizado o abuso e por indicar que relacionamentos violentos e manipuladores não tinham fim nem escapatória.

Ao atuar da melhor forma possível naquelas cenas, ele tinha dado mais poder àquela mensagem. Mais credibilidade.

Ele devia ter pedido demissão assim que vira os roteiros da última temporada, mas não conseguira. A vergonha queimava que nem bile na garganta.

A fanfic serviria de terapia e de penitência.

E, já que ia escrever fic, podia muito bem incluir sexo anal. Ele queria ganhar umas curtidas, e aparentemente consolos da grossura de um braço eram o melhor jeito — além de real talento para a escrita — de atrair o público.

Ele escolheu o nome CupidoSoltinho. Em meio a uma crise de risos, colocou todas as tags mais populares na fic: *Pornô sem enredo. Hot Hot Hot. Cupido desastre semi-humano. Bunda pra cima. A inversão de papéis prometida.*

Na hora de definir se o par romântico de Cupido seria Psiquê, ele hesitou.

Asha era quem fazia o papel de Psiquê na série, e ela era sua amiga. Ele não queria envolvê-la, nem vagamente, em uma história sobre o personagem dele transando com o dela, porque seria bizarro para caralho.

Apesar de definitivamente limitar o público, ele teria que escrever sobre Cupido com uma personagem original. Mas que nome daria pra ela?

Ele coçou a barba. Que... nome?

Quando lhe veio a inspiração, ele se empertigou.

Ele não sabia explicar por que aquele nome era tão perfeito. Mas sabia, *sabia*, que era o nome ideal para a amante de Cupido.

Depois de finalmente decidir, a primeira linha surgiu sem esforço, e ele sorriu para o monitor.

No dia em que conheceu Robin, Cupido se despediu de vez da família.

Classificação: Explícito
Fandoms: Deuses dos portões — E. Wade, Deuses dos Portões (TV)
Relacionamentos: Cupido/Personagem Original
Tags adicionais: <u>Universo Alternativo — Moderno</u>, <u>Pornô sem enredo</u>, <u>Hot Hot Hot</u>, <u>Cupido desastre semi-humano</u>, <u>Bunda pra cima</u>, <u>A inversão de papéis prometida</u>
Palavras: 2.531 Capítulos: 1/1 Comentários: 102 Curtidas: 411 Favoritos: 27

Buraco Quadrado
CupidoSoltinho

Resumo:
Cupido quer se libertar do relacionamento nocivo com a família. E está prestes a receber ajuda da mulher mais improvável — uma bruxa com um consolo do tamanho do antebraço.

Observações:
Valeu, EneiasAmaLavínia. Você arrasa como leitor beta, cara. E considerem essa fic uma forma de dar um jeito na série, apesar de eu incluir uma personagem original.
Sabemos bem que a série precisa de um jeito. Pra caralho.

... A bruxa o apertou contra o piso de mármore. Ela era mais forte do que parecia, o que só o deixou mais excitado, com ainda mais tesão para ela enchê-lo de lubrificante, vestir o cintaralho e comer o cu dele com vontade com aquele consolo assustadoramente grande.
— Robin — suspirou ele, satisfeito. — Depois de hoje, depois de você me possuir, terei me livrado de vez da minha mãe. Vênus não terá mais poder sobre mim.
— Eu sei — disse ela. — Quando você for meu, nunca mais seguirá os comandos cruéis dela, nem os de Júpiter. Ele pode ser CEO da empresa da sua família, mas não é mais seu chefe.

— Eu acho...

Ele hesitou.

Ela recuou um pouco, agachada, com os olhos surpreendentemente bonitos e pacientes.

— O que foi, Cupido? Sabe que pode me contar qualquer coisa.

— Eu sei — disse ele, e sorriu, agradecido. — Quero ser seu, Robin, quero muito. Mas estava pensando que... mesmo se você me deixasse, eu não voltaria para eles. De jeito nenhum.

Ela concordou.

— Não poderia. Você mudou demais. Fico feliz que perceba.

— Me libertar foi um processo tão demorado, mas, depois de cinco anos, não faz o menor sentido eu voltar para Vênus e Júpiter. Francamente, fico chocado e até ofendido que alguém discorde — disse ele, com semblante colérico. — Se eles me mandassem deixar você desacordada, para morrer, para lutar em uma de suas batalhas corporativas, por exemplo, eu simplesmente mandaria eles se foderem. Definitivamente não obedeceria.

— É verdade — concordou ela. — Você nunca abandonaria ninguém que amasse de verdade, e, depois de hoje, eu prometo: você não vai só me amar. Vai me *idolatrar*.

— Aaaah — suspirou ele. — Não aguento esperar. Me possua, bruxa. Me possua já.

— Quem manda aqui não é você — retrucou ela, com um brilho predador nos olhos. — Sou eu.

— Graças aos deuses — disse ele, se virando de barriga para baixo.

Aí ela pegou o lubrificante e a cinta, e ele retirou o que dissera. Retirou tudo.

O tamanho do consolo era *certinho*.

8

— Estou tentando decidir como te apresentar no tapete vermelho. "Lauren Clegg, Autoridade Autônoma da Chatice"? — perguntou Alex, coçando o queixo, fingindo pensar. — Ou que tal "Babá Clegg: Que Nem a Mary Poppins, Mas Sem Guarda-Chuva Nem Senso de Humor"?

Qualquer dia desses, o dedo do meio de Lauren ia começar a levantar sozinho.

Ela se remexeu no banco de trás do carro, tentando não esbarrar o joelho na perna de Alex.

— Se você não me apresentar, todo mundo vai supor que eu trabalho na série ou na ONG, né? Eu obviamente não pareço uma estrela da TV. Além do mais, como você mesmo disse ontem, é *você* o cara que o público quer ver. Ninguém vai dar a mínima para mim, correto?

Sendo o argumento convincente ou não, estava ajudando-a. A pulsação ecoando em seus ouvidos foi ficando mais baixa e lenta, e a renda do vestido voltou a ser macia, em vez de sufocante e áspera.

Ela podia até estar prestes a andar no tapete vermelho — *ela*, Lauren Chandra Clegg —, mas ninguém se importava. O que era verdade para vários outros aspectos da vida dela também, pensando bem.

O que ela queria mesmo era poder se distrair remexendo na bolsa, mas tinha deixado em casa. *No máximo uma carteira*, dissera Alex. *A regra é essa.* Então, sem dizer nada, ela entregou a Alex a carteira de identidade, um cartão de crédito, o celular e um brilho labial para ele guardar em algum bolso daquele smoking obsceno de tão justo.

Ele, sim, parecia uma estrela, com aquele terno azul-marinho quase preto aveludado. Uma cor muito mais perigosa e intrigante do que o mero preto ou azul-marinho, pensou ela.

— Correto — concordou ele, nitidamente relutante.

Ela tamborilou os dedos no banco de couro confortável.

— Olha, se perguntarem de mim, é só dizer meu nome e explicar que eu trabalho na produção da série. É verdade, então não precisa mentir, mas também não tem que revelar meu papel específico na sua vida.

— Eu não me envergonho de você — disse ele, abrupto. — Não me envergonho do que fiz, nem de você.

— Tá bom — disse ela, surpresa com a reação dele. — Escuta... Alex, se você quiser me contar, o que foi...

Ela parou de falar quando percebeu que tinham chegado à entrada do tapete vermelho, bem na frente do hotel chique em Beverly Hills onde aconteceria o leilão. Uma mulher de terno e fone de ouvido cumprimentou o motorista assim que ele freou e abaixou a janela.

— Ela é a assessora de imprensa do evento — explicou Alex. — Faça o que ela mandar, e não se ofenda quando os fotógrafos todos gritarem com você.

Lauren franziu a testa.

— Gritarem com...

Antes que ela pudesse continuar, o motorista abriu a porta. Alex saiu do carro, abotoou o paletó e estendeu a mão para ela, cavalheiresco.

Ele a ajudou a sair do carro enquanto Lauren alisava o vestido e se esforçava desesperadamente para não mostrar nada que não devia. Logo flashes começaram a pipocar ao redor deles, ofuscando sua visão enquanto segurava a mão de Alex.

A assessora cumprimentou os dois e fez sinal para seguirem para o hotel.

— Estou aqui para ajudá-los, sr. Woodroe. Me informe se precisar de qualquer coisa.

Um tapete vermelho surgiu de repente sob os saltos anabela desconfortáveis de Lauren. A mulher disse algo que Lauren não escutou, e os conduziu a um jornalista, a quem se dirigiu com a voz agradável, mas firme:

— Dois minutos, Ted.

O homem se apresentou e fez uma pergunta sobre a última temporada de *Deuses dos Portões* enquanto uma câmera filmava a entrevista, então Lauren soltou a mão de Alex com certo atraso e se afastou dele. Porém, atrás dela também brilhavam flashes, e, sim, fotógrafos gritavam.

— Anda! *Anda!* — berravam eles.

Ela adoraria ir para o outro lado, onde pessoas que não pareciam estrelas de Hollywood seguiam para o salão do hotel, mas não podia. Era o trabalho dela ficar junto de Alex em qualquer ocasião — Ron mandara um e-mail ameaçador enfatizando aquele fato no mesmo dia —, mesmo que não pudesse controlar o que saía daquela boca tagarela, porque ninguém podia.

— Anda! *Moça, sai daí, anda logo!*

Mais à frente deles, conversando com outro jornalista, estava Carah Brown. Atrás de Lauren e Alex, na entrada do tapete, Maria Ivarsson e Peter Reedton chegaram de braços dados, e uma mulher que também usava terno e fone de ouvido falou com eles e indicou outro jornalista.

Ai, que merda, aquilo era um caos absoluto, e ela estava suando. Tremendo um pouco, até.

Quando se deu conta, a assessora os conduziu a outro repórter, que olhou para Lauren antes de começar a entrevista. Ela estava piscando para o brilho dos holofotes quando ouviu Alex mencionar seu nome.

— ... Lauren Clegg, que trabalha na produção. Então, não, ela não ganhou nenhum concurso para fãs, apesar de certamente adorar meu personagem.

Ele deu uma piscadela para ela, babaca, e a puxou para mais perto, com a mão quente em seu braço.

— Diga, sra. Clegg — insistiu ele. — Conte para eles como ama o Cupido. Além do ator que o interpreta com talento e dedicação tão gloriosos.

Ela estava prestes a responder, e dizer sabe-se lá o quê, quando viu.

Movimento, onde não esperava. Aceleração.

Depois da bandeja que quebrou seu nariz, depois de tantos pacientes chapados, furiosos, machucados e cheios de dor, os instintos dela eram confiáveis, ágeis. *Ela* era ágil. Mesmo em meio a tantos flashes, gritos, vestidos cintilantes e entrevistas de celebridades a seu redor...

Quando um homem pálido de cabelo escuro e roupa escura surgiu correndo no tapete vermelho, acompanhado por gritos de pânico e preocupação, e avançou em direção a Alex, meio pulando, meio se arrastando, ela não precisou nem pensar. Simplesmente usou o corpo para empurrar Alex para o lado e encarou o invasor.

O homem trombou com as coxas dela, e ela caiu, fazendo o possível para tombar em cima dele e torcendo para ele não estar portando nenhuma faca ou arma de fogo. As pessoas ao redor dos dois gritavam, e o homem também, falando de direitos dos homens, e, ai, merda, aquela cotovelada na costela doeu, e ele ainda tinha arranhado ela e cuspido nela. Alex também estava ali, brigando e se mexendo, tentando se meter entre ela e o agressor, os dois vermelhos e gritando palavras que Lauren não entendia, mas ela não iria a lugar nenhum. Não antes de saber que estavam todos bem.

Os seguranças vieram correndo, assim como no hospital, e ela rolou para o lado assim que imobilizaram o homem. De bruços no tapete vermelho, Lauren viu o homem ser arrastado para sei lá onde, enquanto ela arfava e avaliava onde estava machucada.

Nenhuma facada. Nenhum tiro. Só muito...

— *Lauren!*

Alex estava ajoelhado ao lado dela, com a mão firme no rosto dela, apesar de tremer, tentando chamar sua atenção.

— Lauren, *me responde*. Você se machucou?

— Hematomas — ela conseguiu dizer. — E você?
— Ileso — disse ele.
Ela só precisava respirar fundo. Não tinha ninguém sangrando nem machucado. Nem ele. Nem ela.
A conversa agitada ao redor deles era uma maré de ruído atordoante. Inundava a cabeça dela, a deixando tonta.
Clarões de luz. Tinha gente tirando foto. Dela. De Alex.
— Se não se machucou, não foi por sua culpa — disse ele, tirando o paletó que usou para limpar a saliva do braço dela, enquanto o rosto dele estava vermelho de adrenalina. — Quero que examinem você, e não vou ouvir um pio seu de reclamação. Aquele filho da puta te derrubou que nem um pino de boliche, e não parava de bater aquela merda de...
Com um movimento brusco e violento de cabeça, ele olhou ao redor e gritou:
— Cadê a Desiree? Quero um paramédico aqui, já!
— Não preciso... — começou ela.
O som que ele emitiu em resposta...
Fúria. Dirigida a ela. Lauren se calou tamanho o choque.
Ele abaixou a cabeça para sibilar ao ouvido dela, e o calor que emanava a queimou.
— Você acabou de me salvar do ataque de um filho da puta, Lauren, então, se eu disser que você vai ser examinada por um paramédico, *você vai ser examinada, porra*. Me entendeu?
O peito dele subia e descia, arfando rápido, e, quando ele se afastou um pouco, estava com o os olhos semicerrados, ardendo e voltados para ela. Ela fez que sim, aturdida.
— Que bom — rosnou ele.
Alex afastou o cabelo bagunçado de Lauren da testa com um toque surpreendentemente suave, e finalmente cuspiu um palavrão abrupto e feroz e se empertigou, ajoelhado.
— Cadê a Desiree? — berrou ele, então a assessora veio correndo até os dois, frenética, de olhos arregalados. — Lauren precisa de cuidado médico. Vou ajudar a levá-la...

— Não — disse Lauren.

Ele se virou bruscamente para ela, com o queixo tenso e erguido, e, outra vez... aquele *som*.

— Vou falar com um paramédico — disse ela, pegando e apertando a mão dele, desesperada para que ele a ouvisse. — Mas estou bem, mesmo. Você precisa ficar aqui para dar entrevista.

Ele desdenhou, sacudindo violentamente a cabeça.

— Estou pouco me *fodendo* para as entrevistas.

— É beneficente — lembrou Lauren, mantendo a voz baixa e calma, a mão apertando a dele. — É um evento beneficente, Alex. Para ajudar mulheres e crianças. Você é o apresentador. A grande estrela.

Ele abaixou a cabeça, o corpo ainda tremendo a cada respiração.

— Vou cuidar dela pessoalmente — garantiu Desiree. — Meu assistente pode conduzi-lo aos repórteres no tapete vermelho e orientar os fotógrafos. Depois que ela for examinada, pode ir encontrá-lo no salão.

Passou-se um minuto até ele se acalmar e decidir o que fazer. Finalmente, Alex ergueu o rosto e encontrou o olhar dela.

— Lauren? Quer que eu vá com você?

Sim. Era chocante, mas...

Sim.

— Não — respondeu ela. — Estou bem. Pode ir. Desiree vai cuidar de mim.

Com um *tsc tsc* de repreensão, ele se abaixou até se aproximar da orelha dela outra vez.

— Você mente muito mal — sussurrou, antes de se afastar o suficiente para ajudá-la a se levantar.

As mãos dele eram firmes, mas leves, lhe dando suporte até ela se equilibrar nos joelhos trêmulos e se recompor.

Ela agradeceu, apertando a mão dele uma última vez, e o soltou.

— Não diga nada que faça a gente se arrepender.

Ele grunhiu em resposta. Após um último olhar severo para Desiree, com um recado claro — *faça o que prometeu, ou vai se ver comigo* —, ele foi atrás de um rapaz de fone de ouvido que esperava ali do lado e que o levou à próxima entrevista.

Desiree conduziu Lauren para o lado da ralé do tapete e para dentro do hotel, e Alex sumiu de vista. Os machucados dela começaram a latejar no ritmo do coração a cada passo para longe.

— Você por acaso tem um analgésico? — perguntou para a mulher.

— Se não tiver, encontro — disse Desiree, com um sorrisinho. — Ou o sr. Woodroe vai me jogar aos leões para fechar a noite de hoje.

Atordoada e machucada, Lauren não respondeu ao comentário sarcástico.

Porém, pensou nele enquanto era examinada pelo paramédico. Pensou naquilo tudo.

Na fala de Desiree. Na fúria vulcânica de Alex por e para Lauren. A resposta dela a uma proteção tão ferrenha.

Naquele momento, furioso e preocupado, ele tinha priorizado ela. Acima da própria ação beneficente, das próprias obrigações profissionais.

Era... estranho. Desorientador.

Ninguém nunca priorizara ela.

Nem ela mesma.

Até aquele momento.

9

Quando Lauren voltou ao salão, depois de pentear o cabelo, ajeitar o vestido e tomar um analgésico, o evento já estava animado, e Alex não estava em lugar nenhum.

Desiree parou de andar e escutou alguém falar no fone, murmurando uma resposta. Então, se virou para Lauren.

— Infelizmente, preciso ir. Você fica tranquila sozinha?

Lauren assentiu.

— Obrigada pela ajuda.

— Não, eu que agradeço por você garantir que nosso convidado de honra saísse ileso — disse a mulher, com um sorriso que parecia genuíno. — Sua mesa fica na frente do salão, bem ali no centro. Uma mulher com uma prancheta normalmente verificaria seu nome na lista da área VIP, mas ela certamente já sabe quem você é. Você agora é meio importante.

Lauren fez uma careta.

A fama dela podia ser passageira, mas era também indesejada. Ela não queria atenção. E temia pela privacidade de Alex. Ninguém de fora precisava saber que ela era responsável por ele.

— De acordo com meu assistente, o invasor está na delegacia, e a polícia tem seus dados se precisarem entrar em contato para uma declaração. Você não deve ter mais nenhum problema, mas, se acontecer, é só pedir para falar comigo — disse Desiree, apertando a mão de Lauren. — Se cuide, sra. Clegg, e espero que o restante da sua noite seja muito menos emocionante.

Quando a mulher partiu, Lauren caminhou lentamente, se permitindo estudar o ambiente. O salão estava repleto de convidados do leilão, a maioria já sentada às mesas redondas espalhadas pela área. Alguns convidados ainda estavam de pé, ao redor das peças expostas para o leilão silencioso no fundo da sala, na fila do open bar, ou conversando. Um pequeno exército de garçons circulava, oferecendo petiscos para aquelas pessoas, que — em geral — eram muito mais ricas e bonitas do que ela.

Por um momento, ela quase parou, tonta de desorientação.

Até que os lustres do teto foram se apagando, e a conversa foi se aquietando, enquanto os convidados que restavam seguiam para as mesas e todos voltavam a atenção para o palco. Sem delongas, Lauren correu para o lugar dela, que localizou com facilidade. Como prometido, a mulher da prancheta perto das mesas da frente a liberou sem dizer uma palavra, e Lauren finalmente afundou na cadeira acolchoada com um suspiro de alívio. Tinha chegado a tempo, por poucos segundos.

Os outros lugares da mesa estavam ocupados por rostos famosos e conhecidos. Carah Brown. Maria Ivarsson. Peter Reedton. Umas duas outras pessoas que lembrava vagamente de ter visto na tela do cinema a que ela adorava ir em seu bairro.

Ela olhou para eles apenas brevemente, porque sua atenção se voltou logo para Alex. Ele estava andando com Desiree, subindo os degraus do palco. Quando ele falou alguma coisa, a assessora começou a gargalhar, se posicionando na beira da plataforma. Ele tinha um charme natural. Era o flautista de Hamelin das mulheres sérias.

Ele se postou atrás de um púlpito no tablado iluminado, o microfone posicionado perfeitamente para sua altura, o terno elegante e escuro, o rosto e o corpo tão lindos que os dentes dela doíam.

Ele brilhava mais do que qualquer holofote.

O seu semblante de estrela de cinema a deixava desnorteada, antes mesmo de ele abrir a boca.

— Boa noite — disse ele, confiante e bem-humorado. — Desconfio que já saibam quem eu sou, mas, se não souberem, por favor, permitam-me que me apresente. Meu nome é Alexander Woodroe, e faço o papel de Cupido em *Deuses dos Portões*. Caso não tenham visto a série, devem achar que meu trabalho é voar de fralda por aí, mas não. Isso eu faço só nos finais de semana.

Os convidados riram, a atenção fixa nele.

Alex pigarreou, e o sorriso malicioso sumiu. Ele apertou a borda do púlpito, encarando a plateia.

— Há cinco anos, eu me envolvi com a organização que apoiamos hoje, e há motivos para eu ter dedicado quase todo o meu esforço e minhas doações a esta instituição. O trabalho é muito bom. De verdade. Visitei os abrigos e os escritórios, conversei com funcionários e clientes, e, antes mesmo de me juntar à causa, meu amigo Marcus me forçou a pesquisar bem a respeito.

Ela franziu a testa. Por *onde* andava Marcus?

— Com a ajuda dele, confirmei que a organização funcionava do modo mais eficiente possível para que o dinheiro doado chegasse ao máximo de seu potencial — contou ele ao mar de mesas. — Também garanti que trabalhassem com mulheres da comunidade LGBTQIAPN+, especialmente mulheres trans e mulheres racializadas, porque todos sabemos que as comunidades mais vulneráveis frequentemente acabam não recebendo o apoio que merecem e de que precisam desesperadamente.

Naquele momento, ela começou a calcular quanto poderia doar, porque Alex era um porta-voz muito eficiente.

— Os funcionários são gentis e tratam com respeito as auxiliadas: mulheres e crianças que sofreram agressão, pessoas com necessidades urgentes em vários níveis. Eles... — Ela viu o movimento do pescoço dele ao engolir em seco. — Eles *escutam*. Eles *prestam atenção* no que essas mulheres e crianças dizem, então sabem o melhor modo de ajudar. De alcançar mais pessoas necessitadas e de apoiar essas pessoas na reconstrução de vidas livres de violência.

Os dedos dele estavam pálidos de apertar o púlpito.

— No nosso mundo, nem... nem todo mundo escuta.

A voz dele... falhou um pouco. Hesitou.

— Nem todo mundo presta atenção como deve.

Ele olhou para o piso por um momento, em silêncio, e Lauren não escutou um sussurro sequer da plateia. Todos pareciam prender a respiração enquanto o viam lidar com... alguma coisa.

Aquilo era pessoal. Ela sabia reconhecer culpa e dor.

Lauren queria correr para o palco e abraçá-lo. Protegê-lo de mais uma ameaça — invisível, dessa vez — que tentava derrubá--lo. Mas ela estava ali para acompanhá-lo profissionalmente, não pessoalmente. Eles se conheciam havia oito dias, e ele não tinha obrigação nenhuma de lhe contar a história dele, e ela não tinha o direito de se oferecer para protegê-lo de sua dor. Ele era uma estrela distante no céu da meia-noite, e ela não podia fazer nada.

Quando ele levantou a cabeça de novo, abriu aquele sorriso sarcástico e afiado.

— Afinal, a gente é de Hollywood, né? É egocêntrico. Pelo menos eu sou. Tem coisas em que não reparo. Coisas cruciais, até. Por exemplo, quando é hora de parar de beber e ir embora do bar. — Ele chegou pertinho do microfone e fingiu cochichar: — Fica a dica: é *antes* de começar a briga.

Alguns ruídos de surpresa, e mais gargalhadas.

Ela massageou as têmporas. Será que Ron tinha aprovado a referência à detenção de Alex? Se foi improviso, ela e Alex certamente ouviriam reclamações dele no futuro próximo.

— Daqui a um minuto, Mariela Medellín, a diretora regional, falará mais do que a organização faz, de quem ela ajuda e de como funciona, porque são informações importantes — disse ele, inclinando a cabeça para indicar a mulher de cabelo escuro no fundo do palco. — Mas eu estou aqui hoje para representar os egocêntricos de Hollywood. Estou aqui para contar o que vocês ganham se doarem, e doarem muito.

Será que Alex era *mesmo* egocêntrico? Quando o conheceu, ela teria dito que sim. Sem hesitar. Mas já não tinha tanta certeza.

— Eu interpretei heróis na televisão e no cinema. Semideuses. Bombeiros. Médicos. Amantes rejeitados por mímicas francesas — disse ele, recebendo mais gargalhadas. — Mas nunca me senti tão heroico quanto no dia em que me associei a esta organização e entreguei meu primeiro cheque. No dia em que percebi que mais dinheiro levaria a mais recursos para pessoas que sofrem com violência doméstica. Meu dinheiro, o dinheiro de *vocês*, garante que sobreviventes saibam que existem opções, saibam procurar ajuda, saibam que podem ir embora, construir uma nova vida, e que podem fazer isso em segurança, com apoio.

Ele levantou as sobrancelhas e se inclinou para a frente outra vez. A maioria das pessoas nas mesas também se debruçou.

— Então o que vocês ganham é o seguinte — continuou ele, apontando um dedo para todos no salão. — Com o dinheiro que doarem hoje, vocês também podem se sentir heroicos. Melhor ainda, podem *ser* os heróis de alguém que precisa desesperadamente disso.

As palavras seguintes dele foram lentas, ritmadas, para que todas fizessem efeito.

— E eu posso até ser um mimado egocêntrico de Hollywood, mas até eu entendo a parte mais importante: com o dinheiro que vocês doarem hoje, vocês podem ajudar uma mulher que sofreu violência a ser a *própria* heroína.

Ele deixou a frase no ar por uns segundos antes de retomar.

— Obrigado pela presença hoje, e lembrem-se: eu sei quanto faturaram com seus filmes mais recentes e quanto gastaram nesses ternos chiques e vestidos brilhantes, então espero uns lances altos pra caramba hoje. Estou de olho em você, Carah Brown. Está me devendo por aquela história de "babaca delicioso".

Carah gargalhou, a plateia toda riu, e ele se virou para a diretora da organização.

— Agora, por favor, deem as boas-vindas a Mariela Medellín.

Quando a plateia aplaudiu, Lauren se recostou na cadeira e encarou Alex.

Ela achava que tinha entendido ele. Não profundamente, mas tido uma noção básica de quem ele era e do que ela podia esperar.

Mas não tinha. Ela não o conhecia de verdade, e ele certamente não a conhecia. Porém, aquilo podia mudar, se ela quisesse.

E ela queria, sim. Queria até demais.

10

Depois do leilão, Alex precisou abrir caminho entre a multidão de convidados que queria conversar, elogiar o discurso, se gabar do volume da doação e/ou tirar selfies. No fim, levou mais de uma hora para chegar à mesa.

O jantar já tinha acabado, mas ele estava pouco se lixando. A cabeça latejando e o coração trovejando eram mais importantes do que a barriga vazia.

Alex cumprimentou os amigos com um pedido seco de desculpas e a promessa de conversar melhor mais tarde. Em seguida, se virou imediatamente para Lauren, que estava sentada na cadeira estofada, terminando um cheesecake de cereja e escutando Carah xingar alguma coisa.

Ele deveria esperar até que estivessem de volta em casa.

Não era uma conversa que deveriam ter em público, mas ele não conseguia mais se conter. Não depois de horas engolindo as palavras que gostaria de dizer porque tinha que sorrir, jogar conversa fora e persuadir as pessoas a esvaziar as carteiras.

Quando Desiree garantiu que Lauren estava bem, a fúria dele pela babá foi aumentando, e ainda não tinha diminuído. Na verdade, tinha crescido quando ele a vira entrar no salão e estudar o ambiente com aquele olhar aguçado; quando ele a vira sentar-se discretamente, a renda preta revelando a pele pálida das clavículas; e especialmente quando ele a vira olhar para *ele* durante o discurso, atenta e… orgulhosa, quase.

O olhar dela o tinha feito engasgar. Tinha tornado difícil falar naquele palco.

Quando ele contou uma piada idiota, uma gargalhada rara fez os lindos olhos dela brilharem, e…

Aquilo tudo, tudo que ela era, podia ter *acabado*, só porque ela não dava a mínima para si mesma.

Era intolerável.

Ele se curvou e falou ao pé do ouvido dela, baixo o suficiente para não ser ouvido por mais ninguém:

— Você se machucou muito?

— Estou bem — disse ela, abanando a mão em desdém, com a voz igualmente baixa. — Só meio dolorida.

Lauren diria a mesma coisa se alguém tivesse arrancado seu braço, mas, como Desiree confirmara, ele escolheu acreditar nas duas.

— Que bom.

Sem dizer mais nada, ele a pegou pelo braço com delicadeza, a levantou da cadeira e a conduziu pela saída do salão, seguindo por um corredor aleatório após o outro, até se perderem nas profundezas do hotel.

Ela franziu a testa ao olhá-lo, mas não resistiu nem perguntou aonde iam. Ela confiava nele, estava claro. O fato apenas atiçou sua raiva.

Em um canto deserto e mal iluminado, muito distante do último ser humano que tinham visto, ele soltou o braço dela e deixou a raiva tomar conta.

— *Nunca mais* faça uma coisa dessas — disse ele, se virando para ela, e Lauren arregalou os olhos, mas não recuou. — Se um filho da puta vier me atacar, é para você *sair da frente, porra*.

Ela franziu as sobrancelhas.

Cacete, como é que ela estava confusa? Ele não tinha sido perfeitamente claro?

Ela balançou a cabeça de leve.

— Mas o evento era seu. Você era o anfitrião, e tinha câmeras e jornalistas...

— Estou pouco me *fodendo* para onde a gente estava, ou o que estava fazendo, Lauren — disse ele, abrindo bem os braços, tão frustrado que a cabeça latejava no ritmo do coração furioso. — Você não sabia se aquele cuzão estava armado, se tinha uma faca, ou...

— Mas ele não estava — disse ela, tranquila. — Estou bem.

Ele não estava *nada* tranquilo.

— Você não sabia disso quando me empurrou e resolveu ser meu *escudo*, porra. Vou ser claro, Lauren. Prefiro morrer a ver você morrer por minha causa, então, se você se importa minimamente com o que eu quero, vai se proteger e *fugir* se uma coisa dessas acontecer de novo.

Ele enfiou as duas mãos no cabelo e puxou até a cabeça arder.

— Jesus amado, mulher. Caralho, que *ideia* foi aquela?

— Eu...

Ela ainda estava olhando para ele, aparentemente chocada por saber que ele se importava com a segurança dela. Como sempre, ela fez tudo *errado*.

— Eu não pensei — disse ela. — Só reagi.

Não era uma boa resposta.

— Bom, então aprenda a reagir de outro jeito. Senão vou ter que pedir outro profissional no seu lugar. *Não* vou deixar você jogar sua vida fora por alguém como eu.

— Alguém como você? — perguntou ela, apertando ainda mais as sobrancelhas. — Não...

— Não mude de assunto — rosnou ele. — Estamos falando de você, não de mim, e de como você...

Ela o interrompeu sem se desculpar, e, se ele não estivesse tão puto, ficaria feliz com a ousadia.

— Meu instinto não vai mudar de repente. Trabalhei no pronto-socorro por mais de uma década, não posso simplesmente...

— Você trabalhava num pronto-socorro?

Cacete, como ele *não sabia* disso? Por que não tinha perguntado nada?

— Achei que você estivesse desesperada, presa num emprego deprimente, e por isso tinha aceitado trabalhar pro seu primo escroto — continuou.

Talvez ele não quisesse ouvir sobre o emprego deprimente dela, porque se sentiria ainda mais culpado por tudo que tinha, especialmente depois que ela fosse embora e voltasse para o tal emprego deprimente, ou outro parecido.

Puta merda, todas as mulheres importantes da vida dele deviam considerá-lo um escroto egocêntrico.

— Sim — disse ela.

Dane-se. Ele ia perguntar.

— O que você fazia lá? — perguntou ele, respirando fundo, substituindo a raiva pela culpa. — Você é médica? Enfermeira?

Ele conseguia imaginá-la exercendo as duas coisas. Na verdade, conseguia imaginá-la como uma profissional excelente em um milhão de áreas diferentes, todas mais importantes do que cuidar logo *dele*.

— Eu era psicóloga do pronto-socorro — disse ela, aparentemente notando o semblante de incompreensão dele. — Atendia pessoas passando por crises de saúde mental que apareciam na emergência, ou que eram levadas pela polícia ou pelos paramédicos. Avaliava o estado delas. Mandava algumas para casa, com uma variedade de recursos. Outras, mandava para internação, voluntária ou involuntária, ou para clínicas de tratamento de dependência química. O que fosse melhor para protegê-las de mais danos e mais adequado às suas necessidades.

Ela mexeu o queixo macio.

— Mas... deixa pra lá — acrescentou.

— O que foi?

— Não tem mais importância — disse Lauren, curvando os ombros. — Enfim, às vezes as pessoas ficavam agitadas. Eu aprendi a reagir rápido a situações potencialmente perigosas.

Não era difícil entender o sentido de *agitadas*.

Furiosas. Angustiadas. Violentas.

Ela deu de ombros, se calou e, aparentemente, encerrou a conversa.

Alex entendeu por que o instinto dela diante de situações perigosas era tão aguçado. E entendeu também que toda a sua raiva — dela e dele — era justificada.

Lauren Clegg era uma pessoa muito, muito boa.

Lauren Clegg era quem ele desejava ser havia uma década. Uma pessoa que ajudava. Que protegia. Que notava problemas e reagia rápido.

Ela não deveria ter se arriscado por ele nem fodendo. Mas, considerando os instintos protetores, e o pouco valor que ela parecia dar ao próprio conforto e segurança, ela também não *deixaria* de se arriscar por ele nem fodendo.

— Conversei com minha advogada enquanto você estava sendo atendida. Entramos com um pedido de medida protetiva de urgência contra o filho da mãe que te derrubou hoje — disse ele, se recostando na parede, exausto. — De acordo com ela, ele provavelmente vai ser processado por agressão e receber pena de serviço comunitário e acompanhamento psicológico obrigatório.

Não era suficiente. Não quando ele ainda via e revia a cena daquele filho da puta atacando Lauren, e quando ela passava a mão distraída nas costelas. Pelo menos não teriam que lidar com a polícia e burocracias até o dia seguinte. Ela já tinha aguentado coisa demais para uma noite só.

Ela torceu a boca.

— Ele tem histórico de…

— Não acabei.

A barra do vestido dela estava torta, amassada no lado, e ele a ajeitou antes de continuar:

— Lauren, me escute. Obrigado pelo que você fez por mim. De verdade. Obrigado por me proteger.

Um canto daquela boca generosa se curvou.

— Desconfio que eu esteja prestes a escutar um *mas*.

Não, ele não ia fazer nenhuma piada sexual sobre como poderia ser bom ouvir um "mais, mais, mais" de vez em quando. Droga.

— Mas, a não ser que a ameaça seja contra meus tornozelos, que nem hoje, você não vai *conseguir* me proteger. Você tem literalmente metade da minha altura e…

— Não é verdade.

— ... se ele atacasse mais para cima, você não teria como impedir, e...

— Do que você está *falando*? Acha que agressores vão pular por cima de mim?

— ... não quero que você se machuque.

Ela se calou, e ele também, porque aí estava outra vez. A imagem de um homem enorme trombando com ela, a derrubando no chão, cuspindo nela e dando cotoveladas, enquanto Alex tentava, em vão, afastá-la do perigo, e rezava desesperadamente para o sujeito não estar armado.

Como a babá irritante aparentemente ignorou tudo o que ele disse, Alex decidiu jogar sujo. Culpa. Ele desconfiava que ela tomava banho de culpa toda noite, e tentou engrossar o caldo.

— Não quero que você se machuque — repetiu — porque Ron disse que seu substituto seria muito, muito pior que você. Lembra? E, se for muito, muito pior, acho que não vou conseguir evitar problemas. E, se eu não evitar problemas...

— Ron e R.J. vão envolver os advogados — disse ela, com um suspiro. — Eu sei.

— Então preciso que você se proteja. Por mim. Não estou nem aí para você, mas estou muito aí para mim.

Pronto. Devia bastar.

Lauren soltou uma espécie de *hum* irritado.

Então, ela se virou para ele, roçando o ombro no braço dele, um toque que ele não deveria sentir com tamanha *precisão*. Cada átomo do contato, agudo e distinto. Mas ele sentiu.

— Você não me engana — disse ela, num tom baixo e firme, e, se esticasse mais um centímetro aquele dedo em riste de acusação, ele conseguiria morder a ponta. — Conversei com Desiree enquanto estava sendo atendida pelo paramédico. Sei tudo que você fez para o leilão ser um sucesso. Sei de todos os itens que leiloou, todas as pessoas que convidou pessoalmente. Sei que é discreto com suas doações, e, depois de conversar com Carah, Peter e Maria durante o jantar, sei o que seus amigos e colegas pensam de você.

Ele tentou negar com certo desdém.

— Claro que a organização me elogiou. Eu dou dinheiro de vez em quando. E atores não costumam falar mal dos colegas porque isso pode acabar com nossas chances de arranjar emprego.

Eles também ficavam quietos quando outros atores reclamavam de diretores e *showrunners*, por mais justificadas que fossem as reclamações. Isso ele sabia por experiência.

Ele também sabia o motivo. Quem reclamava acabava virando *persona non grata* em testes de elenco. A reclamação em si não tinha importância nenhuma para os poderosos de Hollywood. Por isso que, quando conseguiu o papel de Cupido apesar da confusão em *Bons Homens*, considerou um golpe de sorte inacreditável. Mas Alex frequentemente era um idiota.

Lauren — que era psicóloga, porra — já devia ter percebido.

— Sou um homem de trinta e nove anos que vive de se fantasiar e brincar de faz de conta e ganha um dinheiro absurdo por isso — disse ele. — É só isso. É tudo que eu sou. Acredite no que quiser, mas não estou tentando te enganar.

E, por sete anos, ele se fantasiara e brincara de faz de conta em uma série que dizia para os espectadores que não se escapava de violência doméstica. Não de vez. Nem mesmo depois de anos de esforço.

Ele não era nada comparado a Lauren. Ela precisava saber disso, para nunca mais se arriscar por ele.

— Entendi — disse ela, encarando-o com firmeza.

— Espero que entenda — disse ele, sincero.

Então, sem mais uma palavra, ele a levou de volta ao salão.

11

Ron foi um babaca naquela história toda, claro.

Alex não esperava nada de bom, o que caiu bem, já que não recebeu nada de bom mesmo, assim como Lauren. O e-mail que ele recebeu no dia seguinte dizia simplesmente: *Parabéns por distrair a mídia da sua briga no bar.* Ron incluiu um emoji chorrindo, e não se preocupou em perguntar se a prima estava bem depois do ataque.

Depois de receber aquela mensagem, Alex foi batendo os pés até a academia e malhou até quase vomitar, porque, se não fizesse isso, acabaria escrevendo uma resposta de que se arrependeria para o chefe. Honestamente, na verdade, talvez *nem* se arrependesse, apesar das consequências jurídicas e financeiras.

Nos dias seguintes, ele e Lauren ficaram nas áreas do terreno mais escondidas do público, esperando a mídia perder o interesse nos dois. Disciplinada como sempre, ela evitou a internet e não pesquisou seu nome no Google nenhuma vez. Ao que parece, os paparazzi não localizaram o número dela nem o e-mail, então ela não andava recebendo mensagens de gente aleatória. A advogada dava notícias do escroto que tinha atacado Lauren, e a situação parecia progredir como o previsto.

Estava tudo tranquilo. Não tinha nada para fazer, sinceramente, além de passar tempo com a babá. Em teoria, ele deveria estar morrendo de tédio.

Mas foi bom demais.

Meses antes, quando percebeu que estava se sentindo esgotado tanto física quanto mentalmente, ele decidiu que iria ignorar as mensagens insistentes do agente e se recusar a marcar novos trabalhos naquele período entre o fim da filmagem de *Portões* e a maratona de imprensa que acompanharia o lançamento da última temporada. Mais trabalho o aguardava após o fim da série, mas, por enquanto: nada.

Ele não tinha filmagens. Não tinha testes. Não precisava programar três despertadores.

Na maior parte do tempo, Alex dormia, lia, malhava e enchia o saco de Lauren para ver *realities* de confeitaria e fazer todas as refeições com ele.

Para sua surpresa, ele não precisou se esforçar muito para convencê-la.

Algo tinha mudado entre eles depois daquela conversa no hotel. Ela falava mais. Sorria mais. Se irritava mais. Parecia mais *presente*.

E, naquele período de preguiça após o leilão, ela também tinha começado a rir. Não por acaso. Não porque o mundo tinha se tornado muito mais engraçado naquelas últimas semanas.

Não, ela começou a rir porque ele decidiu que seu novo objetivo seria fazê-la rir na mesma frequência em que a frustrava. Ou seja, muito.

Os dois resultados eram igualmente satisfatórios. *Muito* satisfatórios.

Quando ela ria, a gargalhada era barulhenta, o rosto dela ficava rosado, e ela cobria a cara com as mãos, soltando ronquinhos pelo nariz torto, e era *maravilhoso*. Às vezes, ele ria só de vê-la rir, completamente à toa.

Naquele dia, ele pretendia fazê-la rir com fotos de Ian. Na verdade, assim que recebeu as fotos, foi imediatamente até o estábulo, e só no meio do caminho percebeu que já tinha passado das duas da manhã, e que Lauren talvez não gostasse de ser acordada só para ter notícias de Ian.

Mas ela provavelmente ficava bem bonitinha toda desgrenhada na cama.

— Ei, Lauren — disse ele de manhã, ao se aproximar do lugar em que tomavam café ao ar livre. — Ian mandou fotos novas da reforma da casa para o elenco todo ontem.

Ela se largou na cadeira de sempre e franziu as sobrancelhas, certamente notando o prazer na expressão dele.

— O que você fez, Woodroe?

— Talvez eu tenha falado das minhas masmorras.

Ela franziu a testa.

— Você tem masmorras?

Ele a olhou com repreensão.

— Se não tivesse, como estariam na capa da *Masmorras Modernas*, na lista anual de "Melhores Masmorras"? Ano passado, elas chegaram ao número 33 na lista de "100 Calabouços Especiais", então foi um triunfo e tanto para mim. Foi o que eu contei para Ian, logo antes de ele decidir reformar a casa.

Naquele momento, ela se debruçou na mesa e cobriu o rosto.

— Por favor, me diz que é mentira.

Ele coçou o queixo, pensativo.

— Talvez eu tenha mandado alguém criar uma versão da revista. Minhas masmorras tinham teto abobadado.

— *Alex.*

Ao longo das últimas semanas, o carinho dele por aquele tom escandalizado tinha aumentado consideravelmente.

— Ian, por pura coincidência, recentemente tinha decidido escavar masmorras próprias — disse ele, pegando o celular. — Você devia ver.

— Minha nossa — murmurou ela, olhando entre os dedos.

Até que o queixo dela caiu, e ela foi passando de foto em foto, e, sim. Sim, *era isso*.

Rosto corado. Mãos na cara. Ronquinhos em meio a torrentes de gargalhada.

A manhã dele estava feita.

— Isso... — tentou ela, rindo mais. — Ele tem um bar nas masmorras?

— Não esqueça as algemas folhadas a ouro na parede de cada cela com piso de mármore — disse ele, rindo também. — Nas mensagens, chamei as masmorras de Quarto Dourado da Dor e

perguntei quando Christian Grey ia dar um pulinho lá. Aí o Ian disse coisas muito desagradáveis sobre mim. Magoou.
　Ela balançou a cabeça, ainda sorrindo.
　— Você é inacreditável.
　— Você nem imagina.
　Ele ofereceu a bandeja que tinha trazido antes, com bebida e dois pratos de bagels com cream cheese, salmão defumado, tirinhas de cebola roxa e alcaparras. Ela quase pegou o bagel com mais cream cheese, mas acabou escolhendo o outro prato, deixando para Alex o que, na opinião dela, era o melhor sanduíche. Ele conseguiu não revirar os olhos, mas foi por pouco.
　Ele roubou o prato das mãos dela.
　— Esse tem mais salmão. Largue de ser egoísta, sua víbora.
　Alex deixou na frente dela o outro prato, recheado com uma montanha de cream cheese, e ela olhou a comida em silêncio por um minuto.
　— Obrigada — disse ela, finalmente, bem baixo.
　— Pelo quê? — bufou ele. — Por pegar mais salmão? De nada. Por favor, me agradeça também quando eu escolher a fatia de bolo com mais cobertura.
　Lauren não gostava muito de cobertura, ele sabia, o que era um ultraje. Talvez fosse até antipatriota.
　— Quais são seus planos para hoje, Babá Clegg? Vai dar um pulo no parque para interromper festas de criança por demonstrações ilegais de alegria?
　Em algum momento, num futuro próximo, ele planejava arranjar outro apelido para ela, embora não quisesse aposentar completamente Babá Clegg. Mas aquela versão de Lauren, a que ria e conversava, merecia outra opção.
　— Pensei... — começou ela, mas foi interrompida pelo toque do celular. — É a Sionna. Me dê um minuto para eu dizer que vou ligar de volta depois do café.
　Quando ela se levantou para se afastar, ele ouviu uma voz de mulher dizer:

— Wren! Como você anda?
Wren?
Puta merda, como ele não tinha sacado?
Aquele tempo todo, ele tinha a impressão de que *sabia* que tipo de passarinho ela lembrava, mas não conseguia identificar.
Mas era claro que ela era uma carriça, que em inglês se chamava *wren*. Era óbvio.
Enquanto ela conversava com a amiga — e era estranhamente agradável vê-la conversar animada e relaxada com alguém além dele —, Alex pegou o celular e pesquisou sobre o pássaro para ter certeza.
Era isso mesmo.
Carriças eram pequenininhas. Tão redondas que pareciam bolinhas. Penas marrons e cinzentas. Não eram particularmente velozes. E tinham um canto ruidoso e alegre — a gargalhada feliz e os ronquinhos de Lauren eram quase isso.
Quando Lauren voltou à mesa, ele reclamou:
— Você tagarelou tanto que nossos bagels até esfriaram.
Ela se largou na cadeira.
— Os bagels já estavam frios, otário.
— Nooooossa — disse ele, se recostando, sorrindo para ela. — Mas que mau humor, Wren, parece até uma bruxa. Talvez até uma Bruxa Horrenda e Perigosa.
— Você escutou a Sionna, é? — perguntou ela, enquanto analisava o bagel e decidia qual lado seria melhor para dar a primeira mordida. — Tanto faz. Pode me chamar de Wren, se quiser. É bem melhor que Babá Clegg.
— Está gelado — resmungou ele, mastigando o bagel. — Parece que estou comendo um iceberg.
Quando ela riu, sem conseguir se conter, ele ficou tentado a gravar aquele deleite roncado, só para poder escutar de novo quando precisasse sorrir.
Ele não gravou — seria bizarro —, mas tentou guardar o som na memória, porque, em breve, como o canto da carriça, acabaria.

* * *

Lauren tentou se convencer que não tinha vestido a camiseta SEJA A BRUXA QUE QUER VER NO MUNDO de propósito para agradar Alex. Porém, seria mentira, porque tinha, sim. É que ele parecia ficar tão *feliz*. Mesmo depois de três semanas juntos em Los Angeles, tendo visto todas as camisetas dela várias vezes, ele sorria sempre que ela aparecia com aquela.

Exceto por uma noite, na semana anterior, em que Alex tinha franzido a testa, pensativo.

— Você se considera uma bruxa? — perguntou ele. — Mesmo?

Eles estavam vendo o pôr do sol em uma das áreas externas, e Alex olhava de relance para a camiseta de vez em quando, em silêncio.

Ela respondeu honestamente:

— Na verdade, não. Mas já me chamaram de bruxa por aí.

Ele apoiou com muito cuidado a garrafa de limonada gasosa na mesa baixa de concreto polido, erguendo o queixo.

— Homens?

Ela fez que sim.

— Na maioria das vezes, sim. Normalmente é quando me recuso a fazer o que um paciente ou colega quer. Não sou de ceder quando sei que algo está errado, aí me chamam de bruxa ou de vaca.

Um som estranho emanou da cadeira de Alex. Um ruído.

— Não me ofende nem me magoa — acrescentou ela, tranquila. — Se me chamarem de bruxa ou vaca por seguir minha consciência e meu treinamento, que seja.

— Bom, então está tudo bem, né? — disse ele, com um sarcasmo sufocante.

Ela precisava se explicar melhor.

— Não é correto a nível social nem profissional, mas, pessoalmente, tudo bem. Tem que estar tudo bem, senão eu passaria a vida toda com raiva, ou triste, e não é o que quero.

Não que ela tivesse conseguido evitar raiva e tristeza no trabalho, mas aquilo era história para outro dia, caso ela quisesse compartilhar.

Ele ainda estava com os punhos cerrados, então era hora de mudar de assunto.

— Ei, Alex, tenho uma pergunta. *Baps* é gíria para outra coisa na Inglaterra? Porque quando a gente está vendo *The Great British Bake Off*, parece que todo mundo dá uma risadinha quando surge o termo.

Distraído, como de costume — Lauren já sabia que *baps* significava pão de hambúrguer, mas também era uma gíria para seios —, ele começou a explicar alegremente as gírias britânicas para ela, e então a conversa séria acabou.

À noite, Lauren ficou acordada na cama, se perguntando por que ele sentia tanta raiva por ela. Mais raiva do que ela própria sentia.

Ela não entendia. Mas se sentia... aquecida.

Ao contrário da noite em Los Angeles, que estava fria, apesar do calor durante o dia. Ela estava fazendo um chá, e pensou que talvez Alex também quisesse um pouco.

A porta da casa principal estava destrancada. E o alarme, também desligado, claro. Apesar de todos os sermões preocupados com a segurança dela, ele se recusava a se proteger direito. Desde que chegara, ela havia reclamado daquilo mais de uma vez, enquanto Alex revirava aqueles olhos expressivos.

Ele não estava vendo nenhum programa de confeitaria na sala, nem malhando na academia, nem lendo na biblioteca. Ela não entraria no quarto dele sem ser convidada — nem se fosse convidada, se corrigiu; ela não entraria lá de jeito nenhum —, então ou ele estava andando pelo terreno, ou estava no escritório.

Quando espreitou pela porta entreaberta do escritório, o viu diante da mesa espaçosa, digitando sem parar no computador. Depois de bater de leve na porta, ela esperou uma resposta, mas não ouviu nada.

— Alex? — chamou.

Ainda nada.

Às vezes, o hiperfoco o deixava tão concentrado em certas atividades que ele não prestava atenção em nada ao seu redor e só respondia ao contato físico. Por isso, ela foi até ele e esticou a mão para tocá-lo, até que viu...

O que era aquilo que ele estava escrevendo?

Ela tinha quase certeza de que acidentalmente lera alguma coisa sobre Cupido, lubrificante, cintas e consolos da grossura de um braço de mulher, então...

Ah. *Ah*.

A cabeça dela latejou em advertência.

— Você está escrevendo *fanfic*, Alex? Do seu próprio personagem?

Isso chamou a atenção dele.

— Oi? — disse ele, distraído.

Ele virou a cabeça para ela, com o olhar nebuloso de concentração interrompida, como se visse através dela. De repente, Alex arregalou os olhos, mais focados, quando entendeu a situação. Ele imediatamente pegou o mouse e minimizou a janela.

— Ah, puta que pariu — disse ele, e suspirou. — Quanto disso você leu, Babá Clegg?

Ela expirou pelo nariz e torceu a boca.

— Pouco? Mas o suficiente.

— Hummm.

Ele a observou por um momento demorado e deu de ombros.

— Hum. Dane-se — falou. — Imaginei que você ia acabar descobrindo mesmo.

Livrando o rosto de qualquer preocupação, ele voltou a abrir a janela.

— É minha primeira fic — explicou. — Estou só fazendo uma última revisão antes de postar. Pode ler, se quiser, mas aviso logo que tem conteúdo explícito. Tipo, a maior parte da história é sobre sexo anal.

— Melhor não.

Cacete.

— Alex — continuou —, esse é o tipo de coisa que eu preciso informar a...

— Já que você não me deixa me divertir de verdade, achei que podia pelo menos curtir a vida na ficção — disse ele, com um sorriso alegre para ela. — Ando escrevendo um pouquinho todo dia. Porra, na real tem sido sensacional. Ando muito insatisfeito com o enredo do Cupido na série, Ron e R.J. desvirtuaram completamente...

Ela cobriu a boca dele com a mão, mas ele continuou a falar:

— ... Vêbus emmm Jupimmmmmr são totmmmf manipumm...

— Alex — disse ela, erguendo a voz e fazendo o possível para não sentir a maciez dos lábios dele sob seus dedos —, pare de falar. Ron e R.J. iam querer saber disso. Quanto menos você me disser, menos posso contar para eles.

Ele lambeu a mão dela, com um brilho malicioso no olhar, e ela recuou, fechando a cara.

— Pronto. Melhor — disse ele, e se virou para o computador, franzindo a testa, para mudar uma palavra. — É, *meter* em vez de *enfiar* nessa frase. Uma melhora imensa, se me permite dizer. Agora está pronta para postar.

Ela massageou a testa com tanta força que doeu.

— *Alex*. Se Ron ou R.J. descobrirem que você está criticando a série publicamente, mesmo usando um pseudônimo e em uma fanfic, provavelmente terão justificativa para processar você. E o que outros diretores e produtores achariam disso? Ainda iriam querer te contratar se soubessem que você anda ofendendo a própria série?

A carreira dele. Ele estava pondo em risco a *carreira* inteira, por causa de uma história qualquer sobre sexo anal. Ela não entendia. Talvez entendesse depois de ler a história toda, mas, no momento, não.

— Olha, prefiro que você não me dedure para o Ron, mas pode fazer o que quiser. Você é uma pessoa honesta, e não quero criar uma situação desconfortável — disse ele, virando a cadeira de frente para ela. — Mas vou postar a história de qualquer jeito, então nem adianta discutir. Preciso fazer isso, então vou fazer.

Ela sabia que aquele dia chegaria. Sabia desde o começo.

O dever dela finalmente entrara em conflito com a lealdade a Alex.

Ela tentou colocar os pensamentos em ordem. *O que seria certo fazer?*

Tão perto dele, daqueles olhos de tempestade atentos nela, Lauren não conseguia decidir como proceder, não fazia a menor ideia de como uma pessoa boa e honesta agiria naquela situação.

— Preciso pensar — disse, finalmente.

Então, deu meia-volta e fugiu do minicastelo como se os mortos-vivos cruéis do Tártaro corressem atrás dela.

Mais tarde, ela abriu o AO3 e encontrou a fic.

Ela leu a história e tentou não pensar em qual ex-namorada tinha inspirado a personagem Robin. Depois, reassistiu a cenas das últimas temporadas de *Deuses dos Portões*. Especificamente, as cenas que envolviam Cupido, Vênus e Júpiter.

Ela salvou o perfil CupidoSoltinho nos favoritos do notebook.

Então mandou um e-mail irritado e curto para Alex: *Tomara que a parceira de Cupido use menos lubrificante da próxima vez.*

Ela foi deitar, esperando sinceramente que o dia seguinte fosse mais fácil.

O que ela não fez: escrever para Ron ou R.J.

Conversa com Marcus: Sábado à noite

Alex: Hoje descobri que vários homens já chamaram Lauren de vaca ou bruxa

Alex: Juro por Deus, Marcus, se eu soubesse quem são...

Marcus: Faria... o quê? la se juntar a eles? Você vive chamando ela de bruxa.

Marcus: E de estraga-prazeres.

Marcus: E de carcereira amarga.

Marcus: E de megera.

Marcus: E de sem graça, chata de galocha, mala sem alça, antagonista da alegria, inimiga do humor

Marcus: "Maria de *A Noviça Rebelde*, só que horrível, incrivelmente baixa e sem um pingo de talento musical, pelo visto"

Marcus: "Se Jane Eyre fosse que nem a Babá Clegg, Rochester teria jogado ela no rio em vez de tentar casar com ela enquanto mantinha a coitada da esposa trancada no sótão... esquece, acho que não quero ser Rochester nessa história"

Marcus: "Se estivéssemos em *Os Miseráveis*, eu seria o Valjean, sem dúvida, e ela definitivamente seria o Javert"

Marcus: "Nunca me identifiquei tanto com Harrison Ford em *O Fugitivo*"

Marcus: "Ela é basicamente o Exterminador do Futuro, implacável e imparável, e eu sou a Sarah Connor"

Marcus: "Um dia vão escrever poemas épicos sobre meus sofrimentos sob seu comando opressor"

Alex: Tá, mas eu não falo SEMPRE sério, você sabe

Alex: Além do mais, ela se diverte com minhas gracinhas

Alex: Eu sei porque um milímetro da boca dela treme

Alex: Mas, pensando bem, pode ser só um tique nervoso que ela desenvolveu por minha causa

Alex: Hummm

Alex: Esquece, é um sorriso, sim, já decidi, com certeza

Alex: E nunca chamei ela de vaca, seria maldade

Marcus: [aplausos sarcásticos]

Alex: Traíra

Alex: Vai lá, me deixa aqui sofrendo enquanto você se diverte com sua April

Marcus: Vou feliz

Alex: Marcus?

Alex: MARCUS!!!

Alex: Que melhor amigo da onça

Alex: Se eu for o Júlio César, você é o Brutus com 1000% de certeza, cara

12

A insônia de Alex levou duas semanas para alcançá-lo em Los Angeles.

A teoria dele era a seguinte: ele estava tão exausto quando chegou que até seu cérebro teimoso precisou entregar os pontos e deixá-lo dormir profundamente por umas seis ou sete horas seguidas.

Mas, duas semanas depois, ele voltou a acordar durante a noite, com a cabeça a mil. Ou a levar séculos para pegar no sono, olhando para o teto enquanto os pensamentos se recusavam a dar uma trégua. Era uma tortura. Especialmente porque não podia mais resolver como antes, não sem perturbar Lauren ou descumprir a promessa que tinha feito a ela.

Para acalmar aquele cérebro escroto o suficiente para dormir, ele tentou de tudo. Mas ler fanfic não funcionou. Escrever fanfic não funcionou. Malhar não funcionou. Se masturbar não funcionou. Nem ver *TGBBO* funcionou, o que era doloroso admitir.

Depois de mais uma semana sem dormir direito, ele não aguentava mais.

Pouco depois das duas da manhã, ele se levantou e se vestiu. Desceu a escada, desativou o alarme que Lauren insistira para ele ligar — *Sua segurança também é importante, sabia?*, blá-blá-blá —, abriu a porta de casa e a trancou ao sair.

Ele tentou não fazer barulho a caminho do limite do terreno, mas aquela porcaria de sensor acendia as luzes. Alex parou por um momento e forçou a vista até os olhos se ajustarem ao brilho repentino.

Então, as luzes da entrada da casa de hóspedes também se acenderam, a porta se abriu e, merda, Lauren passou a cabeça pela fresta.

— Aonde é que você está indo a uma hora dessas, Alex? Está tudo bem?

Ele identificou precisamente o instante em que a preocupação virou irritação.

Ela saiu para a trilha de pedra na frente da porta, descalça, com as mãos na cintura.

— E por que está saindo sem mim? Você prometeu que só sairia daqui se eu fosse com você, mas pelo visto você está se dirigindo ao portão lateral, ou seja, está fugindo sozinho.

Os olhos dela pareciam inchados de sono, e ela estava forçando a vista por causa da luz. O cabelo estava bagunçado, com uma mecha espetada acima da orelha. Lauren usava uma camisola que era basicamente uma camiseta larga, tão desbotada que já não tinha mais cor, e tão grande que escondia o corpo dela, tornando-o um grande mistério.

Ao longo das três semanas anteriores, porém, ele aparentemente tinha juntado pistas suficientes para desvendá-lo. E, naquele momento, conseguiu ver muito melhor a parte inferior das coxas dela, revelando mais um pedaço do mistério.

Não que ele estivesse interessado em solucionar aquele caso específico. Era só sua curiosidade natural.

As pernas dela podiam ser magras em comparação com o resto do corpo, mas ainda eram redondas, e pareciam macias, por baixo daquela camisola inadequada. Eram... vulneráveis. Os pés também.

— Caramba, minha senhora, se for sair, tem que calçar sapatos — disse ele, carrancudo. — Até crianças sabem disso.

Ela nem se mexeu.

— Não mude de assunto, Woodroe.

— Não consigo dormir. Caminhar ajuda — disse ele, e indicou a casa de hóspedes com o queixo. — Prometo que não vou para nenhuma festa superdivertida que surgir no caminho. Pode voltar a dormir.

Ela fechou os olhos e respirou fundo. E outra vez.

— Tá. Tá bom — disse ela, erguendo a mão para detê-lo. — Me dê um minuto para me vestir, já volto.

Ele olhou feio para ela.

— Isso é ridículo.

— É o meu trabalho.

Ela entrou em casa e ressurgiu depois de uns dois minutos, vestindo a camiseta SEJA A BRUXA QUE QUER VER NO MUNDO, leggings e tênis.

— Estou pronta. Vamos lá.

Ela ergueu o queixo macio, a postura decidida. Após quase um mês morando juntos, ele sabia que ela não mudaria de ideia, por mais cansada que estivesse. E, embora ele tivesse feito o possível para não incomodá-la, não diria que a companhia era indesejada.

Porém, ele precisava destacar o óbvio:

— Com suas pernocas de Smurf, vou ter que subir e descer a escada em câmera lenta. Os degraus têm literalmente duas vezes a sua altura.

— Não vi a escada, mas aposto que não é *literalmente* verdade.

A bochecha dela ainda estava amassada pelo travesseiro, e ele sentiu vontade de desenhar as rugas com o dedo.

— A não ser que os degraus tenham mais de três metros — acrescentou ela.

Ele a olhou de cima a baixo e levantou uma sobrancelha.

— *Mais* de três? Jura?

— Tá bom.

Ah, aquela carranca. Combinava demais com ela.

— Um pouco *menos* de três metros — corrigiu ela.

— Foi o que imaginei — disse ele, metido.

Com um suspiro pesado, ela trancou a porta, ativou o alarme e entregou para ele a chave, o celular e um documento.

— Não tenho bolso.

— Minha vida virou isso? Sou burro de carga, por acaso?

Ele sacudiu a cabeça e, a contragosto, guardou tudo no bolso esquerdo da calça de moletom.

— Imagino que você espere que eu te carregue pela escada também — continuou ele. — Já que, como falei, os degraus são grandes demais pra você. Mas tudo bem. Talvez dê para montar algum sistema com roldanas.

A mandíbula dela emanava um ruído estranho, uma espécie de rangido.

— Acho que não vai ser necessário.

— Mas não tem certeza, né? — perguntou ele, sorrindo.

— Você já viu a escadaria secreta?

A expressão dela se iluminou, deixando a irritação de lado por um instante.

Ela virou a cabeça, analisando o terreno.

— A escadaria secreta? A gente está perto?

O nome não fazia lá muito sentido, já que a maioria das pessoas na região sabia da existência da escada. Porém, como as centenárias escadarias públicas estreitas e íngremes pela encosta passavam por entre os terrenos de várias pessoas ricas e/ou famosas, os moradores do bairro não faziam alarde.

— Pelo visto, você ainda não saiu pelo portão lateral — disse ele, e fez sinal para ela passar. — Você primeiro, Smurfette.

Os pés deles sussurravam pelo cascalho da trilha enquanto andavam. Ele desacelerou o passo, depois desacelerou mais um pouco. Apesar de sua energia, Lauren andava muito devagar. E, apesar de sua inquietude, Alex não parecia se incomodar. O balanço regular do traseiro amplo dela era ao mesmo tempo relaxante e estranhamente hipnotizante.

Espera aí. Ele estava de olho na bunda dela? Puta merda.

Alex acelerou o passo até se posicionar ao lado dela, acabando com a vista de retaguarda.

— Minha senhora, eu estava querendo chegar lá antes de amanhecer. Incorpore aquela energia de bruxa e se arraste mais rápido.

Ele estava torcendo para ela mostrar o dedo do meio, mas só conseguiu que revirasse os olhos. Decepção.

Dane-se. A perseverança fazia bem para a alma.

Quando chegaram ao limite do terreno, deram de cara com um muro de pedra que cercava aquele lado e com torreões falsos que ladeavam a porta pesada de madeira escura.

Ela parou, observando os torreões.

— Jura?

— Se você não entra de cabeça no tema, Babá Clegg, o problema é seu, e não da minha casa — disse ele, parando na frente do portão para pegar a chave. — Enfim, esse trecho da escadaria secreta passa perto do meu terreno. Também tem umas trilhas por aqui, mas oficialmente elas ficam fechadas à noite, e não têm iluminação. Mas é por isso que têm a melhor vista do centro de Los Angeles, com as luzes todas acesas lá embaixo.

Ela fechou os olhos por momento.

— Por favor, me diga que você não faz trilhas sozinho, à noite, em áreas perigosas.

— Bom, agora não faço mais — disse ele, com um tapinha no ombro dela. — Vou ter sua companhia.

Ela resmungou.

Mesmo através da camiseta, o calor da pele dela esquentou sua mão, fazendo os dedos de Alex pinicarem. Que *ridículo*. Ele obviamente estava tão cansado que havia começado a ter reações completamente sem sentido.

— Os coiotes vão adorar conhecer minha nova companheira — disse ele, afastando a mão e sorrindo para ela, determinado a ignorar aquela sensação. — Assim como os gambás, as jaritatacas, os guaxinins e as cobras.

A pele dela ia descascar se ela continuasse esfregando a testa assim.

— Ah, não.

— Que foi? — perguntou ele, inclinando a cabeça e fingindo um ar inocente. — Não tem coiote lá em NoHo, no seu bairro?

— Não — disse ela, enfática.

— NãoHo? — brincou ele, só para receber outro olhar irritado. E recebeu.

Alex destrancou a porta e esperou ela passar para fechar o trinco. Se estivesse sozinho, fazendo um breve passeio de madrugada, ele nem teria se preocupado em trancar aquela entrada, mas como Lauren estava morando lá...

Bom, era diferente.

Ela ficou em silêncio por um instante, contemplando a escada, que subia e descia pelo breu.

Alex não a apressou.

— Quando estiver pronta, a gente desce. É lá que fica minha parte favorita.

Quando Lauren se virou para ele outra vez...

Aquele sorriso. Ah, ela não tinha ideia do que ele seria capaz de fazer para ver aquele brilho em seus olhos espantosos e aquela curva doce na boca.

— Estou animada para conhecer — disse ela, sacudindo a mão. — Que tal você ir na frente mostrando o caminho?

Os degraus eram estreitos demais para caminharem lado a lado e, sim, talvez fosse mais seguro não olhar a bunda dela outra vez. Porém, algo nele se rebelava contra a ideia de não conseguir conferir se ela estava descendo em segurança.

— Os degraus são íngremes, e de granito, então, se cair, vai cair feio — disse Alex, franzindo a testa para ela. — Vá segurando no corrimão.

— Pode deixar, papai.

Ela piscou para ele.

Que atrevida. Se não estivesse passando um sermão, ele daria parabéns.

— Se ficar cansada, ou sentir dor, é só me dizer que a gente para — acrescentou ele.

Lauren levou os punhos à cintura, observando-o.

— Achei que você precisasse se exercitar para tratar da insônia. *Isso é menos importante do que você.*

— Tem uma academia lá em casa. Além do mais, se você se machucar, não vai poder sair. E se você não puder sair, eu não posso sair — disse ele, começando a descer. — E, como sabemos muito bem, eu sou a prioridade, sempre — acrescentou, sem olhar para trás.

Ela respondeu com um murmúrio de dúvida e o seguiu.

Eles desceram em silêncio, mas a respiração dela era regular, e o ritmo calmo dos passos também não hesitava.

Ao lado deles, o muro de pedra se transformou em uma cerca de madeira, depois em uma grade de arame, e em uma barreira de alvenaria, conforme passavam de um terreno a outro. Vez ou outra, galhos invadiam o caminho, vindo das árvores que balançavam à brisa da noite, e outras plantas brilhavam nos jardins à luz da iluminação automática que ia se acendendo em resposta ao movimento deles. As casas dos vizinhos apareciam e sumiam em alguns degraus.

A vista cintilante do centro de Hollywood se estendia aos pés deles, muito distante.

Alex mantinha um ritmo lento, deixando Lauren ir no próprio tempo.

— Meu trecho preferido se chama Saroyan. Tem cento e quarenta e oito degraus. Parece muita coisa, mas...

Era melhor não estragar a surpresa.

— Esquece — falou. — Você vai ver.

Quando eles chegaram ao fim do primeiro trecho, caminharam lado a lado pelas ruas do bairro para chegar à próxima escada. Mesmo devagar, ele sentia a própria inquietação diminuir a cada passo.

— Até onde a escadaria vai? — perguntou Lauren, ofegando um pouco ao descer o trecho seguinte, mas sem soar tão cansada. — Chega até o letreiro de Hollywood?

— Quase. Mas a subida é difícil. Às vezes, a gente tem que descer uns degraus para subir mais. Me avise se um dia quiser tentar.

Ela bufou, rindo de leve.

— Por enquanto, acho que esse passeio de madrugada já basta.

Finalmente, eles chegaram. A escada Saroyan.

Ele parou no topo, e ela se juntou a ele. Na penumbra, a pele pálida de Lauren reluzia como a lua.

— Ah — disse ela, em um sussurro. — Nossa.

Ele se forçou a olhar para os degraus, e não para ela.

Era uma escada dupla, dividida no meio por canteiros de granito embutidos, repletos de suculentas e grama decorativa resistente à seca. Onde não tinha canteiros, tinha banquinhos.

O projeto era prático, mas também lindo. Uma espécie de oásis entre a escadaria implacável que marchava encosta abaixo e acima.

Ele já tinha perdido a conta de quantas noites passara se exaurindo ali, subindo e descendo, antes de descansar em um dos bancos de pedra e contemplar o milagre injusto de existir naquele momento, naquele lugar, no topo de uma montanha, diante do esplendor estonteante de Hollywood.

Aquela escada era especial. Antes de viajar para a Espanha, ele não se imaginava compartilhando aquele lugar com ninguém. Nem com Marcus, por mais que Alex amasse o melhor amigo.

Porém, a presença de Lauren não era uma invasão. Na verdade, era reconfortante.

— Que lugar lindo — disse ela, a voz vibrando de prazer e... melancolia? — Obrigada por me trazer aqui, Alex.

Não foi por escolha própria, ele quase disse, mas não era verdade. Não exatamente. E aquele lugar não era adequado para mentiras nem sarcasmo.

Ele pigarreou.

— De, hum, de nada.

— Que tal eu sentar em um desses bancos enquanto você sobe e desce um pouco? — perguntou ela, com um sorriso tão gentil e sincero que fazia os olhos dele lacrimejarem. — Assim, você queima energia, mas não me perde de vista. Quero garantir que você vá dormir um pouco quando voltarmos para casa.

Alex assentiu de forma brusca, fez sinal para ela se sentar no banco mais próximo, depois desceu alguns degraus. Quando ela se instalou, ele disparou no ritmo normal, algo entre uma caminhada e uma corrida, descendo e subindo de volta os 148 degraus.

Depois de uma volta inteira, ela perguntou:

— De que época é essa escada?

— Dos anos 1920 — respondeu ele, sem diminuir o ritmo.

A voz dela flutuou acima dele, perseguindo-o escada abaixo:

— Você está indo muito rápido. Tome cuidado, Alex.

Depois disso, ela o deixou em paz, mas seu olhar cobria a pele dele como uma camada de roupa. Alex deu mais uma volta e, quando parou, jogou a camiseta aos pés dela.

Ajudou, mas não resolveu completamente o problema. A noite devia estar mais abafada do que de costume, mesmo ali, tão alto na montanha.

Uns quarenta minutos depois, quando enfim desanuviou a mente, Alex percebeu os ruídos conhecidos.

O pio de uma coruja. O assobio de outro pássaro, que ele não conseguiu identificar.

Quando passou por Lauren de novo, desacelerou.

— Você escutou?

Ela franziu a testa.

— Escutei o quê?

— Pio. Assobio. Passarinhos.

Arfando, ele parou alguns degraus abaixo do banco, e de repente os dois ficaram na mesma altura, cara a cara.

— Não deve ser uma carriça — comentou —, mas acho que de carriça já tá bom, né?

Ele esticou a mão e deu um leve peteleco no nariz dela antes de continuar a corrida. Porém, na volta seguinte, descobriu que Lauren não estava mais olhando para ele, e que tinha encolhido os ombros de um jeito que ele não via há semanas. O sorriso sereno que iluminara seu rosto na última hora parecia nem ter existido. A expressão dela estava tão neutra quanto no dia em que eles se conheceram.

Merda.

Ele parou na altura do banco e usou a camiseta que tinha tirado para secar o rosto, o peito e os braços. Fez todo um espetáculo ao se secar, na verdade, mas Lauren nem ligou. Nem uma olhadela, nem um comentário.

Bom, ferrou. Ele ia ter que falar alguma coisa, né?

— Eu sou babaca. A gente sabe bem — disse ele, de mãos na cintura e cabeça baixa, tentando, em vão, encontrar o olhar dela. — Mas seria muito útil se você me dissesse que babaquice eu fiz agora, porque, honestamente, não faço a mais vaga ideia.

Ela suspirou pelo nariz.

— Está tudo bem, Alex. Não se preocupe.

— Se eu não souber o que fiz, ou o que disse, não vou poder fazer de novo quando surgir uma oportunidade urgente de ser um grande babaca. Como sempre, o segredo é a preparação.

Nada. Então tá. Ele ia ter que ser sincero, cacete.

— Se não souber, também não posso me impedir de repetir o que fiz. Não quero deixar você com raiva.

— Não estou com raiva — disse ela, baixinho.

Então estava magoada. Merda. Era *muito* pior.

Frustrado e em pânico, com a pulsação martelando os ouvidos, ele subiu até o degrau dela e se agachou, até ela não conseguir evitar olhá-lo.

— Me desculpe.

Alex esticou o braço e cobriu a mão dela no colo. Ele estava suado, mas ela não se incomodou. Apesar de toda aquela rigidez, ela era surpreendentemente tolerante.

— O que quer que eu tenha feito, peço perdão, Wren.

Pronto. Ela se encolheu.

— Espera aí — disse ele. — O problema é o apelido novo?

Quando ela puxou a mão devagar, soltando a dele, Alex recuou um pouco, obedecendo à instrução silenciosa para não tocá-la.

— Porque a Sionna te chama assim, e você não parece se incomodar — continuou ele.

— Ela me chama de Ren. *R-E-N*. É diminutivo de Lauren — disse ela, com uma tentativa muito breve de sorriso. — E acabo de descobrir que você aparentemente me chama de Wren. *W-R-E-N*. O nome em inglês da carriça, diminutivo de "o nariz da minha babá é um bico ridículo".

— Não. Não, Lauren — disse ele, com a voz severa, firme, porque ele estava falando sério, e ela precisava entender. — Eu te chamo de Wren por causa da carriça, sim, mas é porque você meio que parece um passarinho...

Ela desviou o olhar de novo e, cacete, ele deveria ter dito outra coisa. Porém, já tinha começado, então só continuou falando, como de costume.

— ... mas eu *gosto* disso — disse ele, fazendo uma pausa para dar ênfase. — Não vejo nada de ridículo em você.

Lauren sacudiu a cabeça, os olhos fixos em uma suculenta.

— Não foi o que você disse quando a gente se conheceu.

Ele deveria saber que aquilo ia ferrar ele um dia.

— Eu estava chamando a situação de ridícula, não você — explicou. — Ron me entendeu errado porque ele é um escroto, eu deveria ter corrigido ele na hora. Mas só pra deixar claro: eu gosto do seu nariz. Gosto de olhar para a sua cara. Gosto de olhar para *você*.

Quando Lauren ergueu o olhar de repente, ele se apressou em acrescentar:

— E, mais importante, gosto de pássaros. Principalmente carriças. É o meu pássaro preferido.

A expressão dela ainda era de cautela e mágoa, então ele continuou:

— No começo da minha carreira, fiz um filme de terror de baixo orçamento chamado *Ecos do Bosque*. Conhece?

Ela fez que não com a cabeça.

— Enfim, eu fiz um de três universitários que iam filmar um projeto sobre uma choupana assombrada famosa em uma floresta isolada em Maryland, onde, em teoria, as pessoas desapareciam e morriam decapitadas por um machado. Como você deve imaginar, o fim dos pobres universitários não foi nada feliz.

Alex imitou o movimento do machado, com direito a assobio e um baque no fim, e o canto da boca de Lauren tremeu de leve. Ele considerou que era um sinal promissor.

— Nós três filmamos nosso próprio material na mata, foi bem difícil. Os diretores foram reduzindo nossa comida aos poucos, e acordavam a gente de madrugada com sons assustadores para gravar nossa reação. Choveu e choveu e choveu, até alagar as barracas.

Ele suspirou e coçou a barba.

— A gente brigava muito na frente das câmeras — continuou —, o que era bom para o filme, mas a tensão acabou transbordando para os bastidores também.

Lauren ainda não tinha nem escutado a parte relevante da explicação, mas seu olhar já estava mais caloroso, a postura, mais aberta — tinha descruzado os braços, relaxado os ombros —, e sua expressão era de compaixão. Caramba, ela precisava parar de ser *bondosa* assim, porra.

— Eu quase surtei de vez, Lauren. Por pouco não larguei o filme no meio umas dez vezes. A única coisa que me motivava, que me fazia continuar, era a natureza ao redor — disse ele, pensando nos bichos preferidos. — A gente viu esquilos. Veados. Aves. E um tipo específico de passarinho, que tinha um canto incrivelmente alto e alegre.

Ela assentiu, obviamente entendendo onde a história ia parar. Mas ele precisava dizer mesmo assim, porque não aguentava vê-la chateada daquele jeito.

— Era uma carriça. Pequena, redonda, de olhos brilhantes e... *Maravilhosa*, quase disse. *Divertida. Fofa. Charmosa.*

A boca de Lauren se suavizara, e ela entreabriu os lábios ao olhá-lo, o rosto a meros centímetros do dele. Porém, ela não pronunciou uma palavra sequer. Apenas esperou Alex concluir o que tinha a dizer.

Ele deu de ombros.

— Desde então, eu gosto de pássaros.

Ela continuou calada. Sua paciência era infinita. Infinita, e insuportavelmente carinhosa. Alex não compreendia como alguém podia simplesmente ficar sentada *escutando* por tanto tempo, sem precisar opinar, sem se defender, sem tentar amenizar o clima.

Ele apostaria seu minicastelo que ela era uma psicóloga exemplar. Que ela era uma pessoa exemplar, ele já sabia.

— Se não quiser que eu te chame de Wren, não chamo — concluiu. — Mas não foi um xingamento. Nunca foi.

Alex se levantou de novo, e ela inclinou a cabeça para trás para observá-lo.

Quando Lauren finalmente abriu a boca para falar, suas palavras vibravam sinceridade.

— Me desculpe. Pensei o pior de você. De novo. Vou tentar melhorar. E, sim, pode me chamar de Wren.

Ele não aguentava o remorso naquela voz baixa e doce.

— Bom, não é como se eu nunca tivesse te ofendido. Você tinha motivo para desconfiar.

— Verdade. Você já me insultou algumas vezes — disse ela, curvando o canto da boca, o que fez Alex relaxar os ombros. — Mas não nesse sentido.

— Não nesse sentido — concordou ele.

Quando Alex puxou a camiseta molhada, Lauren levantou mais a cabeça, para olhar o céu escuro.

— Você já gastou energia? — perguntou ela. — Ou quer continuar na escada?

— Já deu de escada.

Pelo menos por aquela noite. Ele não podia prometer nada sobre a noite seguinte.

— Quer voltar? — perguntou ele. — Ou quer ficar mais uns minutos aqui?

Ele costumava ficar ali admirando a vista depois dos passeios noturnos. Com os pensamentos finalmente em ordem, podia aproveitar o momento para apreciar a beleza que o cercava e para agradecer. Mas ela havia acordado do nada no meio da noite, e já fazia bem mais de uma hora que tinham saído. Qualquer pessoa normal escolheria voltar ao minicastelo.

— Eu queria ficar mais um tempinho sentada aqui — respondeu Lauren, surpreendendo-o. — Tudo bem?

— Claro — disse ele, se sentando em um degrau. — Não estou com pressa. É só dizer quando quiser ir embora.

Ela concordou com um murmúrio, e eles ficaram sentados, tranquilos, em silêncio. Após alguns minutos, as luzes automáticas das casas ao redor se apagaram. Estrelas pareceram nascer, repentinamente muito mais visíveis na escuridão aveludada. Ao pé da montanha, Hollywood cintilava ao longe.

Estrelas no alto, estrelas embaixo.

— Eu contei do trabalho que quase abandonei — disse ele, virando o corpo para ela, fitando seu rosto erguido para o céu. — Você me deve uma, sua caladona misteriosa.

Ao ouvir isso, ela abaixou o queixo e encontrou o olhar dele.

— O que, exatamente, você acha que eu te devo, Woodroe?

Havia certo carinho naquele olhar, naquela voz, e ele queria mergulhar no sentimento.

— Me conte por que você saiu do hospital.

Teoricamente, era uma ordem. Um desafio. Porém, até ele percebeu a súplica por trás da provocação.

— Por que abandonou um bom emprego e foi trabalhar para alguém que nem o *Ron*?

Ele pronunciou o nome do primo dela com todo o ódio que merecia, porque não conseguia superar. O filho da mãe nem sequer perguntou como Lauren estava depois de apanhar daquele escroto no tapete vermelho. *Nenhuma* vez.

A hesitação dela deixou Alex mais impaciente do que o normal, mas ele permaneceu firme, calado, e recebeu a recompensa merecida após vários segundos tensos.

— Bom, primeiro, quero deixar absolutamente claro que eu não larguei o hospital para ir trabalhar para o Ron — disse ela, torcendo um pouco a boca, como se sentisse um gosto azedo. — Eu tinha planejado passar um mês de férias na Espanha e em Portugal, e minha mãe me convenceu a visitar ele no começo da viagem. Eu ia seguir para Barcelona na terça, só que...

Só que Alex se meteu numa briga em um bar e ela foi recrutada como babá.

A ideia o deixou atordoado.

Um dia. Só mais um dia, e Lauren teria ido embora. Só mais um dia, e ele nunca teria a conhecido.

A camiseta dele estava úmida, a noite estava esfriando, e ele estremeceu.

Ela franziu as sobrancelhas ao observá-lo, então ele disse:

— Nem tente se safar dessa dizendo que estou com muito frio para conversar. Pode pagar a dívida, Babá Clegg. Por que você saiu do hospital?

Ela esticou as perninhas fofas e curtas, apoiou as mãos na altura do quadril no banco de granito e voltou a observar o céu.

— Eu aguentei treze anos — contou ela, num tom tão baixo que ele mal escutava. — Mais do que qualquer outro profissional que começou na mesma época. Antes de sair, eu era considerada a velha do departamento.

Antes dos quarenta anos? Nossa.

— Os plantões eram pesados. Tinha semanas em que eu trabalhava setenta horas, e eu vivia de plantão. Mas o salário era bom, principalmente por causa das horas extras, e eu gostava dos meus colegas — continuou, dando de ombros. — Normalmente, eu ficava no turno da noite e trabalhava nos feriados, afinal, não tinha marido nem filhos me esperando. Era o certo a se fazer.

Ele não aguentou e soltou um gemido alto, porque, puta que pariu, ela era *inacreditável*.

— Que foi?

O calor do olhar irritado dela era impressionante, de verdade, ainda mais para uma *idiota* que se martirizava assim.

Alex soltou um suspiro dramático.

— Nada. Continua.
Depois de mais um olhar frustrado, Lauren continuou:
— Enfim, era cansativo. Mas não foi por isso que fui embora. Não exatamente.

O instinto que a tinha feito empurrá-lo no tapete vermelho vinha da época em que ela trabalhava no pronto-socorro. As pessoas ficavam *agitadas*, pelo que ela dissera.

Ele chegou à conclusão natural.

— Foi por causa da violência?

De forma inconsciente, ela tocou o nariz torto, e ele entendeu. Algum babaca no pronto-socorro tinha quebrado o nariz dela.

Filho da puta. Ele precisava subir mais mil degraus. Um milhão, se necessário, para gastar toda aquela raiva.

Para sua surpresa, Lauren fez que não com a cabeça.

— Não foi por causa da violência.

Alex semicerrou os olhos, desconfiado, então ela bufou, rindo de leve.

— Quer dizer, as pessoas às vezes ficavam violentas, sim. Em geral, só xingavam, mas às vezes jogavam coisas. Vez ou outra, também socavam, mas isso a segurança resolvia.

Ela soava tão *calma* enquanto falava. Parecia tranquila, como se aquele tipo de agressão não acabasse cobrando seu preço. Como se a segurança dela não importasse.

— Os pacientes ficavam com raiva porque eu não receitava remédio — prosseguiu ela, erguendo um dedo em sinal de autoridade. — O que eu não podia fazer, só para esclarecer. Ou porque eu pedia internação involuntária. Ou porque estavam bêbados e impacientes, e eu não podia avaliá-los até ficarem mais sóbrios, e eles não podiam voltar para casa antes da avaliação.

Alex esticou as pernas, encostando nas dela. Ele precisava de contato naquele momento.

— Mas isso não foi suficiente para você se demitir.

— Não.

Ela inspirou devagar e expirou pelo nariz.

Os olhos de Lauren brilhavam mais do que as estrelas. Ela piscou com força uma, duas vezes, e ele queria confortá-la, fazê-la rir, oferecer a própria roupa para ela usar como lenço.

Mas Alex não fez nada disso. Ele esperou e escutou. O que, para alguém como ele, era mais difícil do que qualquer outra reação.

Lauren remexeu a boca e continuou:

— Meu trabalho envolvia ver as pessoas em seu pior momento. Frequentemente, os problemas iam muito além do que eu podia resolver. Pessoas em estado suicida porque tinham perdido o emprego ou a casa. Crianças que queriam morrer por conta de bullying. E, depois da milésima vez que precisei incluir alguém em uma lista de espera para abrigo ou moradia temporária, da milésima vez em que precisei mandar uma mãe com um bebê de volta para a rua porque não tinha alternativa, da milésima vez que precisei mandar uma criança de volta à situação que a levou à automutilação...

Era claro que ela ia chorar. E, por incrível que parecesse, ele também estava engolindo lágrimas.

— É difícil, Alex — disse ela, secando os olhos com os nós dos dedos. — É muito difícil.

Ele nem imaginava. Francamente, nem *queria* imaginar.

— Até a internação... — continuou ela, cerrando os punhos no banco de pedra. — Às vezes tem umas dinâmicas de poder bem feias no hospital. Mas, quando é para manter alguém vivo, a internação pode ser a única solução razoável em alguns casos. E, na maioria das vezes, não temos muita escolha. Nenhuma, na verdade.

Depois disso, o silêncio se estendeu por alguns minutos, e Alex percebeu que ela tinha acabado.

— Você ficou esgotada — concluiu, enfim.

Ela inclinou a cabeça.

— Eu fiquei esgotada.

— Aí aceitou trabalhar para seu primo otário, porque estava desempregada e precisava de grana.

— Bom... — disse ela, enrugando o rosto de um jeito fofo enquanto refletia. — Sim e não. Eu tenho dinheiro que economizei por causa das horas extras, então teria como tirar umas semanas de descanso antes de decidir o que fazer. Mas este trabalho me ajuda a ganhar tempo. E achei que nada seria mais distante do pronto-socorro do que uma filmagem de série de TV e a casa de uma estrela de Hollywood. Eu precisava de distância, e foi isso o que consegui.

Alex se ajeitou no degrau, desconfortável, com os ombros tensos por alguma coisa que, infelizmente, se parecia muito com culpa.

— Mas você não está descansando. Ainda está trabalhando.

Naquele momento mesmo, por exemplo, ela deveria estar dormindo, mas não estava. Por causa dele.

Lauren riu baixinho.

— É o máximo de descanso que já tive em uma década.

— Você precisa de férias — retrucou ele, olhando feio para ela. — Descansar de verdade.

Porém, Lauren tinha que ficar de olho nele, e ela nunca ignorava as responsabilidades. A não ser que jurasse ficar vários dias seguidos trancado em casa — o que Alex não achava que conseguiria fazer, e ela sabia muito bem —, como ele arranjaria uma folga para ela?

— Ron pode arranjar alguém para substituir você, só por uma ou duas semanas.

Por mais horrível e fedida que fosse a Babá Substituta.

— A gente pode dizer que você ficou doente, sei lá — acrescentou.

A voz dela soou decidida:

— Não vou mentir nem deixar você lidar com o plano B do meu primo.

Cacete, aquela mulher não deixava nem ele fazer um favor para ela.

Lauren Clegg talvez fosse o ser humano mais frustrante da face da Terra, e, vindo dele, era uma acusação e *tanto*.

— Eu posso prometer passar uns dias em casa — ofereceu Alex, por desespero, etc. — Seis. Cinco? Quatro, com certeza.

Ela apenas revirou os olhos e... tá. Era justo.

— Você não vai deixar pra lá, vai? — perguntou Lauren.

— Não — disse ele, tamborilando os dedos no degrau. — E se eu jurar sobre o túmulo da minha amiga imaginária de infância, Capitã Fofuchinha, que esmagarei imediatamente qualquer faísca de prazer que...

— Espere — interrompeu ela. — Combinamos de visitar Marcus e a namorada em São Francisco no fim de semana que vem, né?

A assistente virtual dele já tinha comprado as passagens de avião e reservado o hotel e o transporte, na verdade. Ele confirmou.

— Ron considera Marcus uma boa influência para você — disse ela, franzindo as sobrancelhas, pensativa. — Se você estiver absolutamente determinado a me dar uns dias de folga, posso pedir para Ron transferir sua guarda para Marcus durante o fim de semana da viagem.

Na verdade, a ideia não era tão ruim. Mas isso significaria que eles passariam dias sem se ver...

Quando sugeriu a folga dela, ele ainda imaginava que a veria. Todo dia.

Alex não estava pronto para dizer que sentiria saudade dela. Ele só... não *negaria*. Só isso.

— Guarda? — perguntou ele, franzindo a testa. — Fico ofendido com essa palavra. Não, fico *magoado*.

Ela escolheu ignorar.

— Vou mandar um e-mail para ele quando chegarmos em casa.

Falando de casa...

— Então está decidido — disse ele. — Vamos lá, Wren. Hora de você *finalmente* calar a boca e deixar a gente dormir.

Alex se levantou e ofereceu a mão para ajudá-la. O toque dela foi firme e quente, e o contato com a pele de Lauren o deixou tão atordoado que ele se sentiu tonto. Quando ela ficou de pé, Alex a soltou depressa.

Em silêncio, eles voltaram a subir a escadaria devagar, com ele na dianteira. Porque, de novo: ele não ia mais olhar a bunda dela.

— Por que sua amiga imaginária de infância tem um túmulo? — perguntou Lauren quando chegaram ao segundo trecho da escada, arfando.

Ao ouvir a voz dela, Alex desacelerou ainda mais.

— Porque jurar sobre um túmulo soa mais dramático do que uma simples promessa — disse ele, olhando para trás de relance, com um sorriso descarado. — Foi mal.

Os cantos da boca de Lauren se curvaram.

— Então a Capitã Fofuchinha ainda está viva?

— Já que eu inventei a Capitã Fofuchinha há aproximadamente cinco minutos, eu diria que ela está viva, sim.

Após um momento de reflexão, ele acrescentou:

— A não ser que já tenha sido comida por um coiote. Ela era muito fofa e deliciosa. Comida irresistível para um coiote, sinceramente — disse ele, balançando a cabeça com tristeza. — Coitada da Capitã. Mal a conheci...

Aquela gargalhada roncada inconfundível flutuou noite acima, e ele sorriu para as estrelas.

— Você é inacreditável — declarou ela, entre acessos de riso. — *Inacreditável.*

O choque o fez gargalhar também, porque, nossa. Que *ironia*. A ironia era *de matar*.

— Não se preocupe, Wren — disse ele, ofegando. — Acho exatamente a mesma coisa de você.

13

Sábado de manhã cedo, Lauren acompanhou Alex até a segurança do aeroporto, o lembrou de se comportar enquanto ele revirava os olhos e reclamava que a desconfiança desnecessária dela o magoava *até a alma* e — depois de retribuir o último aceno estranhamente hesitante de despedida — esperou ele desaparecer de vista.

Voltar ao seu apartamento foi... estranho.

Aquelas semanas juntos tinham gerado uma conexão. Eles estavam ligados, quisessem ou não. E, a cada quilômetro que a afastava de Alex, aquela ligação se remexia em seu peito.

Quando o avião decolou uma hora depois, sem turbulências e pontual — Lauren conferiu, para não se preocupar —, seu peito começou a doer. Era ridículo, óbvio.

Mas isso não fez doer menos.

Quando soube que Lauren estava indo visitá-la, Sionna se organizou para que elas pudessem passar a maior parte do final de semana juntas. Assim que Lauren entrou na garagem anexa e seguiu para os torreões da casa, a amiga irrompeu pela porta direita do apartamento, pronta para um abraço tão animado que quase derrubou as duas no chão da varanda.

— Ren! — gritou Sionna. — Bruxa da minha vida, minha pia entupida!

Rindo sem parar, Lauren respondeu como de costume quando encontrava a amiga:

— Sionna! Minha bruxa amada, entupiu minha privada!

Elas entraram cambaleando na parte de Lauren do apartamento, e Sionna se largou no sofá, olhando com curiosidade para a amiga.

— Então... — começou, e cruzou as pernas para ficar mais confortável. — Me conte como anda o serviço de babá mais bem pago do mundo.

Por algum motivo, isso irritou Lauren. Só um pouquinho.

— Alex é um homem adulto. Não sou babá dele.

Caramba, como tinha poeira ali. E estava tudo quente e abafado. Lauren foi até a janela e fez força até ela ceder e abrir um pouquinho.

— Tá booooom — disse Sionna, inclinando a cabeça, adorável e com o cabelo curtinho bagunçado como sempre. — Então me conte como anda seu trabalho que não é de babá e que te paga para acompanhar um homem adulto sempre que ele sai de casa, para ele não se meter em problemas.

Tá, falando assim, parecia mesmo que ela era babá. Mas...

— Cheguei à conclusão de que foi exagero do Ron — disse Lauren, se virando para o sofá, com as mãos na cintura. — Se Alex está descontrolado, eu não vi nenhum sinal disso. E passei... o quê? Cinco semanas com ele? Eu provavelmente já teria notado.

Sionna abraçou uma almofada junto ao peito farto, distraída.

— Ele não está se embebedando?

Lauren indicou com um olhar a garrafa de vinho e as taças que a amiga já tinha preparado, apesar de não ser nem meio-dia.

Sionna riu.

Sorrindo, Lauren também se largou no sofá.

— Enfim, respondendo, ele não bebeu nada desde que a gente se conheceu.

Sionna franziu a testa.

— Caramba, então o que aconteceu na Espanha?

— Não faço a menor ideia — respondeu Lauren, se virando para a amiga. — Mas aposto todas as minhas economias que ele teve um bom motivo para entrar na briga, e que não teve nada a ver com álcool.

— Não... foi isso que disseram os tabloides.

A luz forte do sol que entrava pelas janelas fazia os fios grisalhos no cabelo castanho-escuro de Sionna cintilarem que nem lantejoula.

— Mas você não é de apostar — acrescentou —, então acredito.

Não, Lauren não apostava. Ela confiava na própria avaliação, e Alex podia ser muita coisa — muita, *muita* coisa —, mas não era o bêbado descontrolado que Ron descrevera.

Como se tivesse lido os pensamentos de Lauren, Sionna levantou uma sobrancelha escura e perguntou:

— Então, se ele não é o que Ron e os tabloides disseram, *como* ele é?

— Hummm…

Como descrevê-lo?

— Ele é um espertalhão, sem dúvida. Gosta de irritar todo mundo, mas também de fazer as pessoas rirem. É impulsivo, sagaz e curioso. Pode ser meio egocêntrico às vezes, mas, quando se esforça, é surpreendentemente atencioso. Ele é generoso, fiel e não cala a boca nunca — disse Lauren, franzindo a testa, pensativa.

— Talvez cale a boca dormindo? Mas, sinceramente, ele dorme pouco.

Sionna levantou ainda mais a sobrancelha.

— E você sabe disso porque se conhecem bem?

— No sentido… — começou Lauren, e encarou a melhor amiga, boquiaberta. — Claro que não! A gente não… ele não…

Ela se calou, sem saber como terminar aquela frase, com o rosto ardendo de repente.

— Ele não faz seu tipo? — perguntou Sionna, balançando a cabeça, pensativa. — Entendo. O amigo dele, Marcus Caster-Rupp, é muito mais bonito, né?

Ah, Lauren sabia bem o que a amiga estava fazendo, e não ia cair naquela armadilha nem morta. Mas…

— Marcus pode até ser mais padrão — declarou ela orgulhosamente, com ultraje em cada sílaba —, mas Alex é um milhão de vezes mais sexy. Especialmente com aquela barba. E aqueles olhos.

Sem falar daquela *voz* dele. Sempre que ele sussurrava, todos os pelos do corpo de Lauren se arrepiavam e ela ficava sem ar.

Naquele momento, as duas sobrancelhas de Sionna estavam tão levantadas que praticamente levitavam.

— Então, na sua opinião, o homem com quem você passou mais de um mês é muito sexy. E tem *aqueles* olhos. E *aquela* barba.

Lauren jogou uma almofada na cara irritante da amiga.

— Cala a boca.

Sionna pegou a almofada e sorriu para ela.

— Mirou certinho. Vi que você treinou bem as Artes Bruxescas nesse meio-tempo.

Ela não ia esconder o rosto vermelho. *Não ia.*

O sorrisinho malicioso da amiga se suavizou.

— É sério, Ren. Você parece...

Vixe. Lauren esperou o veredito de Sionna, se coçando de desconforto.

— Você parece mais autoconfiante — concluiu Sionna, finalmente. — Parece que não está mais olhando para si e para os outros com tanta cautela. Não sei se foi por sair do hospital, ou por causa do seu pupilo milhões-de-vezes-mais-sexy-que-Marcus-Caster-Rupp, mas, seja lá o que for, fico feliz, amiga. Faz um tempão que ando preocupada com você.

Lauren piscou para a melhor amiga e abriu a boca, formando um *oh* silencioso quando a constatação atrasada a atingiu.

Como ela não tinha notado, depois de todos aqueles anos? Em retrospecto, era mais do que óbvio.

Sionna podia ter criado o Instituto de Ciências Bruxescas por luto e raiva, mas também tinha feito aquilo porque estava preocupada com Lauren. Porque queria que Lauren se envolvesse mais com o mundo ao seu redor.

Não, era mais do que isso. Ela queria que Lauren ocupasse seu espaço no mundo e *defendesse* aquele espaço.

E se Sionna estivesse certa, talvez aquele arrepio de Lauren não fosse inteiramente de desconforto. Talvez fosse também de empolgação. De *vida*.

Ela engoliu em seco e olhou para a costura puída da almofada do sofá.

Era temporário, de qualquer modo. Quando o último episódio de *Deuses dos Portões* fosse ao ar, ela nunca mais veria Alex. Era melhor não dar tanta atenção a seus pensamentos e emoções rebeldes.

Seu corpo rebelde.

Dane-se. Já tinha passado do meio-dia em *algum* lugar.

Lauren se levantou do sofá e foi atrás de um saca-rolhas.

— Isso merece um brinde.

Aproximadamente doze horas depois, as duas ainda estavam aconchegadas no sofá de Lauren, enroscadas em cobertas, na frente da televisão.

— Que tesão — gemeu Sionna, jogando na boca um punhado de pipoca doce e deixando cair quase tudo no sofá. — Por que tem tanto ator gostoso nessa série? Porra, é uma *cornucópia* de gostosura.

Ela pensou por um momento e acrescentou:

— Menos o Júpiter. Parece que os bíceps dele têm bíceps, me dá medo.

Lauren riu, concordando, e continuou a mastigar seu Twizzler.

Ela ia sugerir uma série diferente, mas quando a amiga lhe propusera ver um pouco de *Deuses dos Portões* para continuar o habitual debate Passivo-Ativo-Versátil, ela não se opôs.

O peito dela ainda estava doendo um pouco. Ver Alex na tela ajudava, pelo menos momentaneamente.

Quando uma cena que envolvia Vênus, Júpiter e Cupido começou, Lauren mastigou rápido, engoliu a bala e pausou a série.

— Bicepzinhos! — gritou Sionna, cobrindo os olhos com a mão. — Ah, caralho, você parou logo numa cena que mostra os bicepzinhos dos bíceps dele!

— Esquece os bicepzinhos por um segundo, Sionna — disse Lauren, se empertigando, depois cutucou a amiga. — Já que você viu a série toda, quero sua opinião.

Com o cabelo todo espetado, Sionna emergiu do casulo de cobertor.

— Estou disponível para dar minha opinião profissional sempre que necessário. Apesar do trauma — disse ela. Então, apontou para Alex. — Cupido pode ser passivo, mas talvez também seja versátil. Acho que precisaríamos rever as cenas de sexo dele com Psiquê para ter certeza absoluta. Várias vezes, de preferência.

Provavelmente... era má ideia. E...

— Não é essa a opinião que eu quero — disse Lauren, indicando a tela. — Quero que você veja essa cena e me diga se a relação de Cupido com Vênus e Júpiter é abusiva. Porque eu tenho minha opinião, mas talvez só me falte o contexto necessário.

Ela deu play de novo no episódio da segunda temporada, e as duas assistiram à cena em silêncio.

— Bom, Vênus e Júpiter são horríveis com todo mundo, mas... — disse Sionna, franzindo a testa. — Isso é diferente. Mais íntimo. Cupido é filho dela, neto de Júpiter.

Lauren concordou com a cabeça.

— Eles manipulam e controlam ele, dizem que o amam, mas o usam para fins próprios. Mandam ele fazer coisas que o deixam péssimo, tipo separar Dido e Eneias — disse Sionna, tamborilando os dedos na almofada. — Acho que não vimos esse episódio juntas, mas, quando Cupido conta que está apaixonado por Psiquê, Vênus dá um tapa na cara dele.

Lauren estremeceu.

— Acho que é bem claro, na verdade. É abuso, sim — disse Sionna, se virando para ela. — Quando ele se libertou deles para ficar com Psiquê, foi um imenso avanço do personagem.

A caminho do aeroporto, Alex tinha contado para Lauren mais do que devia sobre a última temporada, mas ela não queria estragar a experiência futura da amiga.

— Então... — disse ela, cautelosa. — Se, por exemplo, a última temporada mostrasse Cupido abandonando Psiquê para ajudar a mãe e o avô...

— Seria uma péssima mensagem se isso acontecesse. Eles estariam dizendo que sobreviventes de violência doméstica nunca conseguem escapar completamente dos agressores nem formar novos relacionamentos saudáveis — disse Sionna, tensionando o rosto redondo. — Além do mais, seria uma narrativa ruim pra caralho. Assim, do que adiantaria os anos todos de desenvolvimento do personagem? E do relacionamento dele com a Psiquê? Por que mostrariam ele se libertando, só para jogar ele de volta onde começou?

Conhecendo Ron, Lauren podia imaginar.

— Ceticismo quanto à natureza humana. Ou para chocar. Talvez os roteiristas nem achem que o relacionamento deles é abusivo.

Ela pigarreou e acrescentou:

— Hum, se a última temporada for mesmo assim.

Sionna se largou de costas e olhou para o teto.

— Ah, fala sério, Ren. Você não é de inventar histórias e está morando com um dos atores da série. Acho que agora não preciso nem ver a última temporada.

Lauren curvou os ombros.

— Desculpa.

— Tudo bem — disse Sionna, virando o pescoço para encará-la. — Quer me contar por que pediu minha opinião?

Mesmo tendo visto poucos episódios de *Deuses dos Portões*, Lauren tinha chegado ao mesmo veredito da amiga. E se ela e Sionna estivessem certas... se Alex estivesse certo...

Então era óbvio o motivo para estar tão furioso com os roteiros da última temporada. Era óbvio por que ele xingava os *showrunners* na fanfic que tinha escrito.

Lauren fez uma careta de desculpas para a amiga.

— Não posso falar. Me desculpa. De novo.

— Tudo bem — disse Sionna, balançando a mão. — Posso voltar para o tesão e a gostosura?

Graças à melhor amiga, Lauren finalmente tinha certeza: ela não contaria sobre a fic para Ron nem faria Alex apagar a história.

Podia ser uma decisão perigosa e equivocada, mas ela estava decidida.

— Claro. Voltando ao tesão... — disse ela, apertando o *play*.
— Já.

Lauren se levantou do banco quando viu Alex andando apressado no aeroporto, no domingo à noite.

Estranhamente, foi como vê-lo pela primeira vez. Ou talvez... vê-lo pela primeira vez em cores, em vez de preto e branco.

Ele estava usando uma camiseta henley azul e calça jeans escura e justa, e o cabelo castanho-dourado caía *perfeitamente* na testa. A barba dava profundidade e um toque mais rústico aos traços imaculados. Os antebraços dele eram fortes e musculosos, e as mãos largas seguravam a mala e uma bolsa enorme.

Apesar dos passos rápidos, ele era pura elegância, se movimentando com fluidez. Quando a viu, o sorriso sedutor marcou suas covinhas e... ah. Ah.

As lâmpadas fluorescentes do teto não estavam com nada. Alexander Woodroe emitia luz própria, e Lauren precisou piscar para se proteger do brilho.

No leilão, ela tinha pensado que aquilo era o magnetismo de uma estrela. Carisma. Mas o encanto dele, a atração, tinha se tornado mais pessoal. Pessoal até demais.

Lauren engoliu em seco e se sentiu até um pouco tonta ao vê-lo se aproximar.

Na véspera, meras horas antes, tinha dito a Sionna que Alex era sexy, e acreditava mesmo nisso. Porém, naquele momento, ela *sentiu*. No ponto exato em que a amiga aconselhara encostar o celular quando vibrasse pela milésima vez com uma mensagem de Alex.

Cacete. A libido dela tinha escolhido uma hora *péssima* para despertar da hibernação.

Um instante depois, ele estava bem ali, parado a centímetros dela, com uma expressão de bom humor e os olhos cinzentos brilhando de calor. Ele estava sem fôlego de andar com tanta pressa — o que só enfatizou o movimento daquele peitoral esculpido. O peitoral que ela já tinha visto suado e sem camisa várias vezes, mas sem nunca admirar de verdade. O peitoral que ela desconfiava que começaria a ver em seus sonhos.

Por um momento, Lauren podia jurar que ele ia abraçá-la. Se abraçasse, ela tinha quase certeza de que ia desmaiar.

O momento passou rápido, e eles foram caminhando em direção à saída, Alex abrindo aquele sorrisinho charmoso e insuportável.

— Sentiu saudade, Wren?

— Quase morri — disse ela, seca, com mais sinceridade do que gostaria.

— Eu também.

Ele passou o braço pelos ombros dela e a puxou junto ao corpo por meio segundo antes de soltá-la.

— Na verdade — continuou —, sua ausência me deixou filosófico. Se uma árvore se comportar mal na floresta, sem ninguém para repreendê-la, será que a árvore se comportou mal mesmo? Eu diria que não. Vou explicar meu raciocínio em detalhes precisos.

O monólogo dele durou vários minutos ininterruptos, o que era conveniente, porque aquele toque dele a deixara incapaz de falar.

A dor no peito, porém, tinha passado. Passado completamente.

Conversa com Carah: Domingo à tarde

Alex: No avião DE NOVO

Alex: Que TÉDIO

Alex: ME DISTRAI, CARAH

Carah: Cadê a Lauren, piranha chorona?

Alex: Achei que eu fosse a piranha futriqueira, mas, se eu puder ser dois tipos diferentes de piranha, melhor ainda

Alex: Sou uma piranha muito complexa

Alex: Enfim, a Babá Clegg tá curtindo o fim de semana com a amiga Sionna, o que é superinjusto, já que ela não ME deixa curtir nada

Carah: Eu gostei da Lauren

Carah: Foi legal conhecer ela no leilão

Carah: O que exatamente ela proíbe você de fazer, que mal lhe pergunte?

Alex: TANTA, MAS TANTA COISA

Alex: Ela enche meu saco para tomar café da manhã direito junto com a medicação de TDAH, mesmo que eu queira fazer outra coisa, o que é um saco

Alex: Por outro lado, estou com dor de estômago hoje porque não tomei café direito

Alex: O que também é um saco, porque odeio quando ela tá certa

Carah: ...

Alex: E eu devia estar me divertindo com Marcus e April, e até me diverti, mas Lauren me impediu de me divertir MAIS porque não respondeu minhas mensagens, aí eu fiquei o tempo todo mexendo no celular em vez de prestar atenção em Marcus e April, o que é totalmente culpa dela

Alex: E AÍ, em vez de ver *reality shows* com meu melhor amigo, fui comprar um presente para ela

Alex: Comprei um cobertor, porque ela acha que está sempre coberta de razão

Alex: Não é engraçado????

Alex: É bem macio e fofo

Alex: De um verde bonito com um toque de azul

Alex: Acho que é minha cor preferida

Alex: Ela é uma estraga-prazeres e muito chata, mas merece coisas macias e bonitas e nunca faz nada de bom para si mesma, o que também é um pé no saco, como você deve imaginar

Alex: Como eu falei: ELA É MUITO CHATA

Alex: Carah?

Alex: Carah, seria legal se você RESPONDESSE

Carah: Foi mal, estava rindo demais pra digitar

Carah: Porra, Alex, você é uma comédia

Carah: Tenho que fazer um vídeo comendo lutefisk em homenagem a Maria, então engole aí seu choro enquanto eu tento não vomitar enquanto gravo

Carah: FLW VLW MLK

Alex: Carah?

Alex: VOLTAAAAAAAAAAAAAAAAA, CARAH

14

Os dois meses seguintes não passaram em um estalo. A presença de Alex não permitira, nem a atração que Lauren começara a sentir por ele.

Às vezes, ela até se cansava das caminhadas de madrugada, ficava frustrada com a personalidade geniosa de Alex, e inacreditavelmente irritada com as provocações contínuas, mas se sentia presente por completo. Envolvida de corpo e alma. Inteiramente *ela*, de um jeito que não era com ninguém além de Sionna.

Por anos, ela tinha passado seus dias envolta em uma bolha, impassível, apenas observando e nunca saindo de sua zona de conforto.

Alex estourava aquela bolha todo dia — toda hora — com seu olhar aguçado, comentários incisivos e sarcasmo afiado. Exibindo seu corpo esculpido. Mergulhando de cabeça nela e em tudo que era importante para ele, quer ela gostasse, quer não.

Frequentemente, ela *não* gostava. Mas gostava *dele*.

Apesar do temperamento esquentado e do sarcasmo, apesar da pele dela pinicar quando estava por perto, ela nunca tinha rido tanto na vida, nem mostrado tanto o dedo do meio. Ele amava irritar ela. *Amava*.

Com Dina, porém, ele era tão agradável quanto a Capitã Fofuchinha.

Ele tinha conhecido a faxineira em uma visita aos abrigos da organização beneficente e, ao ouvir sua história, a contratou imediatamente.

Dina tinha a idade de Lauren. Era bonita, sem papas na língua, esperta e confiante. Estava noiva de uma mulher boa e gentil. Era a própria heroína, como Alex diria. Porém, ele a ajudara e oferecera apoio no momento em que ela mais precisava, e por isso

Dina o adorava. Às vezes, quando Lauren via os dois juntos, rindo na cozinha, afetuosos e iluminados pelo sol, a doçura da imagem a fazia perder o fôlego.

O toque do cobertor lindo que ela ganhara de Alex tinha o mesmo efeito. Ela se aninhava debaixo da manta toda noite, envolta em calor e maciez por causa dele.

Naquela manhã, porém, Alex não a havia deixado sem fôlego. Só sem paciência.

— Acabe logo essa comida, Woodroe. A gente precisa sair — disse ela, indicando o prato dele, ainda contendo metade do ovo mexido com tomates assados e ervas. — Você já perdeu uma hora marcada com sua cabeleireira, e você sabe como ela é, ela vai arrancar suas tripas com a tesoura se você der trabalho outra vez.

Além do mais, ele definitivamente precisava cortar o cabelo e aparar a barba. A Con dos Portões, a convenção anual de fãs de *Deuses dos Portões*, começaria no dia seguinte, e, no momento, ele estava parecendo um vagabundo muito bonito.

— Meu pescoço dói sempre que tento olhar para você — resmungou Alex, entre garfadas. — Como eu vou comer em condições tão desumanas? E por que você tem literalmente a mesma altura de um rato com problema de crescimento?

Eles já tinham discutido mais de uma vez sobre o uso adequado da palavra *literalmente*. Ela não ia entrar nessa de novo.

— Então é só não sentar do meu lado no banco. Se pegar uma cadeira, não vai precisar virar tanto o pescoço para me ver.

Quando ele finalmente terminou de comer, ela tirou o prato dele e juntou ao dela na bandeja.

— Ou, melhor ainda — acrescentou —, é só não olhar para mim.

— Mas eu gosto de olhar para você — retrucou ele, se levantando para se espreguiçar. — E, se eu sentar mais longe, não vou poder reclamar que você literalmente quer torcer meu pescoço.

De pronto, ela respondeu:

— Não é lite...

Espera aí.

— Ah, eu sei usar essa palavra. Sempre soube — disse ele, com um sorrisinho. — Só gosto de gozar com a sua cara, Babá Clegg.

Não vou empurrar ele do penhasco, ela pensou. *Não vou.*

O sorriso dele morreu, e ele franziu as sobrancelhas bruscamente.

— Hum, só pra explicar, falei de "gozar com a sua cara" no sentido de zombar, não de, hum...

Em vez de empurrar ele do penhasco, como ele merecia, ela deu uma cotovelada na costela dele.

— Eu entendi.

Alex soltou um gritinho e olhou com mágoa para ela, levando a mão à costela. Mesmo que Lauren não tivesse botado nenhuma força no cotovelo.

— Que crueldade — reclamou ele. — Só por isso, não vou deixar você levar a bandeja para a cozinha, sua víbora.

Ele saiu de forma dramática, equilibrando perfeitamente a bandeja em um braço só, como um garçom experiente. Considerando que ele era ator, era provável que ele tivesse mesmo sido garçom em algum momento, pensando bem.

O debate sobre o torcicolo continuou durante todo o trajeto, até quando Alex entregou as chaves para o manobrista.

Sim, tinha um manobrista. No cabeleireiro.

Ela suspirou. *Estrelas de TV. Gente como a gente, até parece.*

Quando chegaram à entrada discreta do salão, ladeada por plantas ornamentais, Lauren parou para seu último argumento.

— Você pelo menos tem auxílio da gravidade quando olha para baixo, Woodroe. Quando eu olho para você, tenho que ir contra as leis da natureza.

Alex bufou — gesto que ela via claramente, mesmo de tão baixo. Até as narinas dele eram atraentes. Era extremamente injusto.

Para encerrar a discussão, Lauren declarou, determinada:

— Então é claro que eu sinto mais dor no pescoço que você. Portanto, você é quem quer torcer meu pescoço. Ponto-final.

— Ponto-final? Jura, Wren?

Alex riu para ela e — que *babaca* — se curvou casualmente e apoiou o antebraço na cabeça de Lauren, como se ela fosse o painel da porcaria do carro. Ah, ele ia *pagar*...

— Licença — disse uma voz atrás de Lauren. — Você é Alex Woodroe?

Em uma tentativa malfadada de recuperar a dignidade, Lauren se afastou, deixando a fã à vontade para cumprimentá-lo.

A mulher era uma ruiva bonita, talvez de vinte e poucos anos, e iniciou a conversa costumeira. Ele confirmou a identidade, agradeceu pelo carinho e aceitou tirar uma selfie. Foi aí que...

Com o celular bem levantado, a mulher se aconchegou nele e apoiou a outra mão na bunda de Alex. Com um sorriso tenso, ele tentou se desvencilhar, mas a fã não recuou. Ela riu e seguiu o movimento dele enquanto tirava mais fotos.

Não.

— Licença — disse Lauren, com o máximo de educação possível —, mas infelizmente esta será sua última foto com ele.

A fã não se mexeu um milímetro, nem reagiu às palavras de Lauren. Outra foto. Outra. Então, começou a gravar um vídeo.

Alex sorria sem ânimo, e Lauren percebeu o quanto ele tentava se controlar. Quase o escutava pensando em ficar calmo e evitar encrenca.

— ... e, por sorte, estou aqui com Alex Woodroe — dizia a mulher. — Vocês nem *acreditam* como ele é gostoso pessoal...

Naquele momento, Lauren tirou a mão da fã da bunda de Alex. A mulher arquejou de choque. Aparentemente por causa da afronta de Lauren, o que era meio irônico.

A ruiva se virou, com o rosto ruborizado de ultraje.

— Espera sua vez, sua mocreia — sibilou ela, e de repente deixou de ser tão bonita. — Ainda não acabei.

— Acabou, sim — disse Lauren, simplesmente.

A mulher avançou um passo, ainda filmando, e Lauren não sabia o que estava prestes a acontecer, mas ela estava preparada.

Ninguém ia mexer com Alex assim, sem que ele quisesse, na frente dela. *Ninguém.*

Até que ele se meteu calmamente entre as duas mulheres, com o rosto também corado, arfando.

O sorriso que se abria em seu rosto...

Lauren nunca tinha visto nada assim. Era a expressão de prazer febril de um guerreiro entrando em batalha, indomado, afiado e furioso, e, que merda, ela precisava...

Mas ele já estava falando, cada palavra carregada de humor venenoso.

— Obrigado por você ter tirado um tempo do seu dia ocupado para apalpar minha bunda sem consentimento e agredir minha companheira.

Quando a ruiva soltou outra exclamação chocada, Alex sorriu ainda mais e continuou:

— Ela é bondosa demais para dizer o que você merece ouvir. Você deveria arrumar algo melhor pra fazer com seu tempo livre além de ofender desconhecidos. Sabe o que eu sugiro?

A mulher estava tremendo de afronta e humilhação, com o celular apontado para Alex. Lauren tentou puxar o braço dele, levá-lo embora, mas ele era como uma estátua de pedra sob seus dedos.

Alex se abaixou para chegar mais perto da ruiva e, num tom simpático, disse:

— Vai se foder, moça.

Ela recuou como se tivesse levado um tapa e explodiu.

— Seu escroto! — gritou, tão alto que tinha gente esticando o pescoço na rua para ver o barraco. — Vou contar pra todo mundo na internet!

A gargalhada dele transbordava desdém.

— Fique à vontade.

Como Alex não demonstrou nem um pingo de medo ou remorso, a mulher saiu batendo o pé, já cutucando freneticamente a tela do celular.

O peito dele ainda estava arfando, e um calor incrível irradiava de seu corpo esguio, mesmo através da camiseta e da calça jeans. Ele continuou olhando para a mulher e, quando ela se virou para filmá-lo de novo, de longe, acenou alegremente.

Que merda. Se isso chegasse aos ouvidos de Ron — e chegaria, Lauren tinha quase certeza —, ele ia dar um jeito de punir Alex.

— Alex — disse Lauren, massageando as têmporas. — Você não pode...

Ele se virou para ela, com a cara fechada.

— Tenho um compromisso e, se falar do que acabou de acontecer, vou surtar. Vamos entrar.

Como ela hesitou, ele soltou um suspiro. Não era um daqueles exageradamente dramáticos como de costume, mas um suspiro genuíno.

— Por favor, Lauren.

Alex fez sinal para dispensar o porteiro que os aguardava — e que tinha assistido àquela cena toda com uma alegria quase incontida — e abriu a porta pesada de madeira do salão, esperando ela entrar.

— Por favor — insistiu ele. — Deixa pra lá. Por enquanto, pelo menos.

Ela assentiu devagar.

Eles entraram na sala de espera fresca e elegante. O homem impecavelmente vestido que os cumprimentou de trás da bancada de vidro perguntou o que eles queriam beber e seguiu para uma sala anexa para buscar as bebidas.

Enquanto esperavam o homem voltar, Alex suspirou profundamente de novo e passou a ponta do dedo pelo antebraço de Lauren. A pele dela formigou sob o toque, arrepiando os pelos finos, e ela ergueu o olhar bruscamente para ele, surpresa.

— Ainda não consigo falar disso — disse ele, olhando para o dedo, que seguia passando pelas veias no dorso da mão dela. — Mas você está bem?

Ela envolveu a mão dele com a dela e a apertou.

— Estou bem.

Alex respirou fundo de novo, abaixou a mão e deu um passo para trás.

— Então vamos nos concentrar no que é mais importante aqui: em mim. Devo cortar o cabelo curto e tirar toda a barba ou só dar uma aparada?

— O cabelo é seu — disse ela, confusa, franzindo a testa. — Por que está me perguntando?

— Puta merda, Babá Clegg — disse ele, fechando os olhos com força, e, dessa vez, o suspiro foi forte, dramático e inteiramente fingido. — Por que você precisa dificultar *tanto* tudo? Ah, é verdade. É que você é uma *pedra* no sapato da *humanidade*.

Indignada, ela pôs as mãos na cintura.

— Olhe para mim, Woodroe. Eu lá pareço o tipo de pessoa que entende de cabelo?

Os lábios dele tremeram, mas ele abriu os olhos e tentou fazer uma expressão seca.

— Sim.

— Você não disse que *eu* minto mal? — perguntou Lauren, levantando as sobrancelhas e mostrando as pontas sem vida de uma mecha do cabelo fino. — Sujo, este é o mal lavado. Acho que vocês têm muito em comum.

Ele mordeu o lábio e desviou o olhar por um momento, se recompondo.

— Laaaaaaaaaauren — insistiu, choramingando abertamente. — Me diiiiiiiiiiiiiiiz.

Tá. Se ele queria mesmo saber a opinião dela...

— Com o cabelo comprido e a barba, você fica parecendo um viking.

Um viking incrivelmente lindo. Aquele estilo era atraente até demais, francamente.

— Então, se é isso que você quer, é melhor só aparar — concluiu ela.

— Aaaah.

De repente, ele não era mais um viking. Era um felino, com uma juba cheia e uma voz sussurrada que vibrava dentro dela daquele jeito perturbador que ela já conhecia.

— Você gosta da minha barba, Wren?

Era uma provocação que ela queria negar.

Não conseguiu. Porque, na verdade, ela mentia mesmo mal.

Ele se abaixou para falar ao pé do ouvido dela.

— Admite — sussurrou. — Você gosta da minha barba. Gosta do meu cabelo.

Ela cerrou as mãos trêmulas, sem conseguir falar. Sem conseguir pensar.

Felizmente, uma mulher alta, linda e elegante surgiu na sala de espera, acompanhada pelo recepcionista impecável, que trazia uma bandeja.

Alex fez cara feia para os dois por um momento antes de dar de ombros e cumprimentar a cabeleireira com um abraço enorme, que ela retribuiu.

Depois de uma conversa educada, os dois seguiram para o salão. Lauren ficou na sala de espera, onde se sentou no sofá baixo de veludo e aceitou o chá gelado, agradecida.

A orelha dela ainda estava arrepiada pela respiração de Alex. E, por motivos que preferia não pensar, ela estava com muito, muito calor.

15

Wren se levantou do sofá quando Alex entrou na sala. Por um momento, ela apenas o olhou, sem expressão.

Foi então que, de repente, declarou em um tom inacreditavelmente seco:

— Quando você falou que ia cortar o cabelo, não achei que seria literalmente um fio de cabelo.

— Foi mais para dar forma do que para cortar, sua chata — disse Alex, acariciando carinhosamente a barba, antes de passar a mão com delicadeza pelo cabelo. — Agora sou o viking mais bem penteado e barbeado da aldeia. Os camponeses vão fazer fila para serem saqueados por mim.

Ela o encarou com seus olhos extraordinários.

— Por favor, não me diga que decidiu manter assim por causa do meu comentário.

Como já havia ficado claro que ele também mentia muito mal, Alex não respondeu. Em vez disso, apenas abriu a porta e fez um gesto para ela passar.

Quando o manobrista trouxe o carro, eles entraram, e Alex hesitou antes de dar a partida.

— Quer parar em algum outro lugar?

— Acho que já foi um dia emocionante demais — disse Lauren, com a boca tensa outra vez. — Vamos para casa.

Pela cara dela, ele logo supôs que a paciência da mulher tinha chegado ao fim.

Lauren ficou apenas um minuto em silêncio antes de dizer, com firmeza:

— Gostaria de conversar sobre o que aconteceu hoje, se você quiser.

Felizmente, a massagem no couro cabeludo durante a lavagem tinha abaixado a pressão sanguínea dele para um nível quase normal.

— Se eu não quisesse — disse ele, pondo os óculos escuros para se proteger do reflexo do sol —, como exatamente eu te impediria de falar sobre isso?

Depois que fez a pergunta, Alex só conseguiu pensar em uma única solução:

— Beijando você?

O silêncio dela pareceu preencher o carro inteiro.

Quando ele arriscou uma olhadela, Lauren o estava encarando, boquiaberta, de rosto corado.

— Você pode me impedir só *pedindo para eu parar* — disse ela, devagar, pronunciando cada palavra com clareza.

Ah. Verdade.

Dando de ombros com desinteresse, ele voltou a olhar para o trânsito.

— Razoável. Enfim, tudo bem. Pode começar o sermão, Babá Clegg.

A rua parecia especialmente engarrafada, até para Los Angeles, então ele aceitou que ficaria ali parado ouvindo um falatório insuportável sobre conduta profissional e consequências jurídicas. Nada que não tivesse ouvido mil vezes, mas, por Wren, pelo menos fingiria escutar.

Porém, ela não disse o que ele esperava.

O que disse foi pior. Muito, muito pior.

— As pessoas vivem dizendo coisas horríveis para mim — falou, sem rodeios. — Desde que eu era criança. Um dia, só parei de contar para os meus pais, ou para quem quer que fosse, porque eles ficavam sempre muito chateados e não adiantava nada.

Não adiantava dizer para os pais que ela tinha sido ofendida e magoada? *Não adiantava?*

Seria porque os sentimentos dela eram menos importantes do que os deles?

Ele sentia que estava prestes a ter um derrame enquanto a ouvia falar.

— Não é correto, mas também não é importante, como eu já disse. Não precisa me proteger, não vale seu tempo nem sua energia, e certamente não vale seu emprego nem sua reputação profissional. Agradeço por me defender, mais do que você imagina, mas você precisa aprender a deixar pra lá, Alex, como eu aprendi.

O carro devia estar salpicado dos escombros da explosão da cabeça dele.

— É o quê? — foi tudo o que ele conseguiu dizer. — *Como é?*

— Obrigada por se preocupar comigo — disse ela, pigarreando. — Mas não precisa comprar briga por minha causa, não faça mais isso.

Por algum motivo, seu pobre cérebro explodido foi tomado pela expressão dela na noite em que voltou da visita a Marcus e April.

Depois de jantarem juntos, ele a acompanhara até a porta da casa de hóspedes. Antes de se despedirem, ofereceu a ela o saco plástico enorme que tinha deixado bem protegido no bagageiro a viagem toda.

Por algum motivo, ele estava nervoso, e as mãos tremiam.

Ela piscara para ele, confusa, sem reação.

— É para você — dissera Alex, impaciente e desconfortável. — Aceite, sua tonta.

Devagar, com uma expressão envergonhada, Lauren aceitou a sacola e olhou lá dentro. Franziu ainda mais a testa e foi tropeçando até a mesa mais próxima.

Quando tirou o cobertor da sacola, acariciou o tecido com os dedos pequenos. Uma vez. Outra. E outra.

— Isso... — dissera ela, estendendo a seda na mesa, ainda acariciando. — Isso é... um cobertor?

Alex planejava dizer "Para quando estiver descoberta de razão!". Só que... ele acabou imaginando Wren, hum, descoberta. De vários modos. O que foi...

Desconcertante. É, era essa a palavra. *Desconcertante.*

Além disso, ela não ia precisar se descobrir tão cedo, nem para lavar. Ele já tinha mandado para a lavanderia, com urgência, na noite anterior.

E, depois, ele nem queria mais zombar da cara dela.

Não, ele sentira que o nariz estava queimando com uma mistura estranha de raiva e dor. Ela estava *espantada* por receber um presente. *Surpresa* por alguém ter pensado nela, comprado algo para ela, mesmo que fosse para fazer uma piada muito, muito idiota sobre ela se achar coberta de razão, haha, que engraçado.

Então, em vez de rir dela, Alex simplesmente disse:

— É um cobertor. Sim. É seda charmeuse. Só pode lavar a seco, mas Dina pode cuidar disso quando for levar minhas roupas para a lavanderia.

— É de seda?

Lauren umedecera os lábios e abaixara a cabeça, escondendo o rosto, ainda passando a mão devagar pelo tecido reluzente.

— Eu... eu nem sei o que dizer.

Ele se forçara a soltar um suspiro exagerado, apesar daquela ardência que estava sentindo.

— É só agradecer, Wren. Você por acaso foi criada no mato? Ou a Comissão dos Estraga-Prazeres não sabe o significado da palavra "obrigada"?

Ela lhe agradecera, hesitante, abraçando o cobertor, com aqueles lindos olhos arregalados, confusos e... perdidos.

Tão perdidos quanto ele se sentiu naquela hora, e tão perdidos quanto se sentia no carro no momento presente, porque, *puta que pariu*, o que era aquilo?

Ele pisou fundo no freio e entrou com o carro abruptamente em um estacionamento de fast-food.

— Deixe eu ver se entendi — disse, escolhendo uma vaga, parando o carro de repente e desligando o motor. — Você não é importante o suficiente para ser defendida? Mesmo quando alguém fala mal de você *bem na sua cara*, literalmente a meio metro de mim? Não é para eu reagir de jeito nenhum?

— Sei como você é leal, Alex, e sei que deixar esse tipo de situação para lá é difícil pra você — disse Lauren, com calma, enquanto ele definitivamente não estava *nada calmo*. — Mas isso não vale sua carreira. Eu não valho sua carreira.

Alex sentiu que sua cabeça ia explodir outra vez.

— Isso não é... repito, *não é* — disse ele, balançando as mãos para dar ênfase — decisão sua, Lauren. Porra, sou a única pessoa nesse carro e nesse *planeta* que pode decidir o valor da minha carreira, e não vale minha *alma*, cacete.

Ele queria muito ter chegado a essa conclusão no ano anterior, antes de começar a filmar a última temporada, mas já era tarde para aquele erro específico.

— Você acha que é a única que quer fazer o que é certo em vez do que é conveniente?

Alex voltou a sentir aquela ardência nos olhos. Mágoa e raiva.

— O que exatamente você pensa de mim, Lauren? — perguntou. — Caralho, quão insensível e egoísta você acha que eu sou?

— Eu não... — disse ela, encostando a mão no braço dele, com os dedos leves e trêmulos. — Não acho que você seja insensível nem egoísta.

— Então não peça para eu agir como se fosse — retrucou Alex, irritado, enquanto ondas de calor emanavam da pele dele toda vez que entrava em contato com a dela. — Não sei se as pessoas que você conheceu são desse jeito, mas eu *não* sou assim. Se não gostar, é só ligar para o cuzão do seu primo. Fique à vontade.

Silêncio. Lauren afastou a mão, deixando Alex flutuar pelo espaço, solto, solitário e desorientado.

Levou um momento para ele colocar os pensamentos em ordem, e então...

Ai, merda.

Alex fechou os olhos, pegou o volante e encostou a testa na superfície de couro, se esforçando para não bater a cabeça ali com força várias vezes. Como sempre, a fúria dele o fizera passar dos limites. Ela ia ligar para Ron, e ele nunca mais ia vê-la, nunca mesmo, nem...

A palma da mão de Lauren tocou de leve a nuca dele. Ela apertou suavemente.

— Alex.

A voz dela soou calorosa. Carinhosa.

— Me conte o que aconteceu naquele bar na Espanha — pediu. — Quem você estava defendendo?

Ele levou um momento para registrar a pergunta.

E então engasgou, quase soluçando de choro. De alívio. De gratidão.

Porque ela não o estava abandonando. Porque tinha *perguntado*. Era a única pessoa que tinha *perguntado*. Nem Marcus, em meio às preocupações com April, tinha perguntado o que acontecera, nem ele tinha questionado a versão oferecida pelos tabloides e por Ron.

Marcus tinha compreendido e se preocupado com o amigo, mas tinha *acreditado* que Alex estava bêbado. Que Alex, coitado, imprudente do jeito que era, tinha tomado outra decisão espontânea burra pra caralho.

E talvez tivesse sido uma decisão espontânea, mas não era burra, e ele não se arrependia.

— Fui tomar uma cerveja no bar, porque... porque eu estava me sentindo sozinho — contou ele para o volante, com a voz pesada. — O bar estava cheio, e não tinha lugar no balcão nem nas mesas. Aí, depois de pegar a bebida, me encostei na parede e fiquei de olho na galera. Depois de uns dois goles, notei um cara britânico fortão, queimado de sol, em uma mesa ali perto, dando em cima da garçonete ruiva. Ela era quase tão baixinha quanto você, e parecia mais nova do que ele. Uns vinte e poucos, talvez. Era bonita. Tinha sotaque irlandês.

Os dedos de Lauren em seu pescoço eram como uma bênção, e ele suspirou, agradecido.

— Ela não estava gostando. Ficava se esquivando dele e parecia nervosa, e quando ela levantou o braço para chamar a atenção de alguém, talvez do gerente ou do segurança, vi uns hematomas em seu punho.

Naquele momento, apesar da escuridão do bar, os hematomas pareciam estar iluminados por um holofote. Inconfundíveis. Insuportáveis.

— Ele puxou o braço dela e disse que ainda não tinha acabado a conversa, e ela gritou de dor.

Lauren expirou devagar, e o ar fez cócegas no braço dele.

— Aí você decidiu se meter — disse ela.

Naquele momento, o sangue dele tinha martelado até as têmporas, e a cacofonia na cabeça abafara tudo. Só um pensamento estava claro em sua mente: *Faça alguma coisa. Agora.*

— Eu tirei a mão dele do braço dela. Sem delicadeza. Aí ele tentou me bater, eu revidei, e a confusão começou.

Alex não sabia como tinha acabado com o olho roxo. Mas sabia que não tinha sido o soco do britânico, porque o filho da puta caiu no primeiro golpe.

— Logo antes da polícia chegar, ela conseguiu me puxar para um canto e implorou para eu não falar sobre ela porque estava fugindo.

Daí os hematomas, o medo na expressão dela em cada movimento.

— Tentei oferecer ajuda.

Na verdade, ele tinha implorado, mas a garota estava apavorada pra cacete, apavorada demais para qualquer coisa além de escapar.

— Aí a polícia chegou, ela correu para a área de serviço e desapareceu pelos fundos, e eu nunca mais a vi.

Alex torcia para ela ter encontrado um lugar seguro onde se esconder, para ter recebido ajuda. Ajuda *de verdade*. O tipo de ajuda que faria ela parar de se esconder e reconstruir uma vida sem medo nem violência.

Lauren soltou uma espécie de murmúrio.

— Então a polícia interrogou você, e você não falou nada sobre ela — concluiu Lauren.

— Eu cumpri a promessa que tinha feito — respondeu ele, simplesmente.

Outro aperto suave na nuca.

— E imagino que o britânico não tenha falado nada sobre ela também.

— De acordo com ele, eu estava bêbado e tinha socado a cara dele do nada. Foi como se ela nem existisse.

Era o que ela queria, mas tinha sido um horror, de qualquer forma.

— Eu não discuti — continuou. — Só liguei para minha advogada, que ligou para mais gente. Eles me tiraram da cadeia e retiraram as acusações.

E então, mais ou menos uma hora depois, uma desconhecida apareceu em sua vida.

Lauren Clegg. Sua babá. Sua amiga. Sua obsessão. Sua confidente.

E se ela iria ouvir suas confissões, era melhor contar tudo de uma vez, não era?

— Antes de acabar com essa conversa, é bom você saber: Bruno Keene é um assediador escroto de merda, e eu falei a verdade quando disse isso. A equipe e o elenco de *Bons Homens* não quiseram arriscar a reputação para me defender, e eu entendo — ou quase —, mas era verdade.

— Tudo bem — disse ela, em voz baixa. — Tudo bem. Eu acredito.

Lauren estava fazendo cafuné nele, brincando suavemente com o cabelo em sua nuca, e era tão reconfortante que ele quis chorar. Aos poucos, ele sentia a cabeça latejar menos, a pulsação se acalmar, e se sentia... não sabia bem. Mais leve?

E aí... e aí...

Aquele carinho, aqueles puxões leves no cabelo, deixaram de ser reconfortantes. O couro cabeludo dele se arrepiou, ardendo com a sensação provocada, e ele não queria mais chorar.

Ele queria beijá-la.

Beijar *ela*. Babá Clegg. Aprendiz de Bruxa. Estraga-Prazeres Suprema.

A amiga dele, que tinha os olhos mais lindos e calorosos que já vira, traços afiados e fascinantes e um corpo redondo e macio para o qual às vezes acabava olhando sem motivo.

E ela estava tocando nele, fazendo cafuné, e...

Alex levantou a cabeça e olhou para ela.

A preocupação no olhar dela o comoveu, mas ele não queria preocupação.

Ele queria *calor*.

Lauren manteve os dedos entrelaçados em seu cabelo, e o peso da palma na nuca parecia puxar a cabeça dele para baixo. O queixo macio dela tremeu, ela entreabriu a boca e, cacete, ele queria sentir o gosto daqueles lábios e descobrir se era tão agridoce quanto ela.

Mas... puta merda. Ele *não podia*.

Pelo que ele sabia, ela apenas o tolerava. Alex não tinha percebido nenhum sinal de que ela pudesse sentir atração por ele. Mesmo se tivesse visto, ela estava ali a trabalho, e, porra, não ia *assediar* ela no trabalho.

Relutante, ele se desvencilhou. Lauren soltou a nuca dele, e Alex engoliu um gemido de desejo e falou mais besteiras como sempre:

— Agora que abri meu coração para você, Irmã Clegg, pode parar de tentar me distrair.

Ele abanou o dedo em riste, mas ela não engoliu a isca. Em vez disso, continuou encarando-o com carinho, e ele deixou aquele olhar encharcar seu coração que nem chuva na terra seca e árida.

Então, Alex disse com firmeza:

— Se não quiser que eu te defenda porque fica envergonhada, ou constrangida, tudo bem. Não vou gostar, vou *odiar*, mas vou aceitar sua decisão e me esforçar para fazer o que você pediu. Mas se não quiser que eu te defenda porque acha que não vale a pena, aí a história é outra. Não. Eu me recuso.

Lauren massageou as têmporas, agitada, mas ele não deixou para lá.

— E aí, Wren, o que vai ser?

Com o indicador, ele levantou o queixo dela até ela encontrar seu olhar.

— Sigo seus conselhos ou meus instintos? — perguntou.

Lauren franziu o rosto, pensativa, e, caralho, como ela era *fofa*. Ele torcia muito para ela dar a resposta que ele queria. Porque uma mulher que tinha passado a vida servindo e protegendo os outros em detrimento da própria segurança e do próprio bem--estar merecia um defensor.

Um defensor melhor do que ele, óbvio. Mas Alex era a única opção que Lauren tinha por enquanto, coitada, e ele queria que ela aceitasse sua lealdade inteiramente inadequada.

Queria que ela *o* aceitasse.

Depois de um minuto longo e tenso, ela suspirou devagar.

— Seus instintos — respondeu. — Que Deus nos proteja.

16

Coitado do Marcus. Quando entrou no carro de Lauren naquela manhã de sábado, ele nem imaginava o que o esperava. Mas ela sabia, e não o invejava.

A caminho da casa de Marcus, Alex tinha compartilhado com ela o plano:

— Cacete, Wren, não aguento mais aquela carinha sofrida de cachorro perdido. E já que ele quer dividir o quarto de hotel na Con dos Portões, vou dar pro meu amigo o Tratamento Completo Alexander Woodroe.

Ela respondeu no tom mais seco possível:

— Tenho até medo de perguntar.

Porém, ele já sabia que Lauren ia ficar curiosa, por mais que negasse. Então, em vez de insistir, ele simplesmente aumentou o volume da música de Tom Petty e cantou aos berros "You Wreck Me" até ela ceder.

Lauren cutucou os botões do volume.

— Está bem, está bem. Você me conseguiu me derrotar com essa voz desafinada. Me explique o Tratamento Completo Alexander Woodroe.

Irritante como sempre, ele comemorou jogando as duas mãos para cima — e acidentalmente acertando o teto, ao que ela teve dificuldade de conter o riso — antes de explicar.

— Eu vou impedi-lo de focar no coração partido graças a minha brilhante astúcia e argumentos infalíveis.

Alex esfregou as mãos, a satisfação emanando de cada poro perfeito em seu rosto ridiculamente bonito.

— Resumindo, vou perturbá-lo o dia inteiro, assim ele não vai ter tempo de se lamentar e virar um bebê chorão.

Se ela não soubesse, acharia que ele estava sendo insensível com Marcus, que estava profundamente deprimido depois do término com a namorada. Porém, tinha visto Alex correr para socorrer o amigo ao menor sinal de perigo e notado que ele sempre mandava mensagens e ligava para saber como Marcus estava.

Então ele era sensível, sim. Aquele era seu jeito de ajudar — só era um jeito extremamente irritante, porque Alex era... Alex.

Até aquele momento, ele tinha seguido o plano, e foi até estranho ver outra pessoa ser o alvo do falatório dele. Lauren não escapou durante o trajeto — ela ouviu Alex tagarelar a caminho da casa de Marcus, enquanto se dirigiam para o aeroporto, voavam para São Francisco e iam para o hotel da convenção —, mas Marcus era o centro da conversa.

— ... muito feliz com as reações à minha fic nova — contou Alex para o amigo, se aproximando do hotel. — Aquela que eu escrevi sobre Cupido como ator de uma série famosa. Você revisou para mim faz umas semanas. Lembra?

Ai, cacete. Ele *não* devia estar falando daquilo na frente de um desconhecido.

Do banco do carona, Lauren se virou para avisar, mas Marcus já estava cuidando do assunto.

— Alex... — disse ele, apontando para a motorista que tinha buscado eles no aeroporto. — Claro que lembro, mas você não deveria...

Despreocupado, Alex acenou para Lauren e continuou alegremente.

— Ela nem deve saber o que é isso. Enfim, Lauren, eu fiz o Cupido ator ficar furioso e deprimido por causa dos *showrunners* incompetentes e metidos, que foderam completamente com a última temporada da série e glamourizaram relacionamentos abusivos nos roteiros. Aí ele conhece uma mulher chamada Robin que...

— Eu sei, eu sei — disse Lauren, massageando as têmporas.

— Penetra ele até ele voltar a ser uma fonte de alegria e luz, embora seja uma fonte que passa um ou dois dias incapaz de sentar direito. Eu li.

Depois de acabar a fanfic, Lauren tinha passado minutos olhando para o próprio antebraço.

— Você leu? — perguntou ele, sorridente. — Ah, que bom.

Marcus resmungou e esfregou o rosto com as duas mãos.

— Enfim, já tenho mais de duzentos comentários e mil curtidas — prosseguiu Alex, lustrando as unhas na jaqueta azul-acinzentada e macia que tinha vestido por cima de uma camiseta toda branca. — Tudo extremamente merecido, se quer saber.

Quando Marcus entrou no carro de Lauren pela manhã, foi difícil não notar sua cara abatida. Ele estava curvado, e, apesar da tentativa de simpatia, seu olhar era triste.

Ele parecia um pouco menos desanimado, mas significativamente mais estressado.

— E você diz mesmo que ninguém queira saber. Bem alto — sussurrou ele. — Alex, cala a boca antes de ser demitido, cara.

— Eu me senti muito melhor depois de escrever essa história — disse Alex, se recostando no banco com as mãos cruzadas atrás da cabeça, todo contente. — Agora eu entendo por que tem gente que gosta de manter um diário. Mas acho que não seria tão satisfatório sem tanto sexo anal.

Ele inclinou a cabeça, considerando o assunto, e acrescentou:

— Por outro lado, muita gente deve escrever sobre sexo anal em seus diários. Fico feliz.

Então, finalmente, eles chegaram à entrada circular do hotel, e Lauren se preparou. Para os fãs, é claro, mas também para possíveis paparazzi. Sionna mandara um e-mail pela manhã avisando que o escândalo na frente do salão tinha viralizado, e blogueiros e jornalistas provavelmente estavam doidos para ouvir os comentários de Alex sobre o assunto.

Lauren estava aliviada por não ter sido reconhecida ainda. *Não descobriram que é você a mulher que aquela fã escrota ofendeu*, Sionna tinha escrito, *provavelmente porque ela não incluiu a parte do vídeo em que você tirou a mão dela da bunda dele. Só para fingir que ela foi a vítima da situação.*

Lauren tinha voltado a evitar a internet para se preservar, mas ela não era boba. Em algum momento, alguém ia perceber que a mulher que tinha protegido Alex de um ataque no tapete vermelho era a mesma que ele tinha defendido no vídeo, e aí...

Sinceramente, ela não fazia ideia do que aconteceria. Mesmo assim, não queria explicar seu papel na vida dele, isso só o prejudicaria.

Ele não precisava de uma tutora. Precisava de companhia e compreensão.

O carro começou a desacelerar próximo ao desembarque, mas ela não conseguia disfarçar o desespero. Não com as mãos coçando de suor, o coração pulando no peito só de pensar em encarar a multidão ao lado de Alex.

Mesmo sem os paparazzi, Lauren estava preocupada. Com blogueiros, fãs, funcionários do hotel... *todo mundo.*

Um olhar de desprezo, um comentário sobre o corpo ou o rosto dela, e ele iria explodir. Ela sabia.

No dia anterior, no carro, Lauren tinha visto mágoa e raiva — dela, por ela — embaçarem aqueles olhos cor de tempestade e contorcerem aquele rosto perfeito. Ela havia acariciado a nuca quente e vulnerável dele enquanto ele contava coisas que nunca tinha contado para ninguém, enquanto ele compartilhava sua dor, seu coração imenso, carinhoso, impulsivo e honesto.

E ela tinha dito para Alex seguir aqueles instintos. Afinal, como poderia pedir para que ele os ignorasse? Como ela poderia menosprezar aquela reação tão generosa?

Porém, mesmo se implorasse para ele não reagir, ela não sabia se Alex conseguiria se conter se alguém a ofendesse.

Porque ele se importava mais com ela do que com a própria carreira.

Era bizarro. Bizarro, tocante e, sinceramente, assustador.

A relação que eles tinham construído naqueles últimos meses complicados tinha prazo. Em menos de um ano, ela sairia da vida dele, e ele poderia seguir com a carreira por *décadas*. Racionalmente, não fazia o menor sentido ele arriscar a reputação por causa dela.

Porém, quando o assunto era alguém importante para ele, Alex não era racional. Nem um pouco.

Aquela lealdade imprudente a deixava engasgada, sufocada, e também a apavorava. Como Lauren já tinha dito tantas vezes, não queria que Alex destruísse algo valioso para ele por causa dela. Ele tinha chegado ao sucesso profissional ao longo de mais de duas décadas de esforço e muito trabalho, apesar das complicações causadas pelo TDAH, então sua reputação no mundo do entretenimento não era apenas valiosa.

Era indispensável.

Quer ele concordasse ou não, sua carreira obviamente era muito mais importante do que uma pessoa aleatória que não ligava para o que os outros achavam da aparência dela.

Lauren podia ter protegido Alex de um ataque inesperado no tapete vermelho, mas não sabia protegê-lo de si próprio.

A motorista estacionou na entrada do hotel e, antes de abrir a porta, Lauren respirou fundo e devagar. Quando os três saíram e recolheram a bagagem, uma multidão de fãs cercou os dois atores.

E não deram a menor atenção para ela. Que bom.

Mesmo depois de Marcus e Alex finalmente conseguirem chegar à recepção do saguão vasto e arejado, ninguém pareceu perceber que ela estava acompanhando eles. Ou, se perceberam, não estavam nem aí. Era a reação correta, porque ela não era importante.

Depois de fazerem check-in — Ron tinha aprovado que Marcus e Alex dividissem a suíte, então ela tinha um quarto próprio, em outro andar —, eles se prepararam para se despedir.

Aquela conexão se remexeu no peito de Lauren outra vez, mais forte do que nunca, mas ela a ignorou. Era melhor não ficar tão perto dele. Mais seguro.

Ela guardou a chave no bolso e acenou com a cabeça para os dois.

— Nos vemos na sua mesa, Alex. Boa noite, Marcus.

O pescoço dela doía de tanto esticar para olhar os dois.

O coração doía também.

Os dois eram altos, extremamente lindos, estrelas com uma atração gravitacional poderosa. Em breve, porém, ela precisaria se retirar da órbita de Alex e flutuar pelo espaço, um satélite novamente à deriva.

Ele estava falando, gesticulando para ela, mas o burburinho da multidão e dos pensamentos abafava a voz dele. Alex estava se oferecendo para acompanhá-la até o quarto?

Para falar a verdade, ela adoraria companhia naquele caminho, especialmente porque alguns dos fãs poderiam reconhecê-la pelo vídeo do tapete vermelho. Porém, era melhor ir sozinha. Era o certo a se fazer.

Então ela apontou para a orelha em sinal de desculpas, murmurou "Não estou escutando" e fugiu enquanto o sorriso de Alex virava uma carranca. Marcus os observava com um olhar tão afiado quanto a língua do amigo, e fãs com celulares prontos para selfies cercavam os dois homens.

Quando Lauren chegou ao elevador, o olhar irritado de Alex do outro lado do saguão queimava seu rosto, e ela precisou dar as costas para ele e se esconder atrás da porta que estava prestes a fechar.

Ela estava fazendo a coisa certa, sim.

Mas se despedir de Alex parecia muito, muito errado.

Fora a despedida abrupta e extremamente mal-educada de Wren, tudo prosseguia de acordo com o plano muito inteligente e elaborado de Alex.

Ele e Marcus tinham entrado na suíte azul e dourada, escolhido as respectivas camas e desfeito as malas. Ou, no caso de Alex, aberto a mala e deixado por isso mesmo, porque ele não desfazia as malas quando a viagem durava menos de uma semana.

O quarto era confortável, mas genérico, e não tinha a menor importância. O que realmente importava para Alex era manter conversas contínuas e provocativas. Era um talento especial cultivado ao longo de décadas, que se mostrou eficiente como sempre.

Marcus estava tão distraído que parecia ter se esquecido da tristeza da dor de cotovelo, e continuaria assim, pelo menos até a mesa de Alex. Mas Alex imaginava que conseguiria chantagear o amigo para acompanhá-lo durante a mesa toda, tranquilamente. E, quando acabassem os compromissos na convenção, ele encheria o saco de Lauren para jantar com eles.

Uma pessoa melhor deixaria ela tirar a noite de folga, visto que ele estava com Marcus. Porém, Alex obviamente não era uma pessoa melhor, e queria que Wren e Marcus se conhecessem. Queria que eles se dessem bem.

Ia ser meio chato caso eles não se gostassem, já que ela iria ser a babá dele até o fim da última temporada. E Marcus tinha voltado para Los Angeles, então os três obviamente passariam muito tempo juntos.

Embora, em teoria, ela não precisasse estar presente se Marcus estivesse.

Dane-se. Os amigos de Alex também deviam ser amigos. Era lógico.

Enquanto Marcus ia buscar gelo na máquina, Alex se jogou de barriga para baixo na cama, se apoiou nos cotovelos, e mandou mensagem para Lauren.

Você me abandonooooooooooooooooou, sua bruxa desalmada

Passou um minuto. Dois. Sem resposta, e sem Marcus voltar com o gelo.

Seus dois melhores amigos eram tão lentos quanto uma tartaruga.

Ele acrescentou:

Você está me devendo um jantar para compensar. Eu pago, porque sei que você odeia, então vai ser castigo pelos seus muitos pecados. Marcus vai com a gente, porque, sem mim, ele fica igual a um gatinho abandonado, e vai que a cara dele congela desse jeito?

Quem contrataria ele assim? Além do mais, ele gosta de você. Ele falou quando estávamos vindo pra suíte. Você gostou dele?

Nada. Nem três pontinhos.

Tá. Ele era charmoso e eficiente, podia conversar sozinho.

Espera aí, qual é a dúvida? Marcus é o simpático. É CLARO que você gosta dele.

Ele franziu a testa, atingido por uma ideia repentina.

Mas menos do que gosta de mim, né?

Ele esperou, tamborilando os dedos na colcha. Depois de mais um minuto, acrescentou:

Né, Lauren?

Sem resposta. Sem pontinhos.

Alex bufou, frustrado, e ligou o caps lock para extravasar.

NOSSA, VOCÊ É PÉSSIMA.

Marcus chegou, de ombros caídos, voltando ao estado de gatinho abandonado.

Droga. De volta ao plano.

— Quanto tempo leva pra pegar gelo? Você foi pessoalmente até a tundra ártica para cortar os cubos com as próprias mãos?

— A máquina fica do outro lado do... — Marcus suspirou.

— Deixa pra lá. Desculpa pela demora.

Um apito baixo indicou um novo e-mail na conta pessoal de Alex. Será que Lauren, por algum motivo, tinha respondido por e-mail as mensagens?

Não, era um e-mail da última pessoa com quem ele gostaria de conversar. Que droga.

— *Merda* — soltou Alex com um gemido, abrindo o e-mail. — Recebi mais um e-mail do Ron. O assunto é "Comportamento inapropriado e possíveis consequências". Como se eu já não soubesse as coisas horríveis que eles podem...

Espera.

Não. Não, não podia ser. Alex estava lendo por alto, distraído, e devia ter se enganado. Ron era um escroto, claro, mas Lauren era *prima* dele, cacete.

Uma segunda leitura não mudou nada.

Depois de repreender Alex pela *grosseria inaceitável* com aquela fã horrível no dia anterior, e de repetir que o comportamento dele estava *violando as expectativas de comportamento e obrigações contratuais* — nada que Alex já não tivesse lido, e nada que o incomodasse, visto o contexto da grosseria —, Ron tinha acrescentado um adendo.

P.S.: Acho que isso é culpa nossa, por termos atrelado você a uma acompanhante tão feia. Diga a Lauren para cobrir a cabeça com um saco, se for necessário, mas não deixe mais a cara dela colocar você em nenhuma encrenca. Embora isso não conserte o resto dela, não é mesmo?

Ron tinha acrescentado um emoji chorando de rir no fim.

Também tinha copiado Lauren na mensagem.

Não dava para interpretar de outro jeito.

A cabeça de Alex começou a latejar, e a fúria devastadora tomou conta dele, inundando de um calor insuportável todo o corpo rígido.

— Aqueles filhos da puta — sussurrou. — Aqueles malditos filhos da puta.

Aquela mulher horrível tinha merecido a reação de Alex, mas ela era só uma qualquer arrogante e desagradável. Não valia a pena pensar nela por mais tempo do que o necessário.

Já aquilo...

Aquilo ele simplesmente não podia aceitar. Nem por um minuto. Nem por um *segundo*.

Aquela merda de emoji. A zombaria às custas de Lauren, com Lauren *na porra da cópia*. Tudo aquilo, depois de Ron ter ousado chamar logo ela — Wren, a mulher com os olhos mais lindos do mundo, a *prima* dele, caralho — de feia?

Nem fodendo que Alex ia aceitar aquilo. Ela ia mandar ele esquecer, mas não dava. Não dava. Ele se *recusava*.

Ninguém, porra, *ninguém* ia maltratar uma mulher que ele...

De novo, não. Caralho, ele não ia permitir isso *de novo*.

A respiração ofegante e forte doía no peito, e a vista dele tinha ficado tão embaçada que ele nem notou o amigo se aproximar da cama. Marcus pegou o celular do punho cerrado de Alex e falou alguma coisa, mas o sangue martelando em seus ouvidos abafou as palavras. Sua cabeça estava a mil, mas ele conseguia ouvir apenas um pensamento.

Faça alguma coisa. Faça alguma coisa agora.

Uma volta, ele finalmente decifrou. Marcus queria dar uma volta.

Ah, Alex ia dar uma volta, sim. Ia dar uma volta num palco com um microfone, porra.

— Não temos tempo — disse Alex, e, apesar das articulações ainda doerem, como se estivesse com febre, ele se levantou, calçou os sapatos depressa e seguiu em direção à porta. — Vamos. Preciso ir para uma mesa. Pode ficar com o meu celular por enquanto.

Ele mal escutava as próprias palavras em meio ao som alto do coração, que batia no ritmo de um trem.

Marcus guardou o celular no bolso da frente da calça, mas Alex estava pouco se lixando. Ele não precisava de um celular para fazer a coisa certa.

Faça alguma coisa. Faça alguma coisa agora.

Um uivo no cérebro o impulsionava a seguir em frente. Marcus dizia algo para alguém, talvez para fãs, mas ele não conseguia se concentrar com aquele *barulho*.

Quando o mediador e os organizadores cumprimentaram Alex e Marcus no salão, ele tentou se controlar para ser educado, afinal, nada daquilo era culpa deles.

Por um momento, Alex escutou outra coisa além da fúria.

Era Marcus. Não o Marcus preocupado ao lado dele nos bastidores, mas o Marcus de outras ocasiões, de outros momentos terríveis.

Ele insistia: *Termine o filme. O que vai acontecer se você não mudar o roteiro?*

Mas Alex não conseguia. O futuro além daquele momento, daquele palco, era uma muralha, algo desconhecido. Ele precisava atravessá-la aos murros, e só tinha um jeito. Só tinha um caminho.

Marcus o observava com cautela.

— Sei que você está com raiva, mas...

— Não se preocupa — respondeu Alex, com a voz calma. — Vou ficar bem.

Ele ia mesmo. Melhor do que bem. Ele ficaria *livre*. Do próprio ódio, da série, da fúria berrando naquela merda de cérebro.

Ele subiu no palco e sentiu uma coisa boa ao pegar o microfone. Poder.

Havia câmeras voltadas para ele, e celulares, e ele ofereceu a todos um sorriso feroz, extasiado por suas palavras serem transmitidas ao vivo para o mundo inteiro.

Pelo que pareceu uma eternidade, ele respondeu a perguntas do mediador e dos espectadores com o máximo de coerência possível — porque, de novo, nada daquilo era culpa deles, e Alex não ia ser escroto à toa. Enquanto isso, ele perdia a paciência, esperando seu momento.

Chegaria logo. Alguém ia perguntar. Ele sabia.

Se o mandassem identificar o mediador em um reconhecimento na polícia, ele não conseguiria. A única pessoa que via nitidamente naquele salão imenso lotado de gente era ela.

Wren, de camisa de botão azul e calça jeans escura. Na primeira fila, bem na ponta, no lugar reservado. Dias antes, Alex tinha, em segredo, pedido à organização uma cadeira especial sem braços para ela, porque aqueles assentos nas convenções eram imperdoáveis.

Que nem eu, pensou. *Muito adequado.*

Por mais que ela dissesse não se incomodar com ofensas, aquele e-mail devia ter doído. Caralho, especialmente vindo do próprio *primo*.

Mas se havia doído, ela não demonstrou. Lauren não parecia magoada. Não estava abatida, corada, encolhida, nem evitava o olhar dele.

Não, ela estava olhando fixamente para Alex, de testa franzida, sentada bem na ponta da cadeira. Pronta para o ataque. Sua querida amiga e protetora, que se lançaria entre ele e o perigo sem hesitar.

O que, na verdade, já tinha feito.

Era a vez dele de se jogar por ela, porque Lauren merecia. Ela merecia *tudo*.

Alex acenou com a cabeça para ela discretamente. Em agradecimento. Em juramento.

Outra pergunta da plateia. Outra. Estava acabando o tempo, a mesa ia chegar ao fim. Será que ele ia *mesmo* fazer isso?

Até que...

Uma mulher nervosa na terceira fileira se levantou e fez uma pergunta. *A* pergunta.

A voz dela era hesitante.

— O... o que você pode nos contar sobre a temporada final?

Graças a Deus. *Finalmente*, porra.

Ele mostrou os dentes em um sorriso largo de prazer, mas a mulher parecia assustada. Era justo. Alex era um leão que avistara uma gazela e, embora ela não fosse uma gazela de fato, seu instinto para perigo estava correto.

— Você quer saber sobre a temporada final, é? Você perguntou o que eu posso contar a respeito?

Ela fez que sim, e Alex sorriu uma última vez para ela antes de se virar diretamente para a série de câmeras que transmitiam todos os seus movimentos, todas as suas palavras.

— Obrigado por essa fantástica pergunta de encerramento. Vai ser um grande prazer responder.

Lauren se levantou com um salto, pressentindo o perigo iminente, e Marcus já vinha avançando na direção do palco, mas era tarde demais. Eles tinham chegado tarde, e Alex ia derrubar aquela muralha maldita, as consequências que se fodessem.

Faça alguma coisa. Faça alguma coisa agora. Era só o que ele escutava em sua cabeça.

Então ele fez.

17

Lauren irrompeu no salão, desesperada para falar com ele. Porém, assim que uma voluntária a levou ao lugar reservado — uma cadeira especial, sem braços, e ela imediatamente soube *quem* era responsável por aquilo —, o mediador subiu ao palco e começou a sessão.

Merda. *Merda.*

Ela tinha chegado tarde demais.

Depois de receber o e-mail de Ron e R.J., ela havia tirado alguns minutos para se acalmar no quarto do hotel. A ofensa em si não a incomodava — se ela tivesse ganhado um dólar por cada vez que o primo a chamou de feia na infância, já teria dinheiro suficiente para várias férias na Espanha —, mas, sim, que Alex tivesse lido…

Aquilo, sim, tinha doído um pouco, porque deixava clara a diferença entre eles. Ela conseguia ignorar o fato de que ele era uma pessoa descaradamente linda e ela não. No entanto, ele não precisava que o *lembrassem* disso. Nem ela.

Entretanto, aquela dor tinha passado rápido — o que Lauren sentia agora era medo do que aconteceria em seguida. Porque Alex *não* reagiria bem ao insulto e, se ele a visse chateada, ficaria furioso. Então, primeiro, ela precisava ficar calma. Depois, pretendia encontrá-lo antes que ele falasse com alguém além de Marcus.

Só que ele não estava na suíte, não respondia às mensagens dela e, quando ela finalmente conseguiu abrir caminho entre a multidão na frente do salão, o tempo tinha acabado.

Lauren abaixou a cabeça, derrotada, se sentou e implorou aos céus: *Por favor, que ele não tenha visto o e-mail. Por favor.*

Depois da apresentação do mediador, Alex subiu ao palco, mas ele parecia diferente. Andava como uma *fera*, com as bochechas ruborizadas brilhando, o sorriso largo de ira. Sim, ele tinha visto o e-mail.

Enquanto respondia às perguntas do mediador, porém, manteve uma postura educada e animada, enquanto sua voz soava mais afiada do que de costume. Ela e Marcus — que certamente estava por ali — deviam ser os únicos a notar.

Depois de alguns minutos, ela suspirou devagar e começou a relaxar.

Apesar do instinto protetor e do temperamento volátil, ele era profissional. Tinha sobrevivido quase duas décadas em uma indústria difícil e, apesar de alguns obstáculos e desafios no caminho, conseguido construir uma carreira de sucesso.

Alex faria a coisa certa, por mais que doesse e o enfurecesse. Ela precisava acreditar.

Até que: desastre.

Aquela moça assustada na terceira fileira, coitada, perguntou da última temporada da série, e a *expressão* de Alex... Ela tinha visto aquela mesma expressão no dia anterior. O sorriso do guerreiro pronto para arrasar com tudo, e ainda por cima dando risada.

Ele não estava se contendo. Nem um pouco.

Estava apenas à espera.

Assim que Lauren viu aquela expressão, ela se levantou depressa, e, da lateral do palco, Marcus correu para tentar intervir, mas Alex já estava falando. Já estava abrindo o sorriso afiado como uma faca para as câmeras que filmavam cada palavra.

— Como vocês sabem, membros do elenco não têm permissão para falar muito sobre os episódios que ainda não foram ao ar.

Ele não estava mais agitado. Estava parado, falando com clareza, para que todos entendessem bem o que ele tinha a dizer.

— Mas, se querem saber o que eu penso sobre a temporada final, talvez achem interessante dar uma olhada nas minhas fanfics. Meu nome de usuário é CupidoSoltinho. Tudo junto, com *C* e *S* maiúsculos.

Ah, não. *Não.*

As histórias que Alex tinha escrito, os comentários... Ron não os perdoaria, nem esqueceria. Ele faria o possível para expulsar Alex da indústria depois de ler as críticas tão ferrenhas do ator aos roteiros e aos *showrunners* de *Portões*.

Lauren conhecia o primo, embora o primo mal a conhecesse.

Ela se abraçou, tentando se acalmar, enquanto o silêncio tomou conta do salão enorme e lotado. Com os joelhos bambos, ela caiu de volta na cadeira e se encolheu, escondendo as lágrimas que embaçavam a visão.

Alex tinha incinerado a própria carreira. Por causa dela.

Duas décadas de trabalho, tanto esforço, tanta dedicação; tantos dias infinitos no set em que ele dirigiu aquela energia imensa ao trabalho que amava, mesmo que nem sempre amasse o roteiro; a reputação que tinha construído com tanto afinco... ele tinha jogado tudo fora.

Por ela.

Lauren achava que nunca tinha se sentido tão pequena. Tão inundada de vergonha. Ferir Alex, mesmo que indiretamente, era *insuportável.*

Ele já era.

Talvez não devesse importar, já que aquele era o fim da carreira de Alex, mas *eles* também já eram, ela e Alex e o que tivessem juntos. Porque Ron ia demiti-la, sem a menor dúvida. Em questão de minutos, provavelmente.

Alex ainda estava falando, botando fogo na reputação profissional, enquanto ela cobria o rosto com as duas mãos, abaixava a cabeça, e tentava não deixar as lágrimas caírem.

— As histórias que eu posto lá vão dar a vocês uma noção do que sinto sobre a série em geral — informou ele à plateia, bem-humorado. — Mas estejam avisados: Cupido é propenso a levar por trás nas minhas fics. Isso acontece com frequência, e ele adora.

Não é alta literatura, mas se levarmos em consideração essa última temporada da série, é melhor do que algumas soluções do...
Ele não concluiu a frase. Não precisava.
Todo mundo sabia que palavra ele tinha omitido de brincadeira: *roteiro*.
— Bem, deixa pra lá — disse Alex, e ela *escutou* o sorrisinho irônico na voz.
Lauren se contraiu ainda mais na cadeira. Ele tinha garantido que seria impossível interpretar de outro modo o que dissera, impossível explicar ou disfarçar o ódio que sentia pelos chefes. Os poderosos de Hollywood não perdoariam uma afronta dessas. Ela não sabia quase nada daquele meio, mas era óbvio.
Fez-se um momento de silêncio, e ela ficou com medo até de olhar.
— Não, é só isso mesmo — disse Alex, as palavras abafadas pelo zumbido em seus ouvidos. — Acabei.
Então, ele se foi. A multidão explodiu em aplausos, seguidos de gargalhadas de choque e conversa — *Acredita no que ele falou dos roteiros? Olhei o perfil de fic dele, e puta merda* — enquanto Lauren continuava sentada naquela maldita cadeira especial, imóvel.
Minutos depois, enquanto um novo grupo começava a encher o salão, o celular dela vibrou. Ela secou as lágrimas e leu a mensagem.
Era de Alex.
Marcus me mandou subir para a suíte e ligar para toda a minha equipe. Vem também, Wren. É uma festa!
Depois de um momento, chegou outra mensagem.
Sei que você não está feliz com o que fiz, e por isso peço desculpas.
Ele estava preocupado com ela. Não com o dano causado à própria carreira.
Pelo menos ele teria anos para viver aquele luto. Décadas. O resto da vida.

Ela se levantou a caminho da saída, trêmula. Ia subir para o próprio quarto, porque nada que ela dissesse, nada que fizesse, ajudaria Alex. Com uma exceção.

No elevador, ela o respondeu:

Prometa que vai escutar o que Marcus e sua equipe disserem. Prometa que vai fazer o possível para se recuperar dessa situação.

Alex respondeu imediatamente.

Prometo. A não ser que eles me mandem fazer alguma coisa errada. Nesse caso, não vou ceder.

Ele usou os mesmos argumentos que Lauren quando ela contou sobre suas experiências no hospital. Das vezes em que confrontara colegas, pacientes ou supervisores.

Ela desabou contra a parede do elevador, perdida.

Outra vibração.

Cadê você, sua bruxa incrivelmente lerda?

Ela não respondeu.

Quando chegou ao quarto, deixou a porta bater. O celular vibrou várias vezes enquanto ela esvaziava as poucas gavetas que tinha enchido de roupas e outros itens, mas ela ignorou.

Depois de fazer a mala de novo, Lauren conferiu a caixa de entrada.

O e-mail de Ron tinha chegado havia cinco minutos.

Eu deveria saber que você era incapaz de um trabalho tão simples. Você está demitida, e não vamos pagar pelo seu hotel de merda nem pelo aluguel da casa de hóspedes. Vai com Deus.

Ela fez o check-out pelo celular. Em seguida, pegou um táxi para o aeroporto e, de lá, o primeiro voo de volta para Los Angeles. Na classe econômica, óbvio. Não tinha dinheiro para mais do que aquilo — e ela pertencia à classe econômica, de qualquer forma.

Antes do avião decolar, ela mandou uma última mensagem para Alex — No avião. Me desculpa. — e desligou o celular, porque ele precisava se concentrar em salvar a carreira, e não nela. Além disso, as mensagens cada vez mais agitadas dele *doíam*.

Os hematomas que iam se formando nas coxas dela, causados pelos apoios de braço que a apertavam, doíam menos. O que não era pouca coisa.

Lauren quase tinha se esquecido da sensação de ter que se esmagar em um espaço apertado demais para ela. Quase tinha esquecido a dor específica de tentar se encaixar onde ela não cabia, contorcendo os braços e as pernas de um jeito que machucava as articulações e a deixava extremamente desconfortável. Quase tinha esquecido de como era sua vida de verdade.

No fim, apesar de todas as suas tentativas de se adequar e da eterna frustração, ela ainda acabaria machucada. Dor atrás de dor. Era inevitável. Irremediável.

Ela já tinha aceitado aquele fato havia muito tempo.

Mas Alex não estava disposto a aceitar por ela.

Ele tinha testemunhado a dor dela, e se destruído para vingá-la.

Por aquele motivo, e apenas aquele, ela desejou nunca tê-lo conhecido.

Grupo de mensagens de *Deuses dos Portões:*
Sexta à noite

Ian: Quero expulsar o Alex do grupo

Ian: Eu avisei, porra, e Bruno Keene também: ele só traz problema para qualquer elenco

Ian: O futuro das nossas carreiras depende do sucesso de Portões, e ele acabou de cagar em tudo porque se acha bom demais pra gente e é um filho da puta ingrato

Carah: Ah, Ian, me poupe

Carah: Todo mundo sabe que tudo que o Alex disse (e escreveu) é verdade

Carah: E talvez tornar tudo isso público não tenha sido a decisão mais esperta que ele já tomou, mas nunca vi ele TÃO furioso sem motivo

Asha: Faz anos que trabalho com ele e, sim, concordo

Asha: E nunca vi o menor sinal de estrelismo

Mackenzie: Bigodinho está muito chateado e preocupado com o que vai acontecer com o Alex

Marcus: Não posso dar detalhes, mas posso dizer definitivamente que ele tinha motivos justos para estar com muita, muita raiva de Ron, especificamente

Carah: Sabia

Carah: Todo mundo sabia, menos o escroto do Ian

Maria: Quanto às nossas carreiras dependerem do sucesso de Portões: nossa série é líder de audiência há anos, e se você ainda não aproveitou a popularidade para alavancar sua carreira, o problema é seu, Ian, não do Alex

Peter: A última temporada da série não vai ser decisiva na nossa carreira, e Alex nunca disse um ai sobre nosso trabalho

Peter: Só falou dos roteiros e de Ron e R.J. como showrunners, e, como Carah disse: todo mundo sabe que o que ele disse é verdade

Carah: Por sinal, galera, acabei de fazer uma declaração oficial de que Alex não só é um bom amigo, como um colega de trabalho confiável e talentoso que sempre se comportou com profissionalismo no set, e que espero poder atuar ao lado dele em muitos projetos futuros

Carah: Não usei nem palavrão, porque eu também sou PROFISSIONAL, cacete

Ian: Outra traíra de merda

Carah: Eu não falei mal da série, só defendi meu amigo, então senta no meu pau e gira, Ian

Summer: Vamos todos fazer a mesma declaração, por solidariedade?

Maria: SIM

Peter: Solidariedade. Vou fazer isso agora mesmo

Asha: Idem

Mackenzie: Bigodinho concorda que o caminho é a solidariedade, e vamos compartilhar a declaração da Carah

Marcus: Depois daquela merda toda do Bruno Keene, isso vai ser muito importante para ele

Marcus: Cacete, não acredito que vocês me fizeram chorar, filhos da mãe

Marcus: Obrigado a todo mundo

Ian: Vocês são TODOS traíras de merda, e espero que fodam suas carreiras por causa disso

Marcus: Vou citar as palavras de uma grande sábia, e acho que me pronuncio em nome de todos aqui: senta no meu pau e gira, Ian

Carah: Marcus, por favor diga para o Alex que quero falar com ele sobre aquela história toda de tomar por trás, porque essa parada me deixou INTRIGADA pra caralho

Mackenzie: Bigodinho também tem algumas perguntas

Maria: Eu amo TANTO vocês todos

Maria: Menos o Ian, óbvio

18

Levou quinze minutos para a fúria de Alex se dissipar.
Ele e Marcus foram direto para o quarto. Quando o amigo o entregou um celular e o mandou ligar para a equipe, ele obedeceu automaticamente. As conversas com a advogada, o agente e a assessora de imprensa, todos horrorizados, pareceram acontecer de longe, com outra pessoa.
Então, quando Lauren não respondeu a décima nem a vigésima mensagem, Alex entendeu.
Ele sabia por que ela não havia respondido.
O mundo ao redor dele entrou em foco de repente, e Alex escutou algo além dos próprios batimentos ensurdecedores. Foi só então que conseguiu fazer o que Marcus sempre o aconselhava: ver o filme até o fim. O conselho parecia sensato no momento, porque ele acabara de colocar um ponto-final em sua carreira com toda sua fúria justiceira.
Ele tinha atravessado a muralha. E o que esperava do outro lado?
Desastre.
Alex não se arrependia do que tinha dito nem escrito. Não se arrependia nem mesmo das possíveis consequências que poderiam prejudicar sua carreira, embora tivesse se dedicado de corpo e alma a ela e — com algumas exceções — amasse quase cada minuto.
A camaradagem. As câmeras. Os papéis diferentes que o faziam mergulhar em diversas culturas fascinantes e o forçavam a aprender e desenvolver novas habilidades. Se ele não conseguisse mais nenhum trabalho, sentiria saudade daquilo tudo. Ainda assim, manter sua consciência tranquila era mais importante que sua carreira.

No entanto, ele se arrependia amargamente das consequências para as pessoas a seu redor.

Ele tinha fodido a vida de quase todo mundo a sua volta. Do agente, que contava com a renda do trabalho de Alex. Dos colegas de elenco, que o rejeitariam justamente por falar merda da última temporada da série, do projeto ao qual tinham dedicado tantos anos de vida, de amor e de esforço. Da mãe, porque, depois disso, talvez não conseguisse bancar a vida que ele gostaria que ela tivesse — ou talvez fosse processado, e aí não poderia sustentá-la de forma alguma. Das organizações beneficentes, que também precisavam do dinheiro que seu trabalho proporcionava. De mulheres e crianças, vítimas de violência, que talvez não tivessem um espaço seguro para reconstruir a vida se as economias dele acabassem.

De Lauren. Porra, Lauren. A mulher que ele queria defender e vingar.

Ele também tinha fodido com a vida dela, porque Ron e R.J. com certeza iriam demiti-la. Todo o trabalho de Lauren consistia em impedir Alex de se meter em encrenca, e ele tinha se metido exatamente em uma encrenca gigante.

De repente, o celular dele vibrou, e lá estava. A mensagem que ele esperava. A confirmação de seus piores medos.

No avião. Me desculpa.

Claro que ela havia se desculpado. Claro. Seria engraçado, se não fosse tão horrível.

Como Lauren dissera naquela escadaria estrelada com vista para o centro de Los Angeles, ela precisava de tempo. Precisava descansar do trabalho que a havia esgotado.

Ele precisava dela.

Mas Lauren já tinha ido embora, e por causa do que ele fizera naquele palco. Ela já estava a caminho de casa. Não da casa que haviam compartilhado por meses, mas daquele pequeno duplex com torreões em NoHo. E, em breve, ela teria que voltar ao trabalho porque ele era incapaz de *pensar no futuro*.

Era óbvio por que ela não tinha respondido às mensagens anteriores.

Merda. Em questão de cinco minutos, ele tinha fodido com tudo. *Tudo.*

Quando Marcus entrou na suíte depois da sessão de fotos com fãs, encontrou Alex na poltrona, encolhido, com o rosto escondido nas mãos.

— Bom — disse Marcus, quando fechou a porta —, a boa notícia é que a mídia não está mais dando atenção àquela sua situação com a fã de ontem.

Alex gemeu e levantou o rosto.

Marcus se sentou na mesinha de centro, na frente de Alex, e o encarou com um olhar compreensivo, mas direto.

— Achei que você estaria dando conta de umas três reuniões agora. O que está rolando?

— Minha equipe decidiu que eu poderia ficar de fora enquanto decidem o que devo fazer.

Não bastava se encolher. Se pudesse, Alex simplesmente derreteria na poltrona.

— Zach, minha advogada e minha assessora de imprensa estão discutindo e disseram que entrariam em contato quando elaborassem um plano — continuou. — Aí eu vou poder aprovar ou não o que eles sugerirem.

— Entendi — disse Marcus, assentindo. — Você por acaso olhou o grupo recentemente?

As mãos de Alex eram um lugar confortável e seguro, então ele decidiu encará-las de novo.

— Não. Sou cagão demais.

Algo frio e liso cutucou seu braço, e Alex ergueu o rosto.

Marcus estava segurando o celular dele.

— Vai lá, cara. Não confia em mim?

Merda. Como Marcus sabia muito bem, Alex confiava nele, sim, e, para comprovar, teria que abrir o grupo, onde todo mundo o odiava.

Você é péssimo, cara, ele quase disse, mas acabou se lembrando de Lauren, e, se pensasse em Lauren por mais que meros segundos, não conseguiria funcionar.

— Tá — resmungou, olhando com desconfiança para o amigo.

Assim que abriu o grupo, viu as mensagens que Ian mandara umas duas horas antes e fez uma careta. Mas depois...

Era só amor e apoio.

Voltou o rosto para as mãos, dessa vez para disfarçar os olhos marejados.

Marcus acariciou o ombro dele em apoio.

— Talvez a gente deva mudar sua categoria de piranha futriqueira para piranha chorona.

Alex mostrou o dedo do meio, trêmulo.

— Já olhou seu e-mail? — perguntou Marcus, com a voz suave. — Porque imagino que Ron e R.J. tenham muito o que dizer.

— Eu recebi uma mensagem deles, mas nem cheguei a ler, encaminhei direto para minha equipe — disse ele, respirando com dificuldade. — Não estava pronto.

— E agora, está pronto?

Era uma pergunta sincera, não uma ordem.

O amigo lhe daria todo o tempo necessário. Caralho, graças a Deus ele tinha Marcus.

— Tô. Acho que tô — disse ele, secando as lágrimas de gratidão com o dorso das mãos. — Lá vamos nós.

Alex abriu o e-mail. Não era pior do que ele esperava, sinceramente.

Tarde demais para retirar você da série, blá-blá-blá. *Consultando o jurídico quanto a consequências financeiras e legais,* blá-blá-blá. *Como o público agora sabe, você é uma vergonha para a profissão,* blá-blá-blá. *Não é mais bem-vindo na convenção nem em eventos de divulgação futuros,* blá-blá-blá.

Foi a última parte que o arrancou das profundezas aconchegantes da poltrona.

Como você difamou a série e a nós, não temos mais interesse em ajudá-lo. Portanto, Lauren foi demitida, como já era de se esperar após demonstrar tamanha incompetência. Também cancelamos os pagamentos de sua assistente virtual, de forma imediata. Se quiser os serviços contínuos dela, terá que pagar sozinho pela tarifa.

A parte da *tamanha incompetência* o fez ranger os dentes, mas tinha outra coisa se movimentando em sua cabeça, uma ideia...

Pronto. Lá estava.

Pela primeira vez em duas horas, sua cabeça parou de latejar, porque Alex conseguia enxergar um caminho. Um caminho que de fato poderia seguir.

Ele se levantou, seguiu para o quarto e fechou com um baque a mala, antes de puxar o zíper. Largou a bagagem na cama, pegou o celular e pediu um carro para o aeroporto. Próxima etapa: uma passagem de avião de volta para Los Angeles.

Quando Alex começou a procurar voos, Marcus pigarreou.

— Quer me contar o que está acontecendo?

Dane-se. Ele teria tempo de comprar passagem no carro.

— Dá uma olhada no meu e-mail — disse ele, jogando o celular para Marcus. — Não sou mais bem-vindo na convenção, e posso falar com minha equipe por telefone e e-mail, então não tem por que continuar aqui. Melhor voltar para casa.

Usando o aplicativo de converter texto para voz, Marcus escutou a mensagem dos *showrunners*.

Quando todo o e-mail dramático foi lido em voz alta, ele olhou para Alex.

— Você vai voltar hoje para Los Angeles?

Alex inclinou a cabeça.

— Vou de avião se conseguir um voo. Senão, vou alugar um carro.

— Você vai atrás da Lauren — disse Marcus.

Ele conseguiu soltar uma gargalhada rouca.

— Claro que vou.

E, quando a encontrasse, ia fazer tudo que pudesse para convencê-la a continuar trabalhando com ele, porque não estava pronto para se despedir. Ainda não.

Recentemente, ele tinha começado a se perguntar se iria querer se despedir *um dia*. Se seria capaz de viver sem um de seus raros sorrisos radiantes. Se conseguiria ser realmente feliz sem as respostas sarcásticas e a gentileza dela, ou as camisetas engraçadas que marcavam os seios pequenos e a barriga macia.

Talvez Lauren ainda achasse que eles eram meros colegas de trabalho, ou apenas amigos, mas ele já sabia a verdade. Sabia desde aquele quase beijo tentador no carro.

— Preciso ir — disse para Marcus. — A motorista vai chegar em uns cinco minutos, e vou demorar para atravessar o saguão.

O olhar de Marcus estava carregado de censura, mas Alex não recuou.

Finalmente, o amigo suspirou.

— Tá, eu vou de guarda-costas. Vamos lá.

Eles chegaram à porta do hotel bem na hora em que o carro parou na pista circular. Alex quase derrubou Marcus com um abraço, antes de se jogar dentro do carro, bater a porta e colocar o cinto.

— Aeroporto? — perguntou a motorista, de cabelo grisalho em uma coroa de tranças.

— Aeroporto — confirmou Alex. — O mais rápido possível. Pago o dobro da tarifa se chegar a tempo do voo das dez.

— Combinado.

Ela pisou fundo no acelerador e o carro disparou pela rotatória, seguindo pelas ruas de São Francisco.

Alex comprou a passagem enquanto atravessavam o trânsito e voavam pelas ruas. Ele conseguiu mandar uma mensagem para tranquilizar Marcus apesar dos movimentos bruscos do carro.

Vou consertar isso. Não se preocupa.

Ele não estava falando da carreira. Mas o amigo já deveria saber.

* * *

Alex chegou ao apartamento dela pouco antes de uma da manhã. O que não devia ser um problema, já que, geralmente, era naquela hora que saíam para caminhar de madrugada.

Era um sinal, ele decidiu. Um sinal definitivo.

Quando finalmente atendeu às inúmeras batidas e toques insistentes na campainha, Lauren não parecia ter acabado de acordar. No entanto, parecia ter sido atropelada por um caminhão.

— Sua cara está horrível — disse ele. — Ficar longe de mim não te faz bem.

Ela não parecia impressionada com a provocação. Ficou apenas parada na porta, com a boca apertada em uma linha fina e os olhos inchados e vermelhos de cansaço da viagem.

— Que péssima anfitriã — disse Alex, se curvando dramaticamente sob o peso da mala levíssima, balançando a cabeça. — Mas, se precisar de uma lição de etiqueta, estou a seu dispor. De acordo com os manuais, você deve me convidar a entrar, para que eu não desabe de exaustão na varanda. É a única opção educada.

Pensando melhor, talvez não fosse o melhor conselho, considerando o quanto Lauren era generosa.

Então ele acrescentou, com pressa:

— Mas se aparecer outro cara aqui uma hora dessas, não o convide a entrar. Pode ser um bandido. Ou um vampiro. Mas talvez vampiros também façam parte da categoria de bandidos?

Lauren fechou os olhos, respirou fundo e abriu espaço na porta com um aceno.

— Cale a boca e entre logo, Alex.

Quando entrou, ele se viu estranhamente perdido, sem saber o que fazer com as mãos.

Ele queria abraçá-la. Envolvê-la com os braços e se deleitar com a proximidade. Queria ter certeza de que o que eles tinham não havia acabado.

Wren era maravilhosamente redonda. Grande, apesar da altura. Ele a imaginava quente e macia sob suas mãos, junto ao seu corpo.

Ele queria sentir aquilo. Queria senti-la.

Mas o que Alex estava prestes a propor levantaria a mesma barreira de antes, então ele precisava se conter. Ele deixou a mala no piso de madeira, abaixou a alça e cruzou os braços.

Wren tinha vestido uma daquelas camisetas largas e desbotadas que usava de camisola, e suas pernas pálidas pareciam ainda mais pálidas no escuro da sala. A única luz vinha do quarto, onde ela aparentemente tinha acendido uma luminária.

Eles estavam sozinhos na casa dela, à noite. A cama dela talvez estivesse desarrumada. Acolhedora.

Alex percebeu que estava fitando as pernas de Lauren de novo, e rapidamente desviou o olhar.

Os dois ficaram ali parados no pequeno apartamento escuro, se entreolhando, por um minuto que pareceu durar muito mais. Ele foi o primeiro a piscar, óbvio. Lauren era uma máquina. Uma Exterminadora do Futuro, como ele um dia dissera a Marcus, embora fosse muito baixinha.

Finalmente, como se tivessem combinado, eles falaram ao mesmo tempo, franzindo a testa:

— Desculpa.

Então, outra vez em uníssono:

— *Você* não precisa pedir desculpa.

Mais testas franzidas.

— Você primeiro — disseram os dois, e Alex não se conteve.

Ele gargalhou até os olhos marejarem de novo e o peso esmagador no peito se aliviar a ponto de ele quase conseguir respirar fundo.

Quando se acalmou, aqueles lindos olhos ainda o observavam com preocupação. Porém, como ela ainda não ouvira seu pedido de desculpas, nem seu plano, Alex ainda não consideraria aquilo uma derrota.

— Como sou um cavalheiro — disse, polindo um monóculo imaginário —, vou deixar você falar primeiro. Mas, por favor, Lauren, lembre que se pedir desculpa por qualquer coisa, talvez eu precise te matar. E isso só provaria meu argumento: nunca deixe homens desconhecidos entrarem no seu apartamento.

A boca de Lauren nem tremeu. Caramba.

— Me mate, então, mas preciso falar — disse ela, com a voz grave, rouca e determinada. — Me perdoa, eu não queria que você arriscasse sua carreira só porque alguém me ofendeu. Assim que percebi que havia a mais remota possibilidade de isso acontecer, eu deveria ter me demitido e pedido a Ron para contratar uma nova acompanhante para você.

Se ela fizesse um daqueles testes de *Que personagem de* Deuses dos Portões *você é?*, certamente seria o coitado do Atlas. Não tinha a menor dúvida.

— Nossa senhora, Wren — respondeu ele, com um suspiro sincero. — Por que você se martiriza tanto? Eu não estou arrependido por ter causado problemas para mim. Estou arrependido por ter causado problemas para *você*. E também para algumas outras pessoas, mas elas não são minha prioridade no momento. Você é.

Ela franziu ainda mais a sobrancelha, coisa que ele não sabia ser fisicamente possível.

— Como assim?

— Você precisava de tempo e dinheiro para decidir o que iria fazer da sua vida — disse ele, de cabeça baixa. — Quando perdi a paciência com Ron, acabei com seu tempo e com sua renda, e por isso peço desculpas. Você tem todo o direito de sentir raiva de mim.

Lauren levantou a mão, com uma expressão angustiada.

— Você estava tentando me *vingar*, Alex. Só porque alguém me ofendeu. Como eu poderia sentir raiva disso?

Caramba, ele queria *muito* revirar os olhos. Mas não podia, não diante da confusão e do remorso dela, e de... o que mais estivesse enrugando aquelas feições distintas.

— Lauren, você é ruim pra caralho em sentir raiva das pessoas que te trataram mal — disse ele, com toda a sinceridade possível, esperando que ela entendesse. — E só porque você não está com raiva não quer dizer não fizeram nada contra você.

Ela piscou aqueles belos olhos, parecendo perdida.

Dane-se. Em breve eles teriam muito tempo para sermões.

— Enfim, a boa notícia é que vim consertar esse erro — prosseguiu Alex, sorridente e seguro de que consertaria tudo. — Eu tenho um plano.

— Que merda — resmungou ela.

Ele a ignorou e continuou:

— A produção me oferecia uma assistente virtual, porque sou bastante desorganizado. Só que, no e-mail, Ron disse que...

— Espere.

Lauren levantou a mão, parecendo se sentir ainda mais culpada. Alex imaginou que ela devia estar batendo algum recorde mundial.

— Não acredito que não perguntei antes — continuou Lauren. — O que está acontecendo? O que Ron e R.J. fizeram?

— De acordo com meu agente e minha advogada, não deve rolar um processo. Mas cancelaram meus contratos publicitários, fui proibido de comentar a série, e tanto você quanto minha assistente virtual foram demitidas.

As outras consequências, que não eram ligadas a *Portões*, não precisavam ser discutidas no momento. Nem nunca, de preferência.

— Isso me leva a meu plano geni...

— Calma lá, Woodroe.

Ela não era um passarinho. Era uma porra de uma *mula*.

— E os trabalhos que você estava negociando para depois da série? — perguntou. — Teve notícias?

De repente, ele pareceu muito interessado em uma estante.

— Não de todos.

Por enquanto, pelo menos.

— Ah, Alex.

Lauren se largou no sofá como se as pernas tivessem perdido a força.

— Me... — começou.

Nããããão.

— Se você pedir desculpas, Wren, juro por Deus que...

— Que o quê? — questionou ela, levantando a sobrancelha.

— Vai fazer o quê?

Ótimo, era a deixa perfeita.

— Vou tirar a mensalidade da academia dos seus benefícios, aí você vai precisar malhar na academia da minha casa.

Ela abriu e fechou a boca.

— Brincadeira — continuou Alex. — Não tem mensalidade de academia incluída, então você vai ter que malhar na minha casa de qualquer jeito. Isso se você quiser malhar, o que não é obrigatório nem nada. Você que sabe.

Ela tinha aberto a boca outra vez, o que a fez parecer um peixe.

— Mas os benefícios não eram brincadeira. Minha advogada ainda está — sob muitas reclamações, visto tudo o que fez por Alex naquela noite — preparando o contrato, mas deve ficar pronto daqui a um ou dois dias. Estou disposto a negociar, se for necessário.

A princípio, ele tinha considerado oferecer a Wren o cargo de babá-acompanhante, mas ele já sabia o que ela responderia. Ela recusaria, alegando que já mostrara sua incapacidade de afastá-lo de problemas.

Então, ele encontrou uma solução diferente. Melhor.

— Eu não... — disse ela, lambendo os lábios pálidos, o que fez as pernas dele tremerem. — Não entendi.

— Caramba, como você é lerda.

Ela continuou o observando, sem dizer nada, então ele soltou um suspiro exagerado e explicou:

— Quero que você seja minha nova assistente. Não virtual. Presencial.

Ela torceu o nariz, o que não deveria ser fofo assim.

— Não faz sentido. Por que não contrata sua assistente anterior, com seu próprio dinheiro? Ela obviamente tem mais experiência do que eu. Além do mais, tem muita oportunidade na minha área, então não dependo da sua generosidade. Ela talvez dependa.

Droga. Ele não esperava que ela fosse pensar naquilo.

— Também vou contratar ela — disse ele, mudando o peso de pé. — Senão, eu ia me sentir culpado.

De onde ele ia tirar dinheiro suficiente para as duas, ainda não sabia. Como sempre, ele pretendia resolver aquilo no improviso.

Ela apontou um dedo para ele, em acusação.

— Você acabou de me contar que já perdeu trabalhos...

— Não foi o que falei. Você apenas *supôs*.

— ... e eu sei como você é generoso com amigos, organizações beneficentes e todo mundo nesse planeta, menos com Ian e Ron...

— Olha quem fala, Lauren Chandra Clegg, a Sra. Larguei-Minhas-Férias-Na-Hora-Que-Meu-Primo-Escroto-Pediu.

— ... então não tem como você pagar por duas assistentes, e, mesmo que consiga, eu não vou aceitar um trabalho de mentira, sendo que posso arranjar um trabalho de verdade.

Em algum momento da discussão, ela tinha se levantado. Agora, o encarava com as mãos firmes na cintura e o queixo erguido.

Cacete, como ela era *teimosa*. Mas ele queria beijar aquele queixo macio e truculento, tanto quanto queria dizer que ela era *péssima*. Mas o plano inteiro estava indo pelo ralo, caramba. Não tinha tempo para beijos nem ofensas. Ele precisava encontrar um argumento convincente, e logo.

— Mas me manter na linha é trabalho para duas pessoas — falou, desesperado.

Lauren levantou o indicador e o dedo do meio.

— É. Você e sua assistente. Duas pessoas.

— Mas...

Merda.

— Se você não trabalhar para mim, não vai ter tempo para descansar — tentou ele. — Você me disse que precisava de tempo para se recuperar do *burnout*.

Ao ouvir isso, ela chegou a sorrir. Era um sorriso pequeno, triste, agradecido e horrível.

— Consegui economizar dinheiro nesses últimos meses, então ainda tenho tempo. Menos do que esperava, mas já é alguma coisa. É suficiente — disse ela, engolindo em seco. — Mas obrigada por pensar nisso. Obrigada por pensar em *mim*. Estou mais agradecida do que você imagina.

Ele sentiu que uma despedida muito gentil e educada vinha por aí. Se Alex não pensasse em outro motivo para Lauren continuar ao lado dele nos próximos cinco minutos, ela sumiria de vez de sua vida.

Ele pensaria em um motivo. Ele *tinha* que pensar.

Mas, primeiro, precisava perguntar.

— Aquele e-mail... você está bem?

— Estou — disse ela, com um olhar sincero. — Não é nada que eu não tenha ouvido antes. Ron vivia dizendo essas coisas quando a gente era criança.

Alex fechou os olhos e respirou fundo e devagar.

Ao ver a expressão dele, Lauren acrescentou rapidamente:

— Não que isso justifique a grosseria dele, claro, mas está tudo bem. Queria apenas que você não tivesse visto, porque sei que ficou muito mais chateado do que eu. Óbvio.

Aquilo o estava matando. Destruindo.

Alex não queria que Lauren ficasse magoada, mas queria que ela sentisse raiva. Ou que ela tivesse, pelo menos, *consciência* do mal que fizeram a ela. Ele queria que ela soubesse que é inconcebível aceitar aquele tipo de crueldade.

Mas não dependia dele.

— E sei que você não quer, mas eu te devo outro pedido de desculpas — disse ela, e levantou a mão quando ele abriu a boca para protestar. — Me deixe terminar, Alex. Por favor.

Que droga. Quando ela pedia *por favor*, ele não conseguia negar.

Ele se preparou para escutar, olhando feio para ela.

— Você me disse que não devo me arrepender por causar problemas para você, e vou tentar não me arrepender, nem me desculpar por isso de novo.

Ela curvou a boca para baixo, o que ele odiou. *Odiou.*

— Mas devo e vou me desculpar por não estar ao seu lado no momento em que você mais precisou — continuou. — Você pediu para eu ir à sua suíte. Eu deveria ter ido. Deveria ter apoiado você.

A ausência dela tinha doído. Ele não podia negar, mesmo entendendo os motivos dela. Ou, pelo menos, achava que entendia. Mas se ela não estava com raiva dele...

— É que... — começou ela, girando o pescoço para olhar o quarto iluminado por alguns instantes antes de se voltar para ele, com os olhos marejados, o que ele odiou *mais ainda*. — Eu sabia que teria que ir embora, e fiquei...

Quando ela piscou, as lágrimas desceram pelo rosto.

— Fiquei muito triste, Alex. Não queria distrair você, porque você tinha que lidar com coisas mais importantes.

De novo. Devastado. Porque, *de novo*, Lauren tinha se colocado abaixo de tudo e de todos na vida dele, e nem sequer parecia perceber. Não reconhecia que aquilo era um *erro*.

Ela tentou sorrir, uma expressão hesitante e destruidora.

— Vou sentir saudade — falou.

Então ela avançou aos tropeços, envolveu a cintura dele com os braços e se recostou em Alex, macia e quente, como ele imaginava.

A camisola puída não disfarçava a sensação do corpo dela junto ao dele nem a óbvia falta de sutiã, e ele tentou manter um ângulo que afastasse dela a reação perceptível. Ele não queria estragar nem interromper o momento.

Porque ela o estava abraçando. Babá Clegg. Wren. O passarinho dele.

Alex abaixou a cabeça até ficar desconfortável e encostou o rosto no cabelo dela. Cheirava a coco. Ele não fazia ideia disso até aquele momento.

Quando Lauren começou a soltar os braços, Alex se curvou, segurou aquele rosto doce, choroso, de feições angulosas, e beijou a testa dela.

As bochechas de Lauren estavam frescas e úmidas, e encaixavam perfeitamente nas palmas da mão dele.

Ele a olhou nos olhos. Aquele momento pareceu tão solene quanto uma cerimônia.

Espera aí.

Lá estava. Finalmente, sua desculpa.

No avião, ele tinha aberto o e-mail e visto uma mensagem da assistente virtual. Depois de cancelar todas as viagens ligadas a compromissos de divulgação, e de aceitar trabalhar diretamente para ele, ela havia pedido férias, no mínimo duas semanas antes de retomar o ritmo normal. Alex obviamente tinha aceitado.

Afinal, ele não tinha nada para fazer agora. Nenhum lugar para ir. Com uma exceção, como a assistente lembrara.

Uma exceção gloriosa e fortuita.

— Você não precisa sentir saudade.

O plano se desenrolou perfeitamente diante dele. Alex deu um beijo vigoroso no cabelo fino de Lauren, triunfante de alegria.

— Tive outra ideia genial, Wren. Vou cuidar de tudo. Você só precisa aceitar.

Ela piscou para ele.

— Jesus amado.

E-mail de Lauren

De: mclegg58@umail.com
Para: l.c.clegg@umail.com
Assunto: Notícias suas

Oi, meu bem,

Seu primo ligou para a tia Kathleen hoje à tarde. Ela contou para mim e para seu pai o que aconteceu na convenção. Sinto muito, querida. Como você está?
    Que coisa horrível, não é justo você ter perdido o emprego porque Alexander Woodroe não conseguiu se comportar. O que Ron queria que você fizesse? Como você adivinharia o que ia acontecer? E, mesmo se soubesse, ele esperava que você atacasse Woodroe no palco e o amordaçasse até ele se acalmar?
    Dito isso, sua tia Kathleen está muito chateada, e não para de ligar e de insistir que você deve um pedido de desculpas para Ron por deixar ele ser humilhado daquela forma. Repito: sei que NÃO foi sua culpa, mas será que você pode pedir desculpas para Ron em um e-mail breve? Se me encaminhar a mensagem, posso mandar para Kathleen, acho que ela se sentiria melhor.
    Além do mais, agora que você vai ter tempo livre, eu e seu pai adoraríamos sua companhia por alguns dias! Andamos pensando em pintar a sala de outra cor. Talvez verde-claro? Enfim, você sabe que seu pai odeia pintar os cantos e as bordas, e meus joelhos não me deixam mais ficar tanto tempo sentada no chão, então sua ajuda seria mais do que bem-vinda. Você é tão boa nos cantinhos.
    Quando visitar, faço um assado e Batata Anna, sua comida preferida. ☺ É só avisar quando puder vir.
    Te amo, meu bem,
    Mamãe

19

— Jesus amado — disse Lauren.

Ele tinha implorado para ela *aceitar*. Pelo amor de Deus. Ela quase tinha concordado no mesmo segundo com qualquer que fosse o plano mirabolante de Alex.

Ele a tinha estragado. Tudo deveria estar quieto e tranquilo. Em vez disso, estava tudo quieto e *chato*. Quieto, chato e... triste. Tão triste que ela não conseguia dormir, pois ficava choramingando na cama.

E ali estava ele, tocando nela, segurando o rosto dela com aquelas mãos quentes e fortes. Lauren nem se lembrava de por que tinha chorado. Era possível que ela não se lembrasse sequer do próprio nome.

— Nossa, pra que tanta desconfiança, Wren? Estou extremamente ofendido — disse ele, estalando a língua. — Como pedido de desculpas, você pode me ouvir antes de recusar. Combinado?

A testa franzida tinha se transformado em um sorriso de triunfo arrogante, o prazer diante da ideia certamente horrível brilhando no rosto enrugado de cansaço. Depois de um último toque suave do polegar nas bochechas molhadas de Lauren — e que fez a pele dela se arrepiar —, ele abaixou as mãos e recuou meio passo.

O espaço apertado não a deixou recobrar o equilíbrio. Não quando ele continuava tão perto, tanto que a óbvia atração, a sensualidade descarada, era uma provocação inevitável.

Alex estava usando outra camiseta de malha, cor de creme, bem justa, com os botões da gola abertos, revelando um vislumbre de pele dourada com alguns poucos pelos, e as mangas arregaçadas destacavam os antebraços grossos e musculosos. A calça jeans desbotada apertava as coxas fortes. Apertava bem.

Ela precisava desviar o olhar das coxas e dos braços dele, mas o rosto não era muito diferente. Apesar das olheiras e das rugas ao redor da boca, seu sorriso era radiante. Ofuscava, de tanto brilho. Queimava tudo que não fosse ele.

Por um momento, desamparada diante daquele rosto, daquela voz, daquele corpo — de tudo que Alex era e tinha sido para ela —, ela só conseguiu olhar e piscar.

Ele inclinou a cabeça.

— Lauren?

Aqueles olhos cor de tempestade a enxergavam bem até demais. Ela piscou de novo enquanto ele a observava, e tentou se lembrar do que exatamente estavam falando.

— Perdão — disse ela, balançando a cabeça com força para organizar os pensamentos confusos. — Escute, se ainda estiver falando de trabalhar para você...

— Não estou te oferecendo outro emprego.

A expressão dele murchou e, caramba, ela sabia que era pose, mas ainda doía.

— Não vai me escutar? — insistiu ele. — Mesmo que eu tenha pedido por favor?

Ela olhou para o teto.

— Primeiro, você não pediu por favor. Segundo, mesmo que pedisse, "por favor" não é um feitiço mágico que garante o que seu coração desejar, Alex.

— Não é? — perguntou ele, franzindo a testa. — Então por que tanto esforço para pedir sempre?

Quando Lauren cobriu o rosto com as mãos, os ombros tremendo, nem ela mesma sabia dizer se estava rindo ou chorando, para ser sincera.

— Acho que você não está levando minha proposta a sério como deveria — reclamou ele, mas ela escutava o sorriso em sua voz. — Vou ligar para a Junta Americana das Bruxas e fazer uma reclamação. Talvez precise até fazer uma denúncia, se não houver melhora.

— Deus me livre — disse ela, secando as lágrimas e se largando no sofá. — Fale logo. Darei à proposta a devida atenção, como exige o estatuto da BHP.

O sofá era de três lugares, mas ele se sentou bem ao lado dela e se virou até o joelho dobrado esbarrar na coxa de Lauren. Ele não se desculpou pelo contato. Nem se afastou.

Ela não conseguia respirar.

— Vá comigo ao casamento semana que vem — pediu Alex, levantando a mão, como se para se prevenir da recusa. — Você já ia me acompanhar, então sei que não tem outro compromisso.

Ao… casamento?

Ah. Ah, sim. O casamento da ex dele.

Stacia disse que a cerimônia será celebrada entre as sequoias e que essa era a única paisagem maior do que minha gigantesca autoestima, ele tinha dito a Lauren semanas antes, revirando os olhos com carinho. E, quando ela franzira a testa diante de tamanha ofensa, logo ele explicou: *Era só brincadeira dela. Somos amigos há muito tempo.*

Lauren entendeu a parte do casamento, mas ele podia levar quem quisesse ao evento. Por que levaria logo *ela*?

Alex ainda estava falando, enquanto ela tentava decifrar suas intenções.

— … nunca vai parar de me encher se eu aparecer sozinho, e você já seria minha acompanhante de qualquer forma. Já que nós dois temos tempo livre agora, e você odeia avião, pensei que a gente podia viajar de carro pelo litoral. Juntos.

As palavras de Alex iam saindo aos tropeços enquanto ele esfregava as mãos nas coxas duras.

— Seria perfeito, já que dirigir me ajuda a pensar melhor, e tenho que decidir o que vou fazer agora com a minha carreira. Além do mais, minha assistente virtual vai tirar umas semanas de férias, e organizar viagens não é bem meu forte, então…

Ah, isso fazia sentido. Mais ou menos.

Ela respirou fundo para se acalmar e olhou para ele.

— Quer que eu viaje com você pelo litoral para ser sua assistente? Eu posso ajudar a organizar a viagem, sim, mas não prefere levar...

— Não é para ser minha assistente, não — corrigiu Alex, e seu olhar a deixou paralisada. — Nem quero contratar você. Eu pagaria pela sua viagem, porque preciso da sua ajuda para organizar tudo, mas é só isso. Você não estaria trabalhando para mim.

Ela sentiu uma comichão na garganta. Alex realmente valorizava sua companhia. Ele queria mesmo passar aquele tempo com ela, com ou sem ordens de Ron.

Mas... Lauren logo ia precisar voltar a trabalhar. E quando voltasse, eles passariam semanas sem se ver, ou até meses, ou...

Ela engoliu em seco, engasgada.

Talvez o caminho deles nunca mais se cruzasse.

Ela precisava mesmo de uma lembrança tão extensa e poderosa da saudade imensa que logo sentiria?

Lauren olhou para o próprio colo.

— Não sei.

— Não quer que eu pague a viagem? — perguntou ele, então segurou a mão dela, e Lauren sentiu os ossos derreterem. — Você sabe que eu tenho dinheiro.

Essa não era a maior preocupação dela. Mas, pensando bem...

— Por enquanto. Talvez não dure tanto.

Ele não discutiu. Não, o que fez foi infinitamente pior.

— Preciso de você.

De repente, estavam de dedos entrelaçados na coxa dela, e Alex falava com a voz baixa, sussurrada, próxima demais do ouvido de Lauren:

— Por favor, Wren.

Os dois sabiam que ele não precisava dela de verdade. Mas ela não podia rejeitá-lo, não quando ele suplicava daquele jeito, com tanta... intimidade.

Os pensamentos emaranhados de Lauren estavam a mil, e ela tentou ser coerente.

Qual era a decisão correta?

Por lealdade a ela, a vida profissional dele tinha desmoronado. Alex precisava de companhia e de ajuda para organizar a viagem. Passar tempo com ele podia acabar magoando-a ainda mais no fim, mas, se ele precisava do apoio dela, Lauren precisava agir melhor do que no dia da convenção.

Ela estava em dívida com ele.

Mais ainda... gostava dele. Muito. Mesmo que Alex fosse um pé no saco, um mimado, o homem mais sexy e generoso que ela conhecia.

Por ele, ela faria a coisa certa. Naquele caso, a coisa certa não era a mais sábia, mas tudo bem. Mais cedo, Lauren tinha se lembrado de que a dor era inevitável, independentemente do que fizesse. Ela sobreviveria.

Alex levantou suas mãos entrelaçadas e as encostou no rosto áspero, e até em outros continentes devem ter conseguido sentir a vibração da pulsação acelerada dela.

— Por favor — repetiu ele, num tom baixo e rouco, a respiração quente junto à mão dela.

Ela inspirou fundo, mas estava ofegante.

— Você não vai pagar.

Não era um mero cessar-fogo. Era uma rendição absoluta. Os dois sabiam bem.

— Vou, sim.

Ah, droga, ele estava esfregando as mãos no queixo, e a aspereza era uma delícia.

— Defendi sua honra, Lauren — continuou ele. — Você me deve, e uma mulher de honra sempre paga o que deve.

Quando ela arriscou uma olhadela ultrajada, notou que os olhos dele brilhavam. Dançavam.

Era brincadeira. Alex não achava que ela devia qualquer coisa, mas estava mais do que disposto a se aproveitar da culpa dela, e, caramba...

Caramba. Estava funcionando.

— Mais especificamente, você me deve duas semanas de bons hotéis, gasolina, frutos do mar frescos, passeios turísticos e qualquer lembrancinha que eu decida comprar no caminho. E vai precisar prometer não se desculpar por nenhum desses gastos. Que serão todos pagos por mim, deixando claro de uma vez por todas — disse ele, levantando as sobrancelhas perfeitamente arqueadas, como o babaca metido que era. — É o mínimo que você me deve, sinceramente.

— *Duas semanas?*

Ela podia soltar a mão dele. Soltaria, a qualquer momento... assim que ele parasse de brincar com os dedos dela.

— O casamento é sábado que vem — constatou Lauren —, como é que...

— A gente pode viajar amanhã. Você não tem tanta roupa assim para arrumar na mala — disse ele, com um olhar crítico para o guarda-roupa do quarto. — Uma semana de viagem até o casamento, outra semana para voltar. Duas semanas, Wren. Deve cobrir sua dívida. Pelo menos por enquanto.

Ao longo da vida, ela tivera poucos amigos homens. Não sabia que eles podiam ser *carinhosos* assim. Porque Alex definitivamente estava beijando a mão dela, o toque da boca macia e quente disparando um raio pelas costas de Lauren, e ela não conseguia nem *pensar*.

Talvez fosse assim a amizade com um homem?

Em meio à nuvem turva de pensamentos, algo a incomodava.

— Alex, eu...

Ah. Era isso.

— Só posso viajar na quarta, ou depois — continuou. — Quando falei para Sionna que não estava mais trabalhando, ela tirou a terça de folga para passarmos o dia juntas.

Em teoria, ela podia pedir para Sionna remarcar, mas não faria isso.

Duas semanas. E tudo pago por ele? Não. Inaceitável.

Então Alex soltou a mão dela, e ela quis chorar pela falta de contato, mas...

Mas ele voltou a tocar o rosto dela, roçando os polegares nas bochechas, e a respiração de Lauren parou em um engasgo. Ele a fitou por um minuto.

Então deslizou uma das mãos até a nuca dela, e acariciou suas costas com a outra, e... e o rosto dela acabou aninhado no peito dele, de repente.

— Você é dura na queda, sua bruxa teimosa — falou ele junto à cabeça de Lauren, os lábios roçando o cabelo a cada palavra, tornando até aquele suposto insulto em uma carícia. — Vamos partir quarta cedinho, então se arrume. Leve o vestido bonito de renda e os saltos que combinam. Vamos dançar no casamento.

Ele cheirava a algodão iluminado pelo sol e a noites estreladas na montanha. A ar fresco e calor. De algum modo, ela acabou o abraçando pela cintura.

Ela fechou os olhos, com a garganta tão seca quanto o deserto da Califórnia.

— Vamos?

Foi um sussurro. Um resquício de som. Ela deixou a boca formar as palavras no tecido macio que cobria o coração dele.

Alex estremeceu junto a ela, apertando as mãos possessivas.

Quando falou, foi definitivo e ela não se opôs. Não conseguiria.

— Vamos.

Alex foi embora sem beijá-la na boca. Por pouco.

Ele queria. Estava prestas a beijá-la. Até que, ao olhá-la, percebeu como Lauren estava cansada, com os olhos vermelhos e olheiras. Sensível e chorosa de um modo que ele nunca vira, tremendo de exaustão junto a ele. Se movimentando com cautela, como se ainda estivesse dolorida e travada pela viagem de avião.

O primeiro beijo deles merecia uma ocasião melhor, e Alex se recusava a se aproveitar da vulnerabilidade dela. Se ela escolhesse beijá-lo, ele queria que fosse por livre e espontânea vontade.

Ainda assim, Alex tinha se demorado para se despedir, e ela já devia ter percebido o que ele sentia. O que ele queria. Ele não tinha sido tão sutil.

Ele não insistiria, mas também não esconderia seus sentimentos. A partir dali, não. E, pelo abraço que ela lhe dera, ele esperava...

O celular dele vibrou, do outro lado da mesa, e ele pegou o aparelho com pressa.

Infelizmente, a mensagem não era de Lauren.

Era de seu agente:

Reserve um horário para conversar na quinta-feira à tarde. Precisamos estar alinhados antes de sábado.

A ex de Alex, Stacia, também era cliente de Zach, e outros poderosos de Hollywood provavelmente haviam sido convidados para o casamento. Fazia sentido conversar antes do evento.

Já o tom autoritário não era tão compreensível assim.

Agora que Alex estava numa fase ruim, Zach aparentemente achava que o cliente não podia mais decidir nem que dia seriam suas reuniões. Mas Zach estava equivocado.

Alex respondeu:

Vou fazer uma viagem de carro. Nos vemos sábado, no casamento. Podemos conversar de manhã.

Em seguida, Alex bloqueou temporariamente o número de Zach, porque foda-se. Ele tinha coisa melhor em que pensar. Coisa muito, muito melhor.

Especificamente, os planos que tinha para Lauren. Para sua doce carriça, sua Wren.

A mulher que ele queria para si, em algum lugar do litoral da Califórnia.

Na infância, ele considerava julho o melhor mês do ano, porque era quando a mãe normalmente tentava tirar uma ou duas semanas de férias. Quando ela conseguia os dias de folga, eles contavam o dinheiro, determinavam um itinerário e partiam no pequeno Chevette hatchback, se aventurando pelo litoral da Flórida.

Aqueles dias na estrada pareciam não ter fim. Eram ensolarados e grudentos — literalmente, já que o carro não tinha ar-condicionado. Nem o vento fustigando as janelas cortava a umidade, e as pernas dele ficavam coladas ao banco de vinil, cuja textura deixava uma marca perfeita na pele sempre que paravam para abastecer ou comer em um fast-food.

Durante a tarde, eles viam as nuvens chegarem e escolhiam entre encontrar um hotel para passar a noite ou passar uns minutos esperando no acostamento. Enquanto isso, ele fazia desenhos nos vidros embaçados das janelas. Desenhava um cachorro. Um cavaleiro. Estrelas. Juntos, eles esperavam, conversavam e comiam balas ou batata frita até a tempestade torrencial passar e sua mãe poder voltar a dirigir.

Aquelas eram as melhores semanas de sua infância, sem dúvida, e a mãe trabalhava muito para poder oferecê-las a ele. Ele queria dar algo parecido a Lauren.

Ela não iria acompanhá-lo à Flórida tão cedo. Mas uma viagem pelo litoral da Califórnia a ajudaria a relaxar. Relaxar de verdade.

Sem trabalho, sem responsabilidades. Só passeio e descanso. Eles poderiam ficar juntos o tempo todo, com privacidade e camas espaçosas em quartos frescos e escuros de hotel.

Ele não era mais criança. A mãe dele — por mais que Alex a amasse — não estava ali.

Cacete, ia ser o melhor julho *de todos*.

Conversa com Marcus: Sábado à noite

Marcus: Foi mal, queria mandar mensagem antes

Marcus: Estava ocupado com as coisas da convenção, mas, além disso, eu e April nos resolvemos ☺

Alex: Parabéns, cara, fico feliz por vocês

Alex: Dá um abraço nela por mim, por favor

Alex: O que não deve ser difícil, já que você deve estar grudado nela que nem plástico filme

Marcus: Você não está errado

Marcus: É um chato, mas errado não está

Marcus: E você, tudo bem? Depois de tudo que aconteceu ontem?

Alex: Tudo ótimo!

Marcus: ...

Alex: Nada de processo + nada de multa + nada de publicidade = VIAGEM DE CARRO!!!

Alex: Com Wren, óbvio

Marcus: Óbvio

Marcus: Espero que tenha notado meu sarcasmo, me esforcei muito

Alex: Não, só percebi sinceridade

Alex: Enfim, quarta a gente vai começar a viagem pelo litoral até o casamento da Stacia

Alex: Planejo seduzir ela no caminho, com meu jeitinho único e extremamente charmoso

Marcus: Então você finalmente notou que está na dela?

Marcus: Puta merda, finalmente

Marcus: Achei que só ia sacar quando a gente já estivesse na cadeira de balanço no asilo para idosos

Alex: Reflexão não é meu forte, seu cuzão

Alex: E note, por favor, que não fiz nenhuma piada sexual sobre estar "na dela"

Alex: É apenas parte da minha transformação em um cavalheiro digno do afeto da Lauren

Marcus: Ela parece gostar de você assim mesmo

Marcus: No seu lugar, eu continuaria a ser babaca

Alex: Provavelmente deveria me sentir ofendido, mas a gente sabe que é verdade

Alex: Me deseje sorte, cara

Marcus: Boa sorte, boa viagem, e mande notícias

Alex: Vai ser ótimo

Alex: Como eu sempre digo: FOCO, FÉ, FORÇA

Marcus: Você literalmente nunca disse isso

Alex: Deixe-me corrigir

Alex: FOCO, FÉ, VAI SE FODER

Marcus: Te amo, cara

Alex: TÁ BOM, TAMBÉM TE AMO, TÁ FELIZ AGORA

Marcus: Estou, sim, muito

Alex: Que bom, você merece

Alex: Mas vai se foder

20

— Sou excelente companhia em viagens — declarou Alex, com um sorriso largo para Lauren, antes de se voltar para o trânsito. — Sou charmoso. Esperto. Uma verdadeira fonte de sabedoria e conhecimento. Sou quase um ponto turístico, de tão bonito e atraente. Quando chegarmos à região das sequoias, você vai estar se divertindo tanto que vai se perguntar como um dia já conseguiu viajar sem mim.

Era pouco depois de meio-dia, e eles tinham acabado de pegar a estrada. Porque... era Alex.

Apesar de insistir em começar a viagem de manhã cedo — *Você já me fez esperar até quarta, Wren, que é praticamente ano que vem* —, Alex a fez tomar um dos cafés deliciosos e enormes de Dina em casa antes de partir. Porque, segundo ele, Lauren *devia* a ele o consumo de rabanada recheada com uma mistura divina de cream cheese e morango, já que ele a defendera.

Então, ele tinha confessado que ainda não estava com as malas prontas, e insistido em experimentar todas as roupas e desfilar por aí sem camisa enquanto se trocava, e...

Bom, eles saíram tarde. Porém, como Alex argumentara, estavam de férias e tinham muito tempo até sábado.

Era uma maravilha, na verdade. Tudo.

A viagem. As conversas sem fim. Não precisar dividir sua lealdade. O carro.

A falta de camisa.

— Eu vou me divertir? Que estranho — disse ela, se virando para ele. — Que eu saiba, há um adesivo de para-choque novinho no seu carro caríssimo que diz, precisamente, *DIVERSÃO PROIBIDA*. Em caixa-alta. Imagino que você tenha comprado para a viagem?

Ela tinha ficado paralisada quando viu o adesivo mais cedo, ao se aproximar do minicastelo. Alex havia parado o carro bem na entrada, e a nova decoração não passava despercebida. Afinal, tinha letras vermelhas em um fundo branco. E, sim, o carro era do mesmo tom de vermelho-cereja, mas o sedan também era elegante e impecável, o tipo de carro em que não se colam adesivos piadistas no para-choque.

Pensando bem, talvez a combinação de carro e adesivo fosse *perfeita* para Alex. Beleza e design elegante temperados com uma dose saudável de humor ridículo.

— O adesivo é uma *homenagem* — declarou ele, prestando atenção na estrada, com os olhos escondidos pelos óculos escuros estilosos. — Um símbolo de nosso passado como Babá Clegg e seu pupilo irritante e irresistível.

— Entendi — disse ela, seca. — Não sabia que era um tributo histórico. Erro meu.

O sol ardia no céu, e o ar-condicionado do carro lutava bravamente contra o calor de julho. As colinas amplas que os cercavam estavam ressecadas e douradas, com alguns trechos de mata verde, e ela mal podia esperar para se aproximar ainda mais da água e da brisa da orla. Porém, sendo totalmente honesta, ela mal conseguia olhar pela janela. Porque Alex podia até ser irritante, mas estava certo: ele era *mesmo* irresistível.

O homem tinha experimentado várias roupas para ela ver, e todas haviam ficado gloriosas nele. No entanto, como estava muito quente, preferiu vestir uma camiseta branca e simples. Quer dizer, seria simples em quase qualquer pessoa. Nele, era uma decoração artística em uma sobremesa perfeitamente empratada.

E, nossa, como era *apertada*. Os bíceps repuxavam o tecido, que grudava nos ombros largos, e a brancura imaculada tornava a pele dele dourada ao sol.

A calça jeans desbotada também era justa, e exibia o movimento dos músculos das coxas fortes enquanto ele freava e acelerava sem parar, em um ritmo hipnotizante. E, entre aquelas coxas...

Não, ela não ia olhar. De novo, não.

Sinceramente, aquilo era tudo culpa dele, e tinha começado bem antes do desfile seminu. Assim que ele a vira parada na entrada circular da casa pela manhã, saiu correndo do minicastelo até ela, com o rosto enrugado por um sorriso largo e brilhante.

Não tinha parado a meio metro nem acenado de longe. Ah, não. Ele chegou bem perto e estourou a generosa bolha de espaço individual que normalmente a cercava e aberto os braços. O que ela podia fazer? O que podia fazer além de entrar naquele abraço, naquele afago de corpo inteiro?

Alex tinha se abaixado para encostar a bochecha no cabelo dela, murmurado "Finalmente, sua bruxa insuportável, finalmente", e a envolvido como...

Como o cobertor que dera para ela, talvez. Quente e delicioso. Mais belo do que qualquer coisa que ela já esperara ter, ou sequer ousara desejar.

Mas ela o *desejava*, sim. E o tivera por alguns segundos maravilhosos naquela entrada, talvez até um ou dois minutos, porque ele não tinha só dado um apertãozinho e a soltado logo. Não, ele a tinha abraçado com força, e ela também não tinha se afastado.

Enquanto se abraçavam, parados ali, o calor da pele de Alex atravessava a roupa, aquecendo até queimar os dedos dela nas costas dele, os braços dela na cintura dele, o rosto dela no peito dele. A calça jeans roçava no tecido liso das leggings dela, e a sensação que a fricção causava se espalhou por Lauren até ela sentir o calor do desejo entre as coxas. Apesar do sutiã de algodão e da camiseta, ela estava morta de medo de ele sentir os mamilos endurecerem junto a sua barriga, até que ela sentiu algo...

Bom, ela certamente estava enganada. Tinha que ser o celular dele, ou a carteira, ou...

Quando se lembrou daquele volume firme encostado em sua barriga, pegou a garrafa d'água, desesperada, e tomou um gole bem demorado.

Lauren não ia olhar para a braguilha dele outra vez. *Não* ia.

Mesmo depois de jurar ter visto um volume um pouco... diferente... naquela região da calça jeans dele quando finalmente se soltaram do abraço. E o beijo que Alex dera na pele corada dela não fora na têmpora nem na testa.

Ele tinha beijado a bochecha dela, talvez a um mero milímetro do canto da boca.

Amigos, ela pensou pela milésima vez. *Somos amigos. Ele só é muito carinhoso, e não percebe o que está fazendo comigo.*

Quando Alex voltou a falar, ela precisou desviar bruscamente o olhar de onde — que droga — não conseguia tirar os olhos, apesar de suas melhores intenções.

— O adesivo é uma obra de arte, Wren — disse ele, olhando para trás antes de mudar de pista. — E meu carro não é *tão* caro assim.

Alex estava sorrindo para a estrada enquanto o trânsito permanecia parado. Quando uma música de que gostava começou a tocar no aparelho de som, ele cantarolou junto, desafinado, os ombros relaxados.

Apesar de todos os contratempos recentes, ela nunca o vira tão tranquilo e satisfeito consigo mesmo e com o mundo.

A felicidade dele não dependia de Lauren, mas vê-lo feliz ainda acendia dentro dela uma faísca de prazer. Porque ele podia baixar a guarda com ela. Porque merecia viver aquele momento. Porque ele fazia questão da presença dela, naquele carro — que, independentemente do que Alex dissesse, era obviamente luxuoso.

— Jura? Não é tão caro? — perguntou ela, de sobrancelhas levantadas, passando o dedo nas dobras do forro da porta do carona. — Porque não lembro de tecido dobrado que nem origami nos carros em que eu já andei. Nem opção de massagem em assentos de couro macio que nem manteiga.

Ela *não* gostou do olhar que ele dirigiu a ela.

— Nem pense nisso, Alex — disse, severa. — Se comprar uma porcaria de um carro pra mim, vou doar para a caridade imediatamente.

— E você doaria mesmo — resmungou ele. — Bruxa.

Lauren se aninhou no assento, satisfeita.

— Exatamente.

Alex soltou um suspiro frustrado, apesar do sorriso marcando as covinhas nas bochechas.

— Tá, esse modelo não foi barato, mas vários dos meus colegas de elenco têm carros esportivos. No plural.

Nenhum carro esportivo podia ser melhor do que aquele. Ela acariciou a madeira elegante e polida do painel, passando o dedo na textura triangular.

Eles ficaram parados no trânsito por um momento, e, apesar dos óculos escuros cobrindo os olhos dele, Alex também pareceu olhar para o painel.

Ele mordeu o lábio inferior, e o carro na frente do deles acelerou.

Mas eles não aceleraram.

— Alex?

Ela apontou para a estrada, e uma SUV atrás deles buzinou.

— Alex — insistiu ela —, a gente precisa andar.

A buzina seguinte demorou muito mais, e, de repente, um coro crescente e irritante começou a soar mais alto. Alex se sobressaltou um pouco antes de se virar para a frente e afundar o pé no acelerador.

Ele pigarreou e olhou para a estrada.

— Foi mal. Perdi o foco por um minutinho.

Ele cutucou o painel de controle para abaixar a temperatura e aumentar a velocidade da saída de ar do lado dele, o rosto corado.

Outro cutucão. Outro.

— Caralho, que calor. Que merda.

Talvez o sol estivesse mais intenso do lado dele, porque Lauren estava bem confortável.

Ela franziu a testa.

— Quer mais água?

— Não — respondeu ele, com um tom que não deixava margem para discussão. — Enfim, minha mãe tem o mesmo carro que eu, só que de outra cor. Eu gosto da ideia de andarmos de carro combinando.

Ele obviamente tinha comprado o carro para ela, e o gesto fofo causou uma pontada no coração de Lauren.

Ele raramente mencionava a mãe, embora Lauren soubesse que os dois conversavam todos os dias. Ela costumava se questionar sobre o relacionamento deles, mas agora entendia: Alex amava a mãe. Ele não era de amar com ressalvas, e os carros combinando eram a prova.

— Ela mora na Califórnia? — perguntou ela.

Eles estavam chegando em Santa Monica. Dali a pouco, entrariam na rodovia principal e seguiriam por quilômetros, subindo a orla naquela estrada famosa encaixada entre o vasto mar cintilante e as montanhas íngremes e escarpadas. Fazia décadas que ela não viajava por aquela estrada, e mal podia esperar.

Talvez a mãe dele morasse naquela rota?

Ele fez que não com a cabeça, com a boca tensa.

— Na Flórida. Perto de onde eu cresci.

Que tipo de mulher teria criado o homem ao lado dela? E por que Alex — que não parava de falar sobre todas as pessoas de sua vida — não a mencionava com mais frequência?

Lauren se virou para observá-lo melhor, ajustando o cinto para não machucar o pescoço.

— Vocês...

— Queria te pedir um favor — interrompeu Alex. — O que você acha de me filmar?

As imagens que surgiram em seu cérebro febril deveriam tê-la envergonhado. Porém, ela estava muito ocupada se perguntando por que ele tinha interrompido o assunto — e derretendo em uma poça de tesão naquele banco de couro lindo —, então não tinha tempo para sentir vergonha.

— O que, hum... — começou, parando para outro gole demorado de água. — O que exatamente você quer que eu filme?

Infelizmente, não deve ser o que ela tinha imaginado.

— Você não usa muito a internet, né?

Enquanto ela fazia que não com a cabeça, ele desceu pela rampa e, por fim, eles adentraram a rodovia.

— Carah... Lembra da Carah? — perguntou ele. — Do evento beneficente?

Ali, ao lado do Pacífico, o calor era agradável, e não ardente como antes. A água azul cristalina que se estendia infinitamente tranquilizava Lauren, e a brisa marinha a chamava. Sem nem perguntar, ela desligou o ar-condicionado e abriu a janela. Ele a olhou, com um sorriso satisfeito, e também abaixou o próprio vidro.

O vento fustigante rugia em seus ouvidos, e ela precisou falar mais alto.

— Carah Brown. Muito gentil, muito engraçada, usa a palavra *foda* mais do que qualquer outro ser humano?

Ele riu.

— Você lembra bem da Carah, então. Enfim, ela faz uns vídeos em que come comidas esquisitas que os seguidores sugerem e posta na internet. Ontem a gente estava conversando e ela sugeriu que eu fizesse vídeos da viagem para me conectar com os fãs, e achei uma boa ideia. Mas preciso de alguém para me filmar.

— Eu.

— Você — confirmou ele. — Se quiser.

Em teoria, ela queria, mas...

— Não entendo nada de gravar vídeos.

— Felizmente, eu entendo muito — disse ele, apoiando o cotovelo esquerdo na janela, e a manga da camiseta esvoaçou no sopro de ar. — Vai ser tranquilo, Wren. É só uma experiência. Se não der certo, eu não posto. Não é nada de mais.

Bom, ela tinha avisado.

— Está bem. Eu topo. Quer que eu use seu celular?

— Uhum.

Ele se esticou no assento, tirou o celular do bolso da calça e entregou para ela antes de sugerir:

— Que tal a gente fazer um teste em Malibu?

O celular dele era mais moderno do que o dela, então Lauren levou alguns minutos para entender as muitas configurações enquanto passavam por Pacific Palisades. Quando se aproximaram de Malibu e a estrada se voltou para dentro da cidade, ela achava que ao menos conseguiria filmar um vídeo simples. Provavelmente.

Lauren se virou o melhor que podia para ele e apoiou o cotovelo no painel para deixar a câmera mais firme.

— Pronto para o teste?

O trânsito estava mais pesado, e ele aproveitou a parada para dar uma olhada no espelho. Mas ele não precisava de nenhum ajuste. Já era uma estrela, bronzeada de sol, e o ar levemente desgrenhado só aumentava seu charme.

— Certo — disse ele, tirando o pé do freio, antes de precisar parar outra vez. — Vamos lá, Wren. Três, dois, um, e… ação.

Ela clicou no círculo vermelho na tela e manteve a câmera focada no perfil dele dirigindo.

— Oi, pessoal. Aqui é o Alex Woodroe — começou ele, com um breve sorriso para ela e uma piscadela para o público —, o astro amado e extremamente atraente de *Deuses dos Portões* e vários filmes, alguns mais precários que outros. Estou em uma *roadtrip*, dirigindo pela Pacific Coast Highway, e achei que vocês poderiam gostar de saber onde estou e aonde vou.

Fazendo o possível para manter o celular firme, ela acenou com a cabeça para incentivá-lo.

Ele fez um gesto com a mão para indicar os arredores.

— Agora, estamos em Malibu, onde os ricos e famosos de Los Angeles vêm caçar o Pé-Grande da Juventude.

Ao ouvir isso, Lauren engasgou, e tentou rir-tossir o mais silenciosamente possível.

Ele franziu a testa.

— Tudo bem?

Ela o tranquilizou com um gesto, e ele continuou, confiante:

— Como todos em Hollywood sabem, quem capturar o Pé--Grande da Juventude receberá, em troca da liberdade, mais uma década de possíveis trabalhos. Por isso, a caça ao pé-grande é a principal indústria regional de Malibu. A cidade deveria dar mais destaque para isso.

Se aquilo era um teste, ela podia responder sem estragar nada, né?

Com a mão livre, ela tateou atrás da garrafa d'água e tomou outro gole demorado.

— Alex, tem certeza de que é esse o tipo de informação que quer compartilhar?

— É a única explicação para Carah Brown, Wren.

Quando o carro parou de novo, ele se virou diretamente para a câmera e acrescentou:

— Sabiam que Carah tem noventa e três anos?

Quando Lauren gargalhou, Alex também riu, e ela não resistiu à piada:

— Talvez tenha uma capa da *Vanity Fair* envelhecendo no lugar dela?

— Boa referência literária. Mandou bem — disse ele, e, ainda sorrindo, esticou a mão para cumprimentá-la, ao que Lauren retribuiu. — Enfim, Carah é uma antiguidade, e o Pé-Grande da Juventude mora aqui. É só isso que precisam saber sobre Malibu, mesmo.

Ele levantou um dedo, como se fosse um professor prestes a acrescentar um argumento crucial.

— Ah, e tem gente em Malibu que tenta fazer com que as praias sejam privatizadas, abertas só para os super-ricos, o que é uma grande besteira. Mas acho que privacidade é importante para caçar o pé-grande.

Ah, minha nossa.

— Espero que tenham gostado de ver o meu rostinho lindo e o delicioso engarrafamento de Malibu — disse Alex, com outro sorriso de derreter corações para a câmera. — Obrigado por assistirem, e lembrem-se de se arriscar, se divertir e não serem enganados por Carah Brown. Ela pode até ser bonita, mas é velha pra caralho e malvada à beça. Depois não digam que não avisei.

Ainda tremendo de segurar o riso, ela clicou na tela para interromper a gravação.

— Como a gente se saiu? — perguntou ele, e voltou a atenção à estrada quando o trânsito começou a fluir. — Esquece, eu obviamente fui genial, então vou mudar a pergunta. Como *você* se saiu?

Quando ela deu play no vídeo, Alex estava em foco o tempo todo e dava para ouvir tudo o que ele tinha dito com clareza. Infelizmente, o mesmo valia para tudo o que ela tinha dito. Além disso, a câmera também tinha pegado o braço dela ao dar um *high-five* nele.

Que droga, se ela tivesse simplesmente ficado de fora da conversa e da câmera, poderiam aproveitar o vídeo, porque ele era... ele. Cem por cento ele. Engraçado, sagaz, inteligente e ridículo. Irritante e irresistível, como havia dito.

— Desculpa — disse Lauren, com um suspiro, deixando o celular dele no console. — Se eu não tivesse me metido, o vídeo estaria perfeito para postar.

Alex deu de ombros.

— Você se importa de aparecer no vídeo?

Ela não tinha dito nada constrangedor nem se exibido na frente da câmera. Então, depois de considerar por um momento, também deu de ombros.

— Não. Não me importo. Mas, como você já me disse, é você que seus seguidores querem ver e escutar. Não uma mulher aleatória.

— Não estou nem aí para os seguidores, Wren. *Eu* quero ver você. *Eu* quero escutar você.

Antes que ela pudesse fazer qualquer coisa além de piscar, confusa, ele acrescentou:

— Mas tem certeza de que não se importa? Acho que não vai dar em nada, mas o que falei na convenção ainda está sendo comentado em alguns nichos. Talvez o vídeo viralize.

— Se acontecer, é só eu passar uns dias off-line de novo.

Cautelosa, ela passou um dedo nas dobras do forro da porta e evitou encará-lo antes de perguntar:

— Quer mesmo que eu participe do vídeo?

— Dos vídeos. No plural. Se você quiser — disse ele, esticando a mão, hesitante. — Posso encostar em você?

Quando ela fez que sim, ele pôs a mão no joelho dela, e Lauren suspirou, trêmula.

— É mais divertido com você. Por favor, Wren.

A perna dela estava pegando fogo. Ele passava o polegar para a frente e para trás no joelho, e o tecido fino e elástico das leggings não oferecia proteção contra seu calor nem contra a corrente elétrica gerada pelo toque.

Ela precisou de mais um gole desesperado de água antes de conseguir falar.

— Está bem. Desde que eu possa ficar atrás da câmera, tudo bem. Eu aceito.

Ele apertou o joelho dela de leve, e ela precisou engolir um gemido. Lauren queria que aquela mão, aqueles dedos ágeis, subissem. Se ele pusesse as mãos entre as pernas dela e a apertasse assim...

— Que bom — disse ele, deslizando devagar a palma na coxa dela antes de voltar ao volante. — Então se prepare. Mais tarde, pretendo contar às pessoas sobre os zumbis vistos recentemente na orla.

Ela quase engasgou com mais um gole de água.

— Zumbis, Alex? Jura?

Um sorriso malicioso *daqueles* certamente devia ser ilegal, não?

— Juro — disse ele, acelerando na estrada ensolarada.

A luz rosa e dourada repousava, quente, no rosto sorridente de Alex quando ele terminou o quarto e último vídeo do dia.

— Enfim, se vierem a Morro Bay, precisam se lembrar de duas coisas importantes. Primeiro, tem uma rocha na forma de um pei... hum, seio. Segundo, protejam seus céeeeeerebros a todo custo. É basicamente só isso que precisam saber.

Embora não fosse um programa de viagens *de verdade*, Lauren não podia deixar passar, então acrescentou:

— E o castelo de Hearst não fica muito distante, e soube que vale muito a pena visitar.

— Você nunca foi lá? — perguntou ele, franzindo a testa por um instante antes de voltar a atenção para a estrada. — Talvez a gente deva fazer uma competição de castelos na volta pela orla. Mano a mano. Ou, melhor, castelo a castelo. O meu contra o de Hearst. Quem será que ganha, Wren?

Ela não hesitou.

— Hearst.

Ele soltou uma exclamação alta de ultraje.

— Como ousa?

— Eu gosto dos clássicos.

A luz estava esmorecendo rápido, e ela queria tirar umas fotos do pôr do sol com a própria câmera antes do anoitecer.

— Diga tchau, Alex.

— Tchau, Alex — imitou ele, cantarolando.

Ela balançou a cabeça.

— Bobo.

Quando ele sorriu para ela, alegre, Lauren clicou na tela para interromper a gravação. Assim que se recostou no assento, percebeu um mar de lanternas de freio vermelhas nas duas pistas, a uns trinta segundos deles, talvez, sem nenhum carro vindo no outro sentido. Não era bom sinal.

Alex desacelerou, se preparando para o engarrafamento.

— O que houve? — perguntou ele.

— Aquilo ali é fumaça?

Ela forçou a vista na escuridão crescente, e, sim. Era fumaça ao longe, sem dúvida. Não era muita, mas suficiente para formar uma névoa.

— Vou ver se consigo descobrir o que está acontecendo — disse ela.

O GPS realmente indicava o engarrafamento, mas não dizia o motivo. Felizmente, o número de atendimento a autoestrada foi mais útil.

Ela escutou a mensagem gravada, desligou o celular e transmitiu a má notícia.

— Houve um incêndio na mata perto da estrada mais à frente, então vão fazer um desvio. Não tem previsão de reabrir a estrada.

Ele gemeu, resmungando.

— Que merda. Vai levar uma eternidade.

O sol tinha se posto no horizonte oceânico, e Alex jogou os óculos escuros no console, franzindo a testa.

— O que você quer fazer depois que pegarmos o desvio? — perguntou ela.

Para Lauren, havia uma única opção, mas ele talvez discordasse. Alex tamborilou os dedos no volante ao frear.

— A estrada do desvio vai estar mais lenta, óbvio. E, como estamos indo no sentido do mar para o interior, vamos precisar atravessar a serra e dirigir naquelas estradas sinuosas e mal iluminadas. Sei que nosso plano era avançar mais, mas...

— Vamos parar por hoje e esperar a estrada ser liberada — concluiu ela, aliviada por estarem de acordo.

Por insistência dele, eles não tinham feito nenhuma reserva em hotel ou pontos turísticos — porque ele queria manter o roteiro tranquilo e espontâneo —, então não tinham nada a cancelar. Parar antes fazia mais sentido.

Ele concordou com a cabeça, decidido.

— Temos um plano.

Depois de duas horas que pareceram mais lentas do que o normal, de Alex fazer uma serenata com vários sucessos desafinados dos anos 1990 e Lauren listar as vantagens de pedir carona na beira da estrada, os dois encontraram um hotel decente. Porém, descobriram que não havia nenhum quarto vago, e nem o sorriso mais charmoso de Alex foi o suficiente para conseguir um.

— Peço mil desculpas, mas estamos lotados, assim como os outros hotéis da vizinhança. Acabei de dizer o mesmo para outro casal há alguns minutos — disse a recepcionista, com uma careta de desculpas. — Com a estrada fechada, muita gente achou melhor procurar um hotel essa noite. E ainda tem um evento no castelo de Hearst, então a maior parte dos hotéis entre aqui e San Simeon também deve estar cheia.

Merda. Eles precisavam de um lugar para descansar. Olheiras escuras tinham surgido no rosto de Alex, e eles não sobreviveriam a mais duas horas de cantoria dele.

Quem morreria, ela não sabia. Mas um dos dois morreria, sem dúvida.

— Você tem alguma sugestão? — perguntou Alex, apoiando os cotovelos no balcão e coçando o rosto com as duas mãos. — Conhece algum lugar por aqui que talvez tenha vaga?

— Talvez por Cambria? Lá tem pousadas e uns hotéis simples. Nada chique, mas... — disse a recepcionista, dando de ombros. — Adoraria ter uma sugestão melhor, sr. Woodroe.

Então a moça tinha, *sim*, reconhecido Alex. Lauren estava em dúvida.

Ao ouvir seu nome, ele se endireitou e se esforçou para ser mais simpático.

— Obrigado pela ajuda... — disse, sorrindo ao olhar o crachá dela. — Carmen.

Com muita paciência, ele posou para uma selfie e autografou um dos blocos do hotel, e então voltaram ao carro para pegar as estradas sinuosas e escuras que levavam a Cambria.

Lotado. Lotado. Lotado.

Até que...

— Aqui — disse ela, apontando para a direita. — Parece uma pousada. Quer que eu entre rapidinho para ver se tem quarto disponível?

— Você nunca viu *Psicose*, minha senhora? — perguntou Alex, entrando no pequeno estacionamento. — Claro que não vou deixar você entrar aí sozinha. Meu Deus.

As vagas estavam todas ocupadas, então ele simplesmente estacionou em um trecho de cascalho.

A recepção era pequena e relativamente antiquada, mas parecia limpa. O rapaz atrás do balcão franziu a testa ao vê-los chegar, e ela sabia o que ele ia dizer antes mesmo de abrir a boca.

— Peço perdão, estamos lotados. E, pelo que os clientes me falaram, todas as hospedagens na região também — disse ele, com um olhar de desculpas aparentemente sincero. — Em qualquer outra noite, teríamos muito espaço, mas...

A temperatura tinha baixado significativamente, e a recepção não era aquecida. Quando Lauren estremeceu, Alex a puxou para perto com a mão entre suas omoplatas, aproximando-a de seu corpo quente, e ela estremeceu de novo, mas dessa vez, por um motivo diferente.

Uma nota de cem apareceu de repente na mão de Alex.

— Tem certeza *absoluta* de que não tem nenhum quarto disponível? Precisamos de dois. Grandes, pequenos, tanto faz. Aceitamos o que tiver.

Lauren se afastou para olhá-lo. Aquilo era *sério*? As pessoas realmente faziam isso? E quem é que carregava notas de cem por aí, e ainda as tiravam da carteira daquele jeito?

Alexander Woodroe, aparentemente.

O recepcionista olhou para a nota e umedeceu os lábios.

— Bom...

— Sim?

O sorriso de Alex era arrogante, pois ele pressentia a vitória iminente do suborno.

— Na verdade, temos, sim, um quarto vazio — disse o rapaz, e ela *sentiu* Alex encher o peito de triunfo. — Mas o ar-condicionado pifou e não desliga, então está gelado. Vamos consertar amanhã, mas não ajuda para hoje.

Alex dispensou a preocupação com um gesto.

— É só a gente botar umas cobertas a mais nas camas. Não tem problema.

O recepcionista engoliu em seco e olhou com tristeza para o dinheiro de Alex.

— Hum... Camas, não. Cama. Uma cama de casal.

Lauren abaixou o queixo ao pensar em mais tempo no carro o ouvindo cantar Def Leppard. Ela se permitiu um suspiro e se desvencilhou do braço de Alex, se preparando para apaziguar a decepção e a frustração dele.

No entanto, em vez da testa franzida ou da resignação, o que ela viu foi uma expressão de deleite crescente.

— Então... — disse ele, apoiando as mãos na bancada para se aproximar mais do recepcionista. — Só tem... uma cama?

O rapaz pestanejou.

— Sim, senhor.

Quando Alex socou o ar com os dois punhos em um gesto triunfal, tanto Lauren quanto o recepcionista se sobressaltaram.

— Caralho, é o melhor dia da minha *vida*! — gritou Alex. — Só! Uma! Cama! Meu segundo clichê predileto!

Ele se virou para sorrir para ela.

— Lauren! Você ouviu?

Ah, ela tinha ouvido, sim. A mãe dele devia ter ouvido também, lá da Flórida.

— E aí? Podemos fazer isso? — perguntou ele, cruzando as mãos debaixo do queixo que nem um menininho inocente, o que definitivamente *não* era. — Prometo me comportar.

Ele... queria dormir na mesma cama que ela? Mesmo?

Lauren abaixou o olhar para o assoalho de madeira arranhada e tentou focar em algo além da onda instintiva de excitação e prazer, da sensação entre as pernas ao imaginá-los juntos na cama. Entrelaçados. Nus. O peso dele nela, as mãos fortes dele a arreganhando e...

Não. Não, ela não deveria sexualizar aquilo. Não era justo com ele *nem* com a amizade dos dois.

Porém, se Lauren dormisse no mesmo quarto, na mesma cama que ele, a lembrança a assombraria depois que a viagem acabasse. Ela sonharia com aquilo. Sentiria a dor do que fora e nunca voltaria a ser. A resposta mais sábia, então, considerando o que estava começando a sentir por ele, era um *não* firme.

A resposta *certa*... isso era mais difícil de descobrir.

Ele guiou o olhar dela para cima com um polegar em seu queixo.

— Escuta, Wren, tudo bem. Se você ficar desconfortável, a gente não precisa pegar esse quarto. Não tem problema nenhum. Juro.

Os olhos cinzentos dele estavam calorosos. Sinceros.

Alex falava sério, ela sabia. Ele não se incomodaria com a recusa dela, por mais que ficasse decepcionado.

Porém, se Lauren aceitasse, sem dúvida ele ficaria muito feliz. O que, por sua vez, deixaria *ela* muito feliz — por um momento, pelo menos —, e também a impediria de ouvir outra vez a interpretação extremamente infeliz de Alex de "Pour Some Sugar on Me".

Ela estava cansada. Estava toda dura de um dia inteiro no carro. E, cacete, queria sentir como seria dividir a cama com ele. Só uma vez.

Ela suspirou devagar e se virou para o recepcionista.

— Vamos nessa — falou, e tomou outro susto com o grito de empolgação de Alex.

Talvez não fosse a resposta mais sábia, mas era a resposta *dela*. A resposta certa.

Pelo menos por aquela noite.

21

Alex suspirou enquanto andava em círculos, e chegou a enxergar o ar que soprou. Mesmo que fosse verão. Na Califórnia.

Bom, ele não podia dizer que o garoto da recepção tinha mentido. O quartinho tinha apenas uma cama de casal, sem sofá. O ar-condicionado trabalhava a todo vapor, independentemente do botão que ele apertasse. E, como o recepcionista informara ao entregar a chave a Wren, as janelas não abriam, porque tinham grudado de tinta.

O quarto parecia o menor rinque de patinação do mundo. Em circunstâncias normais, ele reclamaria sem parar. Mas, já que estavam ali por causa dele…

Bom, ele ia reclamar só *um pouquinho*.

Do outro lado da porta fina do banheiro, Wren estava tomando banho. Ele esperava que a água estivesse fervendo, porque os lençóis deviam estar congelados.

Os lençóis nos quais em breve dormiriam. Juntos.

Merda, ele não podia ficar olhando desse jeito para a porta. Era coisa de tarado. E, se continuasse imaginando rios de água quente escorrendo pelo corpo nu, molhado e delicioso de Lauren, nenhum frio glacial impediria seu corpo de reagir de maneira bem visível, e ele não queria assustá-la quando ela saísse do banheiro.

Lauren confiava nele o suficiente para dormirem na mesma cama. Ele não podia acabar com aquela confiança.

Alex deu as costas para o banheiro, decidido, pegou o celular e se distraiu postando os vídeos do dia em várias plataformas, marcando Carah sempre que possível.

O som de água corrente parou, e ele mordeu o lábio.

A pilha imensa de cobertores que eles tinham levado para o quarto e espalhado na cama podia esquentá-la. Mas se não bastasse...

Não, ele não ia pensar naquilo. Não podia. Não agora que ela estava prestes a sair do banheiro, com a pele macia úmida e corada de calor, quase como se tivessem acabado de...

Não. Não. *Não.*

Quando ela saiu do banheiro com uma nuvem de vapor, arrastando a mala, estava vestindo uma daquelas camisetas largas que serviam de camisola e leggings novas. Nada que ele não tivesse visto, mas ele desconfiava que ela estava sem sutiã. Talvez ela também estivesse sem calcinha, uma ideia que ele fez o possível para esquecer.

— Aaaaaaaah — disse ele, sorrindo quando ela o olhou. — Voltou minha companheira de só-uma-cama.

A ponta do cabelo dela tinha molhado. Fios soltos grudavam no rosto e no pescoço rosado, e, em questão de momentos, aquelas mechas iam parecer gelo na pele dela. Assim como o ar. Assim como o assoalho de madeira.

No instante em que ela percebeu como estava frio, contorceu o rosto em uma careta de dor e soltou uma espécie de gritinho engasgado.

— Cacete — murmurou, começando a tremer imediatamente.

Ele não ia olhar para o efeito do frio nos mamilos dela. *Não* ia.

Lauren não estava de meia nem pantufa, então foi correndo na ponta do pé até a cama, tentando fazer o mínimo possível de contato com o chão antes de afastar rapidamente a montanha de cobertas, mergulhar lá embaixo e puxar tudo de volta.

Coberta quase até os olhos, ela o fitou do ninho de cobertores, com as sobrancelhas encolhidas.

Porra, ela era muito fofa, e ele não conseguiu segurar o riso.

— Quieto, Woodroe — resmungou ela, sob a montanha de cobertores.

Ele levantou as mãos com as palmas para a frente.

— Ei. Só dei as boas-vindas ao retiro californiano da Elsa. Fora isso, não falei mais nada.

— Que seja — disse ela, com uma voz abafada toda ranzinza, ainda *mais* fofa. — Em minha defesa, eu não sabia que iria ter companhia para dormir. Nem que precisaria trazer roupa para o inverno. Acho que botaram esses lençóis no congelador. Caramba.

Droga. Ela parecia mesmo desconfortável.

— Quer ir para outro lugar?

Ele queria ficar, queria dormir na mesma cama, mas suas vontades não eram importantes. Nem um pouco.

— Se dirigirmos o bastante, acho que conseguimos encontrar um lugar vago — continuou. — Que não esteja servindo de laboratório criogênico nas horas vagas.

Ela descobriu a boca, e dava para ver os dentes batendo.

— Não. Quero que você pare de falar, tome um banho fervendo e venha servir de bolsa de água quente particular debaixo dessa coberta. Já.

Eles iam se esquentar de conchinha?

Puta merda. Todos os sonhos de fanfic e de vida dele estavam se realizando. Era *mesmo* o melhor dia de todos.

Além do mais, ela estava sendo — mesmo que compreensivelmente — chata e exigente, o que era *outro* sonho realizado. Afinal, se não confiasse nele, ela não reclamaria assim. Era uma honra, honestamente, e um prazer genuíno vê-la livre de amarras.

— Você é uma grande bruxa mesmo — disse ele. — Grande. Enorme.

Lauren franziu a testa, desconfiada.

— Foi outra referência a *Uma Linda Mulher*?

Era, sim.

— Não confirmo nem nego a acusação.

— Ah, pelo amor de… — começou ela, e fechou os lindos olhos por um momento. — Só cale a boca e venha deitar. Por favor.

Ele sorriu para ela, provocante.

— Você me entendeu — resmungou Lauren. — Venha logo, Woodroe.

Ele fez uma reverência.

— Seu desejo é uma etc., etc.

Alex foi arrastando a mala até o banheiro, fechou a porta e se preparou para fornecer o máximo possível de calor físico. A água do chuveiro: quase fervendo. A imaginação: em polvorosa. O pau: na mão, porque, se fossem dormir de conchinha, o único jeito de ele não ficar duro era gozando imediatamente.

Ele precisou de poucos toques. Fazia dias que estava necessitado, e ver Lauren na cama, olhando feio para ele, talvez sem calcinha, o tinha levado ao limite.

Ela devia ser tão macia debaixo dele, ao redor dele. Molhada e carente. E, se montasse nele, o corpo dela o prenderia bem no lugar, por mais que ele implorasse de desespero e mexesse o quadril...

De cabeça jogada para trás, com os joelhos bambeando, ele engoliu o gemido e bateu com a mão na parede do box para se segurar ao gozar.

— Tudo bem aí? — Ele a ouviu chamar do outro lado da porta. — Alex?

Às vezes, inocência vinha a calhar, *sim*.

Ele pigarreou e respondeu:

— Tudo certo. Só me desequilibrei um segundo.

Ele levou poucos minutos para esfregar o corpo todo, apesar de estar meio trêmulo pós-orgasmo. Quando se enxaguou, já estava quase suando pelo calor da água. Ao sair do chuveiro e pegar uma toalha, o espelho embaçou, e continuou assim.

A mala dele continha pouquíssimas opções de roupa para aquela ocasião grandiosa. Ele não tinha levado pijama, porque não usava. Teria que se contentar com camiseta e samba-canção, porque *não* ia dormir de calça jeans. Só se ela insistisse muito.

A roupa grudou na pele molhada, e ele preferia ficar pelado, mas fazer o quê. O conforto de Wren valia seu desconforto.

Depois de escovar bem os dentes, ele saiu do banheiro. Ela não tinha mudado de posição, e tremia tanto que sacudia a montanha de cobertas.

— Boa notícia — disse ela, debaixo daqueles cobertores todos.
— Não preciso mais visitar aquele hotel no gelo na Suécia. É só apontar a lanterna para o teto e dizer que é a aurora boreal, que já resolve. Realizei um sonho.

— A aurora californiana é mesmo uma experiência e tanto. Parabéns.

Caralho, o quarto estava *congelando*.

— Pronta para dividir a cama? — perguntou ele.

Ela afastou as cobertas e o chamou com um gesto impaciente. A resposta bastava.

Em três passos rápidos, ele chegou à cama. Precisou de apenas um instante para se deitar debaixo das cobertas, e lá estava ela, tremendo de frio, a um centímetro dele.

Se ela quisesse uma bolsa de água quente particular, ele serviria a essa função. Com prazer.

Quando Alex abriu os braços, Lauren se aconchegou imediatamente. Ele a puxou para mais perto, encaixou a cabeça dela debaixo de seu queijo e a envolveu com o corpo como pôde. Cacete, ela estava tão macia, tão abundante, e tão *gelada*.

— Encosta os pés na minha perna — disse ele, engolindo um grito de dor quando ela obedeceu. — E as mãos na minha barriga, ou debaixo dos meus braços.

Aparentemente, as extremidades dela tinham virado picolé. Nossa senhora.

Devagar, Lauren deslizou as mãos das costas dele, por cima da camiseta de algodão, até a barriga, e ele levantou a barra da blusa.

— Pele na pele, Wren. Senão, não funciona.

Alex engoliu outro grito ao sentir as mãos dela em sua pele exposta. Como duas mãos congelantes na sua barriga arrepiada eram capazes de excitá-lo tanto assim, minutos depois de ter um orgasmo, ele não sabia. Mas eram. Wren era.

Ele ajeitou o quadril, por via das dúvidas, e ela se aninhou mais ainda.

— Ah, nossa. Como você está quente.

Toda a irritação de Lauren tinha sumido, e ela soava só... sonhadora.

— E duro — acrescentou.

Droga. Ele tinha quase certeza que a posição estava distante o suficiente, mas talvez ela tivesse alguma capacidade sobrenatural de detectar ereção?

Lauren ficou rígida em seus braços, e o rosto dela, encostado em seu pescoço, esquentou rapidamente.

— Quis dizer que você é musculoso. Forte. Não duro.

Alex engoliu um milhão de respostas inadequadas, porque não queria assustá-la. Nem por uma boa piada sacana.

Era hora de mudar de assunto.

— Então...

Caramba, o que ele deveria falar?

— O que você acha sobre histórias de pólen sexual? — perguntou.

Ao ouvir as próprias palavras, e o silêncio absoluto que as seguiu, ele abafou um gemido de dor. Jesus amado. Por que ele não tinha conseguido pensar em outra coisa, qualquer coisa? Abraçá-la podia até excitá-lo como se tivesse inalado pólen sexual, mas ele não precisava *falar* daquilo.

— Pólen... sexual.

As palavras eram sopros de ar quente e úmido na pele dele, e Alex estremeceu. E não era de frio.

— Eu deveria saber o que é isso? — perguntou ela.

Ele não segurou o riso.

— Provavelmente não. Mas vou te mandar o link das minhas fics preferidas de pólen sexual mesmo assim. Salvei algumas nos favoritos.

— Ah — disse ela, encolhendo os dedos na barriga dele. — Hum, acho que nem precisa me mandar os links, então.

Quando ele tentou se afastar o suficiente para ver a expressão dela, Lauren o agarrou sem hesitar.

— Lauren Chandra Clegg, você anda lendo minhas fics favoritas?

O corpo todo dela parecia emanar calor, então ela nem precisou responder.

— Anda, *sim* — disse ele, orgulhoso. — Você leu sobre homem que dá a bunda, sobre consentáculos e....

Como ela já fizera uma vez, Lauren cobriu a boca dele com a mão, e devia ter lembrado da primeira resposta dele. Dessa vez, ele lambeu a palma da mão dela mais devagar, girando a língua. Uma provocação, e não uma brincadeira de um amigo bobo.

Ela não afastou a mão.

Os cílios de Lauren tremelicaram, roçando no pescoço dele, e ela mexeu as coxas, abrindo as pernas, mesmo que apenas um milímetro.

Ela se espreguiçou inteira e se ajeitou, apertando-o mais, com um murmúrio baixo. Os mamilos dela de repente ficaram bem evidentes no toque com o peito dele.

Então tá bom.

Alex virou o pescoço, roçando a barba nos dedos de Lauren, esfregando o rosto na mão dela que nem um gato pedindo carinho. Em um movimento hesitante, ela acariciou o queixo dele. A bochecha. Passou o dedo nas sobrancelhas.

A respiração dela acelerou. A dele também.

Ela não parecia mais gelada, e ele estava pegando fogo.

Quando Lauren passou devagar o indicador pelos lábios dele, Alex abriu a boca e puxou o dedo para dentro. Chupou. Mordiscou cuidadosamente a ponta do dedo, segurando a pele entre os dentes.

E ela...

Caralho. Ela *gemeu*.

Ele tremeu. Então, empurrou o joelho devagar, muito devagar, contra as pernas dela. Era o equivalente a abrir os braços para ela. Um convite, e não uma exigência.

Ela enlaçou a coxa dele com as pernas, afundando os dedos deliciosamente nas costas dele, o calor do sexo dela queimando através da legging fina, e o *som* que ela fez ao se esfregar nele, se remexendo, o iluminou. Ele deslizou as mãos pelas costas dela devagar, esperando uma reclamação. Esperando que ela o interrompesse.

Ela não interrompeu, então ele agarrou a bunda generosa e inacreditavelmente macia dela com as duas mãos e a puxou para mais alto na perna. Fez mais força no músculo ali, para oferecer pressão. Ela arfou, brusca, e arqueou as costas, e, sim, sim, ele queria que ela se esfregasse toda nele. Queria que ela o *usasse* para o próprio prazer.

Era puro calor e alegria delirantes, pura fricção sem fôlego.

Até ele mudar de ângulo de um jeito que não pretendia, tentando se aproximar o máximo possível, e seu pau duro — ele tinha trinta e nove anos, caralho, que porra era aquela? Como ele já estava duro de novo tão rápido? — apertar a barriga dela.

Ela arfou de novo, e parou de mexer o quadril. Parou as mãos também.

Mesmo que fosse tão ruim quanto amputar parte do próprio corpo, ele se desvencilhou dela. Tinha jurado que ia se comportar, que não ia assustá-la, e, sendo o babaca que era, tinha descumprido a promessa.

— Desculpa — disse Alex, num tom alto e abrupto demais, mas ele não parecia capaz de controlar a respiração, a voz, nem nada, no momento. — Desculpa, Lauren.

A luminária do lado dela ainda estava acesa, e ele via claramente seus lindos olhos. Seu rosto amável e fascinante. Sua expressão contorcida de...

Mágoa?

— Está se desculpando por quê? — perguntou ela, com o queixo tremendo, tensionando a mandíbula. — Não queria que fosse eu na sua cama?

Ele ficou de queixo caído.

— Como... — começou, sacudindo a cabeça no travesseiro duro demais, confuso e incrédulo. — Como é que é?

Ela levantou o queixo trêmulo e piscou com força.

— Estamos aqui, vivendo suas fics preferidas. Uma só cama. Conchinha. Talvez você tenha se deixado levar e esquecido quem...

Alex riu. Uma gargalhada alta e desconfortável, e, quando ele se acalmou, Lauren tinha se encolhido do outro lado da cama, o mais distante possível — o que ainda era perto, porque ela não era uma mulher pequena e a cama não era grande.

— Preciso contar essa história para o Marcus — disse ele, percebendo que tinha piorado tudo, porque a expressão dolorida dela tinha se transformado em absoluta humilhação e pavor. — Não, Wren, *não*. Não sei o que você pensou, mas *não* é isso.

Ok. Ele ia com tudo.

Nada de hesitar. Nada de ponderar palavras e consequências. Ele deveria saber. Ele não tinha nascido para se conter.

Ele tinha nascido para amar. Orgulhosa e eternamente.

— Preciso contar para o Marcus porque, essa semana mesmo, ele me chamou de otário por eu não ter sacado antes que estava a fim de você. Há semanas. Caramba, há meses, até.

Lauren soltou uma exclamação, boquiaberta de choque, e ele revirou os olhos. *Jura?* Ela não tinha notado mesmo?

— E você ainda tem dúvidas de que eu não percebi que era você a mulher na minha cama, a mulher se esfregando na minha coxa, porra...

Alex balançou a cabeça, ao mesmo tempo achando graça, frustrado e com tesão pra cacete.

— Preciso dizer para ele que você é tão idiota quanto eu. Até mais, talvez.

Ela falou tão baixo que ele mal a escutou em meio ao ruído incessante do ar-condicionado.

— Você... está a fim de mim? Tem... tem certeza?

O horror contorcendo as feições dela tinha desaparecido e sido substituído por cautela, mesmo que esperança tremesse nos cantos daquela boca tentadora.

Irritado, ele listou as provas:

— Lauren, eu beijei sua testa. Beijei sua bochecha. Abracei você várias vezes por muito tempo. Fiz carinho na sua coxa. Implorei para você viajar comigo, para dormir na minha cama. Bati punheta no chuveiro há dez minutos enquanto pensava em você montada em mim, me segurando e gozando no meu pau. E, mesmo assim, acidentalmente cutuquei sua barriga com meu pinto ridículo, depois de chamar você pelo seu nome completo. Como é que ainda não é óbvio que eu estou a fim de *você*, e só você?

Ela arregalou os olhos, atordoada.

— Eu não sabia que você... tinha feito isso... no banho. Achei que tivesse escorregado.

— Mas do resto você sabia. A não ser que tenha sofrido amnésia. O que, por sinal, está entre meus enredos preferidos de fic também, então, se você tiver amnésia, ou quiser fingir, é só me dizer, pra gente se divertir um pouco.

Ah, as possibilidades de faz de conta eram *infinitas*.

— Eu me lembro de tudo, só... não fazia ideia — disse ela, ainda piscando do outro lado da cama. — A menor ideia.

Lauren achava mesmo que ele fazia carinho na coxa de alguma mulher à toa?

Quanto mais considerava o que ela tinha dito, mais ele se chateava.

— O que quer que aconteça, ou deixe de acontecer, entre nós, achei que fôssemos amigos. Amigos de verdade. Então como é que você acha que eu me aproveitaria de você na cama e simplesmente te usaria?

Doía. O fato de ela pensar isso dele era como uma flecha atravessando seu peito, rasgando músculo e osso, despedaçando seu coração.

Estava quente demais debaixo das cobertas, ele as afastou e deu um pulo para se levantar da cama, vibrando de dor ao pisar naquela merda de chão congelado.

— Alex... — chamou Lauren, mas ele não conseguia nem olhá-la. — Alex, eu... *merda*.

Então ela apareceu bem ali. Ajoelhada na cama na frente dele, tentando alcançá-lo. Ela pegou o pescoço dele com a mão pequena e forte, o puxou para perto e o beijou. Com força.

A boca de Lauren era quente, os lábios, exigentes, e, quando ele abriu a própria boca, a língua dela a invadiu sem hesitação, ocupando território. Ele chupou aquela língua ousada, batalhou com ela, a acariciou, e sua barriga se contraiu de desejo e prazer.

Alex sentiu um puxão na cabeça. Ela havia enfiado os dedos em seu cabelo desgrenhado, que ele deixara comprido só para ela. Só para aquilo. Só porque sonhava com ela puxando o cabelo dele, dirigindo a cabeça dele para onde quisesse.

E, claro, também tinha sonhado fazer a mesma coisa com ela.

Lauren deslizou a outra mão para baixo da camiseta dele, subindo pelas costas, e Alex voltou a apertar a bunda dela, puxando-a para perto até a maciez dela se moldar aos contornos do corpo dele, e, não, ele definitivamente não sentia calcinha nenhuma por baixo daquela legging muito, muito fina.

Aquilo estava saindo do controle muito rápido. Rápido até demais.

Antes de continuarem, ele precisava saber.

Alex afastou a boca da dela, desesperado, arfando, cheio de desejo.

— Quer dizer que você *me* quer? Não só alguém para esquentar a cama?

A voz dele soou rouca. Áspera de vontade e tesão.

Lauren tirou a mão de baixo da camiseta dele e segurou seu rosto com as duas mãos pequenas, cheia de carinho. Tanto carinho que ele precisou fechar os olhos para conter a pontada no peito.

— Isso aqui quer dizer que sinto muito — disse ela, beijando as pálpebras dele com a boca quente e suave. — Quer dizer que minhas dúvidas tinham mais a ver comigo do que com você, mas foram injustas com nós dois.

Ela roçou a boca nas têmporas dele de leve. Muito, muito de leve.

— Isso aqui quer dizer que eu quero você. E só você.

Lauren puxou o lábio inferior de Alex com a boca e mordeu um pouco, e ele estremeceu.

— E *isso* aqui quer dizer que eu te quero desde que te vi andar na minha direção no aeroporto que nem um deus. Aquela sua camiseta deveria ser *ilegal*.

Ela lambeu a boca dele para abri-la, voltando a conquistá-lo, e ele retribuiu o favor. Com um braço sustentando os ombros e o pescoço dela, a cabeça de Lauren aninhada na mão, ele avançou, deitando-a na cama e engatinhando por cima dela.

De quatro, cercando o corpo dela, ele se viu ao mesmo tempo em uma função de súplica e conquista. Ele arrastou a boca aberta na bochecha dela, no queixo, no pescoço.

— Até onde você quer ir hoje, Wren?

Quando ele lambeu um certo ponto atrás da orelha dela e soprou a pele úmida, ela perdeu o fôlego, e então ele repetiu a pergunta.

— Eu... — respondeu Lauren, afundando as unhas curtas nas costas dele enquanto ele chupava seu pescoço. — Só... só beijos, acho. Tudo bem? É que está tão frio aqui, e não quero que nossa primeira vez seja debaixo de uma montanha de cobertas. Quero poder *olhar* para você.

Ela não devia nada a ele. Tudo que já tinha oferecido era um presente maior do que o que ele merecia.

— O que você quiser — jurou ele. — Como você quiser. Nada mais, nada menos.

O sorriso dela era trêmulo, lindo, largo e inteiramente dele.

Alex a puxou de volta para debaixo das cobertas, porque não queria que Lauren passasse frio por um momento sequer. Então, ela voltou ao colo dele, com o cabelo macio sob seus dedos, a boca quente e ávida na dele. Ele nunca tinha lido uma fic tão gostosa.

Nenhuma. Nunca.

Classificação: Explícito
Fandoms: Deuses dos portões – E. Wade, Deuses dos Portões (TV)
Relacionamentos: Cupido/Psiquê
Tags adicionais: <u>Universo alternativo – Moderno</u>, <u>Pólen sexual</u>, <u>consentimento explícito mas com pólen sexual a coisa é sempre meio esquisita</u>, <u>muitas cenas de Cupido chupando Psiquê</u>, <u>Vênus é horrível como sempre mas pelo menos Psiquê sai ganhando uns orgasmos eba</u>
Palavras: 8.249 Capítulos: 3/3 Comentários: 183 Curtidas: 771 Favoritos: 56

No ar da noite
Tiete da Psiquê

Resumo:
Vênus solta o pólen de uma flor especial — que causa tesão insaciável — na casa de Psiquê e manda Júpiter visitá-la. A deusa espera que o filho, Cupido, sinta repulsa ao ver a amante que deseja com o avô e rejeite Psiquê.

O que Vênus não sabe é que Psiquê esperava que algo assim fosse acontecer. E ela está preparada.

Observações:
Cupido pode ser só metade deus, mas tenho certeza de que essa metade inclui a língua. ☺

O escudo mágico que Minerva criou vibra uma vez. Duas. Três.

Psiquê mal tem tempo de chegar ao telefone antes do fogo invadi-la corpo e alma.

— Dido — arfa ela, já escorregando a mão entre as pernas, na umidade que brotou ali em um instante. — Vênus. Nosso plano.

— Saquei. Já sei o que fazer — diz sua melhor amiga, e desliga.

Dido, a amiga mais fiel e dedicada, sai à procura de Cupido para explicar o que a mãe dele fez, e que Psiquê já aceitou. Se ele estiver disposto a oferecer alívio, é só aparecer.

E, se ele aparecer, ela vai gozar. Nos dedos dele. Na língua dele.

Psiquê ri, fraca, histérica, e o primeiro orgasmo a faz tremer e desabar no chão.

Como último ato consciente, ela ativa o poder pleno do escudo de Minerva. Nenhuma criatura, divina ou mortal, pode entrar na casa agora. Com uma exceção.

Quando recobra a consciência, ela está na cama, e não no chão. Um travesseiro sustenta sua cabeça. Seu corpo está pegando fogo incessantemente, e seu sexo está inchado e dolorido. E ela não está sozinha.

Cupido está ali, deitado de barriga para baixo entre suas pernas abertas.

— Aí está você — diz ele, antes de abaixar a cabeça e chupar o clitóris dela até o mundo explodir em faíscas ardentes.

22

— Enfim, eu amo uma boa história de pólen sexual — disse Alex, sorrindo para ela sem a menor vergonha na cara. — Normalmente são sacanagem pura.

Ele estava andando pelo quarto para se esquentar enquanto Lauren olhava debaixo da cama e das cobertas em busca de mais coisas que ele tinha conseguido perder durante a noite mais ardente, gelada e incrível da vida dela.

Os dois tinham passado horas se agarrando, entrelaçados, arfando, passando as mãos por braços, pernas, costas e, vez ou outra, bundas. Mas ele tinha cumprido a promessa. Eles tinham se beijado, se beijado e se beijado mais, e pegaram no sono abraçados, mas não passaram disso. Ele nem tinha tentado uma mão boba nos peitos dela, embora ela fosse permitir naquela noite. Fosse *exigir* naquela noite.

Ela pretendia exigir muito mais também.

Se ele ainda a desejasse. O que tudo indicava que sim.

Quando Lauren terminou a última inspeção das cobertas, ele estava bem na frente dela.

— Dão tesão pra caralho — continuou ele. — Que nem você.

Ele se abaixou e a beijou demoradamente, doce, delicado e devagar. Ele bebeu sua boca de um canto a outro. Explorou, como se não tivesse atravessado o mesmo território repetidas vezes na noite anterior, como se os lábios dela fossem fascinantes e atraentes para ele.

A pele dela estava quente, apesar do frio. Com o corpo todo sensível e formigando, ela o abraçou pelo pescoço e derreteu junto a ele.

Quando Alex ergueu a cabeça, minutos depois, levou a mão ao pescoço, alongou as costas e resmungou.

— Que merda, Wren. Por que você é literalmente do tamanho de um esquilo? Escolheu não crescer por pura maldade e teimosia? Porque, sinceramente, não me surpreenderia.

Em vez de responder a provocação, ela se desvencilhou e foi dar uma última olhada no banheiro. No caminho, olhou pela janela do quarto e sorriu.

— Que lugar lindo — disse, observando o oceano ao longe.

Em dois passos, ele parou ao lado dela.

Então acariciou seu rosto com o nó dos dedos.

— É mesmo.

Ela se considerava uma pessoa lógica. Racional.

Porém... Talvez houvesse algo de especial naquele quarto. Naquela cidadezinha e sua pousada velha, limpa e simples, com seu ar-condicionado pifado.

Não era pólen sexual. Mas... era alguma coisa.

Sob outras circunstâncias, sem o ar-condicionado potente, ela achava que não o teria beijado. Porém, ela o havia magoado ao cogitar que ele queria apenas se aproveitar dela em uma noite fria e solitária, e tinha ficado desesperada para mostrar que estava errada. Tão desesperada que revelou o que sentia e o quanto o desejava. Tão desesperada que o puxou e o beijou como imaginava havia semanas.

Lauren precisava de tempo para pensar, para processar o que tinha acontecido. No entanto, durante a noite, havia chegado a uma conclusão hesitante: o trabalho dela no pronto-socorro a tinha consumido tanto que, exceto com Sionna, não se considerava mais nada além de psicóloga e filha. Com certeza não pensava em si como possível interesse romântico de alguém, ou um ser sexual, ou mesmo uma pessoa interessante.

Não era surpresa ela ter sofrido um *burnout*. Não era surpresa que a ideia de voltar ao pronto-socorro ainda causasse uma onda de náusea nela. Não era surpresa que ela duvidasse que Alex se sentisse atraído por ela e interpretasse toda a atenção dele, todos os toques dele, como algo amigável, e não romântico.

Ela se comportaria melhor no futuro, porque os dois mereciam. Não duvidava mais do desejo dele por ela, e não ia negar o desejo que sentia por ele.

Alex ainda estava ao lado dela, ainda a olhava de uma forma diferente. Ela pegou a mão dele, levou à boca e beijou os dedos frios.

Ele sorriu.

— Por que isso?

— Porque gosto de você.

Ela estava tranquila em dizer aquilo, porque era um fato. Uma verdade.

— Porque estou muito feliz por estarmos viajando juntos — continuou. — Porque quero saber qual é seu clichê preferido em fanfics. Por favor, só me diga que não é pólen sexual.

Ele abriu um sorriso *brilhante*, que ela retribuiu.

— Eu amo histórias em que almas gêmeas existem — disse ele, virando a mão dela para desenhar algo em seu antebraço com um toque suave do dedo, provocando calafrios. — Minhas preferidas são aquelas em que as primeiras palavras que sua alma gêmea vai dizer para você aparecem no seu corpo, como uma tatuagem, escritas na letra dela.

Uma das fics que ele havia salvado tinha aquela premissa e, apesar de Lauren ser muito cética, ela também se deixara seduzir pelo romantismo dele. Almas gêmeas. Vínculos impossíveis de romper. Pares perfeitos, designados por poderes além do controle da humanidade.

Era uma pena que não existissem de verdade.

— Eu li recentemente a fic de almas gêmeas que você salvou. Gostei.

Lauren soltou a mão dele devagar, se virou e usou o bloquinho do hotel para escrever um agradecimento rápido à pobre camareira que teria que limpar o quarto congelado. Deixou o bilhete ao lado da gorjeta generosa que Alex deixou na mesinha de cabeceira e declarou:

— Pronto, podemos ir.
Ele pegou as malas.
— *Finalmente*. Porra, você parece até uma tartaruga dopada.
— Um de nós espalhou as coisas pelo quarto todo, e precisei de tempo para arrumar — disse ela, ao abrir a porta. — Não vou dizer quem foi, mas o nome começa com A, termina com X e rima com Schmalex.
Ele riu e saiu atrás dela.
Porém, enquanto a porta fechava, ele ergueu a mão para detê-la.
— Deixa eu dar uma última olhada antes de sair. Talvez eu veja algo que você não viu.
Era… surpreendentemente cauteloso para um homem como ele, mas não faria mal conferir mais uma vez. Então, ela segurou a porta aberta com o corpo e admirou o movimento dos músculos nos ombros e nas costas de Alex enquanto ele vasculhava o banheiro, passava a mão pelas cobertas e remexia na cômoda e na mesinha de cabeceira.
— Nada — declarou ele, finalmente, voltando a ela. — A toca praiana do Abominável Homem das Neves está impecável.
Quando a porta se fechou, Alex passou o braço livre ao redor dos ombros dela, e eles seguiram para a recepção.
— Sabe, aposto que tem umas fics *bem* safadas sobre o Abominável Homem das Neves no AO3.
Lauren levantou as sobrancelhas.
— Está pensando em escrever alguma?
— Depois de toda a inspiração subártica de ontem? — perguntou ele, apertando-a mais, com um sorriso que fervilhava de intenções obscenas. — Acho que você já sabe a resposta.
Mesmo balançando a cabeça para ele, ela precisou rir. Porque, sim, era *claro* que Alex ia escrever pornô sobre o Abominável Homem das Neves. E se ela estivesse supondo corretamente…
— Será que o Abominável Homem das Neves já deu o cu?
— perguntou ele franzindo a testa, pensativo.

Pronto. Era isso.

Lauren esperava que o fandom estivesse pronto, porque, se não estivesse... só Deus para ajudar.

Como tinham saído mais tarde e parado mais cedo do que pretendiam na véspera, o segundo dia de viagem prometia uma jornada e tanto. Seriam cinco horas no carro, interrompidas por várias paradas para turistar e comer.

Quando chegaram ao hotel em Olema, à noite — Lauren tinha feito a reserva ainda na estrada, ela queria muito se hospedar em um lugar construído bem em cima da Falha de San Andreas —, ela e Alex estavam cansados, prontos para sair do carro. Porém, continuavam alegres e conversando tranquilamente.

— Retiro tudo o que disse sobre o Castelo de Hearst — disse Alex, tirando as malas do carro, trancando a porta e a acompanhando até a entrada do hotel. — Não tem torreões, e eles são fundamentais. Infelizmente a nota é zero de dez. Não recomendo.

— De manhã, você me disse que o jardim e o castelo eram espetaculares — lembrou ela, levantando a sobrancelha. — Foi mentira?

Ele franziu a testa para ela e bagunçou seu cabelo com a mão.

— Por que você escuta tudo que eu falo e ainda lembra depois? É muito injusto.

Ela afastou a mão dele com um tapa.

— Você só está chateado porque eu falei que o Castelo de Hearst era mais impressionante do que o seu.

— *Torreões*, Wren — enfatizou ele. — Eles tinham torres grandes, o que não vale, então eu saí ganhando na competição de castelos. Obviamente.

— Se o critério for só ter torres pequenas, eu também ganharia a competição.

— Não contra mim — disse ele, convencido, ao entrar na linda recepção.

A iluminação era agradavelmente fraca, havia sofás e poltronas espalhados por ali, estofados em cores escuras, e a bancada da recepção era feita de mármore. A hospedagem era cara, mas Alex tinha insistido para ficarem em um lugar tão elegante quanto ele. Ela então sugeriu dormirem no feno do estábulo, o que o fez gargalhar. E, assim que o sinal fechou, ele a beijou com tanta força que ela desabou contra a porta do carro, tonta e formigando.

Ela queria mais beijos. Mais de tudo. Assim que possível.

De manhã, quando entraram no bonde que subia ao castelo, ele a abraçou pelos ombros e se abaixou até encostar a bochecha em seu cabelo. Durante o almoço, em um café em Carmel, ele puxou a cadeira para mais perto, até encostar a coxa na dela. Quando pararam em Big Sur, Alex ficou até sem palavras diante do oceano revolto fustigando a encosta árida, pegou a mão dela e a apertou com força, enquanto eles admiravam a cena, maravilhados. Em Half Moon Bay, ele fez um beicinho dramático quando percebeu que ela estava olhando demais os surfistas e jurou que desfilaria por aí de neoprene sempre que possível, só para agradá-la. Depois, eles sentaram em um banco na orla e ele a beijou com intenções ferozes.

Quando atravessaram a ponte Golden Gate, foi ela quem apoiou a mão no joelho dele, deslizando pela coxa. Não demais, mas o suficiente para indicar o que ele precisava saber.

Ela estava apostando tudo. E, quando finalmente chegassem ao hotel, demonstraria o que ela queria com prazer.

A moça da recepção era simpática, e não parecia ter reconhecido Alex. Nem quando ele se debruçou no balcão, abriu aquele famoso sorriso charmoso e falou com a voz baixa. Tão baixa que Lauren sentiu frio na barriga e precisou esfregar as coxas só um pouquinho.

— Sei que reservamos um quarto de casal padrão, mas vocês têm algum quarto com uma boa banheirona de hidromassagem? Não importa o preço — disse ele, com uma piscadela para a moça, que parecia um pouco atordoada. — É uma comemoração.

— Tem, hum... — respondeu a coitada da recepcionista, engolindo em seco. — Tem a suíte de lua de mel. A varanda privativa tem um ofurô grande e um cantinho para refeições.

Ele nem hesitou.

— Fechado.

Ai, não, ela tinha visto a suíte no site do hotel, e o *preço*...

— Alex... — começou Lauren.

Ele roçou o nó dos dedos no rosto dela.

— Confia em mim, Wren.

Ela confiava. Boa sorte para eles.

A recepcionista mudou a reserva, sorriu para os dois e entregou as chaves.

— Terceiro andar, no fim do corredor. Por favor, me digam se precisarem de qualquer outra coisa.

— Pode deixar. Muito obrigado pela ajuda — disse Alex, e, com um último sorriso deslumbrante, se endireitou e pegou a alça da mala. — Boa noite.

Lauren se despediu da moça com um aceno educado de cabeça e pegou a própria bagagem.

A caminho do elevador, ele segurou a mão dela.

— Que tal pedir serviço de quarto e comer na varanda?

Inacreditavelmente nervosa, ela encarou o carpete estampado.

— Boa ideia.

Assim que ele apertou o botão, o elevador abriu as portas, e eles entraram. Quando as portas voltaram a se fechar, ele se virou para ela, ainda de mãos dadas.

— Sabe — disse ele, casualmente —, se estiver com medo, pensando que vou pressionar você a fazer qualquer coisa que não queira, é bom eu avisar logo que isso me deixa muito magoado e irritado e provavelmente vou escrever um poema épico sobre essa ofensa. Ou pelo menos uma riminha resmungona.

Ela bufou, achando graça.

— Você já tentou fazer bullying comigo para participar de um concurso de comer sushi, se a memória não falha.

— Eu estava preocupado com a falta de algas nas suas refeições — disse ele, conseguindo manter a cara séria. — Não conta.

— Que bosta de desculpa — retrucou Lauren, e ele levou a mão ao peito, exclamando de choque fingido diante daquela escolha de palavras. — Alex, sei o que você está tentando dizer. É fofo, mas não precisa. Eu quero...

O elevador se abriu no andar deles, e ela abaixou a voz para sussurrar:

— Eu *quero* fazer essas coisas com você. Só... faz um tempo.

A mão firme dele na dela a conduziu do elevador ao corredor.

— Para mim também, Wren. Mas temos todo o tempo do mundo.

Quem dizia que olhos cinzentos eram gélidos nunca tinha visto os olhos dele.

Naquele momento, ela não conseguia imaginar que voltaria a sentir frio.

23

— Caralho, Wren — disse Alex, mastigando a pizza gourmet do hotel, enquanto mexia na página do YouTube. — Já tenho mais de duzentas mil visualizações e seis mil comentários no primeiro vídeo, e não para de chegar notificação. Os outros vídeos estão bombando também.

As visualizações e os comentários tinham começado devagar… até Carah responder aos vídeos dele em seus vários perfis, ameaçando dar uma porrada no saco dele — "Minha tática preferida para caçar pé-grande" — quando encontrasse sua *bunda geriátrica*.

Aparentemente, ela havia dedicado o vídeo seguinte para Alex, porque envolvia comer testículos. Ele esperava que não fossem humanos, mas não tinha certeza.

— O blog Fãs dos Portões chamou seus vídeos de "charmosos e irresistíveis". E acho que… — disse Wren, hesitando enquanto clicava no celular. — É, a revista *Celebridade* também está falando disso. Faz uma hora que subiram um post. Parece que você é "previsível, mas deliciosamente sem filtro, e o exato sopro de frescor de que precisávamos nesses meses quentes de verão".

Ela fingiu vomitar.

Que grosseria. Que hilário.

Ele sorriu para Lauren e fez cócegas até ela rir, o som ecoando pelo ar fresco da noite.

— Você é uma bruxa mesmo, hein, Wren. Mas eu achava que você não pesquisava seu nome na internet…

— Não pesquisei o *meu* nome — disse ela, abanando a mão, como se fosse fácil *assim* resistir a descobrir o que todo mundo pensava dela. — Mas achei que você fosse querer saber o que andam falando.

O adendo ficou implícito: *E queria ver antes de você, para o caso de ser ruim e eu precisar te acalmar e te impedir de fazer alguma burrada.*
O que... tá, era razoável.

— Tem muita, muita gente querendo saber quem é minha talentosa câmera e companheira de viagens nos comentários do YouTube — disse ele.

Ele a olhou de soslaio, mas não havia nenhum sinal de tensão em Lauren. Nada de ombros encolhidos. Nem testa franzida.

— Pelo visto, nossa química é *mágica* — acrescentou Alex.

Ela levantou os cantos da boca antes dar mais uma mordida na pizza.

Uma quarta fatia o chamava, e ele atendeu ao chamado.

— Enfim, querem saber se você é minha namo...

O celular dele tocou. Era uma chamada de vídeo da mãe, que ele não podia ignorar.

Ele abaixou a pizza.

— Desculpa, Wren, mas preciso atender. Cinco minutos. Dez, no máximo.

Quando Alex se levantou, ela sorriu, nada ofendida, e ele seguiu para a sala antes de atender.

— Oi, mãe — disse ele, abrindo a porta da varanda. — Tudo...

Foi então que ele viu o rosto dela. Especificamente, os hematomas escuros ao redor do olho esquerdo inchado.

Um horror absoluto o atingiu, como um soco no diafragma.

— *Mãe.* O que...

— Foi um acidente de bicicleta, Alex. Só um acidente — disse ela, em voz alta, nítida e calma, mas ele mal entendia as palavras. — A roda prendeu no cascalho e eu caí, mas estou bem. Já fui ao médico, e estou *bem*. Mas queria te contar logo, para você não...

A explicação não impediu a bile de subir à garganta dele, amarga e corrosiva. Ele se curvou, tentando não vomitar, e seus dedos dormentes deixaram o celular cair no deque de madeira.

O peito dele arfava como um fole, se comprimindo até ele puxar o ar para os pulmões cansados.

Até que algo tocou seu pescoço. Pele fria. A mão de Wren em sua nuca, apertando de leve.

A mãe dele suspirou, e sua voz flutuou pelo escuro.

— Eu deveria ter ligado primeiro sem vídeo. Que droga.

Ela soava triste. Mais triste do que...

Alex estremeceu.

— Meu bem — chamou ela. — Meu bem, fala comigo, por favor.

Com a mão trêmula, ele conseguiu pegar o celular e se levantar. Quando Wren começou a se afastar, ele a alcançou e ela parou, abrindo os braços para um abraço. Ela estava macia, quente e segura em seus braços, com a cabeça encostada em seu coração.

Ele precisava dela ali.

— Ninguém... — disse ele, engolindo mais bile. — Ninguém te machucou?

— Eu levei um tombo de bicicleta — repetiu a mãe, tensa, mas paciente. — Minha vizinha viu tudo, então, se não acreditar em mim, pode perguntar para ela.

Ele não perguntaria. Não podia perguntar sem humilhar a mãe.

— Querido... — falou ela, tentando sorrir, segurando as lágrimas. — Você precisa começar a confiar em mim.

A mão de Wren acariciava as costas de Alex, subindo e descendo, subindo e descendo, e ele voltou a respirar. Voltou a pensar.

— Tá bom — respondeu ele, um fiapo de som rouco, tudo que conseguiu.

— Tá bom — disse a mãe, olhando para o lado. — Eu estou bem, então que tal me ligar mais tarde? Sua amiga obviamente está preocupada com você, e eu entendo.

Lauren levantou a outra mão, que tinha apoiado em seu peito, e acenou rapidinho para a mãe dele.

— Meu nome é Lauren Clegg. É um prazer, sra. Woodroe.

— Aaaaaah. Lauren. Finalmente — comemorou Linda, alargando o sorriso até enrugar o olho que não estava roxo. — É um prazer te conhecer. Ouvi falar muito de você, e só elogios.

A voz seca de Wren voltou, triunfante:
— Pelo visto ele só me elogia quando não estou por perto.
Linda gargalhou, e a pulsação de Alex parou de ecoar nos ouvidos.
— Vou deixar vocês curtirem a noite. Minha rede está me chamando. Tudo bem, Alex?
Ele pigarreou.
— Se você estiver bem, eu estou.
— Então estamos bem. Te amo, querido — disse ela, parecendo novamente calma e contente apesar dos machucados. — Nos falamos mais tarde, ou amanhã. Como for melhor para você.
— Também te amo — respondeu ele, com toda a sinceridade.
Ela voltou a atenção para sua companheira.
— Boa noite, Lauren. Espero ver você mais vezes.
O sorriso e o murmúrio de agradecimento de Wren foram delicados.
Eles se despediram mais uma vez, e a conversa acabou.
Pelo menos, *aquela* conversa. Wren com certeza iria querer conversar sobre o que acabara de acontecer, visto que ele tinha surtado de vez ao ver o olho roxo da mãe.
Com o braço ao redor da cintura dele, ela o guiou para o sofá na sala, e ele desabou ao lado dela nas almofadas. Lauren tirou devagar o celular da mão dele e o apoiou na mesinha de centro.
Ele deixou a cabeça pesar no ombro dela e, quando ela começou a fazer cafuné, fechou os olhos.
— Desculpa — falou, de repente exausto, a adrenalina do pânico diminuindo. — Eu só...
— Não precisa me contar se não quiser — respondeu ela em voz baixa.
— Eu quero contar — insistiu ele, suspirando. — Só é difícil, porque eu... eu fiz merda, Wren. Das feias.
Lauren murmurou baixinho e se aninhou mais ali.
Ele se permitiu um minuto para se recompor, para aproveitar aquele silêncio, antes de se forçar a falar.

— Meu pai foi embora quando eu era bebê, então eu e minha mãe sempre fomos muito próximos. Ela cuidava de mim e, quando eu cresci, passei a cuidar dela. Ela...

Nossa, por que era tão difícil achar aquelas palavras?

— Ela é uma mulher incrível. Inteligente, engraçada, gentil. Porra, ela trabalhou tanto para me dar tudo de que eu precisava, mesmo ganhando um salário de merda. Ela não tinha tempo nenhum para namorar. Caramba, mal tinha tempo para amizade.

Alex bufou, rindo, cansado.

— Ela diz que eu exigia toda a energia dela, o que é um exagero. Difamação, até.

— Ah, nem adianta fingir. A gente sabe que é verdade — brincou Wren, puxando de leve o cabelo dele. — Você é uma orquídea, Woodroe. Lindo, mas difícil de cuidar.

Uma orquídea?

É. Ele gostava da ideia. Quase tanto quanto gostava do cafuné dela.

— Lindo, é?

Ela riu.

— Caramba, Alex. Cala a boca e continua.

— Só para você saber, isso foi uma tremenda contradição...

— Você me entendeu.

Ele entendeu mesmo, então continuou a história, mesmo que *doesse* lembrar.

— No ensino médio, comecei a trabalhar nas férias cortando grama para ganhar um dinheiro. Um dos meus clientes, Jimmy, parecia um cara legal. Era dono de um antiquário. Pagava bem. Era sempre simpático. Às vezes, minha mãe ia até a casa dele para me dar um oi e levar comida antes de seguir para o trabalho, e eu...

A voz dele falhou, então ele engoliu em seco e tentou de novo.

— Eu apresentei eles — conseguiu dizer, finalmente. — Ela estava com pressa e não se interessou, mas insisti para ela conhecer ele, porque eu sabia que ia embora logo depois da formatura. Ia para Los Angeles, para ser ator. Eu e minha mãe íamos morar separados pela primeira vez, e eu queria que ela tivesse alguém em quem se apoiar quando eu fosse embora. Não queria que ela ficasse sozinha.

— Você estava tentando cuidar dela.

A voz de Lauren era suave. Tão suave.

Ele assentiu.

— Os dois se deram bem logo de cara, mas ela estava na dúvida. Depois de alguns meses, quando minha mãe disse que talvez fosse terminar com Jimmy, eu falei que ela estava acostumada demais a viver sozinha. Que ele era um cara decente, e ela deveria dar uma chance ao relacionamento — prosseguiu Alex, a respiração trêmula. — Aí eu me mudei para Los Angeles. Comecei a trabalhar em um café, a fazer testes, a fazer amigos, e não falava com ela tanto quanto deveria.

— Ou seja, você era um jovem — justificou Lauren, sem parar o cafuné, os dedos acariciando seu cabelo. — Um jovem normal, morando longe de casa, tentando viver sua vida.

A coluna dele derretia sob o toque, embora ele devesse estar tenso. Era para estar vibrando de ódio, não de prazer.

Porém, ele não conseguia se desvencilhar.

— Eles continuaram namorando, e acabaram noivando. Eu voltei para a Flórida para o casamento. Levei minha mãe ao altar para ela casar com aquele homem.

— Entendi — disse Wren, baixinho.

Ela provavelmente entendia, mesmo. Sem dúvida, tinha ouvido alguma versão daquela mesma história inúmeras vezes no pronto-socorro, e Alex desconfiava que cada uma delas a tivesse feito sofrer.

— Comecei a arranjar mais papéis, papéis melhores, e fiquei muito ocupado. Muitas vezes, eu não atendia ao telefone, e nunca visitava ela. A gente ficava uma semana sem se falar. Duas. Até que a gente passou a mal se falar e eu nem percebi.

Porque ele era um filho horrível, o que só percebeu tarde demais.

— Agora, quando penso nas poucas conversas que tivemos, percebo que, em certo momento, ela parou de falar dos amigos. Parou de falar do Jimmy, e quando falava era com cautela, e, mesmo assim, só dizia que ele estava bem. Que eles estavam bem. Quando ela disse que Jimmy a havia convencido a se demitir porque ele tinha como sustentar os dois, eu achei ótimo. Achei uma *bênção*.

Wren parou de mexer a mão.

— Porque ela trabalhou muito quando você era criança, e você queria que ela tivesse alguma tranquilidade.

Era gentil da parte dela dizer aquilo, mas não era verdade, e ele nem tentou responder.

— Eles passaram nove anos casados. Nove anos, cacete. Nesse tempo todo, me visitaram duas vezes, e eu nunca os visitei, nem pensei nisso, Wren. Nem cogitei que alguma coisa estivesse errada.

A garganta de Alex estava apertada, e ele engoliu com dificuldade.

— Jimmy morreu do coração quando eu tinha vinte e oito anos, e aí eu finalmente fui para casa. Para o enterro.

Era uma tarde típica de agosto na Flórida, abafada e quente, as nuvens soprando enquanto a tempestade se aproximava. Ele tinha olhado para a mãe e finalmente *visto* ela. Finalmente *notado*, ali, na frente do túmulo do padrasto.

Ela estava de manga comprida no calor tropical. Uma blusa abotoada até o pescoço. Uma camada espessa de maquiagem na bochecha, tão pesada que chamava a atenção. Mas ele não tinha prestado atenção até aquele momento.

Anos depois, ele reconheceria os movimentos dela naquele dia. Cautelosos. Lentos. Como os de Marcus depois de cair do cavalo no set e quebrar duas costelas.

A mãe parecia décadas mais velha, e talvez quem não a conhecesse achasse que fosse efeito do luto. Porém aquelas rugas não eram temporárias. O rosto magro não era resultado de apenas uma semana de sofrimento.

— Ela disse que estava bem, só triste, mas eu não acreditei. Daquela vez, não acreditei, e implorei para ela arregaçar as mangas e desabotoar os três botões de cima da blusa, e...

A respiração dele falhou, o rosto estava encharcado. Wren secava suas lágrimas com um lencinho e uma gentileza que ele não merecia. Alex não era digno de nada, mas, porra, estava *desesperado* por aquilo.

— Aí eu levei ela ao hospital, porque aquele filho da puta morreu do coração enquanto metia a porrada na minha mãe, e não era a primeira vez.

— Ah, Alex — disse Lauren, fazendo carinho no pescoço dele. — Eu sinto muito. Por ela e por você.

Quando ele se desvencilhou e se levantou, querendo andar em círculos, Lauren não tentou impedi-lo.

— Cacete, Wren, eu não mereço essa compaixão. Eu apresentei minha mãe para um agressor maldito, convenci ela a ficar com ele quando ela quis ir embora e nem notei que ele a isolou e bateu nela. Por anos, Lauren. Porra, passei *anos* sem notar.

— Mas...

Ela franziu a testa, com a expressão sensível de sofrimento. Por ele.

O que ela não estava entendendo? O que ele tinha explicado mal?

Alex começou a andar de um lado para outro, o coração voltando a martelar. Quando passou pelo sofá, se virou para ela, estendendo as mãos em um apelo de compreensão. Para ver se ela finalmente, finalmente, *entenderia* por que ele não era a pessoa ideal para ela, e como ele era egoísta por insistir naquilo mesmo assim.

— Eu só não quis — disse ele, com a voz rouca. — Eu só não pensei em perguntar como ela estava de verdade, em insistir por mais detalhes, nem em questionar por que os amigos dela tinham desaparecido, ou confirmar se *ela* realmente queria se demitir ou se estava sendo pressionada pelo escroto do marido para acabar isolada e dependente dele.

Lauren balançou a cabeça, determinada.

— Você não sabia reconhecer sinais de violência doméstica, Alex. Você era um cara normal de vinte e tantos anos que morava do outro lado do país e tinha a própria vida, as próprias preocupações, e sua mãe não contou o que estava acontecendo. O que aconteceu com sua mãe não foi sua culpa. Não. Foi. Sua. *Culpa.*

Ela tinha dito aquelas palavras para que Alex se sentisse mais aliviado, mas, na realidade, ouvir aquilo só o fazia se sentir pior.

— É verdade. Ela não me contou — disse Alex, fechando com força os olhos embaçados. — Talvez ela tenha pensado que eu ia falar para ela continuar com ele, como falei antes. Ou talvez ela achasse que o filho escroto e egoísta só não ia ligar.

— Tenho certeza absoluta de que isso *não* é verdade.

Lauren se levantou e estendeu os braços para pegar o rosto dele com suas mãos quentes e macias, e Alex não teve forças para se desvencilhar de novo.

— Pessoas que sofrem violência doméstica frequentemente têm vergonha de contar para alguém o que está acontecendo com elas, fora o medo do que imaginam que poderia ocorrer *se contassem* — disse ela, encontrando o olhar dele com uma expressão firme. — Se você soubesse, teria ajudado sua mãe?

— Como... — começou ele, com a voz falhando de novo, e voltou a chorar. — Como você pode me perguntar isso, Wren?

Ela acariciou o rosto molhado dele com os polegares.

— Perguntei porque sei a resposta.

— É claro que eu teria ajudado ela — disse ele, o peito tremendo com um soluço. — Eu *a-amo* a minha mãe.

Mas isso não era o suficiente, porque quando ela mais precisou, ele não esteve ao lado dela.

Lauren foi insistente. Inexorável.

— Você já bateu na sua mãe? Chutou ela? Jogou alguma coisa nela? Perdeu o controle e machucou ela de qualquer jeito, ou fez mal a ela de propósito?

Alex se encolheu, horrorizado, mas ela não o soltou.

— Não! Eu *nunca...* — insistiu ele, balançando a cabeça de desespero. — *Não.*

— Então a única pessoa culpada aqui é o homem que agrediu sua mãe. Não é ela. Nem você. É ele — explicou Wren, cujos olhos também estavam molhados, mas límpidos como o mar, sem um redemoinho de dúvida sequer. — E, se você tiver dificuldade de acreditar nisso, pode ser bom conversar com alguém. Com um terapeuta.

Alex engoliu em seco, com a garganta dolorida.

— Com você não?

— Eu posso escutar, com prazer, mas não posso ser sua terapeuta. Temos uma relação íntima demais — disse ela, e mordeu o lábio. — Faz sentido você ter ficado tão chateado com os roteiros dessa temporada. Ron e R.J. fizeram Cupido abandonar Psiquê e o relacionamento saudável que tinham para voltar à família violenta, e você...

— Eu dei o meu melhor, mesmo sabendo que era um erro — completou ele, com o rosto pinicando com as lágrimas salgadas, os olhos ardendo. — Mesmo sabendo que muitas pessoas que vivem nessa situação estariam assistindo, pessoas que podem ter dificuldade de escapar de relacionamentos violentos. Eu deveria ter largado essa série de merda, Wren. Deveria ter dado as costas sem olhar para trás.

Mais uma vez, ele não conseguiu enxergar uma sombra de julgamento sequer naquele olhar extraordinário.

— Então me conte. Por que não fez isso?

Por egoísmo, o cérebro dele reiterou imediatamente. *Por covardia*. Mas não era só isso, era?

— Se eu me demitisse... — começou, e pressionou os lábios. — Minha advogada disse que eu estaria quebrando o contrato, e eu ficaria devendo uma caralhada de dinheiro para Ron e R.J. E estava com medo de estragar minha reputação profissional. O que é irônico, visto o que aconteceu na convenção, mas...

Ela assentiu.

— Você não queria falir nem estragar algo que construiu por duas décadas. É compreensível, Alex.

— Não. Não foi isso. Não foi só isso — disse ele, balançando a cabeça, mesmo com o rosto preso entre as mãos dela. — Acho que eu até teria pagado esse preço, se isso afetasse só a mim. Mas, sem dinheiro, sem salário, como é que eu ia sustentar minha mãe? Como é que eu ia continuar a financiar a ONG? Como é que eu ia pagar a Dina?

— Meu bem... — disse Lauren, acariciando o rosto dele.

— Meu bem, isso não é egoísmo. Nem um pouco.

— Eu não...

Ele se curvou, apoiando a testa no ombro macio dela outra vez, e ela voltou a fazer cafuné. Ah, porra, que *alívio*.

— Não entendo como você pode dizer isso, se todo mundo que assistir...

Ela não o deixou terminar.

— Você não tinha boas opções, e escolheu o que deu. Foi só isso — disse ela, a respiração quente e úmida soprando em seu ouvido, e ele estremeceu. — Você disse que confiava em mim. É verdade?

Ele fez que sim, mexendo a cabeça junto ao pescoço dela.

— Se é verdade — continuou Lauren —, se você confia mesmo em mim, precisa acreditar quando falo que você é um homem bom. Você não tem escolha. Perdão, mas não fui eu que inventei as regras.

Ele não acreditava nela, claro. Mas Lauren normalmente estava certa a respeito de tudo, e ele confiava mesmo nela. Totalmente, sem reservas. Então... ele também não *des*acreditava nela.

— Vamos — disse ela, puxando o braço dele. — Vamos deitar e descansar um minutinho. Acho que nós dois precisamos de um cochilo.

Ele a olhou, pensativo.

— Só se eu puder ser a conchinha menor.

— Tanto faz — disse ela, com um suspiro.

Eles se deitaram de lado no sofá generoso, e ela aceitou ficar encaixada atrás dele. Antes de apagar, ele notou, sonolento, como a barriga macia dela encaixava perfeitamente nas costas dele, o braço ao redor de suas costelas, a mão quente na sua.

E então, se sentindo enfim seguro, ele se entregou e dormiu.

24

Alex acordou duro e com tesão.

Ele já não sentia mais tanta culpa e dor, pelo menos no momento, e seu corpo respondia à proximidade de Wren como fazia já havia semanas.

Quando virou o pescoço, viu o relógio. Eles tinham tirado um cochilo de apenas uma hora, e ele tinha planos para a segunda noite juntos. Planos que envolviam aquele ofurô espaçoso na varanda.

A questão era saber se Wren ainda o desejava, mesmo após sua milésima reviravolta emocional.

Só que... merda. Ele se soltou do abraço dela o mais devagar possível e foi atrás da carteira. Porque se não tivesse levado camisinha...

— Alex? — chamou Lauren, sonolenta. — O que você está fazendo?

Era melhor falar logo de uma vez.

— Procurando camisinha.

Ela se levantou, se apoiando no cotovelo.

— Eu não trouxe — comentou Lauren. — Desculpa.

Boa notícia: Wren aparentemente não ligava para surtos emocionais. Isso seria útil no futuro, visto quem ele era.

Má notícia: quando ele abriu a carteira mais uma vez, não tinha surgido uma camisinha do nada.

— Também não trouxe — respondeu. — Droga.

— Acho que a gente pode pedir na recepção — disse ela, franzindo a testa, considerando a situação. — Ou ver se tem alguma loja de conveniência aberta por aqui.

As duas sugestões eram válidas, mas havia uma outra opção. Uma ótima opção.

— Ou a gente pode fazer coisas que não exigem camisinha — sugeriu ele, arqueando a sobrancelha. — Coisas divertidas. Coisas que envolvem aquele ofurô na varanda e seus muitos jatos de hidromassagem.

— Ah — soltou ela, arregalando os olhos. — Eu nunca fiz... coisas... desse tipo.

— Quer fazer?

Ela mudou de posição, apertando as pernas, e ele soube a resposta antes mesmo de Lauren se pronunciar.

— Quero — respondeu ela, corada, mas orgulhosa, levantando o queixo. — Quero, sim.

— O que você quiser. Nem mais, nem menos — lembrou ele.

Lauren inclinou a cabeça.

— O mesmo vale para você.

Que mulher boba. Como se ele não quisesse qualquer coisa que ela estivesse disposta a oferecer.

Alex expirou devagar, com uma última advertência:

— Vai ser ao ar livre, então você vai precisar fazer silêncio.

Ela irrompeu em uma gargalhada repentina, cobrindo o rosto e soltando aqueles barulhinhos fofos de ronco, enquanto ele a olhava, profundamente confuso.

— Você está preocupado com o *meu* silêncio? — perguntou ela, levantando o rosto, ainda sorrindo. — Você só para de falar quando está dormindo, Alex. Entre nós dois, quem é que tem mais chances de fazer barulho?

Ah, era um *desafio*, e ele iria cumpri-lo com o maior prazer.

— Com o que eu pretendo fazer? — perguntou ele, subindo e descendo o olhar pelo corpo redondo e cheio dela. — Você.

Todo o humor que restava na expressão dela se esvaiu.

— É mesmo?

— É. É mesmo.

Ele puxou a camiseta pela barra e a arrancou em um movimento ágil, antes de empurrar a calça jeans para baixo e tirá-la com um chute. Os vizinhos podiam até escutar, mas ninguém conseguia ver a varanda. Ele não tinha intenção alguma de entrar na água de calção. Nem de roupa nenhuma.

Lauren ruborizou, mas não recuou. Olhou devagar para o corpo dele, a ereção pressionando o tecido da cueca boxer.

Ela se levantou e parou bem na frente de Alex.

Em um piscar de olhos, a camiseta BHP voou ao chão. Por baixo, ela estava usando um sutiã fino e branco de algodão, aparentemente sem aro. Considerando seus seios modestos, não precisava de mais.

Ele também não precisava de mais. Ela era suficiente. Ela era tudo, exatamente assim.

O tom mais escuro e as pontas durinhas dos mamilos dela apareciam através do tecido.

— Está com frio? — perguntou ele. — Desconfortável?

Lauren sorriu devagar.

— Nem um pouco.

A legging estava perfeitamente grudada nas coxas dela, e Wren a puxou para baixo centímetro a centímetro, fosse por ser naturalmente lenta pra cacete, ou por estar provocando ele. Provavelmente era a segunda opção.

Quando ela voltou a se levantar, Alex a olhou nos olhos.

— Não precisa tirar a roupa toda, Wren.

— Preciso, sim — disse ela, e logo o sutiã foi parar no sofá, a calcinha de algodão, no chão, e ela ficou de pé, nua, enquanto ele engasgava com a própria língua e tinha um acesso de tosse.

Lauren era a Vênus de Willendorf, mas com seios lindos e pequenos.

Seu corpo inteiramente redondo. Especialmente a barriga, mas também os braços e as pernas, e a bunda maravilhosa e extremamente grande. Era composta de curvas. Era gloriosa.

E estava rindo dele. Alto.

Ela nem tentou esconder o rosto, e foi ainda melhor do que as risadas habituais, porque Alex viu a alegria dela. O orgulho dela diante da reação dele.

O rubor de Lauren tinha se espalhado para o peito e, embora as mãos dela tremessem quando ele olhou para lá, ela não se cobriu.

— Eu achei... — disse ele, e tossiu de novo, tentando recuperar o fôlego roubado. — Achei que você fosse *tímida*, sua mulher infernal.

Ela desdenhou com um gesto da mão.

— Cautela não é timidez.

— Não — disse ele, e riu, bufando. — Pelo visto não é.

Ela falou, direta:

— Mesmo que eu não tenha muita experiência sexual, não sinto vergonha do meu corpo. Pode não ser um corpo convencional, mas é forte. É meu. E você obviamente o deseja — continuou ela, dirigindo o olhar para a ereção desenfreada dele, que ainda empurrava, futilmente, o tecido da cueca —, então por que esconder?

— Eu amo seu corpo. — Não dava para ser mais claro. — Sou *obcecado* por ele.

Alex não sabia determinar que parte da vista era melhor. Aquele traseiro abundante, o tufo tentador de cachos castanhos acima do sexo, as curvas sutis dos seios ou...

— Nesse caso... — disse ela, estendendo a mão, com os olhos calorosos e alegres. — Vamos ver quem faz mais barulho.

Ele levantou um dedo.

— Uma última coisa.

Ele tirou a cueca sem cerimônia e se empertigou para ser admirado. Toma lá, dá cá.

A inspiração ruidosa dela foi puro elogio. Ele endireitou os ombros e ajeitou a postura. E, como ela tinha dito que não era tímida, ele desceu a mão pela barriga e pegou o pau dolorido com a firmeza que ele merecia.

Quando ela mordeu o lábio, ele sorriu.

— Agora, sim, estou pronto.

Ele entrelaçou os dedos nos dela e, juntos, eles saíram para a varanda, tiraram a capa do ofurô e começaram a enchê-lo de água.

Fazia um frio convidativo naquela noite, e ele a puxou para um abraço enquanto esperavam, corpo nu com corpo nu, finalmente, ele descendo as mãos pelas costas e pelos braços maleáveis dela.

Era como abraçar o travesseiro mais macio, mais quente e mais excitante do mundo. Mas, nossa, como ela era *baixa*. Os pelos entre as pernas dela faziam cócegas na perna de Alex, e os seios batiam na barriga dele, então os dois nunca transariam de pé.

Porém, havia vantagens naquela baixa estatura, como ele descobriu quase imediatamente.

Quando ela falou, sua respiração roçou o mamilo dele, fazendo-o estremecer.

— Se eu puxar você para me beijar, você vai reclamar do pescoço e das costas?

— Vou — disse ele. — Mas me puxa mesmo assim.

Ele se abaixou, obediente, e, diferente do primeiro beijo desesperado da noite anterior, foi um momento sem pressa. Um beijo para cortejar o prazer dela, e não para tomar posse.

Os lábios de Lauren não eram especialmente carnudos, mas eram muito sensíveis. Quando ele chupou de leve o inferior, ela balançou, abrindo as coxas ao redor da perna dele. Quando ele mordeu um pouco, ela soltou um barulho rouco do fundo da garganta e arqueou as costas na mão dele. Quando ele lambeu o encontro dos lábios dela, ela arfou, e ele aproveitou.

A boca de Wren era quente e molhada, a língua dela, uma provocação deslizante, e ele foi descendo as mãos — e descendo mais, porque, puta merda, ela era do tamanho de um camarão — até a bunda. A pele ali era sedosa e flexível, fria até as mãos dele a esquentarem.

Com a insistência silenciosa de Alex e a pressão das mãos, Lauren estava praticamente montada na perna dele, e ali — ah, ali, ela não estava nada fria. O calor era de *queimar*.

Ela afastou a boca bruscamente, ofegante.

— O ofurô.

Ah é. Alex tinha esquecido, considerando toda a situação de Wren-está-pelada-e-gostosa-me-beijando-puta-que-pariu-graças-a-Deus.

A água já passava da metade, e a banheira era grande o suficiente para caber três ou quatro pessoas confortavelmente. Perfeito. Ele fechou a água, e, de repente, a noite ficou silenciosa. Ele entrou primeiro e deu a mão para ela, para ajudá-la a passar uma perna, e depois a outra, pela beirada alta. A água estava na temperatura perfeita, quente, mas não fervendo.

Quando ele se sentou, notou a posição dos jatos de hidromassagem e sorriu.

Se não estivesse enganado, Wren também tinha notado, antes de desviar o rosto, corada.

Depois de os dois se sentarem, ele a puxou com delicadeza, convencendo-a a montar no colo dele. E, ai, caralho, a boceta dela deslizou no pau dele, e os dois gemeram. Era impossível *respirar*.

Mas se ela não gozasse primeiro, ele nunca se perdoaria.

Ele apertou o quadril de Wren com as duas mãos.

— Só... só fica parada um minutinho. Por favor.

Ela fez que sim, e ele deslizou as mãos pela lateral de seu tronco. Alex não queria ir com pressa, porque nunca tinha tocado os seios dela. Nunca os tinha acariciado, nem beijado, nem...

Ele roçou os nós dos dedos nos volumes modestos. Os mamilos se encolheram ainda mais, e ele passou o polegar suavemente em uma das pontas. Ela tremeu, de olhos fechados.

Ele fez carinho na orelha dela com o nariz.

— Me olha — sussurrou ele, e lambeu o lóbulo. — Olha pra gente.

O pescoço de Lauren tremeu quando ela engoliu em seco, mas ela obedeceu. Com os lindos olhos inebriados de pálpebras pesadas, ela abaixou o queixo e o viu pegar os seios dela com as duas mãos, puxar e mexer nos mamilos duros até ela se remexer em seu colo — violando o acordo, mas ele poderia reclamar disso depois, muito depois —, enquanto ele abaixava a cabeça para esfregar a barba nas curvas pálidas.

— Alex — arfou ela, e ele pôs na boca uma daquelas pontas coradas e inchadas.

Ele chupou até ela soltar um grito agudo e fino, fazer pressão no pau dele e rebolar.

— Esse é outro clichê preferido meu, Wren — disse ele, acariciando o seio dela com o rosto. — Trepar ou morrer. Aqui estamos, bem em cima da falha de San Andreas, e, se você não gozar, vamos todos morrer em um terremoto.

Ele pegou o mamilo dela cuidadosamente entre os dentes, e o quadril dela tremeu.

— Que... que besteira — ela conseguiu dizer.

— Estou só fazendo o possível para salvar a humanidade — disse Alex, junto a pele molhada dela. — De nada.

Brincando com a língua na ponta dura do mamilo, ele escorregou a mão para entre suas coxas e afastou os pelos. As dobras macias e quentes da boceta dela estremeceram junto a seus dedos, e as pernas dele chegaram a tremer enquanto ele circulava a entrada, o clitóris, mas sem fazer o necessário para ela gozar.

O pescoço dele estava dolorido. Não conseguia mais sustentar. Então ele arrastou a boca aberta pelo peito dela e pescoço acima, mordiscando a pele macia, e o gemido dela vibrou na língua dele.

— Mal posso esperar para te comer — disse ele, lambendo a curva sombreada sob a mandíbula dela, e depois atrás da orelha. — Mas hoje quero te fazer gozar com meus dedos e minha língua, porque, Wren... — Ele finalmente passou a ponta de um dedo no clitóris dela, e ela gemeu na noite silenciosa. — Eu sou bom pra caralho de língua.

— É bom, mesmo — disse ela, que, mesmo tensionando as pernas e perdendo o fôlego a cada toque do dedo dele no clitóris, estava rindo; os dois estavam rindo. — Você usa ela bastante.

— Você nem imagina.

Lauren apertou os dois dedos com que ele a penetrou, e ele explorou até ela jogar a cabeça para trás e gemer de novo.

Pronto. Quando Alex chupasse ela mais tarde, ia lembrar daquele ponto.

Volta ao clitóris inchadinho dela. Um círculo leve e apertado. Outro. Outro.

— Você é tão sensível — disse ele, chupando o pescoço dela e usando os dentes, e mexendo no mamilo dela com a outra mão.

— Caramba, vai ser tão gostoso te sentir no meu pau, Wren.

Ela gozou gritando, arqueando as costas, com as coxas trêmulas apertando o quadril dele, a boceta pulsando ao redor dos dedos com que ele a acariciava. Ele enfiou o polegar também para sentir melhor, sentir o que tinha feito com ela, e ela foi apertando com força a cada espasmo.

Lauren ainda estava apertando, ainda gozando, quando pegou o pau dele com a mão pequena e forte e mexeu de cima para baixo, e o cérebro dele entrou em curto-circuito. Alex enxergava apenas um clarão, sentia apenas a respiração quente dela no mamilo dele, a umidade de sua boca ao chupar, o puxão do punho dela no cabelo dele, conseguia apenas meter na mão apertada dela até o desejo crescente de semanas e meses explodir no orgasmo.

Ele *rugiu*, atordoado e perdido, derramando tudo que tinha, tudo que era, na umidade da mão dela, na água, naquela barriga redonda.

Assim que ele voltou a enxergar, assim que voltou a sentir alguma coisa além da mão dela em seu pau, ele deu um tapa no botão da hidromassagem, e os jatos todos ganharam vida com um estrondo. Com o peito arfando, os pulmões ardendo, ele virou Wren no colo de frente para os jatos e abriu as pernas dela com as dele.

Ela se contorceu sob o estímulo repentino, e ele a manteve bem apertada e parada junto a seu peito molhado, segurando o peito dela e deslizando a outra mão entre as pernas dela de novo.

A voz dele estava destruída, uma provocação grave e rouca.

— Achei que você fosse fazer silêncio.
— Fiz mais silêncio do que você — arfou ela.
Os jatos podiam cuidar do clitóris dela. Ele queria era meter.

Quando ele afundou dois dedos na boceta dela, e depois três, ela abriu as pernas ainda mais e gemeu alto o suficiente para acordar os vizinhos, mas ele não estava nem aí.

— Talvez — disse Alex —, mas eu ainda não acabei.

Ele esfregou o ponto certo e, depois disso, a vitória foi garantida. Pelo menos até os dois caírem juntos na cama e ela botar a boca nele.

Depois de ele chupar o clitóris dela até ela gritar, suada e tremendo, ela ofereceu um empate.

Ele topou. E fez ela gozar outra vez.

25

— Três pessoas, Wren — lembrou Alex pela milésima vez enquanto eles se agachavam para catar vidro marinho na areia. — *Três pessoas diferentes* ligaram para a recepção, preocupadas com uma mulher que parecia estar sofrendo uma dor horrível. Ninguém ligou para falar de um homem. Ninguém.

Ele já tinha passado dos limites da presunção lá para Mendocino, onde tinham parado para almoçar, e estava chegando na completa vanglória.

Mas ele tinha merecido aquele orgulho insuportável. Tinha merecido tudo.

Falar sem parar aparentemente tinha tornado a língua dele bem ágil ao longo dos anos. Muito, muito ágil. Como ele já tinha demonstrado mais uma vez pela manhã, antes de fazerem check-out.

— É verdade que ninguém mencionou um homem.

Um pedacinho arredondado verde bonito apareceu no meio da areia, assim como um retângulo azul fosco. Ela guardou os dois no bolso de trás da calça jeans dele e deu um tapa na bunda de Alex para arrematar.

— Mas você está se esquecendo das quatro pessoas que ouviram coiotes agitados pelas redondezas durante a noite — acrescentou ela. — Além do hóspede que insistiu que um leão tinha fugido do zoológico.

A funcionária responsável pelo bufê do hotel tinha tagarelado à beça pela manhã. Tanto que o rosto de Lauren quase entrou em combustão de vergonha, e ela precisou fingir estar bastante interessada na seleção de bagels para que a funcionária inocente não desvendasse o Mistério da Mulher Ferida.

— Ah, que coisa — dissera Alex, franzindo a testa. — Alguém por acaso comentou quem fez mais barulho, se a mulher ou o...

Quando Lauren dera uma cotovelada no tronco de Alex, ele gritou e parou de provocar. Pelo menos até fazerem o check-out e voltarem ao carro. Depois, a única coisa que o fazia parar de falar era a língua dela na boca dele, então ela usava a língua sempre que paravam no trânsito ou para admirar a vista.

Em determinado momento, Lauren tinha percebido que ele estava *treinando* ela, como se ela fosse uma foca batendo palma para pedir peixe. Se ela quisesse silêncio, tinha que beijá-lo.

Era absurdamente ridículo, e absurdamente Alex, e ela deveria ficar indignada.

E ficaria, a qualquer momento. Assim que a memória da língua dele deslizando na dela parasse de jogar raios de calor entre suas pernas.

Areia não deveria deixá-la excitada assim.

— Nem sei do que você está falando. Não lembro de ninguém falar de coiote nem de leão — disse Alex, sem a menor tentativa de soar sincero, e se levantou para se espreguiçar, apoiando as duas mãos na curva graciosa da coluna. — Cacete, estou dolorido. É por isso que os jovens chamam de macetar?

O céu estava nublado desde a manhã, e um vento agitado afastava o cabelo dele do rosto e colava a roupa no corpo rígido e esculpido. Ele sorriu para ela, com covinhas de alegria nas bochechas, os olhos cinzentos brilhando, e estendeu a mão para pegar mais pedacinhos de vidro do mar que ela escolhia de lembrança.

Maravilhada demais para falar — embora nunca, nunca fosse admitir —, Lauren passou por um quadrado âmbar com pontas arredondadas.

Alex era magnífico. De uma beleza inacreditável.

E, dali a pouco tempo, ele seria dela. Estaria em cima dela. Dentro dela.

Imediatamente depois do check-out, eles pararam na primeira farmácia e compraram boa parte da prateleira de preservativos.

Entre aquelas compras e todas as paradas para se beijar, a viagem do dia tinha demorado mais do que eles esperavam, mas finalmente estavam chegando ao destino, na área de Benbow. O casamento da ex de Alex seria no dia seguinte, e eles iam ficar hospedados no hotel da festa.

Aquela primeira parte da viagem estava quase acabando, e a decisão dela de encurtar o tempo de estrada parecia uma tolice. Mais do que isso. Quase uma tragédia.

A rota daquele dia fora espetacular. Depois de se afastar por um trecho, a estrada tinha voltado à bela orla escarpada. Lá embaixo, sob os penhascos íngremes, ondas quebravam na costa pedregosa enquanto Alex dirigia. E, naquele trecho muito especial da praia — a Glass Beach, perto de Fort Bragg —, o mar revolto e incessante tinha transformado anos de lixo em… magia. Areia repleta de um arco-íris de vidro marinho.

Ela nunca tinha visto algo tão lindo.

Quantos outros lugares mágicos tinham deixado de lado por pressa, só porque ela não queria viajar no sábado? Eles podiam ter passado mais três noites abraçados. Mais três dias discutindo, se beijando e explorando.

Mais três dias *se divertindo*.

Qual tinha sido a última vez em que simplesmente havia se divertido?

Quando Lauren se levantou, Alex entrelaçou os dedos nos dela, e seu sorriso murchou.

— Você parece… — disse ele, franzindo a testa. — Não sei. Tem algum problema?

— Eu estava pensando em como me diverti com você.

Ela subiu na ponta dos pés e beijou a pele exposta do pescoço dele, acima da gola da camiseta. Ele estava quente. Salgado.

— Obrigada por me convidar para essa viagem, Alex — acrescentou ela.

Ele aguçou aquele olhar cinzento e emaranhou as mãos no cabelo dela, mantendo seu rosto erguido para ela ver o rosto dele.

— Vamos estender a viagem — disse Alex, de forma abrupta e intensa. — Depois do casamento, a gente pode só continuar. Sempre quis atravessar o país de carro, e nenhum de nós está trabalhando. A gente pode viajar três, quatro meses, fácil.

Ah, que tentação. Muita, muita tentação.

Mas, infelizmente, a conta bancária dele não era como a dela.

— Alex, a produção não está mais pagando meu aluguel. Não tenho dinheiro para tirar férias por meses.

Ele abriu a boca, e ela levantou a mão.

— Se você me oferecer dinheiro, eu vou dar meia-volta, entrar no carro e pedir um quarto separado. Se eu estiver transando com você, você não vai me pagar.

Ele fez beicinho, e não deveria ser atraente. Não era.

Tá, era, sim, mas ela ia resistir àquele charme manhoso.

— Você valeria o dinheiro — disse ele, levantando e abaixando as sobrancelhas. — Só pra você saber.

Ela pôs as mãos na cintura e fechou a cara.

— De novo, deixe-me lembrar que não estamos, e repito, *não* estamos, em *Uma Linda Mulher*.

— Tá bom — disse ele, olhando feio para ela, ainda emburrado, mas parou de discutir. — Quando você precisa voltar a trabalhar?

— Prefiro não gastar todas as minhas economias, então...

Lauren suspirou de forma tão intensa que chegou a doer, e massageou o esterno.

— Umas seis semanas depois de voltarmos, talvez? — respondeu. — E vou precisar de tempo para me preparar para voltar a trabalhar.

Ele também suspirou e a puxou para um abraço apertado.

— Você é péssima, Wren. Absolutamente *péssima*. Que bom que é tão bonitinha.

Literalmente ninguém nunca a tinha chamado de bonitinha. Ninguém.

O peito dela estava doendo ainda mais. Droga.

— Me conta quais são suas opções — pediu Alex, se curvando de novo, apesar da dor nas costas, e encostando a boca em seu cabelo. — Conhecendo você, aposto que são todas deprimentes.

Bom, ele não estava totalmente errado. Mas também não estava inteiramente certo.

— Posso trabalhar na clínica de uma amiga da faculdade — disse ela, encostando a testa no peito dele, enquanto ele fazia um carinho relaxante em suas costas. — Gosto dela, mas fico meio desconfiada de outros dois terapeutas que trabalham lá.

Por incentivo da amiga, Lauren tinha se reunido com os possíveis colegas logo depois de sair do pronto-socorro. Porém tinha descoberto que dois deles, ambos psicanalistas mais jovens, eram condescendentes pra cacete e compartilharam informação demais sobre os clientes com ela, uma mulher quase desconhecida.

Mais tarde, ela e Sionna inventaram o termo *playboy terapeutizado*, em que eles se encaixavam perfeitamente.

— Dito isso, não sei se eu teria muito contato com eles no dia a dia — continuou ela, e deu de ombros. — Meu trabalho lá seria diferente do que estava acostumada a fazer. As pessoas que eu atenderia precisariam de ajuda, claro, mas em geral não chegariam no meio de uma crise aguda e ameaçadora. E eu atenderia clientes por meses ou anos, em vez de fazer uma avaliação e mandá-los para outro lugar.

A última parte era interessante para ela. A possibilidade de ajudar um cliente a longo prazo, de ver o progresso... parecia satisfatório, pelo menos em teoria.

Ele levou a mão à nuca de Lauren, massageando os músculos tensos ali, e ela se dissolveu.

— Tá, e quais são as outras opções?

— Só tem uma outra, na verdade — disse ela, esfregando o rosto na camiseta dele. — Eu posso voltar para o pronto-socorro.

Alex tensionou o corpo, virando pedra junto a ela, e se endireitou abruptamente.

— Por que...

Ele engasgou por alguns segundos, e finalmente achou as palavras. Palavras muito furiosas.

— *Porra*, por que você voltaria para lá, Wren? — perguntou, num tom alto de ultraje. — Essa merda de lugar te deixou com *burnout*. Pior, machucou seu *coração*, caramba. E nem adianta negar, porque seria mentira, e você não mente para mim.

Lauren não mentia. Mesmo quando provavelmente deveria.

Seria extremamente conveniente mentir para ele no momento, por exemplo, e dizer como estava animada para voltar ao hospital.

Por anos, ela tinha garantido que ninguém além de Sionna se preocupasse com ela, nem mesmo seus pais. Porém, desde o princípio, Alex se recusava a ser enganado. Se recusava a não se preocupar com ela. Se recusava a aceitar qualquer coisa abaixo do que ela — aos olhos dele — merecia, dos outros ou de si.

A raiva dele era um conforto, mas também um fardo. Por causa disso, ela precisava defender seu raciocínio para si *e* para ele, mesmo quando nunca tivera de fazer isso, e era... desconfortável.

— Acho que já estou bem melhor — disse Lauren, o que era verdade, mesmo que não fosse o motivo principal para considerar voltar. — E eu sinto que...

Como explicar aquilo de um jeito que ele aceitaria?

Ainda atrapalhada, ela tentou de novo:

— Sinto que, se eu estiver física e emocionalmente capaz, devo ir para onde posso ser mais útil. Onde minhas competências forem mais necessárias. E esse lugar é o pronto-socorro.

— Mesmo que esse lugar deixe você infeliz — disse ele, ríspido. — Mesmo que faça mal a você.

Ela certamente encontraria um jeito de retrucar.

Encontraria, a qualquer instante.

— Mesmo assim você voltaria — continuou ele, quase vibrando de indignação, o coração enorme dele martelando no rosto dela. — Porque o que você sente não é importante. Porque *você* não é importante.

Lauren levantou a cabeça bruscamente e olhou feio para ele.

— Não é verdade!

Foi uma negação automática de raiva. E, se parte dela estava guardando aquelas palavras para refletir mais tarde, ele não precisava saber.

— Não acho que não sou importante. Eu só... eu só quero fazer a coisa certa. Que nem você, Alex — explicou, cerrando os punhos nas costas dele até as unhas curtas fazerem as palmas arderem. — Por favor, tente entender.

— Ah, eu entendo, Wren — disse ele, com o queixo rígido erguido. — Acredite.

Era hora de mudar de assunto. Urgentemente.

Por sorte, Alex raramente resistia a falar de si.

— Você disse que queria pensar nas suas opções nesta viagem também. Chegou a alguma conclusão?

As rugas verticais fundas entre as sobrancelhas dele não relaxaram.

— Eu sei o que você está fazendo — disse ele, a apertando de leve. — Não pense que não percebi.

Ela levantou as sobrancelhas.

— É uma pergunta sincera.

Felizmente, perguntas sinceras e tentativas de distração não eram coisas opostas.

— Tá. Mas nossa conversa sobre o seu trabalho não acabou. Se prepare para algumas perguntas duras na viagem de volta, Wren — disse ele, curvando a boca. — Entre outras coisas duras.

Ela esperou.

— Especificamente, meu pênis — explicou ele.

E pronto.

Mesmo sabendo o que ele iria dizer, ela riu.

— Você deve ter sofrido para engolir suas piadinhas de duplo sentido naqueles meses todos.

O sorriso brilhante e alegre de sempre voltou, e ela relaxou os ombros.

— Não foi de duplo sentido. Acho que, quando a gente usa a palavra *pênis*, o sentido já é bem explícito — disse ele, com uma gargalhada grave, que vibrou nela. — Enfim, sim, você nem imagina a dureza que passei.

Antes que ela pudesse responder, Alex levantou um dedo no ar.

— E *esse*, minha cara Wren, foi um duplo sentido.

Ela riu com ele, os dois voltando à sincronia.

— Ainda não sei o que vai acontecer com a minha carreira — continuou ele, subindo e descendo os dedos na coluna dela devagar, e fazendo-a perder o fôlego sob o contato provocante.

— Meu agente vai estar no casamento, já que também representa minha ex. Marquei de conversar com ele amanhã de manhã, e provavelmente vamos discutir as opções. Que eu saiba, ainda tinha alguns projetos de pé. Mas eu bloqueei o número dele há alguns dias e não abri mais meu e-mail, então...

Ele deu de ombros, e Lauren o encarou, incrédula.

— Você bloqueou o número dele — disse ela, devagar. — O número do seu *agente*. Quando sua carreira talvez esteja por um fio.

— Eu já falei. Precisava de tempo para pensar — justificou ele, e mordeu o lábio inferior, do qual ela não conseguia desviar os olhos. — Mesmo que alguém me contratasse, não sei nem se eu gostaria de fazer outra série grande assim. Nem agora, nem nunca. Não depois da experiência com *Portões*.

Que outras opções ele tinha?

— E cinema?

Ele deu de ombros de novo.

— Talvez? Sei lá. Gosto de estar em frente às câmeras, e sentiria saudade da camaradagem com o elenco e a equipe, mas não aguentaria repetir a situação do Bruno Keene. E, de novo, isso se alguém me contratar.

Não se sinta culpada, ela ordenou. *Ele disse para você não sentir culpa.*

Ela tamborilou os dedos nas costas dele, pensando.

— Já considerou dirigir ou produzir seu próprio filme?

— Não — disse ele, balançando a cabeça. — É muita responsabilidade. Meu cérebro ia explodir, coitado. Mas acho que é o que o Marcus quer fazer. Talvez eu possa implorar para ele me contratar — continuou, seu sorriso iluminando a tarde nublada. — Pelo menos ele já vai saber o que esperar, né?

Se Marcus ainda não soubesse, não saberia nunca. Alex mandava para o melhor amigo um milhão de mensagens ridículas, reclamonas e em caps lock por dia.

— Mudando de assunto — Alex anunciou, decidido, reposicionando-os para os dois assistirem ao fluxo sem fim das ondas suaves que iam e vinham na praia. — Eu amo o mar. E amo histórias de *selkies*, então estava pensando em brincarmos com essa ideia um dia. Que tal, Wren? Você pode ser a pescadora, e eu, o homem-foca pelado lambendo sua orla particular?

Ela teve que rir, mesmo que a onda de desejo deixasse suas pernas bambas.

Não tinha ninguém à vista, então Lauren usou o método infalível para fazer Alex calar a boca: enfiou a língua na boca dele, os dedos enroscados no cabelo da nuca.

Quando Lauren interrompeu o beijo, os dois estavam arfando. E quando ele a fitou com seu olhar sincero e ardente, ela umedeceu propositalmente os lábios.

— Você é *péssima* — repetiu ele, a voz rouca e grave, e ela não discutiu.

Apenas riu de novo.

26

— Se não gostar da ideia do homem-foca, a gente pode só fingir que sou um lobisomem — disse Alex, com um sorrisinho malicioso do outro lado da mesa. — Obviamente eu tenho talento para ruídos animais.

Quando devidamente inspirado, pelo menos. Ou, melhor, *in*devidamente inspirado.

Se Alex já não tivesse aceitado o convite para o casamento de Stacia, ele não deixaria Lauren nem sair daquela cama em Olema, porque, *puta que pariu*, ela era uma *deusa*. Uma Vênus improvavelmente baixinha, madura, redonda e sensível, e, felizmente, muito menos interessada em estapear ele do que sua mãe televisiva.

Hum. Era uma ideia.

Ele tirou o celular do bolso interno do paletó e digitou mais um item na lista cada vez maior de IDEIAS DE FIC PARA INTERPRETAR BEM SEXY COM A WREN. *Deus antigo se apaixona por humano. Preferivelmente um deus do sexo.*

— Muito pelo contrário — argumentou Lauren, apontando com o garfo do outro lado da mesa quando ele guardou o celular. — Como as pessoas não sabiam se você era um coiote ou um leão, eu diria que está faltando talento aí.

Com um sorrisinho satisfeito, ela acabou de comer o bolo mousse de blueberry.

Os dois tinham adentrado a floresta naquela tarde rumo ao resort de luxo, localizado entre as sequoias e ao lado de um belo rio, e chegado bem a tempo do jantar no restaurante elegante do hotel.

A iluminação era baixa e romântica, as toalhas de mesa, impecáveis, e os assentos, de tamanho generoso e estofados em veludo macio. O esquema de cores em verde-escuro e azul-marinho destacava os olhos extraordinários de Wren, e Alex não conseguia parar de olhar para ela.

Ele se debruçou na mesa, apoiando os cotovelos, e admirou o brilho dourado das velas na curva macia do queixo dela.

— Você não reclamou dos meus talentos ontem.

O rosto dela ficou rosado, e Lauren olhou ao redor do salão.

Ele não tinha notado nenhuma câmera apontada para eles, e também não reconhecia nenhum dos outros hóspedes. Porém não se incomodaria nem se uma dezena de celulares estivessem voltados para os dois, empunhados por um pelotão de produtores.

Que cem pessoas vissem como ele a desejava e a adorava. Milhões de pessoas, até.

— *Alex* — disse ela e, apesar do tom de repreensão já conhecido, enroscou o pé no dele debaixo da mesa. — Nossa senhora, você tem a maior boca que eu já vi.

Ele abriu aquela boca.

Lauren levantou a mão.

— E, antes que você diga, eu digo: também é a boca mais talentosa que já encontrei. De longe.

A voz dela soava áspera e sensual, e o pé descalço — quando ela tinha tirado a sandália? — o acariciou por baixo da barra da calça dele. Alex quase desmaiou de tesão.

Ele inspirou fundo o ar rarefeito demais.

— Espere outro encontro hoje. Daqui a pouco.

Ele encaixou os próprios pés no espaço entre os de Lauren, e engachou os tornozelos nos dela. Então, os afastou devagar. Muito devagar. E, apesar de não estar vendo os joelhos e as coxas dela se afastarem por causa daquela maldita toalha de mesa, ele acompanhava o rubor descendo pelo pescoço e pela pele pálida e exposta pelo decote redondo e fundo do vestido rodado. Ele a via entreabrir a boca larga, e a língua umedecer os lábios.

Para ser sincero, Wren também tinha uma boca bem talentosa. Ele planejava dizer isso a ela. Em detalhes. Em particular.

Alex deveria ter insistido em sentar ao lado de Lauren, em vez de na frente. A toalha de mesa grossa e opaca teria sido uma vantagem, em vez de um inconveniente. Uma barreira entre os olhos curiosos e onde exatamente ele tinha metido a mão.

— Alex... — disse ela, um fiapo de som, cauteloso e corajoso. — Na nossa primeira vez, quero que seja a gente. Eu e você, sem teatro. Mas... Li algumas das fics que você salvou, e talvez, na segunda vez, você possa, hum...

— Talvez eu possa o quê?

Um homem mais paciente teria esperado em vez de insistir, mas um homem mais paciente também estaria sozinho no minicastelo em Los Angeles, esperando por Wren, em vez de no meio de uma viagem de carro dormindo na mesma cama que ela, então, sinceramente, pau no cu da paciência.

Ela mexeu a boca um pouco e se convenceu a falar:

— Talvez... você possa ser um deus? Ou um semideus, que nem o Cupido? E eu seria uma mortal indefesa? Até eu virar o jogo e tomar as rédeas?

Alex levantou as sobrancelhas e entrou em curto-circuito de novo.

Assim que conseguiu se recompor, levantou a mão, pedindo a conta para o garçom mais próximo, porque eles obviamente tinham acabado de jantar e seguiriam para a parte seguinte da noite, motivo pelo qual ele ia agradecer pra caralho a Deus.

Quando ela viu a reação dele, a cautela se transformou em presunção e em um sorriso largo e malicioso.

Combinava para caramba com ela.

— Wren — disse ele, com toda a sinceridade que seu coração irresponsável e carente era capaz —, você pode até ser péssima, mas também é absolutamente ótima.

Lauren não era virgem e, como dissera na noite anterior, também não era exatamente tímida. Apenas cautelosa.

No entanto, aquilo era importante para ela. Ele era importante para ela.

Para ser sincera, Alex era *tudo* para ela, e Lauren não queria decepcioná-lo. Mesmo que soubesse — e *sabia* — que, se contasse isso a ele, ele iria olhá-la, confuso, porque parecia achar que ela era...

Bom, péssima, óbvio. Mas também perfeita.

Talvez parecesse contraditório, mas não era. Alex gostava de atrito. Ele adorava discutir. Quebrar barreiras o divertia. Então, se ela era como uma parede, como ele já a tinha acusado de ser, ele gostava de quicar nela e testar sua força.

E, sem dúvida, adorava derrubá-la. Os sons de coiote eram prova suficiente.

A porta do banheiro se abriu e ele saiu descalço.

O paletó tinha desaparecido em algum momento. Alex estava apenas de calça escura e fina e camisa branca engomada. Tinha arregaçado as mangas, expondo os antebraços fortes, e a pele dourada aparecia na base do pescoço, onde tinha aberto dois botões.

Ele jogou a caixa de camisinhas na mesa de cabeceira e seguiu para a cama.

Aqueles passos graciosos e determinados eram para ela, por ela. O rubor pintando suas maçãs do rosto perfeitas e o calor lancinante em seu olhar eram por causa dela.

E também a ereção empurrando insistentemente o tecido daquela calça obscena de tão boa nele, e ver aquilo teve o mesmo efeito de um dedo no clitóris.

Lauren perdeu o fôlego, e ele logo estava ali. Bem na frente dela.

— Preciso da sua boca, Wren — arfou ele. — Preciso de você.

Alex se abaixou, acariciou o rosto dela, emaranhou os dedos no cabelo dela e puxou sua boca para a dele, exigente e sem rodeios. O desejo puro a seduziu mais completamente do que qualquer autocontrole.

Dessa vez, a língua dele não estava para brincadeira. Ele invadiu a boca dela e tomou posse.

Lauren estava se mexendo, os dois estavam se mexendo, e ela estava tonta demais para entender como aconteceu, mas ele acabou sentado no colchão, e ela, em pé entre suas pernas. A cama não era alta, e deixava o rosto dos dois quase na mesma altura. Porém os braços de Alex eram muito mais compridos do que os dela, então ele facilmente alcançava a barra do vestido.

Isso. Nada de roupas entre eles.

Ela afastou a boca.

— Pode tirar...

— Pode deixar — disse ele.

Com a boca aberta e quente no pescoço dela, ele não tirou o vestido. Em vez disso, puxou a calcinha dela para baixo e acariciou seu clitóris, sem hesitação. E de novo. E de novo.

— Já está toda molhada pra mim — disse ele, chupando a clavícula dela. — Você aguenta dois dedos, Wren? Posso te comer com eles?

As pernas dela tremeram, e ela apertou os ombros duros dele, os músculos se movendo sob suas mãos enquanto ele passava os dedos ao redor da abertura, espalhando o fluido por toda a boceta.

Antes que ela acabasse de dizer *sim, por favor*, os dedos dele estavam dentro dela, esfregando e se contorcendo, os nós acertando onde...

Ai, meu *Deus*.

Ele fez pressão forte no clitóris com o polegar, e ela gemeu e cambaleou. Ele a segurou com um braço firme nas costas, lambendo um ponto sob a mandíbula que a fez perder o ar.

Ela estava sem palavras, mas Alex tinha o suficiente para os dois, murmúrios quentes como o sol de verão, ásperos como as rochas que quebravam as ondas na orla.

— Eu queria fazer isso no jantar — dizia ele, massageando, circulando, pressionando o clitóris com o polegar. — Queria meter a mão debaixo do seu vestido e te comer assim por baixo da mesa até você gritar e gozar bem no meio daquele salão cheio de gente, sem conseguir se conter.

Lauren sabia que ele nunca faria nada que ela não quisesse, mas...

O corpo dela tremeu ao imaginar a cena que ele descreveu, e ela fez força contra a mão dele, se preenchendo com aqueles dedos ágeis em movimento, empurrando o polegar dele com mais força no clitóris, precisando de um pouquinho...

Alex tirou a mão de baixo do vestido, e ela acabou tremendo no limite do orgasmo, fraca demais para fazer qualquer coisa que não cair na cama quando ele se levantou e a empurrou no colchão.

— *Não* — gemeu, sem a menor vergonha. — Eu estava *quase*.

— Eu sei — disse ele, e não parecia nada arrependido. — Sobe mais na cama.

Foi uma ordem, e Lauren obedeceu, indo mais para trás enquanto ele puxava a calcinha dela e jogava do outro lado do quarto.

Em um gesto fluido, ele levantou a saia do vestido dela até a cintura. Com as mãos quentes e duras, afastou os joelhos dela e abriu bem as coxas, e logo mergulhou entre elas.

Alex voltou a penetrá-la com os dedos, esfregando insistentemente o que devia ser seu ponto G, porque *puta merda*, mas ela nem conseguia se concentrar nisso, já que aquela língua dele... Aquela *língua*.

Ela segurou o cabelo dele. Arranhou os ombros. Abriu as pernas até não dar mais.

Na noite anterior, ele tinha aprendido do que ela gostava, e usou todo o conhecimento para levá-la à loucura. Ele passou a língua ao redor e por cima do clitóris dela, depois chupou *e* passou a língua, enquanto os dedos giravam e a massageavam sem piedade, e...

— Alex, eu... — disse ela, sacudindo a cabeça, frenética. — *Alex*.

Ela gozou com um grito alto, arqueando as costas e se esfregando no rosto dele, na língua dele, nos dedos dele, tomando dele o que precisava. O corpo dela se desintegrou, tremendo em espasmos tão fortes que quase doíam.

— Que bom — disse ele, beijando a coxa dela. — Mais um, e depois você vai gozar no meu pau.

Dessa vez, ele encaixou as pernas dela nos ombros dele e a penetrou com a língua antes de voltar a atenção total para o clitóris. As pernas dela tremiam a cada chupada, cada lambida.

Demorou mais do que o primeiro orgasmo, mas, quando ela gozou, foi gemendo e puxando o cabelo dele, afundando a cara dele nos espasmos da sua boceta.

Depois de Lauren desabar no colchão, Alex secou a boca e a barba com o dorso da mão e se ajoelhou entre suas pernas abertas e exaustas, com o olhar quente de desejo e satisfação.

Caralho. Ele ainda estava todo vestido.

Na verdade, se ela abaixasse o vestido, também estaria. Porém fazer isso exigiria energia que ela não tinha no momento, e, visto que ele tinha acabado de enterrar aquela cara linda na boceta dela, se cobrir parecia meio inútil.

Ele passou a mão pela coxa dela em um gesto possessivo.

— Quer mais?

Lauren estava suada e exausta, mas queria sentir o pau dele dentro dela. O pau que empurrava a braguilha daquela calça chique, o pau que tinha preenchido sua boca na noite anterior.

Era tão duro, gostoso e perfeito quanto ele.

Mais cedo, ela o havia imaginado por cima pela primeira vez. Porém, foi antes de ele tê-la destruído duas vezes em meia hora, e ela queria retribuir o favor.

— Quero ficar por cima — falou, se levantando um pouco, apoiada no cotovelo trêmulo. — Se for tudo bem por você.

Alex abriu um sorriso safado e se acariciou com firmeza por cima da calça.

— Se quiser montar no meu pau, fique tranquila, Wren: não precisa nem pedir.

Aquela arrogância acabaria quando ele estivesse dentro dela. Ela tinha certeza.

— Então tire essas roupas — disse, e, como ainda estava fraca, apontou a mesinha com a cabeça. — E ponha uma camisinha.

Ele se despiu devagar, provocante, um botão de cada vez, com o olhar pesado em seu corpo.

Como ela já tinha gozado duas vezes, precisava de ajuda para chegar lá de novo, e ele estava parecendo calmo até demais. Ela levantou o joelho esquerdo e deslizou a perna direita para o lado, passou a mão por cima da barriga e se acariciou com dois dedos.

Ela conhecia o próprio corpo, o ritmo e a pressão que funcionavam. Em um minuto, já estava arfando um pouco, se esfregando nos próprios dedos.

Em resposta, ele arrancou a camisa por cima antes de acabar de desabotoar, com o peito ofegante, e acabou se acertando com o cinto que puxou rápido demais.

— Cacete — gemeu ele, massageando a vermelhidão no ombro, mas não parou de olhar os dedos entre as pernas dela, e não parou de desabotoar a calça com a outra mão. — Foi culpa sua, Wren. Sua e desses dedos obscenos, obscenos e safados, no seu clitóris.

Ela deu de ombros, sem dó.

— Isso que dá ficar fazendo doce.

Ele puxou a calça e a cueca para baixo em um só movimento, e ela parou de se tocar para vê-lo arrancar a roupa aos chutes.

Lauren tinha visto Alex pelado na véspera, mas ainda não acreditava naquilo. Aquela pele bronzeada e reluzente. Aquele porte esguio pontuado por ombros largos e musculosos, e pela bunda redonda e durinha. Aquele pau grosso, vermelho, tremendo junto à barriga chapada enquanto ele botava a camisinha.

Com um salto ágil, ele estava na cama, engatinhando até ela. Então, a empurrou contra o colchão, com o corpo pesado e quente sobre o dela, a língua molhada deslizando na dela.

Ele não tinha mais gosto de menta. Tinha o gosto dela.

Alex deslizou as mãos pelo quadril de Lauren, pela barriga, até acariciar os seios, apertando de leve os mamilos. Ele abaixou a boca e pegou um deles entre os lábios, lambendo até ela voltar a arfar de desejo. Passeou as mãos pelo corpo dela até a bunda e apertou, fazendo-a se contorcer.

Já bastava de preliminar. Lauren queria sentir ele dentro dela.

À menor pressão da mão dela, ele rolou para o lado e se estatelou de barriga para cima. Ela montou no quadril dele, e ele segurou o pau, a postos.

Era muito grosso para descer em um só movimento, então ela foi afundando um centímetro por vez, enquanto ele a alargava.

Alex apertava o quadril dela com dedos fortes, e mantinha a cabeça firme no travesseiro, corado, tensionando a mandíbula de esforço. Porém, ele não deu impulso com o quadril nem tentou controlar o ritmo dela. Em vez disso, apenas arfou, soltando *caralho, puta merda, Wren, caralho* enquanto ela o acolhia.

Até que ele a penetrou completamente, tão fundo que ela precisou rebolar um pouquinho, só para ver como era, e... ah. Ah, sim.

Ele ronronou, soltando um daqueles *aaaaaah* sinuosos, e levou as mãos aos peitos dela, acariciando, puxando os mamilos, passando os dedos até a sensação descer em um raio para seu clitóris.

Talvez ele preferisse se ela quicasse nele, mas aquela rebolada suave, aquele pequeno movimento de frente para trás, era muito gostoso. Ela fez de novo e de novo, com as mãos apoiadas nos ombros dele, até fechar os olhos para sentir como ele pressionava e escorregava dentro e contra ela.

— Cacete, Wren — disse ele, beliscando o mamilo dela com mais força, até ela tremer. — Sua boceta é tão gostosa, e esse seu jeito de apertar meu pau...

Quando ela apertou os músculos involuntariamente, ele arfou e pegou a cintura dela com as duas mãos, fazendo força para baixo e a esfregando nele.

Com aquela pressão adicional, ele afundou ainda mais nela, e Lauren gemeu alto.

Com a voz rouca, ele perguntou:

— Posso meter por baixo?

Ela não era pequena, então aquela parecia uma ideia otimista. Mas também parecia algo que ela ia querer experimentar desesperadamente.

Lauren se curvou, levou a boca ao mamilo dele e fechou os dentes com a pressão cuidadosa que ele preferia, e um som bruto escapou da garganta de Alex, vibrando pelo peito. Então, ela levantou a cabeça e sorriu. Ele estava corado e suado também, com as pupilas imensas, de olho nela, e só nela.

— Por favor — pediu Lauren, sabendo como ele amava ouvir aquilo, e como ia amar o que ela diria a seguir. — Mete em mim, por favor.

Alex explodiu em movimento debaixo dela, as mãos grandes agarrando o quadril dela com força suficiente para doer, de pés firmes no colchão para rebolar sob ela. Mesmo com tanta força, não dava para ele se mexer tanto assim, mas era... impressionante.

Tanta fricção. Tanto prazer.

Ela gemeu de novo, grave e demorada, sem conseguir desviar o olhar de sua expressão dominante.

— Fazer você... quicar no meu... pau, Wren — disse ele, sorrindo, com o pulmão como uma válvula que tentava pegar ar enquanto ele metia nela. — Quer... apostar que...

Quando ela torceu os mamilos dele, Alex ficou boquiaberto e lambeu os lábios.

Ela mal conseguia formar palavras, mas conseguiu dizer uma:

— Diga.

Alex parou com o quadril debaixo dela, e ela gritou em protesto.

— Quer... — tentou ele, e lambeu os lábios de novo, recuperando o fôlego. — Quer apostar que eu consigo fazer você gozar assim um dia? Sem as mãos?

Nem precisava de aposta. Ela estava roçando o clitóris nele a cada rebolada, e já estava no limite de novo. Sem as mãos.

O que ele já sabia, óbvio, porque estava com cara de convencido de novo, e dane-se.

Lauren apertou o pau dele de propósito dentro dela, com a maior força que conseguiu, e ele soltou de novo aquele som grave e bruto, e a segurou no lugar enquanto levantava o quadril.

Ela abriu ainda mais as pernas, sem nem pensar.

— Não vou demorar, Wren — disse ele, mexendo o queixo, com as veias saltando no pescoço. — Precisa dos meus dedos?

Para isso ele talvez tivesse que parar de — ah, por que não dizer logo? — quicar ela no pau, então, não. Ela queria sentir aquela força entre as coxas, naquele e em todo momento.

— Melhor os meus. — Lauren arfou, e passou a mão entre o corpo suado dele e o dela.

Quando ela acidentalmente roçou no pau em movimento, ele gritou e rangeu os dentes.

— *Wren*. Não dá...

Ela esfregou com força, e ele meteu nela incansavelmente, até ela gozar, fazendo força ao redor dele, em êxtase, gritando enquanto Alex afundava o pau nela uma última vez. Ele tremeu debaixo dela, e um rugido escapou de sua garganta e ecoou pelo quarto.

Acabaram os dois arfando, esgotados, e Lauren caiu para o lado, arquejando um pouco quando ele saiu de dentro dela. Assim que se livrou da camisinha, Alex entrelaçou os dedos nos dela. Fora isso, nenhum dos dois se mexeu por muito, muito tempo.

Finalmente, ele pigarreou, e ela virou o rosto em sua direção.

— Vamos fazer isso mais um milhão de vezes — disse ele. — Tipo, agora mesmo.

Lauren se apoiou no cotovelo e deu uma olhada no pênis dele, que estava amolecendo, encostado na coxa.

— Bom argumento. — Alex riu. — A alma é ávida, mas a carne tem que repousar.

— A minha não tem.

Ela precisava dizer.

— Exibida — reclamou ele, mas foi sorrindo que se levantou o suficiente para beijá-la de novo, a mão extremamente talentosa subindo devagar pela coxa dela. — Que bruxa exigente.

Pelo brilho no olhar dele, ela sabia o que aconteceria em seguida, e o milhão de vezes não parecia mais tão ridículo.

Parecia a quantidade certa.

27

Quando o despertador do celular tocou pela terceira vez, Alex resmungou, levantou, relutante, o braço da barriga redonda e quente de Wren e rolou para o lado para clicar na tela. O silêncio voltou ao quarto escuro, e ele se levantou um pouco para ver se ela também tinha acordado.

Lauren ainda estava encolhida de lado, de costas para ele, respirando de forma regular e devagar. Com cuidado, ele afastou um pouco do cabelo macio e fino do rosto dela e, não. Ela ainda estava de olhos fechados, rosto relaxado, corpo imóvel.

Ela estava esgotada. E por causa dele. Wren, que normalmente acordava com o primeiro despertador e tolerava o hábito dele de usar a função soneca.

Ele se sentia um rei. Melhor, um *deus*.

A ocasião merecia uma camiseta.

TREPEI COM A MULHER AMADA ATÉ ELA FICAR DESACORDADA, E SÓ GANHEI ESTA CAMISETA E TRÊS ORGASMOS ESPETACULARES.

Ou: UMA CAIXA DE CAMISINHA: $9,99. ESGOTAR WREN COM MEU PAU: NÃO TEM PREÇO.

Ele arranjaria uma dessas imediatamente, assim que voltasse para casa. Enquanto isso, se gabaria. Mas não agora, porque ela precisava dormir e ele tinha compromisso. Infelizmente.

Alex se vestiu em silêncio e rabiscou um bilhete rápido, que deixou na mesa de cabeceira. Sem conseguir resistir, deu um beijo leve na testa dela antes de sair e fechar a porta com tanto cuidado que mal fez barulho.

A mensagem de Zach na noite anterior — recém-desbloqueado — dizia que eles deviam se encontrar em uma área aberta e isolada, do lado oposto do terreno vasto do hotel em que aconteceria a cerimônia de casamento mais tarde. Entre um jardim e o bosque dos arredores, a área com lugar para sentar deveria ser afastada o suficiente de tudo e todos, assim desencorajaria curiosos.

Quando Alex chegou, Zach já estava lá, de óculos escuros e cabelo loiro penteado para trás, digitando no celular.

Ao ouvir o cliente chegar, ele levantou um dedo.

— Um minuto.

Como não tinha tomado café da manhã, também não tinha tomado remédio, então Alex ficou andando em círculos na clareira enquanto esperava. Ele provavelmente deveria ter acordado mais cedo para comer, mas o agente não ia demorar tanto para dizer "ninguém quer trabalhar com você, tenha uma boa vida, ou não, tanto faz, flw vlw".

Zach desligou a ligação e deixou o celular na mesinha de madeira entre as duas cadeiras, fazendo sinal para Alex se sentar.

Mas ele recusou, balançando a cabeça.

— Ainda não tomei o remédio. Preciso me mexer.

Zach revirou os olhos e... isso. Era por *isso* que Alex deveria ter se afastado dele há muito tempo, se não fosse a culpa e responsabilidade que sentia pelo antigo amigo e eterno parceiro profissional.

Se Zach revirasse os olhos assim para Lauren, ele o demitiria sem pestanejar. Então por que deixava o agente desrespeitá-lo havia tanto tempo? Por que sentia tanta culpa, se Zach tinha ganhado muito dinheiro com a parceria deles e construído um portfólio de clientes muito bom e bem-sucedido?

— Bom saber que você está disposto a atender meus telefonemas — disse Zach, torcendo a boca. — Mas, já que a única notícia boa chegou ontem, não faz diferença. Antes, era só um bando de produtores avisando que você não estava mais cotado para vários papéis.

Notícia boa?

Alex parou diante de Zach, se balançando para a frente e para trás.

— O que aconteceu?

Zach tirou os óculos escuros e também os deixou na mesinha.

— Para concorrer de igual para igual com os outros serviços de streaming, o StreamUs está expandido rapidamente a programação original, tanto de ficção quanto de reality. Eles estão dispostos a contratar talentos únicos, construir um hype. Agora, entre sua confusão na Con dos Portões e seus vídeos recentes, tem pouca gente em Hollywood com tanto hype quanto você. Para o bem e para o mal.

— Eles querem... — perguntou Alex, franzindo a testa, chocado. — Eles querem me contratar para alguma coisa?

Bom, disponível ele estava. Mas a vontade dependeria do projeto.

— Caso você não tenha notado, seus vídeos de viagem viralizaram, Alex. Neste momento — disse Zach, olhando o celular —, cada um já tem mais de vinte milhões de visualizações, e o StreamUs reparou. Eles querem produzir um programa de viagens com você. Filmar suas viagens na estrada.

Vinte *milhões*? Puta que pariu.

Zach curvou a boca em um sorrisinho satisfeito, o primeiro que Alex via nele havia meses.

— O diferencial é que seria imprevisível, sem censura. Eles querem suas reações honestas. Sem bipe nos palavrões, sem ordens para você baixar a bola. Vai ser para o público adulto. Sua incapacidade de calar a boca e controlar o que diz vai ser útil uma vez na vida.

Caralho, parecia até... divertido?

— Espero que você esteja interessado, porque acho que não vai aparecer nenhuma outra oferta — disse Zach, se inclinando para a frente, e toda a raiva que ele transpareceu antes passou bruscamente. — Se você quiser uma carreira em Hollywood, o jeito é esse. O único jeito.

Trabalho. Trabalho que ele curtiria de verdade. Trabalho que permitiria que continuasse sustentando a mãe, a ONG e Dina, e talvez até oferecer uma vida confortável para...

Ele sentiu um nó no estômago e caiu sentado na cadeira vazia.

Se ele fosse viver viajando, como ficaria Wren?

O agente ainda estava dando os detalhes.

— Querem que você tenha uma dupla, que nem nos vídeos. Estão interessados em zoeira, um pouquinho de tensão de paquera, essas coisas.

Ah, graças a Deus.

— Então está resolvido. Lauren pode ser minha dupla — disse Alex, sorrindo para o agente, a animação voltando a queimar suas veias. — Assim, eles vão ter exatamente a química de que gostaram nos vídeos e eu vou poder ficar com ela. Só vantagem.

Ela nem precisaria escolher entre as duas opções escrotas de trabalho. Sem pronto-socorro, sem playboy terapeutizado. Só vantagem *mesmo*.

Zach abriu a boca e fechou.

Quando voltou a falar, cada palavra saiu lenta, hesitante, como se ele estivesse pensando na frase antes de falar em voz alta. Alex não sabia o que ele estava prestes a dizer, mas, considerando a testa franzida e a expressão tensa de Zach, não era nada muito agradável.

— Eu... Eu acho que não vão aceitar a srta. Clegg.

— Ah, é? — perguntou Alex, cruzando os braços. — Você perguntou?

— Na verdade, perguntei, sim — disse o agente, e suspirou. — Alex, eu conheço você. Nos conhecemos há quase duas décadas. Sei que você gosta dela, mas...

— É Lauren ou ninguém.

Os mil pensamentos que giravam na cabeça de Alex não iam parar, era impossível, mas disso ele tinha certeza.

Zach meneou a cabeça.

— Posso perguntar de novo se você quiser, mas...

— Mas o quê?

Ele se levantou de um pulo e voltou a andar em círculos.

— Quando falei da possibilidade, eles... — disse Zach, passando o dedo no braço da cadeira. — Eles estão preocupados com o... interesse do público.

Alex nunca entenderia.

Depois do que Wren tinha contado sobre seu passado, depois do encontro com aquela fã escrota, depois do que o primo havia escrito, ele sabia que muita gente — a maioria das pessoas, até — considerava suas feições assimétricas e intrigantes e seu corpo redondo e baixo feios. Ele também sabia que algumas dessas pessoas seriam cruéis o suficiente para usar esses fatos como desculpa para desdenhar da importância dela, ou agredi-la de algum modo.

Ele sabia. Mas não entendia.

Simetria era ridículo, e eles moravam justo em *Los Angeles*. Mulheres altas e magras não estavam em falta por lá.

Wren não só era a maldita mulher-ave mais fofa e gostosa da face da terra, como também era especial, engraçada, inteligente, charmosa, gentil e a coapresentadora de um programa de viagens perfeita, e ele ia meter a porrada em quem tentasse argumentar o contrário.

— Sugeri que talvez ela pudesse ficar atrás das câmeras, como tem feito até agora. — Ao ver a expressão de Alex, Zach acrescentou, apressado: — Tive a impressão de que ela ficava desconfortável em ser filmada, já que só vimos o braço dela nos vídeos.

Tá, era justo. Alex relaxou os punhos e continuou a andar em círculos.

— Mas querem uma dupla que apareça, e não aceitaram ela no papel. E acho que se você insistir, eles vão retirar a oferta — disse Zach, e coçou o rosto com as duas mãos. — Me dá uma ajudinha aqui, Alex. Me diz como fazer essa oferta funcionar para você e para o StreamUs.

Devia existir solução, mas a cabeça de Alex estava toda confusa.

Droga, ele precisava se concentrar, aquela era uma conversa crucial, mas para isso precisava tomar o remédio, e para isso precisava do café da manhã. Nada de voltar rápido para o quarto.

— Lauren e eu somos um pacote — disse ele, pois essa era sua única certeza. — Então vamos comer para eu tomar meu remédio. Aí a gente pode conversar sobre estratégia de negociação. Se acharmos a abordagem correta, podemos convencê-los a aceitar. Eu sei que vão.

— Pelo menos um de nós acha isso — resmungou Zach, depois se levantou e guardou o celular no bolso. — Tá. Vamos tirar essa manhã para pensar no que fazer.

Se dependesse de Alex, até a hora do começo da cerimônia Zach já estaria pronto para argumentar com o StreamUs. E, se tudo corresse bem, Wren nunca precisaria nem saber que sua aparência tinha sido um empecilho.

Ela dizia que aquele tipo de coisa não a magoava, mas tinha que doer, pelo menos um pouco. Ele também não queria dar a ela uma impressão negativa do próximo contratante, porque pretendia fazer aquele acordo dar certo. Por ela. Por eles.

Mesmo que, para isso, precisasse enfrentar um canal de streaming inteiro e o próprio agente.

Lauren não acordou preocupada.

Não com a lembrança da noite longa de intimidade, do ardor e afeto inconfundíveis de Alex, tão recente. Não depois de ele sugerir uma viagem pela orla da Flórida, incluindo uma parada para ela conhecer a mãe dele pessoalmente. Não considerando o jeito dele de dormir abraçadinho a ela.

E especialmente não depois de ver o bilhete que Alex tinha deixado na mesa de cabeceira: *Reunião com agente. Já volto, então melhor ficar na cama, Wren.*

Ele tinha assinado com um coração e um *A* maiúsculo e destacado.

Não, ela não estava preocupada.

Só que... ele não voltou logo. Não voltou nem de manhã. Depois de finalmente se levantar e tomar um banho, Lauren mandou uma mensagem preocupada. Felizmente, ele respondeu imediatamente com um pedido de desculpas, mas sem muita explicação. Escreveu apenas:

Está demorando mais do que previsto. Desculpa.

Quando ele voltou, faltava meia hora para o casamento, e ela estava usando o vestido preto de renda. Com o olhar nebuloso e distante, ele deu um beijo nela, pediu desculpas de novo, elogiou o vestido e se apressou para tomar banho também.

Eles foram quase correndo para a cerimônia — em uma bela clareira à beira do rio, entre sequoias gigantes, com um corredor ladeado de flores — e chegaram bem a tempo de se instalar nas cadeiras no fundo antes de começar a música.

Alex passou o braço pelo ombro dela e brincou com as pontas do cabelo, mas estava focado na cerimônia, com o maxilar rígido de tensão, e a atenção...

Ela não sabia. Honestamente, não sabia.

O que o agente podia ter dito para ele?

Quando acabou a cerimônia e os convidados seguiram para o salão amplo do hotel, onde aconteceria a festa, ele também não falou muito.

— Recebemos uma possível oferta, mas ainda temos que negociar — disse ele, de mãos dadas com Lauren e andando devagar por sua causa, mas ainda sem olhá-la. — Espero ter notícias em breve.

Ela teria perguntado mais detalhes, mas os outros convidados finalmente tinham notado a presença de Alex, e um fluxo constante de fãs, amigos e poderosos de Hollywood surgia atrás dele. Alguns o cumprimentavam com sincera admiração, e outros obviamente só queriam fofoca.

Ele cumprimentou todos com um sorriso charmoso e ficou ao lado dela no salão, acariciando seus dedos com o polegar. Porém, depois de tanto tempo com ele, ela reconhecia os sinais de distração.

O humor afiado dele estava menos ágil, e ele não parecia notar os olhares incrédulos que ela recebia, nem aqueles que simplesmente a ignoravam, mesmo depois de ele apresentá-la.

Normalmente, ele faria todos pagarem por isso. O que causaria um escândalo, então era bom que ele não notasse.

Não era?

Outra hora de puxação de saco e eventuais ofensas que ela engoliu em silêncio, e finalmente chegaram os felizardos, então todos foram se sentar às mesas elegantemente decoradas. Foi aí que a linda noiva — Stacia, aparentemente uma atriz premiada de uma sitcom que Lauren nunca tinha visto — apareceu e puxou o braço de Alex. Ele se virou para ela, levando um susto.

— Tem lugar na mesa ao lado da minha para meu ex predileto — disse ela, com um sorriso alegre, mas pesaroso, para o resto da mesa. — Vem mais para a frente, Alex.

Ele abriu um sorriso que enrugou o rosto e se levantou para dar um abraço entusiasmado nela.

— Parabéns, Stace. Nem imagina como estou feliz por você.

Ela retribuiu o abraço com força e levantou as sobrancelhas, fingindo arrogância.

— Então vai me resgatar do papo-furado chato ou não vai?

— Só se tiver lugar para a Lauren — disse Alex, deslizando a mão pelo braço coberto de renda de Lauren. — Se não tiver, eu vou aproveitar a ótima companhia desta mesa mesmo.

O sorriso de Stacia nem falhou.

— Prazer, Lauren. Claro que tem lugar para os dois.

Não. Não, não ia rolar. Não quando a outra mesa, considerando sua posição privilegiada, provavelmente estaria ocupada pelas pessoas mais lindas e poderosas de Hollywood. Se alguém a ofendesse, Alex poderia notar e enlouquecer de raiva, e todos na mesa principal veriam e ouviriam.

A oferta que ele tinha recebido talvez fosse retirada.

Não ia acontecer de novo. Se dependesse dela, não.

— Pode ir sem mim — disse ela para Alex, mantendo a expressão neutra. — Estou com um pouco de dor de cabeça, e essa área do salão é mais tranquila.

Provavelmente. Lauren não fazia ideia, mas parecia uma desculpa plausível.

Ele franziu as sobrancelhas com força, e fez um carinho suave na têmpora dela.

— Wren...

Ela se afastou.

— Pode ir. Melhor eu ficar sozinha por causa da dor de cabeça.

Pobre Alex. Ele não estava feliz de deixá-la ali. Mas não queria discutir na frente da noiva, então estava em um impasse. Pelo menos uma vez, tinha levado uma passada de perna.

— Toma um remédio — disse ele, se permitindo ser guiado para o outro lado do salão, mas ainda a observando. — Volto para ver como você está, Lauren.

Ela imaginava que voltaria mesmo.

Chegou o jantar, e ela observou todo mundo em silêncio, como fazia antigamente, enquanto comia. Mantendo distância. Sem participar do evento.

Depois de Alex se instalar do outro lado do salão, alguns cochichos das mesas próximas chegaram a ela. *Não entendi a relação deles* e *duvido que eles estejam namorando* e *o que será que aconteceu com a cara dela?*

Quando ela estava sozinha com Alex, ela se encaixava. Eles combinavam. Mas o mundo dele não era dela, e a desconexão óbvia — em aparência, riqueza e personalidade — sempre chamaria atenção e atrairia comentários. Como ela aprendera ao longo da vida, tais comentários provavelmente seriam desagradáveis. E...

E iam causar problemas para Alex. *Ela* ia causar problemas para Alex.

Talvez não naquela noite, distraído como ele estava, mas em breve. Frequentemente. Inevitavelmente.

— Licença — disse um homem loiro de cabelo penteado para trás, que se abaixou para falar com ela, em voz baixa suficiente para manter a discrição. — Lauren Clegg, correto?

Ela dobrou bem o guardanapo e o deixou ao lado do prato.

— Sim. Como posso ajudar?

Ele ofereceu a mão, que ela apertou.

— Prazer, Lauren. Eu sou Zach Derning, agente do Alex. Queria muito conversar com você em particular por uns minutinhos.

O que ele teria para dizer para ela que exigisse tanta privacidade assim?

Nada. Absolutamente nada.

— Você trabalha para o Alex — disse ela. — Podemos conversar, sim, mas apenas na presença dele.

— Estou preocupado com ele. Achei que você fosse gostar de saber o motivo — disse Zach, e indicou a mesa do cliente com a cabeça. — É uma questão relativamente urgente, e acho que ele só vai contar para você quando já for tarde demais.

Alex passou a tarde toda distraído. Com a testa franzida. Calado.

Considerando que Zach estava ali à mesa dela, a situação poderia envolvê-la, ou exigir seu auxílio. Talvez ela devesse procurar Alex antes de conversar com o agente dele, mas não queria interromper o jantar dos noivos, e não faria mal apenas escutar. Ela poderia contar tudo para Alex depois.

Pronto. Decidido.

Ela se despediu com um aceno de cabeça para o restante da mesa, pegou a bolsa e saiu com Zach pela porta lateral do salão, seguiu um corredor comprido e se dirigiu a uma área elegante no saguão do hotel, discretamente posicionada atrás de plantas verdejantes.

Depois de se sentar, Zach não perdeu tempo.

— Ontem, Alex recebeu uma oferta do StreamUs para apresentar um programa de viagem. Paga bem e ele vai poder dizer o que quiser e ir aonde quiser — explicou ele, a encarando com seus olhos azuis. — Ele contou para você?

Lauren fez que não com a cabeça, sentindo entusiasmo — porque, caramba, essa oferta parecia perfeita para Alex — e confusão ao mesmo tempo.

Por que Zach estava contando isso para ela? E por que Alex não tinha falado nada?

O agente se aproximou mais um pouco, falando apenas um pouco mais alto do que um sussurro.

— Querem que ele tenha uma parceira. Uma outra apresentadora. Alguém com quem conversar e brincar.

Ela fechou os olhos por um momento.

Ah. Ah, não. Ele não faria isso. Ele não podia...

— Ele disse que queria você, e mais ninguém — declarou Zach. — Só que a produção quer uma apresentadora conhecida, que já tenha fãs, então o StreamUs não vai aceitar que seja você. Se ele insistir, vão retirar a oferta, e ele não tem nenhuma outra. Não sei se ele vai *receber* outra oferta, para ser sincero. Então, decidi conversar com você em particular e perguntar se é algo que você realmente deseja fazer, ou se Alex está fazendo suposições e enxergando apenas o que quer.

Lauren achava que Zach estava omitindo algumas coisas — especialmente o motivo pelo qual o canal não a aceitaria —, mas parecia sincero.

Era a cara de Alex. O que havia de melhor nele, e também de pior.

Porque, sim, era claro que ela estava comovida por ele querer sua companhia. Era claro que o fato dele sempre defendê-la e acreditar nela a aquecia até os ossos.

Mas no que ele estava pensando?

Alex podia até negar, mas certamente não estava pensando *nela*.

Lauren não era atriz. Não era estrela de TV.

Mais importante, não *queria* ser nada disso. Só queria ser *psicóloga*. Onde e como, ainda não tinha decidido, mas um encontro com a fama não tinha mudado a vocação dela. E, se ele tivesse *perguntado*, se tivesse *explicado*, era exatamente o que Lauren teria dito.

Eles definitivamente conversariam mais tarde. Talvez ela gritasse um pouquinho com ele, mas caramba. Alex precisava parar de ser tão presunçoso.

Mas o lado bom era que o problema tinha uma solução simples.

— Eu não quero participar do programa, claro que não, vou conversar com ele assim que acabar a festa. Tenho certeza de que vocês encontrarão alguém melhor — disse ela, cambaleando por um momento no salto. — Desejo sucesso nas negociações para vocês dois.

Se Alex ainda não tivesse ido atrás dela, logo iria, e se preocuparia ao não encontrá-la. Ela precisava voltar antes que sua ausência causasse qualquer incômodo.

Zach levantou a mão.

— Espere. Lauren, tem mais.

Ah, que merda.

Ela se largou na cadeira de novo.

— O que é?

— Se você recusar, ele também vai recusar — disse o agente, a encarando com os olhos azuis. — Ele não quer viajar país afora sem você.

Não. *Não.*

Ela encarou Zach, estupefata.

— Ele não disse isso. Por favor, me diga que ele não disse isso.

Lauren sentiu um embrulho no estômago de repulsa só de pensar, porque ela *não podia*. Não podia ser responsável por Alex perder a carreira pela segunda vez.

A culpa a destruiria. Os destruiria.

— Ele disse — respondeu Zach, encontrando o olhar dela. — Lauren, por tudo que Alex me contou, e por tudo que eu vi, você se importa com ele. Você quer o melhor para ele, e eu acredito, sinceramente, que essa é a última oportunidade que ele tem. Se não aceitar esse projeto, a carreira dele acabou. E o StreamUs quer uma resposta logo. Se possível, ainda hoje.

Ai, que *merda*.

Ao entender do que se tratava aquela conversa, o que o agente de Alex estava realmente pedindo, ela se encolheu e tentou continuar respirando, apesar do enjoo.

Zach falava com cautela. Com clareza.

— O projeto é perfeito para ele e, do jeito que ele gasta dinheiro, não restaram muitas economias. Ele precisa do salário. Para si, mas também para a mãe, para a ONG, para todas as pessoas que ele ajuda.

Imagino que o agente de Alex também precise de dinheiro, acrescentou uma parte mesquinha e rancorosa de seu cérebro, mas ela ignorou, porque Zach estava certo. Alex ficaria arrasado de não poder sustentar todo mundo.

Na verdade, ele ficaria bem parecido com ela naquele momento, esperando o inevitável.

Zach não a fez esperar tanto.

— Enquanto você estiver na vida dele, ele não vai aceitar esse projeto — continuou o agente, que não soava feliz com o fato, mas também não ia hesitar. — O relacionamento de vocês vale a carreira dele?

A mágoa foi mais forte, toda a calma que ela havia adquirido a duras penas e usado para proteger o coração por décadas não foi o suficiente para abafar o choro.

O agente tentou tocá-la, mas ela recuou e ele afastou a mão.

— Perdão. Mas precisei falar, porque Alex nunca falaria.

Zach conhecia o cliente desde o início da carreira de ambos, e dava para ver. Ele entendia Alex, assim como ela.

Ele era sempre oito ou oitenta. Não aceitaria outra apresentadora se ela estivesse disponível. E, mesmo que Lauren conseguisse convencê-lo de que não tinha interesse nenhum no trabalho, Alex não toleraria que ela ficasse em Los Angeles enquanto ele viajava pelo país. Ele recusaria a oferta sem pensar duas vezes, sem pensar sequer *uma* vez, e simplesmente não havia tempo para fazê-lo entender a verdade: ela não valia aquele tipo de sacrifício.

Se eles continuassem juntos, ele jogaria tudo fora por ela. De novo.

A única solução era terminar com ele.

As articulações dela doíam como se estivesse com febre, e seu coração batia descontrolado, mas Zach estava esperando, então ela tentou falar.

— Vou c... conversar com Alex antes da festa acabar.

Seria como arrancar o próprio coração, mas ela conversaria, porque não tinha outra opção.

Se o mundo dele desmoronasse de novo, não seria por sua causa. Ela se recusava a ser a responsável pela sua destruição pela segunda vez. Especialmente porque o que ele sentia por ela — o que quer que fosse — talvez não durasse fora daquela bolha em que eles viviam. Eles eram amigos havia meses, mas amantes havia menos de uma semana. Era um mero instante.

Mesmo que aquele momento fugaz tivesse parecido uma vida inteira estendida à sua frente, iluminada, sem horizonte, *dela*.

Zach estava de cabeça abaixada, com a voz carregada.

— Se servir de algo, saiba que realmente sinto muito, Lauren.

Ela fez que sim com a cabeça, e uma lágrima caiu do queixo na barriga, seguida por outra, e outra. Assim que levantou a cabeça, com os olhos embaçados e ardendo, o nariz escorrendo, ele tinha ido embora, e ela sabia o que precisava fazer.

Não podia contar para Alex que Zach tinha conversado com ela, senão ele demitiria o agente na mesma hora. Porém, ele não merecia mentiras, então ela não mentiria. Bastava dizer que tinha mudado de ideia quanto a namorá-lo. E, se ele pedisse mais explicações, a raiva que Lauren sentia por ele sempre querer tomar decisões por ela era genuína. E ela podia dar uma exagerada, se necessário. Usá-la para disfarçar o verdadeiro motivo do término.

Ela contaria a verdade — pelo menos uma parte — e... iria embora. Ergueria de volta todos os muros que ele tinha derrubado e voltaria a se tornar inalcançável. Impenetrável. Emocionalmente distante e, depois, fisicamente distante, assim que fugisse do casamento.

Se ela desse a entender que havia a menor esperança de um futuro juntos, ele a aguardaria. Ele recusaria a oferta, ou esperaria para assinar o contrato do StreamUs, só para o caso de ela voltar.

Então, ela deixaria claro que não havia esperança alguma.

Nem para si própria.

28

Depois de encontrar o lugar de Lauren vazio e não obter uma resposta do restante da mesa sobre onde ela estava, Alex seguiu para a saída mais próxima e digitou uma mensagem no caminho:
Cadê você? Está tudo bem?
Como ela não respondeu, ele foi para o quarto e, felizmente, lá estava ela. Só que... *puta merda*, o que tinha rolado?
A pele dela não estava apenas pálida, mas lívida. Os lindos olhos estavam avermelhados, e as pálpebras e o nariz estavam inchados e rosados.
Pior ainda, ela estava com aquela expressão outra vez. A expressão que ele odiava e não via tinha meses. Neutra. Distante, apesar de visivelmente abalada.
Alex sabia o que Lauren estava fazendo: se protegendo. Mas do que, ele não sabia.
— Caralho, o que aconteceu? — perguntou ele, com raiva, porque o filho da puta que a magoara assim merecia *pagar*.
Ele se aproximou e pegou a mão dela. Após um único aperto fraco, ela o soltou e recuou um passo... alguma coisa tinha dado errado. Muito, muito errado.
Lauren abriu um sorriso que não chegou aos olhos vazios.
— Preciso ir.
Para onde? Para outro hotel? Para casa?
— Como...
— Alex.
Ela engoliu em seco, mas parecia tranquila.
— Me deixe explicar — pediu.
Alex sentiu um frio na barriga de pavor e se largou abruptamente no sofá baixo, com as pernas bambas.

— Alguém falou alguma coisa? Porque eu juro por Deus que...
— Tenho que interromper nossa viagem.

Os cantos da boca larga de Lauren estavam pálidos, mas ela continuava a sorrir, ainda tão calma que ele queria sacudi-la.

— Vou pegar um avião para casa hoje.

Foi um soco no peito, tão brutal que ele perdeu o fôlego, perdeu a fala. Só conseguia olhá-la, atordoado, com o estômago embrulhado.

— Eu... — continuou ela, e parou para engolir em seco. — Eu sou muito grata pela sua companhia nesses últimos meses. Você foi um... amigo tão bom. Quando a gente se conheceu, eu estava com *burnout*, e agora estou melhor. Por sua causa. Estou melhor, e posso voltar a trabalhar. Obrigada.

Outro soco. Outro sopro de ar escapando de seus pulmões.

Um amigo bom. Uma porra de um *amigo* bom.

Ele era mais do que isso. Depois daqueles últimos dias juntos.

— Wren — chamou ele, esmagando as mãos entre os joelhos, com tanta força que os dedos estalaram e as articulações doeram. — Você estava chorando. Me conta o que *aconteceu*, cacete.

— Às vezes, quando estou me sentindo mal, fico com os olhos vermelhos — respondeu ela, e deu de ombros em um movimento brusco. — Enfim, antes de ir embora, eu queria te agradecer por toda a sua gentileza. Eu, hum... eu vou sentir saudades.

Ele se encolheu, de ombros curvados, tremendo, porque... ela ia sentir *saudades*? Ou seja, não queria mais ficar com ele?

Ela deu as costas para ele rapidamente e se dirigiu ao guarda-roupa. À mala. Talvez ela não estivesse chorando, mas ele estava, porque foda-se o orgulho. Foda-se qualquer coisa que não fosse dar um jeito de trazê-la de volta.

— E... — tentou, ofegante. — E a gente, Lauren?

Ela parou, de costas para ele.

— Eu... eu gosto de você. Você sabe.

— Sim — respondeu ele, rindo, um som tão alto, feio e amargo que doeu em seus ouvidos. — Achei que sim. Achei que soubesse.

Lauren abaixou a cabeça, mas quando falou foi sem emoção.

— Isso... o que vivemos... — disse, e fez mais uma pausa. — Foi uma distração. Férias da realidade. Mas férias sempre terminam, e temos que voltar à vida real. A sua é em Hollywood. A minha, no pronto-socorro.

Depois de tudo o que ela contara, os anos trabalhando no pronto-socorro não eram uma *vida*. Eram uma *existência*. Abnegação por dinheiro, e a ideia de ela voltar para lá doía como se alguém o tivesse apunhalado com força.

— Não precisa ser só uma *distração*! — exclamou ele, se levantando de um salto e andando em círculos na frente do sofá, a pulsação martelando suas têmporas. — Recebi uma oferta para um programa de viagens hoje, e quero que você apresente comigo. A gente pode explorar o mundo juntos, Wren. Pode ser sua vida. *Eu* posso ser sua vida.

Ela ainda estava debruçada na mala, imóvel, e ele continuou antes que ela pudesse responder. Antes que ela pudesse recusar. Antes que ela pudesse deixá-lo.

— Ou, se preferir ser minha assistente, se não quiser aparecer na frente da câmera, a gente pode fazer assim. Não me importo. Desde que você esteja comigo.

Ele passou os dedos pelo cabelo e pegou uma mecha no punho, com tanta força que arrancou vários fios.

— Eu preciso de você, Wren. Por favor.

Ela inspirou profundamente. Então, enfim, se virou de novo para ele, com uma expressão rígida. As bochechas redondas estavam pálidas, mas secas. Lauren focou em algum lugar atrás dele, ao longe, onde devia haver algo mais importante do que ele.

— Essa visão que você tem do nosso futuro — disse Lauren, devagar —, o que fez você pensar que seria algo de que eu gostaria? Algo que eu aceitaria?

Como... como assim?

— Eu achei... — começou ele, e jogou as mãos para o alto, em pânico, com a cabeça ardendo. — Achei que você *gostasse* de viajar comigo, de filmar nossos vídeos.

Ela apertou a alça da mala, e o plástico rangeu sob a pressão.

— Eu gosto. Eu gostei. Mas nem por isso quero viajar com você sem rumo, por tempo indeterminado, fazer disso minha carreira.

— A gente dá um jeito, Lauren. É só me dizer do que você precisa — suplicou ele, tão rouco que arranhou a garganta. — Você pode escolher o itinerário, ter seu próprio trailer. Caramba, se quiser podemos até determinar um máximo de dias por mês para a gente...

— Alex.

Ela fechou os olhos enquanto respirava fundo e, ao abri-los, o encarou com o olhar límpido.

— Você nunca pensou em quem eu sou? — perguntou ela. — Não notou como ser psicóloga é importante para mim?

Ele ficou paralisado.

— Você não escutou — disse Lauren, fechando a boca com força. — Você não me escutou.

Todos os protestos apaixonados morreram em sua língua.

A vergonha o inundou, tão pesada que as pernas travaram. Ele tremeu, e só conseguia fitar o chão.

Egoísta. Ele tinha sido imperdoavelmente egoísta *de novo*.

Lauren estava certa. Alex não tinha escutado. Não tinha prestado atenção.

Ele tinha *presumido* que ela queria o mesmo que ele. Que o trabalho dele também a faria feliz. Que ela o amava — ou podia vir a amá-lo — como ele a amava.

Alex não tinha ouvido ela, e tinha entendido errado. Tinha interpretado mal o afeto dela, como algo além de amizade e um pouco de sexo casual.

Só que sexo, para ele, não era casual. Nunca tinha sido.

Mas isso não era problema dela. Ele não era mais responsabilidade dela.

Lauren acabaria sobrecarregada pelo trabalho de novo, e ele não podia dificultar a vida dela com sua carência, com suas exigências egocêntricas, sendo que, em breve, ela não teria tempo nem energia para oferecer a ele.

Vou sentir saudades, ela dissera, e ele entendeu.

Em breve, ela não teria mais espaço para ele. O que era correto.

Fazia muito tempo que ele a achava boa demais para ele. Essa conversa era apenas a prova, e, sinceramente, que bom para ela. Que bom que ela tinha percebido.

— Alex?

Lauren se aproximou e o observou, franzindo a testa.

Porém, ele não era paciente dela, nem namorado. Era apenas um amigo com quem tinha transado, e ela não precisava desperdiçar sua preocupação com alguém como ele.

— Eu não escutei. Eu não pensei. Eu não notei.

Alex riu dessa vez sem amargura. Apenas derrota.

— Mas, afinal, quando é que noto? — perguntou.

Ela mordeu o lábio, e ele não aguentava mais seu julgamento. Segurando o choro, Alex tentou sorrir para ela.

— Por que não faz as malas enquanto eu vou me despedir de Stacia e do marido por você? — perguntou ele, e deu as costas para ela, alcançando a maçaneta. — Volto em meia hora para ajudar a levar suas malas até a porta.

Ele saiu para o corredor antes que ela pudesse responder.

No térreo, no saguão, Alex escancarou a porta de um banheiro e se trancou lá dentro. Digitou uma mensagem para Zach com dedos trêmulos:

Preciso de uns dias para pensar. Enrole se puder. Desculpa.

Engolindo em seco, ele guardou o celular de volta no bolso.

Alex tropeçou e desabou no piso de mármore, machucando os joelhos, mas era apenas outra pontada de dor em um corpo já torturado por agonia. Ele não conseguiria conter aquilo por mais um momento sequer.

Ali, onde ninguém o veria, ele chorou até vomitar.

* * *

Na terça-feira de manhã, Alex estava de volta em casa.

Marcus tinha chegado no hotel muito tarde na noite de sábado, levando tanto a mala quanto um saco de doces estranhos que chamou de cacrofinuts. Ele dormiu algumas horas no sofá-cama, enquanto Alex passou a noite se lamentando e cheirando as fronhas, como se ainda pudesse sentir o cheiro de Lauren. De manhã cedo, eles começaram a viagem de volta pela orla, que durou dois dias, se alimentando à base de doces e café.

Por causa do temperamento instável de Alex, Marcus assumiu a direção e nem sequer reclamou. Nem quando Alex escolheu playlists cheias de baladas dramáticas de dor de cotovelo dos anos 1980. Incluindo "Broken Wings", de Mr. Mister, que ele botou seis vezes seguidas antes do sofrimento cada vez mais visível de Marcus fazê-lo mudar para "Every Rose Has Its Thorns", do Poison, e depois para "What About Love?", do Heart.

— Sabe — disse Marcus finalmente, depois da quarta repetição de "The Flame", do Cheap Trick, com a voz tensa, mas paciente —, muita música foi feita depois da virada do século. Até música triste com guitarra.

Alex olhara pela janela, para um penhasco distante que terminava em ondas violentas.

— O sintetizador conversa com a minha alma.

Marcus erguera a mão, se entregando, antes de voltar a dirigir.

Quando finalmente chegaram à casa de Marcus em Los Angeles, ele saíra de trás do volante com um gemido, se espreguiçando.

— Quer passar um tempo aqui?

Os dois sabiam que Marcus preferia estar em São Francisco com April, e Alex podia até gostar de companhia, mas talvez ele precisasse de um pouquinho de solidão. Certamente era o que ele merecia.

— Nah — dissera, batendo a porta do carona e dando a volta no carro. — Mas valeu pela oferta, cara.

Marcus franzira a testa.

— Está bem para dirigir até em casa?

— Estou, sim. Graças a você.

Antes de pegar o volante, ele tinha dado um abraço rápido e forte no melhor amigo e dito:

— Até sexta.

Marcus e April iam para Malibu no fim de semana e tinham convencido Alex a acompanhá-los. Até lá, ele pretendia evitar a internet e sumir de vista. Talvez já estivesse melhor na sexta, mas duvidava.

Na noite anterior, de volta na própria cama, ele mal havia dormido. Nem uma longa caminhada na trilha escura e tecnicamente fechada mais perto de casa o tinha ajudado a desanuviar a cabeça confusa, ou a aliviar a dor constante no peito.

Ali estava ele, escondido no próprio quintal para evitar a preocupação de Dina, comendo devagar as panquecas de maçã com *sour cream* e tentando não pensar em Wren.

Tentando e fracassando.

Finalmente, ele empurrou o prato e tomou o remédio de TDAH só com café. Não importava se ele sentiria dor de estômago depois. Podia ser interessante sentir dor em algum lugar além do coração.

Quando conferiu o celular, tinha três mensagens novas de Zach. StreamUs estava insistindo por uma resposta, e o agente dele também. *Não sei quanto mais tempo vão dar*, dizia o último e-mail de Zach. *Fala sério, cara, não é exatamente o tipo de oportunidade que você quer?*

Era, sim. Zach estava certo.

Só que...

Alex se recostou na cadeira e olhou para o terreno dele. A vista dele. A casa dele.

Quando era criança, às vezes tinha que passar um ou dois meses com a mãe em hotéis baratos de beira de estrada, com quartos queimados de cigarro, trincos quebrados e pulgas, porque ela não tinha dinheiro para o aluguel.

E agora, se quisesse, ele podia viajar de carro pelo país todo — talvez até explorar o mundo — com estilo, e ainda ser pago por

isso. Muito bem pago. Só precisava fazer piadas bestas, abrir sorrisos sedutores e manter o fluxo constante de baboseiras. E, quando acabasse, ele podia voltar para uma porra de um minicastelo, com sua diarista absurdamente eficiente e sua casa de hóspedes.
Uma maldita *casa de hóspedes*.
Enquanto Lauren dava o sangue no pronto-socorro, desviando de socos e ofensas à medida que salvava vidas e se esgotava, antes de voltar para seu apartamento velho com um torreão e nada mais. Enquanto a mãe dele estava sozinha na Flórida, trabalhando, arrumando estantes e envelhecendo, com o filho do outro lado do continente.
A vida dele era um poço de egoísmo. *Ele* era um poço de egoísmo.
Talvez devesse voltar a morar na Flórida, perto da mãe, e encontrar um trabalho de verdade. Mesmo que, em sua experiência, trabalhos de verdade fossem uma porcaria.
Porém não precisava decidir nada até sexta, e sua mãe merecia uma visita. Fazia meses que ele não a via. E, se estivesse desesperado por um abraço da mãe, se quisesse que ela fizesse torrada com canela para o café da manhã — sua comida afetiva preferida, sem dúvida — e dissesse que ia ficar tudo bem...
Bom, talvez também fosse egoísmo. Dane-se.
Era o jeitinho dele.
Então ele mandou uma mensagem para Zach:
Vou visitar minha mãe na Flórida, fico até sexta. A gente se fala quando eu voltar. Se retirarem a oferta enquanto isso, tudo bem.
Ele bloqueou de novo o número do agente, comprou as passagens e fez o possível para não pensar em Wren. No que ela estava fazendo. Se ela estava vendo o mesmo nascer do sol que ele, se a luz a esquentava e bania suas sombras.
Com ou sem sol, o mundo de Alex estava tão frio e escuro que parecia até que já havia anoitecido.

Grupo de mensagens de *Deuses dos Portões:* Terça-feira à noite

Carah: Ei, Alex, o que tá rolando?

Carah: Faz dias que não recebo mensagem sua, seu cuzão, e você nem respondeu as minhas

Carah: Nada de post, de vídeo, de mensagem, de e-mail, de áudio

Carah: Se mudou para outro planeta, por acaso?

Carah: Achei melhor perguntar aqui, já que você não responde em lugar nenhum e o Marcus também tá sumido

Maria: Faz tempo que não tenho notícias dos dois

Peter: Idem ☹

Summer: Todo domingo, Alex me manda um vídeo de reação da música que ele mais ouviu na semana

Summer: Normalmente é sempre a mesma música do Phil Collins

Carah: In the Air Tonight? *OH LOOOOOOOORD*

Summer: Essa aí

Summer: É que nem rickrolling, só que com uma batida inesperada depois de três minutos de música

Summer: Philrolling, na real

Summer: Alex parece que não conhece nenhuma música lançada depois do começo dos anos noventa

Summer: Enfim, a parada é que ele não me mandou vídeo nenhum domingo

Summer: Mandei mensagem preocupada

Summer: Ele não respondeu, e agora fiquei MAIS preocupada

Maria: Quer que eu dê um pulo na casa dele? Posso ir amanhã

Carah: Eu vou junto

Marcus: Oi gente

Marcus: Alex está passando por um momento difícil

Marcus: Ele agradece a preocupação e manda beijos, mas não visitem ele

Marcus: Deem um tempinho, ele logo vai ficar bem e voltar para a internet

Carah: Se alguém tiver magoado o Alex, estou pronta para MATAR

Maria: Entra na fila, minha cara piranha

Mackenzie: As garras do Bigodinho são bem afiadas e provavelmente conseguem estripar alguém

Mackenzie: Né, Bigodinho, né?

Peter: Cacete

Peter: O Bigodinho é BRABO

Peter: Marcus, o que Alex precisar, estamos aqui

Peter: Aparentemente isso inclui Bigodinho e suas Garras Mortíferas

Marcus: O Alex sabe

Marcus: Ele sabe, e vai amar vocês todos pra caralho para sempre.

29

Banhada à luz do sol quente da manhã, Linda cantava ao som da playlist enquanto passava manteiga na torrada de Alex e salpicava de açúcar e canela.

— *Home sweet home!* — berrou ela, imitando Vince Neil. — *Tonight, toniiiiiight!*

Alex se juntou a ela, e a cozinha ecoou com a interpretação desafinada e alta de uma de suas músicas preferidas. Naquele momento, era como se ele fosse criança outra vez, no banco de trás do carro enquanto a mãe batia cabelo ao som de bandas de *metal*.

Puristas musicais *odiavam* esse tipo de música, mas ele estava pouco se fodendo. A cada riff arrasador de guitarra, a cada solo retrô de sintetizador, ele pensava na mãe. Pensava nas viagens deles, no café da manhã que tomavam juntos antes de ele ir para a escola, nas fotos com mullet combinando no medalhão dela, e, por um momento, ficava mais confortável na própria pele.

Alex sentia saudade da mãe. Sentia saudade dela fazia mais de uma década. Dali em diante, passariam mais tempo juntos. A vergonha de seu fracasso talvez nunca passasse, mas sua mãe merecia mais do que um filho que a visitava uma vez por ano.

Se ele ficasse em Los Angeles, tentaria visitá-la de dois em dois meses. E se ele se mudasse para mais perto... bom, eles poderiam se ver quando quisessem. Toda semana, talvez todo dia.

Era sexta de manhã. O voo para Los Angeles sairia em questão de horas, e eles ainda não tinham conversado sobre o possível futuro dele na Flórida. Ele não podia mais enrolar.

Quando ela empurrou para ele o prato de torrada com canela, Alex apoiou os cotovelos na mesa redonda da cozinha e olhou para ela.

— Obrigado, mãe.

— É seu último dia aqui, e é sua comida predileta — disse ela, e bagunçou o cabelo dele, como fazia havia quase quarenta anos.

— Se você quisesse, eu faria torrada de canela com o pão inteiro.

Ele se sentia um velho exausto desde que Lauren o deixara, com o corpo todo rígido e dolorido. Em contraste, a mãe estava cheia de energia e entusiasmada durante a visita, mais leve, o olho roxo já melhorando. Com ou sem acidente de bicicleta, ela estava em melhor forma do que ele no momento, e Alex ficava feliz.

Sentada ao lado dele, a mãe começou a comer o mingau de aveia, ainda cantarolando entre colheradas.

— Escuta — começou ele, puxando a casca da torrada. — Eu estava pensando.

— Que perigo.

Era a resposta de sempre, com o sorriso habitual.

Alex tentou retribuir o sorriso, mas não conseguiu. Então, ela abaixou a colher e o fitou com seus olhos cinzentos desconcertantes de tão aguçados.

— Meu bem...

Ela cobriu a mão dele e a apertou.

— Sei que você está sofrendo — continuou. — Não sei o motivo, e não quis insistir, mas estou aqui, caso você queira conversar.

Ele olhou para o prato até a visão desembaçar. Então, cobriu a mão dela com a sua, fazendo um sanduíche de mão, como eles sempre chamavam o gesto.

— Estou pensando em voltar pra cá — disse ele. — Morar perto de você.

Ela franziu as sobrancelhas grisalhas e desligou a música com o controle remoto.

— E sua carreira?

— Já passei muito tempo brincando de faz de conta, né? — respondeu ele, tentando rir. — Além do mais, não tenho tantas ofertas agora.

Ela ainda o observava com muita, muita cautela.

— Como assim? Não tem nada em vista?

— Uma. Um programa para um serviço de streaming — disse ele, e sentiu uma pontada no músculo ao tentar dar de ombros. — É uma boa oportunidade, mas não sei.

— O que não sabe? — perguntou ela, inclinando a cabeça. — Qual é a dúvida?

Ele tensionou a mandíbula, mas se forçou a falar.

— Talvez seja hora de eu ser menos egoísta.

— Alex...

Linda arrastou a cadeira no chão, se virando abruptamente para ele.

— Como *assim*? — perguntou.

Fazia mais de onze anos que ele evitava aquele assunto. Porque não queria discutir nada que fosse causar dor a ela e porque sentia vergonha. Mas ele lhe devia um pedido de desculpas, finalmente. Devia aquela reparação.

Alex abaixou a cabeça e mordeu o lábio até sentir gosto de sangue.

— Me perdoa, mãe.

— Eu... — disse ela, virando a mão para apertar a dele, que tremia. — Não entendi, meu bem.

A respiração dele estremeceu.

— Eu deveria ter percebido o que ele fazia com você. Deveria ter impedido.

Não precisava explicar quem era o *ele* em questão. Os dois entendiam.

— Mas... — disse ela, apertando a mão dele até doer. — Alex, não tinha como...

— Eu apresentei vocês, fiz pressão para você continuar com ele quando teve dúvidas — interrompeu, porque, não, ele não deixaria ela absolvê-lo assim, não quando sua negligência a tinha causado tanto mal. — E fui embora, sem nem olhar para trás. Se eu visitasse mais, saberia o que estava acontecendo. Se ligasse e fizesse perguntas, saberia o que estava acontecendo. Se fosse um filho decente, em vez de um babaca egoísta, *saberia o que estava acontecendo.*

Linda estava balançando a cabeça quase violentamente, com os olhos familiares apavorados e chorosos, mas Alex continuou antes que ela pudesse retrucar.

— E, mesmo depois de saber, eu não fiz a coisa certa. Não voltei para casa para oferecer apoio.

Depois de tantos anos, a vergonha ainda ardia, ainda deixava o rosto dele tenso e quente.

— Em vez disso, fiquei do outro lado do país e evitei voltar, porque não aguentava essa culpa, mesmo que eu merecesse toda essa merda.

A mãe tinha fechado a boca, esperando pacientemente o filho concluir o que tinha a dizer. E esbarrou o joelho na perna dele, e era tão quente e suave. Ah, merda, ele sentia *tanta* saudade dela, tanta saudade de Wren, e estava sofrendo tanto. Tanto, tanto.

Mesmo com a voz falhando, Alex prosseguiu:

— M... mas, finalmente, chegou a hora de fazer a coisa certa. E talvez seja vir morar aqui, onde você está, para v... você não ficar mais sozinha.

Quando ele abaixou a cabeça, as lágrimas pingaram, estragando a torrada que a mãe tinha feito para ele com tanto carinho.

— Mil desculpas, mãe — disse ele, o peito arfando, com dificuldade de respirar. — Me desculpa.

Então, Alex não conseguiu mais falar, e acabou chorando no abraço da mãe pela primeira vez em décadas, com o rosto encostado em seu pescoço. Depois de tantos anos, ela ainda cheirava a talco. A talco, conforto e *mãe*, e ele *precisava* dela.

Depois de vários minutos, quando ele estava só fungando, em vez de soluçando, Linda subiu e desceu os ombros, respirando fundo uma vez. Duas. Três.

Então, falou baixinho, encostada na cabeça do filho:

— Acabou, meu bem?

Alex fez que sim, com os olhos fechados com força junto ao ombro dela.

— Então tá. É minha vez de falar, e, por favor, não me interrompa.

Era um pedido que ela fizera inúmeras vezes quando ele ainda era criança, porque o conhecia. Sabia que ele iria querer falar, discutir, independentemente do que ela dissesse.

— Primeiro, não estou sozinha. Tenho colegas de trabalho, vizinhos e amigos, e quando fico sozinha é porque quero paz. Não sou que nem você, Alex. Às vezes, preciso de espaço.

Mas aquela gente toda não era *família*.

— Mas...

— O que falei sobre interromper? — O tom familiar, carinhoso, mas severo, o fez calar a boca. — Você não me abandonou, meu bem. A gente se fala várias vezes por semana, desde a morte do Jimmy. Sim, eu preferiria que você me visitasse com mais frequência, mas não precisa vir morar aqui, e não é porque estou solitária. Não estou. Só amo meu filho e quero vê-lo mais.

Era uma interrupção, mas era necessária:

— Também quero ver você mais.

— Então, quando voltar para casa, pega seu calendário para a gente marcar.

Com a mão afetuosa em seu rosto, ela o fez levantar a cabeça.

— Agora, vamos falar de Jimmy.

Quando ouviu o nome daquele mostro, Alex fez uma careta.

Porém, a mãe o encarou. Ela parecia tranquila, nada assustada, nem envergonhada. Só... triste. Por *ele*, o que era tão típico dela que ele quase voltou a chorar.

— Se eu soubesse que você sentia isso, teria dito isso há anos. Mas vou dizer agora, e quero que você escute bem, Alexander Bernard Woodroe.

Acariciando o rosto dele, ela pronunciou cada palavra com ênfase:

— Você não é, nem nunca foi, *egoísta*. Você não notou a agressão dele porque *escondi* de você, meu bem. Eu estava com medo e vergonha de dizer alguma coisa, e Jimmy queria me isolar, então encorajou a distância entre nós.

Quando Alex tentou protestar, a mãe o interrompeu:

— Você não era meu guardião nem especialista em violência doméstica. Era um homem jovem com vida própria e objetivos próprios, e era o que eu *queria* para você. Eu *queria* que você tivesse sua vida.

Lauren tinha dito quase exatamente a mesma coisa, poucos dias antes.

As duas mulheres que ele mais amava no mundo, em quem ele mais confiava, que nunca, nunca mentiam para ele, tinham dito *a mesma coisa*.

Ele suspirou, trêmulo, o coração relaxando minimamente no peito dolorido.

Ela esfregou o polegar em sua bochecha, secando uma lágrima.

— Eu não passei tantos anos trabalhando tanto para que você ficasse aqui do meu lado para sempre. Foi para você crescer forte e inteligente. Para ter a chance de seguir seu caminho no mundo e tomar tudo para si — disse ela, sorrindo, mesmo com os olhos marejados de novo. — E foi o que você fez, Alex, o que me deixa orgulhosa à beça. De você, e também de mim. Sou sua mãe, e criei você para ser um bom homem e uma pessoa esforçada, e é *exatamente* quem você é.

Não pareciam palavras vazias, apenas para confortá-lo.

Parecia o que a mãe pensava de verdade.

— Então, me deixe ser clara — disse ela, segurando o rosto dele para dar ênfase. — Eu ficaria devastada de ver você abandonar sua vida e sua carreira por mim. Não é o que eu quero, nem é necessário. Eu sou adulta, e perfeitamente capaz de cuidar de mim e de pedir ajuda se precisar.

Alex fechou a boca com força, temendo dizer as palavras que lhe vieram à mente.

Mesmo assim, a mãe interpretou a expressão dele corretamente.

— Sim, eu sei. Antes, não pedi ajuda quando precisei. Mas faz onze anos, Alex, e eu não sou mais a mesma pessoa que era naquela época.

Pela primeira vez, ele via isso com nitidez.

Ainda assim, hesitou.

— Se precisar de ajuda, você vai me dizer?

— Sim — respondeu ela, o encarando com firmeza, a voz determinada e confiante. — Eu prometo.

Com a cabeça mais leve, ele conseguiu sorrir de volta.

— Jura de pés juntos?

Ela riu, e ele também, e os dois cruzaram os dedos mindinhos, como faziam para firmar promessas quando ele era criança.

Depois de um último beijo na testa, Linda se recostou na cadeira e pegou a colher.

— Vou terminar meu mingau e fazer uma torrada nova para você. Enquanto isso, pode me contar o que aconteceu com a Lauren.

O sorriso de Alex murchou, e ele desabou na mesa.

Cacete, a mãe sempre, sempre fora mais esperta do que ele. Ele *nunca* tinha conseguido sair de fininho de casa.

— Eu vi vocês juntos naquela ligação — disse ela, a colher batendo na tigela ao pegar mais um pouco de mingau. — Pelo que vi, ela gosta de você, e você obviamente a ama. Então por que está aqui, triste e sozinho?

Ela engoliu a comida, os fios grisalhos do cabelo reluzindo ao sol, paciente. Implacável.

Era melhor ele responder. A mãe ia acabar o forçando a falar de qualquer jeito.

— Não faço a menor ideia do que aconteceu — confessou, sem conseguir conter a amargura na voz. — No meio da festa de casamento, Lauren disse que precisava voltar para a vida e para o trabalho dela, me agradeceu pela gentileza e pela *amizade*, e pegou um táxi para o aeroporto. Desde então, não tive notícias.

Era claro que Alex também não a tinha procurado, mas era ela quem tinha ido embora, não ele.

— Que estranho — disse a mãe, franzindo testa, e bateu com a colher na superfície do mingau. — Aconteceu alguma coisa na festa?

Ele espalmou as mãos, a frustração latejando nas têmporas.

— Não que eu saiba.

Linda pensou por um momento.

— E no restante do dia? Aconteceu outra coisa que possa ter chateado ela?

— De novo, não que eu saiba — respondeu Alex, e se levantou de um salto para começar a andar em círculos. — Eu contei da oferta de trabalho, mas ela já tinha decidido ir embora.

— Por curiosidade — disse a mãe, devagar —, se Lauren ficasse com você e você aceitasse a oferta, como pretendia lidar com a distância?

Alex fez uma careta, apertando o passo.

— Eu meio que, hum... supus que ela ia querer me acompanhar. Como apresentadora. Zach e eu estávamos negociando isso com o StreamUs quando ela foi embora.

Ela ficou boquiaberta.

— Você *supôs*?

O assobio dela doeu nos ouvidos.

— *Nossa.* Alex...

— Lauren já me deu um sermão sobre isso, acredite — disse ele, engolindo em seco, a garganta ardendo com ainda mais lágrimas. — Não foi inteligente, nem correto, mas não posso voltar atrás e mudar o que fiz, mãe.

O murmúrio dela estava começando a irritá-lo. Como é que ele tinha esquecido daquele barulhinho típico? Daquele sinal inconfundível de que a mãe sabia que tinha coisa ali?

— E se o StreamUs não aceitasse? Ou, melhor, e se Lauren não aceitasse? — perguntou ela, semicerrando os olhos. — O que você faria?

Ela sabia. Ele sabia que ela sabia.

Mas a mãe ia forçá-lo a dizer de qualquer jeito, porque ela era *péssima*.

— Eu não escolheria dinheiro em vez da Lauren — disse ele, fechando a cara. — Teria rejeitado a oferta.

— Alex...

Linda fechou os olhos com força e pareceu se encolher na cadeira.

— Caramba, Alex.

Ela esperava que ele largasse Lauren por um emprego? Que tipo de homem ela achava que ele era?

Outra volta na cozinha. E outra.

— O que foi? É crime querer ficar no mesmo estado da mulher que eu amo, por acaso?

— Claro que não — respondeu ela, abrindo os olhos, que estavam avermelhados, cansados. — Mas, meu bem, acho que você não percebe o que está fazendo com as pessoas que te amam.

Ele jogou as mãos para o alto, sofrido e extremamente frustrado.

— Então me *explica*.

O olhar límpido da mãe o fulminou, e ela não hesitou.

— Você é impulsivo, Alex. Impulsivo, generoso e protetor demais. É assim desde pequeno, e eu amo isso em você. Sempre amei, sempre amarei.

Vinha um *mas* por aí, e ele desconfiava de que não queria ouvir o resto.

Mas, por ela, ele escutaria. Por ela, ele faria qualquer coisa.

— Mas depois do enterro, depois de Jimmy... — continuou a mãe, e uma lágrima escorreu por seu rosto, que ela secou com o nó de um dos dedos. — Ficou tudo muito mais intenso, meu bem. Especialmente nesse último ano, e eu não entendo. É *apavorante*.

— Como... — começou ele, com o coração martelando tão alto que não conseguia *pensar* em porra nenhuma. — Como assim?

— De repente, você está disposto a abrir mão de tudo que tem, de tudo que conseguiu, sem pensar duas vezes. Não só de bens.

Mas da carreira. Do seu futuro. Da felicidade. E está disposto a fazer isso tudo sem sequer procurar outra opção — respondeu ela, a voz trêmula, mas sem interromper o contato visual. — Pense na sensação que isso causa em mim e em todo mundo que te ama.

Ele passou a mão pelo cabelo.

— Estou só tentando fazer a coisa certa.

Linda se levantou, foi até ele e parou bem na frente de Alex.

— Às vezes, fazer a coisa certa exige sacrificar tudo, mas, às vezes, não — disse ela. — Você sempre foi impulsivo, mas antes tentava raciocinar. Procurava alternativas. Agora, não tem mais feito isso.

A mãe engoliu em seco com tanta força que ele escutou.

— Se estiver tentando se castigar pelo que Jimmy fez, é hora de parar. Não foi culpa sua. E não sei o que aconteceu nesse último ano, mas tente dar um jeito de deixar isso no passado também.

Com o rosto machucado e molhado de lágrimas, ela ergueu o queixo e o encarou.

— Você não precisa sacrificar seu futuro para provar seu amor ou para ser um bom homem. Você já é uma boa pessoa, meu bem, sempre foi.

Wren tinha dito quase exatamente a mesma coisa. De novo.

Se você confia mesmo em mim, precisa acreditar quando falo que você é um homem bom. Você não tem escolha. Perdão, mas não fui eu que inventei as regras.

Ele queria acreditar nelas. Nas duas mulheres em quem mais confiava.

Será que ele tinha apavorado Wren como apavorara a mãe? E por isso que ela tinha ido embora?

Com as pernas bambas, ele cambaleou até a sala e desabou no sofá. Afundou o rosto nas mãos e tentou pensar.

— Lauren se preocupava mais do que eu com meu futuro.

Caramba, como os olhos dele estavam ardendo.

— Você acha... acha que assustei ela também, que ela estava tentando evitar que eu arrumasse mais problemas ao terminar comigo? Antes de eu estourar com o próximo babaca que ofendesse ela e acabasse de vez com minha carreira?

A mãe sentou ao lado dele no sofá e o reposicionou, até ele encostar a cabeça em seu ombro.

— Não sei, amor. Mas acho que o que existe entre vocês é genuíno. Dos dois lados.

Naquela noite em Olema, tinha sentido mais do que afeto. Tinha sentido amor.

Dos dois lados.

— Talvez você possa dar um tempinho e espaço para ela sentir saudade — sugeriu a mãe, abraçando-o. — E, depois, se ela não quiser mesmo ficar com você, ou não se permitir ficar com você, deixe ela ir, meu bem. Você merece alguém que queira fazer parte da sua vida, porque você é um partidão. E não tem nada a ver com dinheiro, fama ou com a quantidade de comentários assanhados que você recebe, tem a ver com seu coração enorme.

Ela deu um tapinha no peitoral dele.

Alex suspirou e apertou o abraço.

— Queria que você não tivesse visto os comentários assanhados. *Principalmente* porque vou postar mais fotos sem camisa daqui a pouco — disse ele, com uma pausa. — Eu gosto muito da atenção, dos compartilhamentos e dos emojis de foguinho.

— Eu sei disso também, querido — disse ela e, rindo baixo, beijou a cabeça dele. — Acredite, eu sei.

A atendente do check-in no aeroporto fez uma careta ao processar os dados de Alex e ver o voo que ele ia pegar. Ou, melhor, o voo que ele *não* ia pegar.

— Peço perdão, senhor — disse ela, devolvendo a identidade. — Os passageiros devem fazer check-in no máximo meia hora antes da decolagem.

Ele suspirou.

— Então aceito uma passagem de primeira classe no próximo voo para Los Angeles, se ainda tiver lugar.

Entre a conversa chorosa e muito necessária com a mãe e seus planos impulsivos para o resto da manhã, ele tinha passado o dia absurdamente atrasado. O que não era surpresa, já que sempre tivera dificuldade para se organizar, mas normalmente a assistente virtual o ajudava a seguir os planos. Ou, nos últimos meses, Wren.

Onde ela estava? O que estava fazendo?

Será que estava com saudade?

Caralho, que dor. No coração, no braço, nos olhos vermelhos, em *tudo*.

Ainda assim, Alex ofereceu um sorriso cansado para a atendente quando ela encontrou uma passagem e, depois de uma compra relativamente enorme no crédito, ele passou pela segurança em direção ao lounge VIP. No caminho, puxando a mala que rolava a seu lado, ele pegou o celular.

A mãe tinha mandado mensagem:

Adorei a visita, meu bem. Te amo. Não se esqueça do que falamos, senão vou precisar te botar de castigo. ☺ Boa viagem

E, minutos depois:

Obrigada por me deixar ser sua mãe de novo. Estava com saudade. ♥

Ele sorriu e piscou para conter as lágrimas. Parando na lateral da esteira, respondeu:

Também te amo, mãe. E não vou esquecer. Menos culpa, mais reflexão. ♥ ♥ ♥

Na verdade, ele tinha passado a tarde toda refletindo.

Em vez de confundir seus pensamentos, a dor o tinha deixado mais focado.

Agora que havia entendido que não era um grande egoísta, que não precisava pagar por seus pecados, nem provar seu amor com sacrifícios imprudentes, o caminho era nítido. Finalmente, finalmente estava nítido. Independentemente do que acontecesse ou não com Lauren.

Ele desbloqueou o agente e mandou uma mensagem antes que mudasse de ideia:

Zach, vou aceitar a oferta do StreamUs, mas com certas exigências que podemos discutir amanhã.

Ele hesitou, mas continuou a digitar:

Dito isso, este será nosso último projeto juntos. Embora eu agradeça por tudo que você fez por mim, é hora de nós dois partirmos para a próxima. Obrigado.

Porque se ele não era uma pessoa horrível, se pudesse acreditar na mãe e em Wren quando diziam que ele era um bom homem, ele merecia um agente que o respeitasse, mesmo quando ele era irritante. O que ele seria. Frequentemente.

Talvez Francine, agente de Marcus, não se incomodasse tanto.

Depois de mais alguns portões, chegou ao lounge. Quando entrou no espaço amplo e quieto, começou a digitar uma mensagem pedindo o contato de Francine para seu amigo, mas a bateria do celular acabou depois de três palavras.

Alex largou a mala no primeiro lugar vazio e revirou tudo, mas não sabia nem dizer onde tinha ido parar o carregador. Ele podia comprar outro, ou pedir emprestado, claro, mas… podia aguentar umas horas isolado do mundo. Talvez fosse até bom.

Ele deixou a mala na cadeira e pegou um prato no bufê. Então pegou outro, como não conseguiu colocar tudo que queria só no primeiro. Depois de pensar um momento, também encheu uma tigela de iogurte, porque estava com fome e dor de estômago.

Ele não comia muito de manhã. A última vez em que tomara um bom café da manhã tinha sido com Wren.

O TDAH às vezes tornava difícil lembrar desse tipo de coisa, mas ele tinha feito anos de terapia para aprender a lidar com isso. O transtorno podia contribuir para a negligência, mas não era a causa.

Ele finalmente entendia.

Com ou sem Wren, ele se cuidaria melhor no futuro, porque não merecia aquela dor. Não merecia mesmo. Independentemente do que tinha acontecido com a mãe. Do que tinha acontecido na série.

Wren tinha dito isso. Sua mãe tinha dito isso.

E ele finalmente estava pronto para acreditar.

30

Lauren acordou cedo demais com o barulho de alguém apertando insistentemente a campainha.

Alex, ela pensou, desesperada, o alívio a atingindo como um narcótico. *Alex veio...*

Mas não. Ele a tinha deixado ir embora uma semana antes, e desde então não recebera mensagens, telefonemas nem visitas dele. Nada.

Ela afastou a coberta, secou as lágrimas e repetiu para si mesma seu novo mantra.

— Eu fiz a coisa certa — disse pela milésima vez, e se forçou a arrastar os pés até a entrada do apartamento. — Eu fiz a coisa certa.

Lauren nem se deu ao trabalho de conferir o olho mágico antes de abrir a porta, porque não era ele, e, se não fosse ele, ela não estava nem aí. Mandaria embora quem quer que fosse para ficar sozinha e mergulhar na tristeza. Mesmo se fosse Sionna, que ela tinha dado um jeito de evitar por seis dias inteiros.

Só que ela não conseguiu, porque assim que viu a melhor amiga na soleira, se dobrou ao meio e irrompeu em soluços descontrolados, se jogando no abraço de Sionna.

Depois de um tempo, ela despertou da névoa de desolação a ponto de perceber que estavam sentadas no sofá. Lauren soluçou e assoou o nariz com lenços que milagrosamente apareceram em seu colo, e sentiu a mão leve de Sionna nas costas.

— Vi seu carro na garagem hoje e decidi que cansei de ser evitada, então liguei para o trabalho e disse que estava doente.

A voz da amiga era baixa, tranquila.

— O que aconteceu, querida? — perguntou ela.

Entre soluços, Lauren contou. Contou tudo.

Sionna escutou, paciente, como sempre. Então, depois de um último carinho nas costas de Lauren, ela se recostou nas almofadas, pensativa.

— Foi isso? — perguntou. — Terminou?

Quando Lauren confirmou, Sionna continuou, com a voz seca, mas sem tom de julgamento.

— Então vamos lá: depois de trepar loucamente com Alex, o homem que você nitidamente adora e que parece te adorar também, você ficou meio brava com ele por tomar decisões por você e muito assustada por ele estar disposto a destruir a própria carreira, então decidiu terminar com ele e chamar ele de insensível no meio do casamento da ex, acabando com qualquer possibilidade de vocês ficarem juntos.

As palavras da amiga a atingiram com força, e os olhos ridículos dela voltaram a se encher de água. Merda, ouvir aquilo de Sionna a fazia parecer um monstro. E hipócrita.

Lauren rasgou o lencinho ao meio.

— Eu não chamei ele de insensível.

O resto, ela não podia negar, por mais que quisesse.

— Você quis saber se ele tinha pensado em você quando fez tantos planos grandiosos — disse Sionna, curvando a boca. — O que é completamente justo, já que ele obviamente não pensou. Mas ainda é uma acusação de egoísmo.

Lauren ficou paralisada.

Essa acusação... Alex já tinha pensado aquilo de si próprio.

Ele tinha se chamado de egoísta. De babaca. De mimado egocêntrico de Hollywood.

Porque não tinha notado a violência do padrasto. Porque tinha participado da última temporada da série.

Alex havia se condenado por esses supostos pecados, e se desdobrado para pagá-los. Mas, para ele, não bastava. Talvez nunca bastasse. O ódio que ele nutria por si tinha ficado dolorosamente nítido naquela noite em Olema, quando ele quase entrara em colapso ao ver a mãe machucada.

E então, no casamento, sobrecarregada, sofrendo e desesperada para afastá-lo, Lauren o confrontou sem pensar nele. Assim como ele — como ela havia acusado — não tinha pensado nela.

A ironia a deixou sem ar.

O que ela tinha dito, embora fosse verdade e necessário, devia ter confirmado os piores medos dele. E ela tinha feito aquela acusação sem hesitar, depois de dar a entender que eles eram apenas amigos, e que o tempo que passaram juntos foi uma mera *distração*.

Merda. Ai, que *merda*.

Lauren se encolheu.

— Nossa. Por isso ele nem discutiu quando eu disse isso.

— Ren... — disse Sionna, fazendo carinho nas costas dela de novo. — Você ama ele?

Ela soluçou de novo, um soluço alto e feio.

— Amo.

Não adiantava fingir que não. A amiga já sabia, ou pelo menos desconfiava. Senão, nem teria perguntado. E Lauren não sentia vergonha de amá-lo.

Alex merecia amor. Amor suficiente para encher aquele coração enorme, fiel e solitário.

E ela imploraria, daria *sangue*, para oferecer isso a ele, mas...

Lauren voltou a soluçar, até o corpo tremer.

— Não posso... N... não posso deixar ele d... destruir a carreira por m... mim *de novo*. N... não *posso*.

— Eu entendo.

Os braços de Sionna eram macios e quentes, e puxaram Lauren para mais perto.

— Mas, querida, eu só... — continuou ela, com um suspiro. — Não sei se devia ter tomado essa decisão sozinha. Especialmente sem contar tudo para ele e explicar o que você sentia. Sem perguntar se ele preferiria a carreira ou você, se precisasse escolher.

Lauren respirou fundo mais de dez vezes, até ficar um pouco menos nervosa. Então, ela sacudiu a cabeça apoiada no ombro da amiga, exausta e triste para cacete, querendo dormir por um milhão de anos.

— Mas eu sabia o que ele diria — falou, mordendo o lábio para conter as lágrimas. — Eu sabia o que ele faria.

Ele demitiria o agente.

Recusaria a oferta do StreamUs.

Escolheria ela. Sempre.

E acabaria sem dinheiro, sem futuro, sem ter como sustentar a mãe, Dina e a ONG, e se odiaria por isso. Ele brigaria com todo mundo que ofendesse e maltratasse Lauren, e assim arranjaria uma legião de inimigos. Infinitos.

Ele a escolheria, e perderia tudo *menos* ela.

— Ele merece mais — sussurrou Lauren, a voz abafada pela camiseta de Sionna.

Ao ouvir isso, a amiga paralisou.

— Ren... — disse Sionna, com o peito arfando também. — Às vezes, eu quero botar fogo no mundo todo pelas merdas que fizeram com você.

Depois disso, ela não disse mais nada. Apenas ofereceu lenços e massageou as costas de Lauren até as duas pararem de chorar.

Mais tarde, numa tentativa de parar de sentir saudade de Alex e se distrair, Lauren pesquisou fotos recentes dele na internet.

Mesmo que a lógica fosse suspeita, os dedos dela não se importavam. Já estavam abrindo uma nova janela, digitando o nome dele e limitando os resultados às últimas 24 horas, porque precisava vê-lo. Precisava ver a cara dele, a expressão dele, e saber que estava bem. Precisava saber que Alex estava melhor sem ela.

E certamente ele já tinha percebido isso.

Porque se não tivesse...

Ela deixou o pensamento de lado e passou pelas fotos, nenhuma das quais parecia ser recente, apesar da busca.

Alex no palco na Con dos Portões, com o sorriso brilhante e feroz ao acabar com a própria carreira. Alex posando para uma selfie enquanto lavava um carro só de calça de malha, reluzindo com a água ao sol. Alex caracterizado de Cupido, rindo com um dos câmeras do set.

Ela já tinha visto aquelas fotos. Recentemente. Repetidamente.

Nossa, Lauren nunca tinha passado tanto tempo nas redes sociais na *vida*. Mas não parecia conseguir parar de stalkeá-lo. Nem de chorar.

Também não encontrou notícias do contrato com o StreamUs, apesar dos rumores ainda se espalharem. Pior ainda, ele não tinha postado nada em lugar nenhum desde que ela o abandonara no meio da festa de casamento da ex. Nem no YouTube, nem no Instagram, onde os espectadores clamavam por mais vídeos de viagem. Nem no Twitter, onde os seguidores lamentavam a falta de fotos sem camisa. Nem no Facebook, nem…

Espera.

Aquela era nova. Uma foto torta e granulada de Alex caminhando em uma calçada diante de uma galeria, com palmeiras no fundo. Podia ser em qualquer subúrbio californiano. Porém, de acordo com a legenda, a foto tinha sido tirada naquela manhã, na… Flórida?

Se ele tinha ido até lá visitar a mãe, ela ficaria feliz. Linda parecia adorável e carinhosa, e ele merecia férias. Dito isso, a foto era mesmo horrível. Se ela não soubesse que era impossível, teria dito que Alex estava *feio*, o que seria o único exemplo de tal fenômeno na história humana.

Ela deu zoom, e mais zoom.

De perto, a imagem estava bem fora de foco, mas, *merda*. Merda, ele estava *mesmo* com uma cara ruim. Horrível, na verdade. Desgrenhado e abatido, com olheiras escuras. Um vagabundo, em vez de um Viking, pego em um momento sem jeito em que parecia infeliz e miserável.

Se ele tinha percebido que ficaria melhor sem ela, nitidamente não parecia na foto.

Desde a conversa com Sionna, Lauren tentava não escutar as dúvidas que ficavam mais barulhentas a cada minuto. Porém, elas se recusavam a ser ignoradas. Era só nelas que conseguia se concentrar, além das fics preferidas dele e seu rosto amado.

Talvez alguém houvesse tirado uma foto feia por azar. Ou talvez ele tivesse ficado profundamente magoado quando Lauren o deixou de forma tão abrupta, se recusando a discutir as preocupações dela ou o que sentia por Alex antes de sacrificar a própria felicidade pela carreira dele.

A felicidade dela, e talvez a dele também.

Naquele quarto de hotel, ela não tinha pensado em Alex, como Sionna acusara. Teoricamente, Lauren havia feito aquilo pelo bem dele, mas aquela era uma postura bem paternalista, e Alex nunca a deixaria tomar decisões por ele. Na verdade, ele tinha surtado com a possibilidade duas semanas antes, depois daquela fã ofendê-la.

Porra, sou a única pessoa nesse carro e nesse planeta *que pode decidir o valor da minha carreira,* ele tinha gritado, cada sílaba tomada por fúria, *e não vale minha* alma, *caralho.*

Ela supunha que ele diria a mesma coisa quanto ao coração.

Não é decisão sua, Lauren, ele tinha dito, mas ela não ouvira de verdade. Não lembrara. Não quando fora confrontada com a história do agente, nem quando enfrentara o próprio medo e a própria culpa.

Sem aguentar mais um minuto olhando para o possível sofrimento dele, ela abriu o YouTube. O vídeo que eles tinham filmado na Glass Beach, minutos antes do debate sobre todo o barulho que fizeram durante o orgasmo.

Alex estava sorrindo para alguém que o espectador não via. Ela, atrás da câmera, revirando os olhos para ele, que tirava a camisa e se exibia apesar do dia nublado cheio de vento.

Ele acariciou o peito largo, salpicado de pelos.

— Dizem que tirar a camisa nessa praia é que nem encontrar trevo de quatro folhas: sorte garantida.

— Literalmente ninguém diz isso — a voz dela informou ao público.

Alex levantou uma sobrancelha escura.

— Eu disse. Acabei de dizer, na verdade.

Lauren riu, e a imagem tremeu um pouco.

— Vou me corrigir. Literalmente uma pessoa no mundo diz isso.

Quando ele balançou a cabeça em repreensão, uma mecha de cabelo caiu na testa.

— Você não conhece todo mundo, Wren — disse ele, e sua piscadela a fez corar, mesmo uma semana depois. — Além do mais, já está funcionando, mulher de pouca fé. A gente está aqui faz cinco minutos, no máximo, e já estou me sentindo bem sortudo. E estou torcendo para dar ainda *mais* sorte de noite.

Ele queria dizer que eles iam transar, claro.

Mas ela reconhecia aquela voz. Mesmo entre o duplo sentido e a postura arrogante, Lauren conseguia escutar a sinceridade e o afeto. O… fascínio, quase. Como se fosse verdade. Ele considerava sorte a presença dela na cama. Na vida.

Ela pausou o vídeo no sorriso brilhante dele e passou o dedo pelo pedacinho redondo e verde de vidro marinho que ele carregara para ela no bolso, e depois pelo retângulo azul e pelo quadrado âmbar. Os três cacos que ela havia catado na praia naquele dia e guardado cuidadosamente na nécessaire. Os três cacos que ficavam na mesa de cabeceira, ao alcance, para quando ela precisava de conforto.

Lauren não tinha conseguido se conter na hora de pegar suvenires. Ela sabia que aquele era um dia especial. Cercado de calor, beleza, afeto e gargalhadas. Não imaginava viver outro dia assim, talvez nunca mais.

Então, tinha recolhido lembranças para o luto enquanto podia.

Quantos outros lugares teriam explorado juntos se ela tivesse permitido que eles ficassem mais uns dias viajando? Se ela não tivesse atrasado a viagem porque não queria que ele gastasse dinheiro com ela?

Mesmo que ele houvesse dito que tinha dinheiro guardado. Mesmo que *quisesse* gastar dinheiro com ela, *quisesse* aquele tempo com ela.

Por que ela achava que não merecia mais alguns dias de viagem?

Lauren estava determinada a não deixá-lo abrir mão da carreira por ela. Naquela noite horrível no hotel, impedi-lo — salvá-lo, quer ele pedisse ou não por salvação — lhe parecera o mais importante no momento.

Mas por que ela sempre pensava que não era mais importante que a carreira dele?

Alex sempre tinha uma resposta para tudo, inclusive para essa pergunta. Ele já tinha compartilhado com ela, várias vezes. Com tristeza e raiva em cada sílaba, tinha tentado dizer a ela o que ela achava de si, como se enxergava.

Você não é importante o suficiente para ser defendida? Mesmo quando alguém fala mal de você bem na sua cara. Ele tinha colocado como uma pergunta, mas estava mais para um protesto. Uma repreensão do pouco valor que ela dava a si. *Porque o que você sente não é importante. Porque* você *não é importante.*

Lauren tinha dito que não era verdade.

Mas parte dela sabia que ele estava certo.

A melhor coisa que o mundo oferecia a uma menininha feia era indiferença. Pena machucava tanto quanto ofensas, se não mais, então ela tentava evitar as duas coisas. Tentava evitar atenção. Mesmo quando criança, entendia que era importante ficar quieta. Não incomodar. E, acima de tudo, não pedir nada.

Felizmente, adultos normalmente ficavam felizes de ignorar uma criança baixinha e gorda, com cara de passarinho, e normalmente ela ficava feliz por encorajar aquela falta de atenção.

Mas receber atenção de outras crianças... era inevitável.

Porém chorar pela crueldade dos outros na frente dos pais só os deixava preocupados, e nada que os pais fizessem ajudaria a acabar com as agressões, então ela parou de procurá-los. E eles nunca questionaram se a crueldade tinha mesmo parado, provavelmente porque não queriam saber. Especialmente quando o torturador também era primo dela.

Eles a amavam. Lauren sabia.

Mas, para eles, a paz na família era mais importante do que o que ela sentia.

E, desde então, Lauren vinha se anulando, porque ela não importava. Não tanto quanto o resto do mundo.

Lauren tinha se anulado no trabalho, a cada hora extra que fazia, cada feriado em que trabalhava no lugar de um colega, cada vez que escolhia ignorar a tristeza crescente e se anular mais. Tinha se anulado pelos pais, que sabiam que ela largaria tudo para ajudá-los a qualquer instante, com o que precisassem. A pedido deles, havia se anulado pelo primo escroto também, mesmo que o odiasse — merda, ela o *odiava* — e precisasse desesperadamente de férias de verdade, em vez de ter que agir como babá de um homem que precisava mais de amor do que de supervisão.

Tinha se anulado tanto que não restava quase nada quando pegou aquele avião para a Espanha.

Sionna havia tentado avisar, ajudar, mas Lauren não a escutara.

Mas Alex, aos poucos, a enxergara.

Ele a incentivou a *falar*, responder e ser ouvida. A encorajou — como Sionna fazia — a ser uma bruxa, a exigir o que ela merecia e a fazer o que tinha vontade. Ele deu atenção a ela. Ofereceu presentes. Defendeu ela com todo o amor, a raiva e a lealdade em seu coração enorme e imprudente. Se deleitou plenamente no prazer dela, tanto quanto no próprio. Insistiu que os sentimentos, a segurança, a felicidade e a presença dela em sua vida eram *importantes*, sempre.

Mais do que uma fã aleatória. Mais até do que a carreira dele.

Ela não pedia nada a ninguém havia anos. Caramba, ela tinha se *oferecido* para se anular mais e *rejeitado* receber qualquer coisa em troca.

Alex a tinha forçado a *aceitar*. Por ela, e por ele também, porque ele tinha uma alma generosa, e a felicidade dela também o deixava feliz.

Mas nem ele podia fazê-la aceitar aquela porcaria de diária de hotel. Nem ele podia fazê-la aceitar o coração mais leal que conhecia, por mais desesperadamente que o desejasse. Nem ele podia fazê-la acreditar que era importante e que merecia todos os seus sacrifícios.

No fim, só uma pessoa podia fazer isso.

E ela estava se cagando de medo de ter estragado tudo.

Na mesinha, o celular tocou.

O número na tela a chocou. Lauren tinha partido o coração do melhor amigo dele, então porque logo *Marcus* estava ligando?

Bom, se ele quisesse gritar com ela, era merecido. E, talvez, se ela insistisse um pouco, Marcus dissesse quando Alex pretendia voltar da Flórida.

Ou... Será que alguma coisa tinha dado errado nas férias de Alex? Será que ele tinha sofrido um acidente?

Ela pegou o celular e tocou na tela.

— Marcus? O Alex está bem?

Ele hesitou antes de responder, e a vibração do coração ecoou na cabeça dela, no quarto, no mundo inteiro.

— Não sei — disse ele, finalmente, soando perturbado. — Estava esperando que você soubesse.

Merda. *Merda.*

— Cadê ele?

— Não sei — disse ele, de novo. — Ele planejava voltar para Los Angeles hoje à tarde, dar um pulo em casa e vir para Malibu comigo e com a April. Deu tudo certo com o voo, de acordo com o site do aeroporto. Era para ele ter chegado aqui no hotel há umas duas horas, mas ele ainda não apareceu.

Isso... não era bom.

— Será que ele perdeu o voo?

— Talvez — respondeu Marcus, com a voz tensa de preocupação. — Mas ninguém tem notícias dele desde que o avião decolou. Ele não está atendendo o celular nem respondendo mensagem ou e-mail.

Alex normalmente mandaria um bilhão de mensagens de tédio para o amigo. A preocupação de Marcus era natural. Lauren também estava preocupada, mais a cada segundo.

— Ele provavelmente só esqueceu nossos planos, mas eu queria ter certeza de que ele está bem e não aconteceu nada.

Depois do clique de uma porta fechando, o burburinho baixo no fundo foi abafado.

— Normalmente, ele responde minhas mensagens — continuou Marcus. — Mesmo quando ignora todo mundo.

No pronto-socorro, inúmeras famílias tristes e assustadas tinham compartilhado versões chorosas da mesma história. Porém, ela não acreditava que Alex fosse se machucar. Não diretamente.

Mas ele às vezes era tão *impulsivo* e, se estivesse sofrendo tanto quanto ela...

Lauren fechou os olhos com força e tentou pensar.

— Já ligou para a mãe dele?

— Ela foi a última pessoa com quem ele falou antes de pegar o voo. Até onde ela sabe, ele não está mais na Flórida, mas não faz ideia do que aconteceu — disse ele, e fez um ruído frustrado. — Eu estava na esperança de ele ter feito as pazes com você e perdido a noção do tempo, esquecido da vida, sei lá.

Nossa, quem dera. Ela faria qualquer coisa por isso. *Qualquer coisa*.

Mais importante, *aceitaria* qualquer coisa.

— Hum, não. Não falei com ele desde... — respondeu ela, e engoliu em seco, sentindo gosto de bile. — Desde o casamento.

— Merda — resmungou Marcus. — Eu falaria com a Dina, mas não tenho o número dela. Você tem?

— Não tenho. Desculpa — disse ela, desamparada.

Outro ruído frustrado.

— Então é melhor eu dar um pulo na casa dele hoje para garantir que ele está lá, que está tudo bem.

Lauren nem hesitou.

— Eu vou. Posso sair agora, e estou bem mais perto.

Mais uma vez, Marcus passou um tempo preocupante em silêncio.

— Obrigado, mas não sei se é a melhor ideia — respondeu ele, e suspirou. — Ele não gostaria que eu dissesse isso, mas Alex está morrendo de saudade de você. Se já estiver mal, ver você...

Mesmo sem concluir a frase, Lauren entendeu o que ele queria dizer.

E ele precisava entender *ela*.

— Eu amo o Alex e, se ele aceitar, nunca mais vou deixá-lo — falou, como a verdade simples que era, mesmo com o rosto ardendo. — Então, se for essa sua preocupação, eu vou. Ainda tenho as chaves, posso conferir a casa e o terreno.

Alex tinha insistido que ela ficasse com as chaves quando se mudou, e ela não teve coragem de devolver depois do casamento, mesmo que houvesse pensado nisso inúmeras vezes.

— Ah, que alívio — comentou Marcus, e soltou um suspiro lento. — Me liga para avisar se ele estiver em casa ou não. Assim que conseguir.

— Pode deixar — disse ela, e começou a correr. — Estou indo.

Assim que eles se despediram rapidamente, ela vestiu a legging e colocou os tênis, sem meias mesmo.

Em menos de um minuto, tinha saído atrás de Alex.

Ela esperava.

Por favor, que ele estivesse lá.

Assim que Lauren viu o minicastelo de Alex iluminado por dentro, ela ligou para Marcus.

— As luzes de dentro estão acesas — disse, e estacionou na entrada circular, bem perto da porta. — Dina apaga tudo quando sai, então, a não ser que alguém tenha invadido, ele está em casa.

Ela não queria que o reencontro com Alex acontecesse com o melhor amigo dele no telefone, mas dane-se. Com o coração a mil, ela subiu correndo os degraus da entrada, tocou a campainha e esmurrou a porta.

Nada. Nem o menor ruído.

— Ele não atendeu.

Droga.

— Será que eu entro? — perguntou ela. — Normalmente, eu não invadiria assim a privacidade dele, mas...

— No desespero... — disse Marcus. — Além do mais, ele já deu as chaves e os códigos do alarme para boa parte de Los Angeles e disse para todo mundo aparecer quando quisesse. Considere que este momento é a melhor definição de *quando quiser*.

Porém, quando ela foi usar a chave, descobriu que não precisava.

— A porta está destrancada — disse, fechando a cara. — Eu já falei mil vezes para ele trancar, mas ele nunca me escuta.

— Então talvez alguém tenha mesmo invadido, como você disse — respondeu Marcus, soando preocupado por ela *e* Alex.

— Lauren, mudei de ideia. Talvez você deva esperar...

— Vou entrar.

Apesar dos protestos, ela escancarou a porta e entrou.

— Vocês se merecem — resmungou ele. — Nossa senhora.

— A mala dele está na entrada — disse ela para Marcus, antes de gritar para as profundezas do castelinho. — *Alex! Cadê você?*

Marcus soltou um grito.

— Puta merda, meu ouvido — reclamou ele.

— *Alex!*

Nada de resposta, o que a estava deixando nervosa. *Mais* nervosa.

— Tá, deixa eu olhar por aí.

Felizmente, ele não estava caído e machucado na casa, nem no terreno. E, onde quer que estivesse, não podia ter saído havia tanto tempo. Quando ela tocou o capô do carro dele, bem estacionado na garagem, o metal ainda estava quente.

Então onde é que...

Ah. Ah, ela sabia exatamente onde ele estava. Ou, pelo menos, sabia o que ele estava fazendo.

— Ele está caminhando aqui por perto — anunciou ela, e fechou a porta ao sair, forçando a vista para a noite. — Nas trilhas ou na escadaria secreta.

Lauren esperava que fosse a segunda opção, porque não estava com vontade de entrar escondida em trilhas fechadas, escuras e desconhecidas, especialmente considerando a variedade da fauna que Alex já comentara.

— Tá bom — disse Marcus, e suspirou devagar. — Que tal você esperar lá dentro, ou na porta...

— Vou atrás dele, te ligo quando encontrá-lo — interrompeu ela, e clicou na tela para ativar a lanterna do celular. — Não se preocupe. Estou resolvendo.

Um grunhido muito alto foi emitido pelo viva-voz do telefone.

— Se você se machucar procurando ele, Alex vai me *matar*.

— Eu te defendo — prometeu ela, e desligou no meio das objeções de Marcus.

As luzes automáticas foram se acendendo enquanto ela ia, meio andando, meio correndo, até o portão lateral, que estava...

Destrancado e escancarado.

Bom, ele *obviamente* tinha ido para a escadaria secreta. Também estava merecendo outra bronca sobre segurança, que ela daria assim que acabasse de implorar perdão e se jogar aos pés dele.

Além da bronca, esperava dar também seu coração.

A noite estava fresca, mas eram muitos degraus e ela apertou o passo, então já estava suando quando chegou no topo da escada Saroyan. O lugar preferido dele na montanha, com estrelas cintilando no alto, as luzes do centro de Hollywood brilhando abaixo, e verde por todos os lados.

Assim que ela o viu, seus joelhos tremeram.

Ele estava vivo e acordado, pelo menos, o que já era a resposta de duas de suas preces.

No meio da escada, sentado em um dos bancos e abraçando os joelhos bem junto ao peito, Alex olhava atentamente para o céu escuro e aveludado. Ele não parecia ter escutado sua chegada. Pelo menos, não havia reagido à sua presença.

Ele estava parado. O homem que não parava nunca, finalmente em repouso.

Se isso era bom ou ruim, ela não sabia.

Quando Lauren desceu o primeiro degrau, outras luzes se acenderam, quebrando a concentração dele. Alex virou a cabeça bruscamente.

Ao vê-la, entreabriu a boca, arregalou os olhos.

Ela continuou a avançar, degrau a degrau, deixando o corrimão dar força para suas pernas trêmulas.

— Por favor, me diga que você não está machucado. Marcus estava desesperado, e eu também.

— Eu não... — disse ele, franzindo a testa. — Como assim?

— Você não apareceu em Malibu, e ninguém conseguiu notícias suas.

Mais uns dez degraus, e ela estaria ao lado dele. Onde era seu lugar.

— Marcus me ligou — explicou. — A gente estava com medo de ter acontecido alguma coisa com você.

— Merda — disse ele, e fechou os olhos com força, tensionando o maxilar. — Perdi a porcaria do voo, aí meu celular ficou sem bateria, e eu esqueci completamente de Malibu.

Quatro degraus. Três. Dois. Um.

Ali estava ele, de novo a seu alcance. Ela relaxou, encostada no corrimão, aliviada.

Devagar, ele foi se ajeitando, abaixando os pés para se apoiar na escada. A luz enfatizava as olheiras, o cabelo e a barba desgrenhados, a camiseta amarrotada de malha azul, de manga comprida, que ela amava.

Lauren podia perguntar por que ele não tinha comprado um carregador nem pegado um emprestado. Podia descobrir por que ele tinha perdido o voo. Podia repreendê-lo por preocupar as pessoas que o amavam.

Ou podia fazer a única pergunta importante.

— Aconteceu alguma coisa? Você se machucou?

— Não aconteceu — disse ele, e fez uma pausa que a incomodou. — E, se estiver machucado, foi culpa minha.

Ai, merda.

— Alex...

Ele conseguiu forçar um leve sorriso.

— Não se preocupe, Wr... Lauren. Você não vai me ver no pronto-socorro. Não é esse tipo de machucado. Prometo.

Ela não sabia exatamente o que ele queria dizer. Porém, não via sinal de lesão, e ele não parecia estar sofrendo angústia aguda.

— Nesse caso... — disse ela, levantando o celular. — Preciso avisar para o Marcus que está tudo bem.

Depois de mandar a mensagem, ela ergueu o rosto e viu que ele a fitava com os olhos cansados e a boca tensa.

— Me desculpe por fazer você vir até aqui sem motivo, mas obrigado por se preocupar — disse ele, apertando o banco dos dois lados do quadril até os nós dos dedos brilharem de palidez. — Posso acompanhar você de volta até o carro?

Agora. Ela precisava agir agora.

— Não — respondeu.

— Mas... ok — aceitou ele, encolhendo os ombros e olhando para os degraus sob seus pés. — Ok. Entendi.

Ela balançou a cabeça.

— Acho que você não entendeu.

Coragem, Lauren.

Ela era importante. Para ele, e para ela, então aquilo era a decisão certa. Finalmente, *finalmente*, ela ia fazer a coisa certa.

— Eu teria vindo ver você de qualquer jeito. Se não hoje, então amanhã.

Lauren respirou fundo e apoiou as mãos na cintura.

— Preciso dizer algumas coisas, e vai ser difícil para mim, então você pode, por favor, não falar até eu acabar?

Alex inclinou a cabeça, voltando a observá-la com cautela, o corpo inteiro tenso.

— Eu te devo um pedido de desculpas — disse ela.

Ao pensar no mal que tinha causado a ele, as palavras vieram mais fácil.

— Não só pelo jeito como fui embora, mas pelo motivo. Eu não deveria ter abandonado você no meio de uma festa de casamento, independentemente da razão, mas *definitivamente* não deveria ter abandonado você sem explicar o que aconteceu.

Os olhos exaustos voltaram a ficar atentos, a névoa de cansaço desaparecendo de repente. Mas ele não disse nada.

— Eu já estava preocupada com a possibilidade de alguém me ofender na sua frente, porque sabia como você ia reagir, e aí... — continuou ela, e suspirou. — Eu não queria que você se metesse em problemas por minha causa. De novo. Então mandei você para a mesa dos noivos, achando que ia ser mais seguro.

Ele abriu a boca, hesitou e fechou de novo. O que ela agradecia, mas a parte seguinte seria o verdadeiro teste de seu autocontrole.

Afundando as unhas curtas na palma da mão, ela se preparou e contou.

— Aí, seu agente me procurou e pediu para conversar comigo.

Um som grave, abafado e furioso irrompeu do peito de Alex, e ele se sacudiu com violência, franzindo as sobrancelhas bruscamente. A expressão dele endureceu, mas ele manteve a boca fechada, frustrado.

— De início, eu recusei, mas ele disse que estava preocupado com você, e você parecia... — disse ela, puxando a ponta do rabo de cavalo, inquieta e envergonhada. — Você estava *diferente* desde a reunião com ele, e eu não quis atrapalhar o jantar e interromper você. Então fui com ele. O que eu não deveria ter feito, e peço desculpas também por isso. Prometo nunca mais conversar com nenhum parceiro profissional seu sem sua presença.

Ao ouvir isso, um pouco da fúria se esvaiu da careta dele, e Alex piscou uma vez. Duas vezes.

— Ele me contou da oferta do StreamUs — continuou ela, puxando o cabelo de novo. — Disse que era sua última chance em Hollywood e que se eles não me aceitassem como apresentadora, você recusaria a oferta. Ele disse que, mesmo se *eles* aceitassem, caso eu recusasse, você recusaria também.

Lauren franziu a testa, porque ainda tinha dúvidas...
— É verdade? Você disse isso mesmo?
Suspirando profundamente pelo nariz, Alex fez que sim.
Bom, pelo menos ela não tinha acreditado em nenhuma mentira deslavada. Já era alguma coisa.
— Imaginei. Parecia algo que você diria — continuou, torcendo a boca. — Só para você saber, ele parecia sinceramente preocupado com o seu futuro, Alex. E nós dois concordamos que o trabalho seria perfeito para você. Mas não deveríamos ter conversado sobre sua vida e sua carreira sem sua presença, e quero que saiba que entendi.
Ele fez que sim de novo, ainda tensionando o maxilar.
— Por fim, ele perguntou se nossa relação valia sua carreira.
Estavam chegando na parte mais difícil, então ela fechou os olhos, deixando o escuro aliviar a confusão.
— E eu pensei na sua mãe, na ONG, na Dina. Em todas as pessoas que você ajuda, e como isso é importante para você, e como você ficaria arrasado se precisasse parar de ajudá-las porque não tinha mais trabalho nem dinheiro. Pensei em todas as pessoas que me ofendem, e como elas inevitavelmente acabariam fazendo isso de novo na sua frente. Pensei na sua reação, e se sua carreira sobreviveria a mais um ataque em minha defesa.
A lembrança do momento a deixou tonta e enjoada, e ela esticou a mão, tateando em busca do corrimão ou de qualquer outra coisa para firmá-la naquela escada muito, muito íngreme — mas o que encontrou foi uma mão larga e forte apertando a dela, e a outra espalmada em seu quadril, a sustentando em meio à desorientação.
Ele não a deixaria cair. Mesmo depois de tudo que ela fizera, ele não a deixaria cair, e ela precisou engolir o choro diante daquele gesto.
— Pensar em deixar você me destruiu, Alex. Me *d... destruiu*.
Apesar do esforço, a voz dela falhou, e lágrimas escaparam de seus olhos.

— Mas eu me convenci de que precisava ser altruísta, porque sua carreira era mais importante do que o meu coração. Mais importante do que eu.

Outro rugido abafado vibrou pela noite, e ela mordeu o lábio.

— Então decidi seu futuro por você. Abandonei você, para você aceitar o trabalho.

Quando ela abaixou a cabeça, mais lágrimas pingaram na escada, sem serem vistas.

— Não era direito meu, e peço perdão.

O peito de Lauren estava arfando com força, e ela tentou acalmar a respiração. Se acalmar.

Por fim, ele se pronunciou, com a voz rouca e engasgada, a mão ainda firme na dela:

— Você explicou e se desculpou. Se quiser meu perdão, está perdoada. Mas se for o único motivo para você estar aqui...

— Não é. Talvez devesse ser, mas não é.

Lauren abriu os olhos para encontrar o olhar dele, permitindo que as lágrimas caíssem enquanto implorava pelo próprio futuro. Pelo próprio desejo. Pela própria felicidade.

— Minha vida não faz sentido sem você, Alex. Estou sofrendo. E não posso continuar a me anular, senão não vai sobrar mais nada. Nem mesmo meu coração, porque agora ele é seu. Todo seu.

Alex apertou os dedos no quadril dela, segurando até quase doer, e ela agradeceu. Agradeceu o olhar sincero e brilhante de lágrimas, agradeceu o esforço para ele engolir em seco.

Ele a observava com algo semelhante a... fascínio.

Como se tivesse feito pedidos para todas as estrelas e desejado por *ela*.

— Eu te amo. Eu te *amo* — ela se forçou a dizer o que os dois precisavam ouvir, engasgada. — E eu sou importante, então o que quero é importante, e meu amor também. Se você me escolher em vez da sua carreira e do futuro que teria sem mim, que seja. É sua decisão e, se for o único jeito de ter você, também é o que eu quero.

Pela expressão incrédula, pelo afeto no olhar dele, pela suavidade de sua boca ao fitá-la, ela sabia a resposta do questionamento que estava prestes a lançar. Porém ainda precisava colocar aquilo para fora, porque ele merecia ter voz, e ela merecia ouvi-la.

— Eu contei o que aconteceu naquela noite, e o porquê. Pedi perdão. Disse o que sinto e o que quero.

Lauren apertava a mão dele com tanta força que seus dedos estavam dormentes, mas ela nem se incomodava. Se pudesse escolher, nunca mais o soltaria.

— Agora preciso saber o que você quer — concluiu.

Alex lambeu os lábios, e a umidade brilhou por um momento antes das luzes automáticas se apagarem, deixando-os sob o luar escuro.

Não fazia diferença. Ela não tinha planos de se mexer tão cedo, a não ser que ele a obrigasse.

— Eu visitei minha mãe essa semana — disse ele, devagar, voltando a franzir a testa. — Ela me disse exatamente o que você falou, que o que aconteceu com ela não foi minha culpa. Ela também disse para eu parar de me sabotar. E eu não... eu não tinha percebido que estava fazendo isso. Não conscientemente.

A mão dele tremeu um pouco, e Lauren a apertou ainda mais.

— Mas ela estava certa — continuou, curvando a boca. — Ela está sempre certa. Que nem você. É extremamente irritante e muito injusto.

Frente àquela faísca de pura *Alexidade*, ela precisou sorrir.

— Então, agora, estou tentando pensar nas coisas um pouco melhor. Considerando o futuro. Porque talvez eu não mereça tanto sucesso, mas isso não quer dizer que não mereço *nenhum* sucesso. Eu me esforço, e não fiz nada de imperdoável. Então... — falou, dando de ombros. — Vou tentar parar de me atrapalhar e não explodir o tempo todo. A não ser que seja algo que afete meus princípios e não haja outro jeito de lidar com o problema. Vou fazer isso pela minha mãe, pela ONG e pela Dina, e também por mim mesmo.

Ah, graças a Deus. *Graças a Deus.*

Ou, melhor, graças à mãe dele, que tinha conseguido fazê-lo escutar o que mais ninguém conseguira. Se ele ainda quisesse que Lauren fizesse parte de sua vida depois daquela noite, ela ia salvar o número de Linda nos favoritos. Imediatamente.

— Eu gosto do que faço. Gosto da minha carreira — falou, e bufou uma risada curta. — Quero continuar trabalhando.

Ela também riu, zonza de alívio.

— Isso sou eu tentando dizer que aceitei a oferta do StreamUs, mas esse vai ser meu último projeto com Zach. Demiti ele hoje mais cedo. E agora quero demitir ele de novo, mas dessa vez vou me despedir dando um soco na cara dele.

A força da carranca repentina de Alex deveria ser capaz de botar fogo nas suculentas. Quando Lauren abriu a boca, porém, ele ergueu a mão em sinal de pausa.

— Brincadeirinha. Vou fazer o que não faço há muito tempo: me preservar.

Ele mexeu o polegar em círculos no quadril dela. Uma carícia sutil, potente a ponto de causar um calafrio nela, apesar do calor que ainda restava do esforço.

— Ainda prefiro que você viaje comigo. Mas não será uma condição para eu aceitar o trabalho, a não ser que você queira, porque não é justo com você, e peço desculpas.

Alex encontrou o olhar dela, com rugas fundas entre as sobrancelhas.

— Você deveria poder escolher se quer me acompanhar ou não, e não pode fazer isso se minha resposta depender de você. Eu também não deveria ter tomado uma decisão tão importante sobre nosso futuro sem falar com você nem perguntar o que você *queria*. Mas, pelo visto, esse é um defeito que temos em comum, Wren — disse ele, bufando de leve —, e por isso também me desculpo.

Ele ainda queria ela. *Ele ainda queria ela.*

Novas lágrimas brilharam em seus olhos, mas ela piscou para contê-las e continuou a escutar.

— Minha mãe diz que eu sempre fui oito ou oitenta, e é verdade. — Ele levantou o queixo e continuou, sem o menor sinal de vergonha. — Sou ganancioso. Quero tudo. O trabalho *e* você todo dia ao meu lado. Mas a gente vai dar um jeito, independentemente do que você escolher. Citando uma mulher irritantemente sábia: se for o único jeito de ter você, também é o que eu quero.

No carro, a caminho da casa dele, sem saber se o encontraria ferido por causa de algum acidente horrível, ela tinha imaginado como seria o futuro deles se ela não fosse embora. Como seria se ele estivesse bem.

Aparentemente, o pânico fez Lauren ter certeza de quais eram as suas prioridades. Também a fizera pensar em todas as opções, e não só nas mais fáceis. E, quando ela considerou a própria felicidade, e não apenas a necessidade dos outros, ficou muito claro o que ela devia fazer.

Talvez não fosse exatamente o que Alex queria, mas ele iria superar. A não ser que ela estivesse errada.

— Eu vou com você.

Ele soltou uma exclamação de choque, e ficou de queixo caído antes de abrir o maior sorriso que ela já vira. Lauren retribuiu o sorriso e continuou:

— Não só porque você quer minha companhia, mas porque eu quero ir. Quero ficar com você, e quero explorar o país e o mundo.

— *Wren!* — exclamou ele, se levantando e erguendo as mãos unidas deles no ar. — A gente vai ser o time mais maneiro que já...

— Não vou ser apresentadora nem assistente — interrompeu ela, e Alex se largou de volta no banco, fazendo birra. — Vou trabalhar como psicóloga on-line enquanto você filma.

Alguns pacientes não podiam, ou queriam, ir a um consultório, e Lauren trabalharia com eles. Ela os ajudaria, poderia acompanhar o progresso deles, e esperava sair de cada consulta com o coração intacto. Ainda faria bem para o mundo, mas não sacrificaria mais a própria felicidade.

— Tenho mais uma exigência — disse ela e, quando cutucou o beicinho de reclamação dele, ele beijou seu dedo. — Você não vai gostar, mas vai me escutar e vai aceitar.

Dessa vez, ele bufou de rir, um som alto e desejoso.

— Bruxa.

Alex tinha voltado a sorrir, e a mão em seu quadril começava a explorar. Deslizando pela barriga dela, pela coxa.

— Com a minha aparência, crueldade é inevitável.

A mão dele parou em sua perna, e ela a cobriu com a própria mão antes de continuar:

— As pessoas dizem coisas horríveis. E, quando isso acontecer, quero que você me deixe enfrentá-las sozinha. Você não precisa me defender, porque eu mesma vou fazer isso.

Porque ela era importante. Importante demais para se permitir ser agredida sem consequências.

Alex estava morrendo por não intervir. Ela sentia no tremor dos dedos, via no corpo agitado. Porém, ele a deixou falar sem interrupção, e Lauren o amou por isso também.

— Ainda não vou dar espaço para a grosseria dos outros. Se eu sentisse raiva sempre que alguém me ofendesse, passaria a vida toda furiosa, e não é o que quero.

A dor e a raiva nos olhos dele eram por ela, Lauren sabia. Tudo por ela, e ela acariciou seu rosto em agradecimento.

— Mas também não quero agir como se agressão fosse algo aceitável. Então, vou determinar limites e consequências, e podemos conversar sobre isso. Talvez, se um fã for desagradável, a gente possa ir embora imediatamente. E se algum blog ou jornal falar algo ofensivo, podemos nos recusar a dar entrevistas para eles no futuro.

Um pouco da tensão que vibrava no corpo dele se aliviou, e Alex relaxou os ombros.

Porém, ainda a olhava com a boca tensa e torcida, deixando mais do que evidente o incômodo.

— Wren...

— Alex — disse ela, acariciando o rosto dele. — Querido, por favor, confie que vou saber me defender. Por favor, confie em *mim*, mesmo que eu saiba que dei motivos para não confiar.

Ele fechou os olhos e soltou um suspiro trêmulo.

— Você é incrivelmente *péssima*.

De repente, Alex a puxou para mais perto, até ela ficar encaixada entre seus joelhos, com o rosto quase alinhado ao dele. E ela o teria beijado — ela queria *desesperadamente* beijá-lo —, mas ele ainda estava resmungando, em típico modo Alex Woodroe.

— Uma tremenda de uma *bruxa*.

As carícias dos dedos dele diminuíam um pouco o impacto do olhar irritado, mas só em parte.

— Então eu não posso fazer nada além de concordar, né? Porque, se eu fosse discordar, seria o mesmo que falar que não confio em você. E a gente sabe muito bem que eu confio, e sempre confiei. Porra, confio tanto em você que tatuei as primeiras palavras que você me disse logo no meu *antebraço*...

Ela arquejou, em choque.

— *Como é que é?*

— ... mesmo que você tenha me dado um pé na bunda numa merda de um *hotel*. O que, sejamos justos, foi meio merecido, mas...

Ela cobriu a boca dele com a mão.

— Volta para a parte da tatuagem, Woodroe.

Dessa vez, ela sabia o que esperar. Ele deslizou a língua na palma dela e, embora o calor úmido e o movimento sinuoso disparassem um raio bem entre suas pernas, ela apenas ergueu a sobrancelha.

— Que exigente — reclamou ele quando ela afastou a mão, mas tinha curvado a boca em um sorriso convencido e satisfeito. — Roubei o bilhete que você deixou para a camareira da pousada e guardei todos os recados que você deixou na minha casa, então tinha todas as palavras necessárias na sua letra. E, hoje, antes de chegar no aeroporto, tatuei meu antebraço como lembrete.

Por mais que ela tentasse acompanhá-lo, estava perdida.

— Eu não... não entendi.
— *Eu sei quem você é.* Foi a primeira coisa que você me disse. O sorriso dele diminuiu e seus olhos brilhavam de sinceridade ao luar.
— E você sabe — continuou. — Você sabe quem eu sou, e me disse que sou um bom homem. Como confio em você, isso tem que ser verdade. E, agora, se eu duvidar de mim, só preciso olhar para o braço. Pelo resto da vida.

Com cuidado, ele arregaçou a manga da blusa e expôs a parte interna do antebraço esquerdo, coberta por uma espécie de curativo transparente e brilhante.

Sob a camada protetora, estavam as palavras dela. Na letra dela. Tatuadas no corpo dele no que parecia ser tinta verde com um toque de azul, embora fosse difícil enxergar no escuro.

Ela chutou para um lado, abanou o braço para o outro, e as luzes automáticas se acenderam, e sim.

A tatuagem era da cor exata dos olhos dela.

Lauren cobriu a boca com o dorso da mão, mas só conseguiu abafar um pouco o soluço de choro.

Alex tinha marcado a própria pele com as palavras dela. E tinha feito aquilo de manhã, antes de ela aparecer à porta dele, mesmo que ela o tivesse abandonado tão abruptamente, sem explicações. Ele tinha feito aquilo sem expectativa de que ela fosse querer vê-lo novamente. Tinha feito aquilo porque acreditava em Lauren mais do que ela jamais acreditara em si.

A doçura do gesto a comoveu e a fez soluçar, então ele a puxou com o braço direito, até seu ombro absorver as lágrimas.

Ela fungou.

— É... é uma tatuagem de alma gêmea?

Com a mão suave em sua bochecha molhada, Alex ergueu o rosto dela. Então, a beijou, boca trêmula contra boca trêmula. Ela sentiu um gosto salgado e doce ao mesmo tempo, viu praias inteiras atrás das pálpebras, sentiu o calor da manta de seda na curva de seus lábios junto aos dela.

— Eu te amo pra caralho, Wren, e você obviamente é minha alma gêmea — disse ele, encostando a testa na dela. — Claro que é uma tatuagem de alma gêmea. Não te ensinei nada, sua bruxa tonta?

Babaca. Delicioso.

Se Lauren já não o amasse tanto, lavaria a boca daquele homem com sabão, que nem a babá chata que ele a acusara de ser. Porém, o nome dele estava irrevogavelmente esculpido em cada batida insistente de seu coração, então ela simplesmente o beijou.

E, sinceramente, era o único jeito eficaz de calar a boca dele.

Classificação: 13+
Fandoms: Deuses dos portões – E. Wade, Deuses dos Portões (TV)
Relacionamentos: Cupido/Psiquê
Tags adicionais: Universo alternativo – Almas gêmeas, Marcas de almas gêmeas, Fofura enjoativa, Cupido é exagerado, Final feliz
Palavras: 508 Capítulos: 1/1 Comentários: 8 Curtidas: 54
Favoritos: 9

Arco-íris
RobinSoltinha

Resumo:
Robin viveu tanto tempo em preto e branco que esqueceu que existe cor para quem encontrou sua alma gêmea. Até que ela conhece Cupido, e tudo muda.

Observações:
Você disse que não precisava de presente, mas eu discordei.
Obrigada a EneiasAmaLavínia pela leitura beta.

O homem é ridiculamente bonito. Ela diria até que é *ofensivamente* bonito. E também é arrogante, com um sorrisinho metido e um brilho malandro nos olhos. Ela não sabe dizer muito bem qual é a cor desses olhos, mas, seja qual for, certamente é linda, que nem o resto.

Ele sem dúvida enxerga as muitas cores que compõem seu corpo ágil e suas feições perfeitas, porque um homem desses tem que ter uma alma gêmea. Um homem desses com certeza já encontrou sua alma gêmea e causou a ela muitos incômodos, apesar do futuro feliz que os aguarda.

Ele se instala no assento designado para a triagem de pacientes, com o tornozelo apoiado em cima do outro joelho, como se tivesse ido ao pronto-socorro apenas para bater papo.

— Qual é sua questão? — pergunta ela, na voz cordial de enfermeira.

— Estou fazendo pesquisa para um papel. Preciso conversar com funcionários do hospital, e não quis esperar até segunda-feira para pedir permissão à administração.

Ele se aproxima, como se fosse contar um segredo.

— Não sou sempre o mais paciente dos homens, enfermeira... — diz, e olha para seu crachá. — Robin.

Agora ela o reconheceu. O homem à sua frente é Cupido, um ator premiado, famoso por ser talentoso, famoso por ser lindo, famoso por ser rico, simplesmente... famoso.

Mas, no pronto-socorro dela, isso não importa.

A enfermeira o olha com frieza.

— Se não estiver doente nem machucado, preciso pedir que vá embora.

— Estraga-prazeres — suspira ele, e revira os olhos. — Então tá. Meu coração está doendo. Resolva esse problema, enfermeira Ratched.

Ela tenta conter a vontade de revirar os olhos, e ele volta a abrir aquele sorriso irritante.

Então, Robin pede para Cupido arregaçar a manga da camisa branca e engomada e se prepara para verificar a pressão. Só que...

O procedimento padrão e rotineiro nunca foi assim. O contato com o braço dele dá um choque nela com calor surpreendente. Calor *preocupante*.

— Ai, minha nossa — sussurra ela.

Cupido se desvencilha, sobressaltado, e olha para o braço como se ele o tivesse traído.

— Ridículo — diz ele, e é então que acontece.

Cupido solta uma exclamação engasgada e sacode o braço, como se sentisse dor, mas a enfermeira não consegue socorrê-lo. Ela sente apenas o que acontece no próprio braço.

Robin arqueja em resposta à sensação pela qual esperou a vida inteira, à sensação que nunca realmente *acreditou* que sentiria.

As letras surgem uma a uma em seu antebraço, em um garrancho confuso e desconhecido.

Quando criança, ela imaginava que as letras coçariam e arderiam, pareceriam estranhas em sua pele, mas não é o caso.

Em vez disso, são uma carícia, um toque suave na pele. São tão ridiculamente lindas quanto ele, um arco-íris de cores vivas, como o brilho do vidro marinho.

Ridículo. É uma marca de alma gêmea lamentável, sem dúvida, mas é dela.

Quando Robin ergue o rosto, os olhos cinzentos dele estão arregalados, o rosto, corado em um tom vívido de rosa.

Ele é sua alma gêmea. *Sua alma gêmea.*

Uma pena que seja um pé no saco.

Epílogo

Vika Andrich olhou as anotações para a pergunta seguinte, e Lauren se preparou.

— Me conte da experiência de filmar com Carah Brown, Alex — disse a blogueira, se esticando na direção do sofá onde Alex e Lauren estavam sentados lado a lado. — Vocês contracenaram em alguns momentos centrais em *Deuses dos Portões*, mas agora passam semanas na estrada juntos. Como tem sido?

O coração de Lauren se acalmou de novo.

Marcus tinha encorajado Alex e Lauren a aceitar o convite de Vika para uma entrevista de Ano-Novo, e Francine — que havia se tornado agente de Alex — incentivara aquilo. *Ela é esperta, mas não é desagradável*, disse Francine. *Ela vai ser legal com vocês dois, e uma entrevista conjunta é uma boa forma de saciar a curiosidade do público e ajudar a orientar a cobertura midiática do relacionamento de vocês.*

Então, eles tinham aceitado, mas Lauren ainda estava alerta. Alex também, especialmente porque não tinham recebido as perguntas com antecedência.

Se algo corresse mal, porém, Lauren daria conta, e pretendia provar que conseguia. Por ela e por Alex.

No entanto, aquela pergunta era outra com a qual ela não precisava se preocupar. Melhor ainda, Alex podia responder sem hesitar, com total sinceridade. Diferente, por exemplo, das perguntas de Vika sobre a última temporada de *Deuses dos Portões* — que tinha acabado de ir ao ar e ser massacrada por fãs e críticos —, e se ele ainda escrevia fanfic. Ele escrevia, sim, sob o pseudônimo de Analossauro, como parte da comunidade Clube do Cupido. Mas ele não podia contar isso para Vika.

Alex podia, contudo, elogiar Carah.

— Ela é maneira pra caralho — declarou, com um sorriso que Lauren sabia ser sincero.

Atrás e na frente das câmeras, os dois atores de *Portões* mantinham a química da amizade que tinham. Juntos, tornavam o novo programa exatamente o que queriam que fosse.

Cada episódio acontecia em uma cidade diferente. Eles exploravam os pontos turísticos, dirigindo um dos muitos carros esportivos de Carah, e se provocavam amigavelmente o tempo inteiro. Em cada destino, ela experimentava uma comida típica enquanto ele apresentava uma ONG local. A produção doava dinheiro para a ONG em questão, e ele também. Assim como Carah. E muitos dos espectadores.

— A gente se diverte muito, e acho que o público percebe — resumiu ele, depois de muitos elogios à amiga. — Nunca me diverti tanto gravando. Nunca.

Vika sorriu para eles.

— Como apresentadores, você e Carah aparecem em todos os episódios. Mas outras pessoas também se juntam frequentemente às expedições. Inclusive você, Lauren. Pode me contar um pouco sobre como surgiu essa oportunidade?

Finalmente tinha chegado a vez de Lauren.

Alex apertou a mão dela, a encorajando discretamente, o que ela agradeceu, mesmo que não fosse necessário. Depois de alguns meses viajando com a equipe de filmagem, Lauren tinha se acostumado a câmeras apontadas em sua direção e a expor sua vida para o público. E, depois de mais alguns meses de terapia, tinha aprendido a lidar com essas situações, e a definir o que era importante para ela.

Lauren podia até estar nervosa, tremendo, mas também estava pronta.

Independentemente de como fosse a entrevista, ela não leria as respostas nas redes sociais. Lauren também não estava preocupada com Alex porque sabia que ele não iria explodir, já que também estava fazendo terapia e aprendendo a — em suas palavras — parar de se atrapalhar.

Independentemente de como fosse a entrevista, ele ainda a amaria, e ela ainda se amaria.

Era suficiente. Era tudo.

— Bom, a maioria dos amigos de Alex é famosa, então quando eles aparecem na frente das câmeras não chega a ser um sofrimento para a produção — disse ela, e sorriu um pouco, usando a voz que Alex comparava aos ventos de Santa Ana. — Mas eu, é claro, não sou famosa, pelo menos não pelo meu trabalho, assim como outras pessoas que se juntaram a nós.

O elenco variado de amigos e parentes que os acompanhavam na estrada era uma alegria inesperada e comovente. Em algumas filmagens, dependendo da disponibilidade, Marcus, April ou outros atores que já tinham trabalhado com Alex apareciam. Dina. A mãe dele. Sionna, que alugava a casa de hóspedes de Alex pelo mesmo preço do apartamento que antes dividia com Lauren.

Até, ocasionalmente, os pais de Lauren, depois de aceitarem que ela não se desculparia com Ron e não pretendia manter contato com ele. A tia Kathleen não falava com ela havia mais de dois meses, e ainda não tinha se reconciliado com a mãe dela, mas que seja. Se os pais de Lauren haviam escolhido priorizar o bem-estar dela, ela precisava acreditar — ela *acreditava* — que valia o sacrifício.

Depois da conversa difícil com os pais, eles começaram a se esforçar para visitá-la, em vez de apenas supor que ela os visitaria. Então, sempre que a série era gravada perto da Califórnia, era provável que os pais de Lauren aparecessem.

E, em algum momento na maioria dos episódios, ela também aparecia. Normalmente, ficava no fundo, apenas mais uma pessoa em outro tour, apenas outra turista tirando fotos. Apenas outra exploradora descobrindo o mundo e encontrando magia por onde quer que passasse, entre consultas virtuais em suítes confortáveis de hotel.

Ela tinha descoberto que gostava de acompanhar clientes a longo prazo. Registrar o progresso deles e ajudá-los a enfrentar obstáculos a cada semana... era um trabalho difícil, mas satisfatório, e não a deixava esgotada no fim do dia.

Na verdade, a vida dela transbordava de tanta alegria, amor, calor e aventura, que ela até se permitia compartilhar um pouco com uma plateia invisível.

Normalmente, ela não concordava em aparecer na frente das câmeras, mas, às vezes, alguém a convencia. Como Sionna, ou Carah, ou — mais frequentemente — Alex.

Por insistência deles, ela respirava fundo, levantava o queixo e descrevia o que tinha visto naquele dia, com entusiasmo. Como participante da própria vida, e não apenas espectadora. Então, Alex e Carah faziam piada até ela fechar a cara para eles e gargalhar alto.

No terceiro episódio, Lauren tinha até o beijado na frente das câmeras. Envolvida na conversa brincalhona de sempre, ela havia esquecido o público. Porém, quando lembrou, não se desvencilhou do abraço apertado dele, porque não sentia vergonha de si, nem dele, e se recusava a fingir que sentia.

— Eu e Alex pensamos o seguinte — disse Lauren, e tomou um gole de água, ainda sorrindo para Vika. — *Soltinhos* não é só um programa. É nossa vida em frente às câmeras. E queremos compartilhar a vida com pessoas importantes para nós, então sempre gostamos de receber amigos e parentes no set. Sempre encorajamos eles a vir quando puderem e ficar pelo tempo que quiserem, porque a presença deles é um prazer. Também agradecemos pelo apoio do StreamUs e por organizarem a agenda de todos.

Pronto. Ela tinha respondido sem gaguejar, e suas mãos nem estavam mais tremendo.

Ela ia conseguir. Com Alex a seu lado, ela conseguiria qualquer coisa.

Por um momento, Alex só conseguiu olhar aquele rosto que ele tanto amava, inundado de orgulho.

A resposta dela fora confiante e clara. Acima de tudo, era diplomática, ponderada, sincera e gentil.

Era Wren, exposta ao mundo.

Ele beijou a bochecha dela e se forçou a voltar para Vika.

— É, gravar com nossos amigos e parentes é ótimo. Especialmente quando vários visitam ao mesmo tempo, que nem em Las Vegas.

Vika se inclinou para a frente.

— Falando em Las Vegas...

Bom, os dois sabiam que *aquilo* ia surgir.

— Até agora, sua viagem pela Flórida com sua mãe é o episódio mais assistido — disse ela, praticamente vibrando de animação, com a expressão ávida e alegre. — Mas desconfio que o episódio de Las Vegas, que logo vai ao ar, deve bater o recorde. Querem contar por quê?

A viagem à Flórida era especial para ele por muitos motivos. O prazer de revisitar lugares preciosos da infância. O tempo que passou com a mãe, sem uma década de dor e culpa tingir o amor que tinham. O quanto ela adorava Wren. O momento em que ela contou à câmera, com lágrimas nos olhos cinzentos, que às vezes sentia tanto orgulho do filho que chegava a doer, e Alex também chorou um pouco.

Mas, mesmo com tantas lembranças incríveis, Vegas tinha, sim, sido ainda melhor.

Não apenas o destaque da série, mas da porra da *vida* toda.

— *Aaaaaah*. Boa pergunta.

Sorrindo que nem o bobo que era, ele beijou a cabeça de Wren e inspirou o perfume familiar de coco.

— Durante nossa visita a Las Vegas — continuou —, depois de muita insistência, finalmente convenci Lauren a me tornar um homem honesto. No Natal, porque, é claro, sou o presente mais tentador que existe.

Você é a realização dos meus sonhos, Wren, ele dissera na suíte na Strip, entre cortinas de blecaute, deitado nu no abraço quente dela depois de dar a bunda em um de seus muito frequentes e deliciosos momentos de distração. *Por favor, seja minha para sempre. Por favor, me torne seu.*

Eles tinham ligado para todo mundo no dia seguinte e, três dias depois, ele se tornou o sr. Wren Clegg. Na verdade, ele ainda era Alex Woodroe, mas os dois sabiam que era mera formalidade.

— Na milésima vez que ele reclamou, eu não aguentei mais, Vika — disse Lauren. — Só tinha duas opções: uma aliança ou uma focinheira.

Foi difícil franzir a testa, mas ele tentou.

— Por que você não me falou da focinheira? A gente sabe muito bem que eu adoro...

Ela cobriu a boca dele e continuou falando.

— Foi uma cerimônia linda, e ficamos muito felizes por tantos amigos e parentes terem aparecido de última hora.

A mãe dele, os pais dela. Todos os colegas de *Portões*, exceto Ian. Sionna. Dina.

Todos tinham se reunido na linda e pequena capela do hotel e visto Alex e Wren andarem de braços dados até o altar, porque foda-se a tradição. Eles iam começar como queriam continuar: juntos.

Quando ele lambeu a palma da mão de Wren, ela pressionou as coxas, mas manteve a expressão neutra ao dizer:

— Pense só em quanto dinheiro economizamos com fotógrafo e filmagem, Vika.

Muito direta. Muito prática. Muito Wren.

Mas Alex a tinha visto segurar as lágrimas durante os votos, que nem ele.

— Meus parabéns aos dois, e meus votos de uma vida de felicidade juntos — disse Vika, com um sorriso. — Lauren, notei seu colar e me perguntei se era um presente de casamento. É muito diferente, né?

— É único — disse Wren, sorrindo para ela. — Que nem meu marido.

Visto que ela não gostava de tatuagens, e ele não a pressionaria a fazer nada que a deixasse desconfortável, Alex dera um colar para ela usar junto ao peito. Uma corrente de platina com um pingente de pluma, que ele mandara inscrever com a palavra RIDÍCULA e cravejar com água-marinha da cor de seus olhos.

— Você não é ridícula — dissera ele quando a esposa abrira a caixa de veludo. — Mas eu sou. Ridiculamente apaixonado por você.

Ela só tirava o colar para tomar banho, o que o deixava feliz e muito convencido.

Porém Alex também queria dar outro presente para ela, algo que ela pudesse escolher, então, logo antes do casamento, implorou para que Lauren dissesse algo — qualquer coisa — que ela queria. E, para seu choque absoluto, a esposa pediu um roupão feito do mesmo algodão das toalhas da casa dele.

— Um que caiba bem em mim — especificou ela. — Passei meses olhando o roupão na casa de hóspedes, querendo que fosse do meu tamanho.

Ele a encarou, confuso.

— Mas *é* do seu tamanho, Wren. Eu liguei para Dina da Espanha e mandei fazer antes da sua chegada. Por que eu daria um roupão que não cabe em você?

Ela tinha ficado deliciosamente rosada.

— Ah. Acho que eu não pensei que você faria isso.

Quando Alex pedira para ela se desculpar tirando a roupa, Lauren acatara com prazer.

— E o que você deu para *ele* de presente de casamento? — perguntou Vika.

Wren sorriu de novo.

— Escrevi uma carta de amor.

— Ah, que fofo.

Vika levou a mão ao peito, sorridente.

Desde o reencontro com Wren, eles dois tinham interpretado muitas de suas fics prediletas. Tinham se beijado pela ciência. Transado uma vez, só para matar a vontade. Fingido que o casamento era arranjado. Na semana anterior, tinham até experimentado uma história de troca de corpo, com resultados surpreendentemente hilários.

Wren havia desfilado pela casa toda que nem uma porra de um pavão, falando besteiras o tempo todo e arrancando a camisa a qualquer oportunidade.

Alex nunca admitiria, mas, *caramba*. Ela merecia um *prêmio* por aquela atuação.

Ela o entendia. E, por isso, como presente de casamento, tinha escrito para ele uma história no AO3, em que o ship eram eles dois.

Bom, oficialmente, eram Cupido e Robin, mas os dois sabiam da verdade.

A história era perfeita. Melhor do que qualquer coisa que ela pudesse comprar, porque, sinceramente, que caralhos ele queria além do amor dela?

Nada. Absolutamente nada.

— Mais uma pergunta, depois vamos para o resultado da enquete dos espectadores, que foi encerrada... — disse Vika, e fez sinal para a assistente, que mexeu no celular — ... agora. Eles escolheram a pergunta final da entrevista, mas eu ainda não vi o resultado. Vai ser uma surpresa para todos nós.

Hum. Isso parecia... possivelmente problemático, já que algumas pessoas eram muito escrotas.

— Alex... — disse Vika, franzindo a testa. — Seu ano passado foi tumultuado.

Se ela não perguntasse nada sobre esse assunto, ele ficaria surpreso. Feliz, mas surpreso. No entanto, Alex já tinha uma resposta preparada.

A entrevistadora foi listando os acontecimentos nos dedos.

— Você foi preso. Sofreu uma tentativa de ataque no tapete vermelho. Brigou com uma fã. Perdeu papéis. Ganhou um programa. E agora um casamento surpresa.

— E também me apaixonei — disse ele, fazendo carinho no pescoço tenso de Lauren. — Você esqueceu dessa parte.

— É verdade — disse a blogueira, inclinando a cabeça. — Dito isso, considerando que foi um ano de muitos altos e baixos, você tem algum arrependimento?

Claro que tinha. Naquele ano, tinha assustado e magoado as pessoas que tanto amava. E, embora tivesse se perdoado por não se demitir, não conseguia aplaudir sua decisão de continuar no papel de Cupido naquela última temporada horrível.

Mas os arrependimentos eram só dele, e ficariam com ele. E, se o tinham levado a Wren, Alex aceitaria o peso com prazer.

Então, ele mentiu pela primeira vez na entrevista:

— Não. Não me arrependo de nada.

O olhar aguçado de Vika revelou sua desconfiança, mas ela não insistiu. Ela provavelmente sabia que não adiantava, a não ser que quisesse interromper a entrevista antes do tempo.

E não era *exatamente* uma mentira, no fim das contas. Alex não se arrependia de nada, nem mesmo de ter sido preso na Espanha. Nada. As pessoas importantes sabiam o que tinha acontecido, ou entendiam que ele não teria comprado briga sem um bom motivo.

De resto, todo mundo podia se foder.

— Tá bom — disse Vika, dando de ombros. — Hora da última pergunta. Essa é dos meus leitores.

A assistente dela entregou o celular. Vika mexeu um pouco a boca ao ler os resultados da enquete e franziu a testa.

Fez-se uma longa pausa.

— Vou ser sincera — disse a blogueira, e suspirou. — Não gosto da pergunta.

A coxa de Wren ao lado dele nem se mexeu. O ombro dela, sob a palma de sua mão, continuava relaxado. Os olhos dela estavam límpidos, curiosos e destemidos.

— Nenhuma pergunta dos seus leitores será um problema — respondeu Wren, parecendo tão confiante que ele decidiu que não interviria.

Alex acreditava na capacidade dela de lidar com aquela situação.

— Pode perguntar, Vika — insistiu ela.

— O que vocês diriam para as pessoas que acreditam que um casamento como o de vocês, entre pessoas tão diferentes, não pode durar? — perguntou Vika, apertando o nariz e balançando a cabeça. — Perdão. Por favor, fiquem à vontade para não responder.

A cabeça dele começou a latejar.

Ele e Wren tinham personalidades diferentes e vinham de contextos diferentes. Era verdade. Mas a pergunta não se tratava realmente disso, e todo mundo ali entendia a dúvida implícita e indelicada.

A pergunta era um ataque velado à aparência dela. Era uma previsão de que o casamento deles fracassaria porque o público considerava que ele era atraente — e ela, não.

O rosto dele estava esquentando, a respiração, acelerada, mas Alex mordeu a língua. Com força.

Wren cobriu com firmeza a mão dele com a sua.

— Eu respondo, Alex.

Por favor, confie que vou saber me defender, tinha dito ela meses antes, na escadaria, com o rosto aninhado na mão dele. *Por favor, confie em mim.*

Ele respirou fundo uma vez. Outra.

Então, fez que sim, em um convite silencioso para a esposa resolver aquilo.

Depois disso, Lauren nem hesitou.

— Por favor, Vika, me perdoe a linguagem — disse, calma —, mas, nas palavras do meu marido: essa gente pode ir se foder.

Vika arquejou, e Alex também ficou boquiaberto por um momento, porque... logo *Wren*? Logo *Wren* tinha mandado milhares de pessoas irem se foder?

Então, ele puxou a esposa para um abraço e a apertou com força, rindo no ouvido dela. Alto. Algumas pessoas poderiam até comparar a gargalhada com um cacarejo.

Quando Alex recuou e levantou a mão para um *high-five*, ela retribuiu.

— Sua bruxa! — gritou, ecoando pela casa toda. — Que Bruxa Horrenda e Perigosa, Wren!

Ela abaixou a cabeça.

— A estudante de Artes Bruxescas se tornou a mestre das Artes Bruxescas.

O sorriso de Lauren era sereno e orgulhoso, e Alex a amava para caralho, tanto que poderia explodir de amor.

No dia seguinte, apesar das dúvidas de Vika, Alex a convenceu a não editar a última pergunta.

Três dias depois, o público viu a entrevista inteira.

E, depois de dez minutos, entrou no ar o primeiro fã-clube de Lauren: @VivaLaurenClegg.

Agradecimentos

O fato de eu ter passado por 2020 — mais conhecido como o Ano Maldito dos Infernos — relativamente intacta se deve inteiramente a meus amigos e parentes. Eles me mandaram e-mails e mensagens, me ligaram e escreveram cartas para me lembrar de que eu era amada, e não era tão solitária quanto às vezes me sentia, e o esforço que fizeram é tudo para mim. Devo agradecimentos especiais a Therese Beharrie, Emma Barry e Mia Sosa, que me mantiveram conectada ao mundo fora do meu apartamento e que sempre, sempre se preocuparam com meu bem-estar. Vocês são muito queridas. Obrigada.

Meu marido, como sempre, me aceitou exatamente como sou e fez todo o possível para me apoiar. O orgulho e a fé que minha filha tem por mim, seu afeto, sua alegria e seu humor inabaláveis iluminaram o inverno sueco escuro. Minha mãe dedicou muito tempo e esforço a mandar pacotes de pão de batata, pretzels da Utz e pedras (claro) do outro lado do Atlântico. Ela sabia que a distância doía, então aliviou a dor com cada caixa lotada, e fico muito agradecida por isso. Amo todos vocês.

Também agradeço muito mesmo a Elle Keck, Kayleigh Webb e todo mundo na Avon que trabalhou tanto para este livro brilhar. A coitada da Elle teve que fazer manobras geniais de edição neste manuscrito, e ainda não sei bem como ela conseguiu deixá-lo num tamanho razoável, mantendo intacto tudo que amo na história. Será que foi bruxaria?

Como sempre, minha incrível agente Sarah Younger foi incansável em seu apoio. É importantíssimo para mim tê-la sempre ao meu lado.

Leni Kauffman criou a capa mais linda de todas. Não consigo parar de olhar. Não só é uma beleza, como também é perfeita para a história, e nem tenho como agradecer.

Eu não teria conseguido escrever esta história sem muita ajuda. Susannah Erwin passou horas incontáveis conversando comigo sobre a Califórnia no geral e Los Angeles em particular, e sua paciência e generosidade incríveis moldaram este livro de inúmeras formas. Erin generosamente compartilhou comigo sua experiência como psicóloga de pronto-socorro, e ajudou a compor a realidade de Lauren. Shannon Bothwell planejou uma viagem de carro de arrasar para Alex e Lauren, e agradeço muito por sua orientação. Quando acabei de escrever, Susannah, Therese e Emma encararam meu manuscrito colossal de 126 mil palavras e ofereceram comentários muito atentos — Emma até leu o livro outra vez quando ele foi editado, porque ela é uma das pessoas mais generosas que conheço.

Melissa Vera, Meryl Wilsner e Brina Starler fizeram a gentileza de ler a história e confirmar que o personagem e as experiências de Alex lhe pareciam verdadeiras, e agradeço muito por seu tempo e consideração.

Finalmente, quero agradecer a todos os meus leitores, especialmente aqueles que me mandaram e-mails e mensagens sobre *Alerta de spoiler*. O carinho que demonstraram por mim me ajudou a passar por um ano muito, muito difícil, e espero que minhas histórias ofereçam alegria e distração quando vocês precisarem. Amor e abraços para vocês. ♥

1ª edição	FEVEREIRO DE 2025
impressão	LIS GRÁFICA
papel de miolo	IVORY BULK 65G/M²
papel de capa	CARTÃO SUPREMO ALTA ALVURA 250G/M²
tipografia	ADOBE CASLON PRO